W0278479

Pour Pierre.

Dubaï mérite mieux que sa réputation. Je vous invite à la découvrir.

Bonne lecture.

Gabriel*

*alias Olivier Auray

LES MEILLEURES INTENTIONS DU MONDE

DU MÊME AUTEUR AUX ÉDITIONS INTERVALLES

Qatarina

DU MÊME AUTEUR AUX ÉDITIONS INTERVALLES,
SOUS LE NOM D'OLIVIER AUROY

Au nom d'Alexandre
L'Amour propre

© Éditions Intervalles, Paris, 2021.
Tous droits de traduction, de reproduction et d'adaptation réservés pour tous les pays.
ISBN : 978-2-36956-308-2

GABRIEL MALIKA

LES MEILLEURES INTENTIONS DU MONDE

ÉDITIONS INTERVALLES

Je dédie ce livre à ma femme et à mes filles,
les êtres qui me sont les plus chers au monde.

Chapitre I

Hawwa

— C'est ma décision.

— Comme tu voudras, me répondit mon cousin Rémi, qui m'avait laissé devant le terminal C de l'aéroport Roissy-Charles-de-Gaulle.

Je ne savais pas trop dans quoi je m'embarquais.

Un commando de terroristes avait récemment sévi dans la capitale saoudienne. Les Occidentaux ne se sentaient plus en sécurité. Les consulats s'agitaient et de grandes guirlandes de barbelés fleurissaient autour des compounds. C'est le moment que j'avais choisi pour venir m'installer à Djeddah, ville des bords de la mer Rouge, étape incontournable pour les pèlerins qui se rendent à la Mecque. On disait qu'Ève, Hawwa, y avait son tombeau. Ma famille avait bien tenté de me dissuader mais il était trop tard. Les contrats étaient signés et les valises bouclées.

J'avais suivi une formation dans une école de design à Paris.

Sur les bancs de l'école j'avais rencontré Fahd, un Saoudien que son père n'avait pas destiné à une carrière de fonctionnaire ou de banquier. Un petit miracle qui lui avait valu de suivre les cours avec moi. Il était doué et me parlait sans cesse d'« opportunités ». L'Arabie s'ouvrait au monde, l'argent y coulait à flots et nous avions, disait-il, assez de talent pour y faire fortune.

Nous nous étions spécialisés dans le design de mobilier. Mon ami avait raison. Le Moyen-Orient s'enrichissait et les Saoudiens, grâce à l'argent du pétrole, avaient de grandes maisons qu'il fallait garnir. Les Saoudiens affectionnaient un style que je qualifierais d'« arabaroque ».

Sans complaisance et avec délectation, nous nous mîmes à produire des pièces sur mesure, dans la démesure. Le cahier des charges était rarement régi par les contraintes budgétaires. Nous n'avions pour limite que la fantaisie de nos clients. Les commandes les plus extravagantes affluaient, des fauteuils à tête de faucon, d'immenses salons ornés de dorures ou des canapés rouges frappés des portraits de la famille régnante.

Nos caisses étaient bien remplies et l'appât du gain avait raison de notre éthique de créateurs. Je décidai alors de lancer une édition limitée de fauteuils de salon. Des pièces aux couleurs discrètes, parsemées d'écriture arabe. Les motifs calligraphiques se déclinaient dans des formes sensuelles. Il était facile à l'œil averti d'y reconnaître les courbes d'une femme.

Tels les artistes de la Renaissance qui se jouaient de la morale et dissimulaient l'équivoque au sein de leurs compositions, nous nous amusions à introduire ici et là une touche de malice. Ce fut un jeu, et bientôt, ce devint notre marque de fabrique. Cette discrète provocation fit notre succès.

Le bouche à oreille fonctionna à merveille, notre affaire prospéra. Un prince fortuné, grande figure du royaume, eut vent de notre réussite et nous proposa un partenariat sur la base duquel nous pourrions revoir nos ambitions à la hausse. C'est à partir de là que je commençai à m'ennuyer et à douter de notre entreprise. Je gagnais bien ma vie, certes, mais je n'en profitais jamais. Nous étions jour et nuit sur les planches à dessin ou dans les salons surchargés des familles locales. Fahd, lui, rayonnait. C'était pour lui la consécration, l'affranchissement du père, la réalisation d'un rêve de jeunesse. Je voyais les choses autrement. Mon travail devenait répétitif. Il me manquait quelque chose. J'attendais un signe.

Le messager se présenta sous les traits de Kader, un photographe tunisien venu dans nos ateliers pour le compte du magazine *Dubaï Select*. La prestigieuse revue mondaine des Émirats nous consacrait un article et Fahd s'en félicitait. Il paradait tel le paon des jardins du cheikh et se trémoussait joyeusement devant l'objectif. La journaliste qui accompagnait le photographe nous sembla intéressée et nous posa des questions intelligentes.

Nous nous prêtâmes au jeu des mythes convenus. Nous étions le symbole de la réunion artistique de l'Orient et de l'Occident. Nous faisions tomber les murs de l'ignorance. Nous étions les créateurs inspirés d'un nouveau style arabe. Nous ne manquions ni de culot ni d'arrogance.

À la pause, je pus discuter avec Kader. Il m'expliqua comment il travaillait. Il me confia le thème de l'exposition qu'il projetait de monter avec une galerie débutante.

— *Dubaï Select*, c'est purement alimentaire, se justifia-t-il. Le sujet d'aujourd'hui me change de la routine des inaugurations et des cocktails jet-set. Les gens sont laids et le plus souvent ivres. J'ai beau avoir tous les filtres du monde, je ne peux effacer la sueur de leurs joues, la vulgarité de leurs tenues, la bêtise de leurs regards. Et pourtant, je dois les rendre présentables, désirables, même.

— Comment faites-vous ? lui demandai-je.

— Je mets ma tenue de plongée, répondit-il.

— Que voulez-vous dire ?

— Quand j'étais à Paris, j'avais un voisin qui faisait toujours la fête. De ma fenêtre, je voyais les invités se déhancher, s'amuser, se toucher. Mon appartement était insonorisé, j'entendais la musique faiblement. Mais un soir, ce bruit de fond me dérangea plus que d'habitude et je mis des boules Quiès. Je me dirigeai vers la fenêtre et restai fasciné par un spectacle que je croyais pourtant connaître. C'était comme observer un aquarium, des poissons colorés qui bougent dans un espace restreint et ne semblent pas percevoir le monde qui les entoure. J'attendis avec impatience la fête suivante et refusai d'y participer quand mon voisin m'y invita. Je voulais être le plongeur à l'extérieur des êtres. Depuis ce jour, je me rends aux cocktails mondains sans appréhension.

— Et vous mettez toujours des boules Quiès ?

— Bien sûr, cela fait partie de ma tenue de plongée.

Il me présenta son masque – son appareil photo –, son tuba – son flash –, et ses bouteilles d'oxygène – le lourd sac à dos qui contenait batteries et objectifs.

Kader devint mon ami et m'initia à la photographie. Il m'apprit ce qu'il savait et me « dressa » l'œil, comme il disait. Car j'avais l'œil. La technique me faisait défaut mais je réussissais à saisir l'instant, à capter le regard, à deviner le mouvement. Je ne tardai pas à faire de la photo un passe-temps exclusif.

Ton « casse-temps », me disait Fahd qui voyait cette passion grandir et craignait pour notre entreprise commune. Il avait raison. Je pensais de moins en moins à nos lignes de meubles et de plus en plus à ma prochaine escapade. Ce devint une obsession, un besoin récurrent. Il fallait que je parte à la recherche du sujet étonnant, du moment inoubliable que je figerais à jamais dans mon appareil numérique.

Je prenais des risques. Photographier les femmes dans leur quotidien pouvait me conduire en prison. Je pense que le danger m'excitait. Je m'étais muni d'un appareil très sophistiqué, que les professionnels utilisent souvent dans leurs reportages. J'avais acheté un zoom très puissant. La chasse pouvait commencer.

Je me prenais pour un photographe animalier. L'important, c'était la planque qui permettrait de voir sans être vu. J'allais près des parcs réservés aux femmes. Il me fallait trouver une cachette d'où je pourrais observer sans avoir à redouter des visites inopportunes.

Les femmes portaient toutes le *niqab*. L'absence des hommes et le sentiment de sécurité que leur donnaient les hauts murs du parc les autorisaient à quelques audaces. Certaines se découvraient brièvement pour manger. D'autres ouvraient plus largement leurs tuniques et dévoilaient leurs dessous, colorés, sophistiqués, souvent aguichants. Cette première découverte excita ma curiosité. Je pris goût à voler les images de cette intimité que leurs habits de sortie ne pouvaient en aucun cas révéler. J'essayais d'imaginer le vrai visage de ces femmes en observant la frimousse de leur progéniture, mon seul indice. Quand le père venait retrouver sa petite famille à la sortie du parc, je pouvais vérifier si mes intuitions étaient justes en les comparant à nouveau. Je me plaisais beaucoup dans ce rôle de voyeur des mœurs saoudiennes. Je compris que Djeddah pouvait devenir un terrain de jeu idéal.

Une ville étrange, Djeddah. Un maire un peu fou avait autorisé des sculpteurs débutants à étaler leurs egos sur les ronds-points de la ville. Ils ne s'étaient pas privés.

Le résultat était déroutant. Les jarres immenses succédaient aux poulpes géants. Les répliques de navires affrontaient les globes terrestres monumentaux. Seule la taille du rond-point semblait avoir freiné les ardeurs créatives de ces artistes publics.

Le long de la côte de la mer Rouge, les baraques à jouets rivalisaient d'imagination pour allécher les enfants. Leurs mères zigzaguaient de kiosque en kiosque, au gré des caprices de leurs petits. Tels des appâts au milieu du tourbillon urbain, les dinosaures gonflables et les voitures télécommandées taquinaient les jeunes passants. Les mères étaient toutes vêtues de leur niqab anthracite. L'austérité de leur uniforme – de leur uniformité – se heurtait aux couleurs agressives des peluches *made in China*.

Le noir intégral a prévalu au fil du temps, encouragé par des religieux radicaux. Dans certains pays musulmans, comme le Yémen, les femmes s'habillaient de noir pour se distinguer des prostituées. Le Coran, que j'avais lu sur les recommandations de Fahd, précise que les femmes mariées de grande beauté doivent veiller à ne pas attirer l'attention des autres hommes. Les musulmans wahhabites ont appliqué ces écritures à la lettre, et le conseil est devenu règle.

Une règle, parmi tant d'autres, qui justifie la raison d'être de la redoutable *Mouttawa*, la brigade des mœurs musulmanes. Mais nous étions loin des turpitudes de nos capitales occidentales, car ce sont les droits les plus fondamentaux qui sont considérés comme des délits majeurs.

J'en fis l'amère découverte pendant les six premiers mois de ma vie à Djeddah. Les rapports entre les femmes et les hommes étaient biaisés. Ils se rencontraient avec prudence. Ils se parlaient rarement. Discuter avec un homme qui n'était pas de sa famille dans un lieu public pouvait condamner une jeune femme à la prison.

Il me fallut d'abord comprendre où les contacts s'établissaient. Je l'appris par hasard, et ce fut un choc.

C'était un samedi, dans la chaleur étouffante de l'après-midi. Les habitants de Djeddah se rendaient dans les centres commerciaux climatisés pour y faire leurs emplettes et prendre le frais. Je m'étais rendu dans un supermarché pour ma corvée de courses du week-end. J'étais au rayon des céréales et tentais vainement d'attraper une boîte de corn-flakes que les responsables du magasin avaient mise en hauteur parce qu'elle coûtait moins cher. Je sentis derrière moi un bruissement de robe ainsi qu'un fort parfum d'*oud*. Une femme, très grande, se saisit de la boîte en veillant subrepticement à m'effleurer le bras. Quand elle fut près de mon oreille, elle me dit :

« *You are hot but are you naughty*[1] ? »

J'en restai coi. Je ne savais comment réagir. C'était si soudain, si inattendu. Elle comprit que je n'étais pas au fait des techniques de drague de Djeddah. Elle m'introduisit dans la main un petit bout de papier sur lequel elle avait inscrit un nom et un numéro de téléphone portable. J'étais intimidé. Je me retournai et la regardai. Elle avait des yeux noirs surlignés à outrance. Elle me fit un clin d'œil et me quitta. Je vis s'éloigner sa grande silhouette, ne sachant pas si je devais la suivre ou l'interpeller. Mon instinct me commanda de ne pas bouger et d'attendre.

— Tu as bien fait de ne pas la suivre, me dit Fahd, à qui je m'étais empressé de raconter ma mésaventure.

— Comment aurais-je dû réagir, lui demandai-je ?

— Tu as bien fait. Tu ne devais pas lui donner le change. Elle a établi le contact. Elle est partie. C'est maintenant à toi de la rappeler si tu le désires.

— C'est un peu rapide comme approche, non ?

— Nous n'avons pas le temps, tu sais. Il ne faut pas donner une chance aux gars de la Mouttawa. Direct, *straight*

1. Tu es sexy mais, es-tu coquin ?

to the point[2]. Je dois avouer que ta dulcinée a fonctionné à l'ancienne.

— Que veux-tu dire ?

— Donner des bouts de papier, ça ne se fait presque plus. Maintenant on drague avec les sms, les e-mails et les sites de rencontre. Les nouvelles technologies ont sauvé la jeunesse arabe. En tout cas, ton amoureuse aurait dû t'envoyer un message via Bluetooth, plus cool et moins dangereux. Elle devait être un peu âgée, tu as bien fait de ne pas l'appeler...

Et il se mit à rire.

— Donc, ça fonctionne ainsi ? Tu accostes ou tu te fais accoster et ensuite, tu signifies rapidement ton intérêt ?

Fahd saisit son téléphone portable et me montra des messages qu'il avait conservés. Ils étaient sans équivoque. « Je te veux », « Tu es à moi », « Je suis déjà folle de toi », sans parler de l'inénarrable « Mon cœur est à prendre, mon corps est à toi » ou son contraire.

— Le style des Saoudiennes est inimitable, reconnaissable entre tous, une prose romantique aux accents provocateurs. C'est le produit de la culture internet, le langage d'une génération qui a lu des livres mais qui communique par messages codés.

— Pourquoi se rencontrer dans les supermarchés ?

— C'est plus pratique et c'est moins risqué. Les espaces des centres commerciaux sont des terrains de chasse rêvés, mais les hommes de la Mouttawa les fréquentent trop souvent. Alors que dans les supermarchés, ils y vont moins volontiers. Les rayons sont hauts, les allées étroites, il y paraît moins suspect de s'approcher de quelqu'un. Dans un centre commercial que tu traverses pour aller aborder une fille, tu as plus de chance de te faire repérer.

2. Droit au but.

— Et à part les centres commerciaux ?

— Tu ne sais pas ?

— Non, je ne sais pas. Dis-moi.

— Les filles vont faire une promenade sur le front de mer, si possible à la tombée de la nuit. Elles se baladent deux par deux, deux sœurs, deux cousines. Très souvent, elles sont accompagnées de leur frère, qui est aussi leur complice et leur confident. Il est en chasse lui aussi. Ils s'aident mutuellement à repérer leurs cibles.

— Et après ?

— Après, ils croisent d'autres groupes et si le courant passe, ils vont s'échanger leurs coordonnées.

— Et la Mouttawa ?

— La Mouttawa, tu la vois arriver de loin. Les gars sont gras, lents, empotés, ils portent une barbe fournie et ils ont toujours leur chapelet à la main, qu'ils égrènent nerveusement. Tu ne peux pas les rater.

— Ils sont si caricaturaux que ça ?

— N'oublie pas, faire partie de la Mouttawa ou être religieux, c'est pour les ratés. Mais je les pensais plus pervers, c'est vrai. Je les aurais crus capables d'infiltrer les réseaux de rencontre. J'imagine qu'on leur ordonne de ne pas aller trop loin.

Je décidai d'aller vérifier la véracité de ces informations. Je pris ma voiture et me rendis sur la promenade le long de la mer Rouge, non loin des hôtels internationaux. Effectivement, un curieux ballet s'y tenait. À intervalles réguliers, des couples de jeunes gens déambulaient. Quand ils se croisaient, ils se regardaient furtivement. Si le contact était établi, ils ralentissaient leur allure. Il fallait avoir le temps de se dire un mot, de s'envoyer un message. Quand c'était chose faite, ces étranges équipées quittaient la corniche et retournaient chez eux. Un coup de téléphone leur suffirait pour se donner rendez-vous.

Je décidai d'entrer dans l'arène. Je garai ma voiture près d'un kiosque à jus de fruits et me mis à marcher. L'atmosphère était intrigante. Dans l'obscurité, les promeneurs devenaient des silhouettes invisibles et floues. Le bruit des vagues couvrait le vrombissement des voitures et les rares voix qui s'élevaient au cœur de la nuit. Il ne manquait plus que la brume pour suggérer un film d'épouvante. Rien qui n'inspirât un rendez-vous galant.

Au loin, deux formes noires de femmes apparurent. Ma première rencontre. La tension monta d'un cran tandis que je me rapprochai d'elles. Elles esquissèrent des mouvements impatients qui trahissaient leur fébrilité. Quand nous fûmes à deux pas les uns des autres, elles ralentirent et l'une d'entre elle me murmura : « *Do you want to know me better*[3] ? » Une façon de m'aborder mais aussi de m'exciter, car elle m'invitait à la découvrir. Je comprenais mieux le jeu du non-dit et des cache-cache.

Peu après avoir reçu cette invitation, mon téléphone signala qu'un message texte venait de me parvenir. Il me donnait un numéro et il était signé *Warda*. Je m'estimais heureux car j'étais déjà en possession des coordonnées d'une jeune femme. Certes, je ne savais pas à quoi elle ressemblait. C'est le seul avantage que les femmes avaient sur les hommes.

« Elles peuvent immédiatement évaluer la marchandise. Alors que nous, on peut toujours avoir une mauvaise surprise. L'excitation de la découverte fait quelquefois place à la consternation, crois-moi », m'avait confié Fahd. Souvent les Saoudiennes qu'il avait déshabillées ne dissimulaient en fait que sa déconvenue.

« Le niqab ne cache pas seulement la beauté », ajouta-t-il.

---

3. Voudrais-tu mieux me connaître ?

Je poursuivis ma route et, tout au long de la soirée, reçus une bonne dizaine de messages. Il me fut difficile d'en choisir un en particulier et je compris mieux pourquoi Fahd avait invoqué la chance. Je ne pouvais faire référence à leur aspect physique puisqu'elles se ressemblaient toutes dans leurs habits noirs. Je me souvenais seulement que les femmes du second groupe étaient particulièrement rondes. Je les éliminai. Il m'en restait donc neuf. Je m'attardais sur un pseudonyme que je trouvais joli. Elle s'appelait *Basma,* qui veut dire « le sourire » en arabe. J'avais trouvé ça malin, sachant que je ne découvrirais ce sourire qu'au moment où je la déshabillerais. Je ne la rappelai pas tout de suite. Je voulais faire à nouveau l'expérience de ces chassés-croisés amoureux.

Le lendemain, je choisis d'aller un peu plus loin, à l'écart des grands hôtels. Le manège était identique mais les silhouettes avaient changé. Il y avait plus d'hommes que de femmes. Je pensais qu'ils chaperonnaient mais, en fait, ils chassaient eux aussi. Je reçus autant de messages de femmes que d'hommes dont les pseudonymes, *Harba* ou *Jazzar,* ne laissaient guère de doute sur leurs intentions.

Avec embarras, Fahd me confirma que ses concitoyens étaient souvent bisexuels.

« Tout ce que les jeunes veulent, c'est de l'action », commenta-t-il.

J'en fis l'expérience la semaine suivante.

Je n'avais pas appelé Basma. Je m'étais encore aventuré sur la corniche. J'avais récolté d'autres numéros, que j'avais supprimés au fur et à mesure. Fahd m'avait déposé et m'avait dit en partant : « Fais bien attention à toi. » Prémonitoire.

Sur le chemin du retour, alors que je tentais de héler un taxi disponible, une Jaguar blanche s'arrêta à ma hauteur. Le conducteur, un jeune Saoudien qui parlait remarquablement l'anglais, se proposa de me prendre en stop. Une pratique courante et une façon pour les Saoudiens de manifester leur légendaire hospitalité. Et puis, il y avait toujours cette curiosité de l'étranger. Je montai dans sa voiture et lui indiquai la direction de mon domicile sans en donner l'adresse exacte. Il conduisait lentement. Il commença un interrogatoire auquel j'étais habitué et dont la première question était relative à ma nationalité.

— *Where are you from*[4] ?

— Je suis français

— *Fransawi*, très bien... Chanel, Yves Saint-Laurent...

Je fis oui de la tête.

— Vous êtes marié ? demanda-t-il.

Je lui répondis négativement. Il sembla satisfait mais cela n'éveilla pas mes soupçons. Il prit une portion d'autoroute et quand il fut sur la file de gauche, il accéléra. Je l'interrogeais du regard. C'est le moment qu'il choisit pour mettre sa main sur ma cuisse.

— Tu me plais, dit-il.

— Oui mais je...

Il ne me laissa pas finir ma phrase.

— Ne dis rien. Je sais que tu me veux.

Il accéléra de nouveau. Nous étions sortis de la ville et nous roulions vers le désert. La vitesse du véhicule m'empêchait de tenter quoi que ce soit. Il fallait que je réagisse, et vite. Je lui dis : « Je te veux aussi, mais pas tout de suite. D'abord, je voudrais que nous dînions ensemble. »

Il sembla contrarié. Il réfléchit et me dit ensuite qu'il connaissait une bonne adresse. J'espérais que le restaurant serait en ville. Je n'avais pas l'intention de le dénoncer au premier carrefour. Il y avait de fortes chances que la police ne me croie pas et me suspecte d'être le bourreau plutôt que la victime.

---

4. D'où viens-tu ?

Il choisit un restaurant italien qu'il définit comme romantique. J'en eus froid dans le dos. Il me demanda ce que je voulais manger et insista bien sur le fait qu'il m'invitait. Je le remerciai et passai commande d'un menu dégustation. Il s'agissait de lui faire croire que j'avais l'intention de passer toute la soirée avec lui. Je fis de gros efforts pour être d'une compagnie agréable et rentrai dans son jeu de questions-réponses à connotation coquine. Après le plat principal, je m'excusai et lui précisai que j'avais besoin d'aller aux toilettes. Il me demanda s'il pouvait m'y accompagner. Heureusement, il plaisantait.

L'entrée des toilettes n'était pas visible de notre table. Je sortis du restaurant aussi vite que je le pus. Il y avait plusieurs taxis devant l'établissement. Je m'engouffrai dans l'un d'eux et demandai au chauffeur de me conduire chez Fahd. Je ne voulais pas traîner dans le quartier où j'habitais. Sans en avoir conscience, j'avais été prudent. Ni adresse ni de numéro de téléphone. Il ne savait rien de moi. Mais il me chercherait là où il m'avait rencontré. Aussi décidai-je de ne pas fréquenter les bords de mer pendant quelques semaines.

J'avais besoin d'une activité physique qui me fasse bouger et m'évite de finir comme tous ces hommes que la vie sédentaire avait rendus obèses. J'envisageais la natation. Les habitants de Djeddah n'étaient pas autorisés à se baigner dans la mer Rouge. Parce que pour se baigner, il faut se déshabiller.

Je n'ai jamais aimé les piscines. Il fallut donc trouver une activité sportive alternative. J'achetai sur internet une paire de rollers et retournai sur la corniche pour aller y patiner. Je n'avais plus peur de mon chauffeur d'un soir. Je ne voulais pas tomber dans la psychose.

Je pris goût au roller le long de la côte. J'allais vite, et la brise venant de la mer me grisait. Un jour, je décidai de prolonger mes raids jusqu'à la nuit tombante. Je n'étais pas là pour draguer mais je me rendis compte que les rollers multipliaient mes chances. Le principe était identique. Se balader, ralentir à l'approche d'un petit groupe, échanger ses coordonnées et passer au groupe suivant. La différence, avec les rollers, c'est que j'allais beaucoup plus vite. Je recueillis le double de numéros. Il semblait même que les passantes appréciaient ma nouvelle technique. L'une d'entre elles me proposa sa croupe alors que je me portais à sa hauteur. Je ne pouvais pas le croire. Je ne la touchai pas et elle me lança une injure.

Parmi les noms des correspondantes mystérieuses, je retrouvai Basma. Fallait-il y voir un signe ? Je l'appelai.

— Allô, Basma ?

— Bonsoir, l'homme qui fait du roller, dit-elle sans la moindre hésitation.

— Comment saviez-vous que c'était moi ?

— Vous êtes le seul Occidental que j'ai rencontré dans les six derniers mois et votre accent français ne trompe personne.

— Donc, vous vous souvenez de moi ?

— Très bien. D'abord vous draguiez à pied, ensuite en rollers, qui sait ce que vous allez inventer la prochaine fois ? continua-t-elle.

— Le chameau... dis-je sans beaucoup réfléchir.

Ma réponse était idiote mais elle la fit rire. Notre conversation s'engageait sous de bons auspices.

— Ils sont cool, vos rollers. Vous me les prêterez ?

— Je ne les prête pas à n'importe qui...

— Ne vous inquiétez pas, je vous montrerai bientôt mon sourire, s'empressa-t-elle d'ajouter.

— Ce n'est pas ce que j'ai voulu dire...

— Mais ce que vous avez pensé. Venez me retrouver samedi, au bout de la corniche. Je viendrai avec une amie. Elle se tiendra à distance. Elle fera le guêt pendant que nous discuterons.

— D'accord, dis-je. Quel est votre nom, votre vrai nom ?

— Vous le saurez samedi, dit-elle.

J'étais surexcité comme un enfant à qui il tarde d'ouvrir ses cadeaux de Noël. Je trouvais l'attente interminable. Elle ne m'avait pas donné d'heure ni de lieu de rendez-vous. Je ne savais pas quoi faire. Je m'attendais à ce qu'elle me recontacte. La veille de notre rencontre, elle m'envoya un message.

« Demain, 18 h, devant le rond-point géant avec la caravelle. »

Je fus le premier sur place. Je n'attendis pas longtemps. Une voiture de marque américaine s'arrêta devant moi et laissa descendre deux femmes. Il m'était absolument impossible d'identifier Basma. Elle comprit mon hésitation et se rapprocha de moi.

« Bonjour, je suis Basma. »

Je la saluai en mettant ma main sur le cœur, en signe de respect.

L'autre femme se présenta. Sa voix était grave. Elle était sans doute plus âgée ou alors, elle fumait trop.

Basma semblait beaucoup plus à l'aise que moi. D'un pas décidé, elle s'engagea sur la promenade qui serpente le long de la mer. Sur quelques kilomètres, les urbanistes locaux avaient construit des alvéoles en béton, refuges des familles nombreuses venues y pique-niquer, d'une multitude de chats et, plus rarement, de jeunes couples aventureux.

Basma me posa des questions relatives à mon pays, à mon métier, à ma condition d'homme. Me savoir célibataire sembla l'égayer.

Je n'osai rien lui demander. Chacune de mes questions me semblait indécente, mais je pouvais comprendre qu'elle s'étonnât de mon silence. Nous étions arrivés à destination. Il y avait là une de ces alcôves à laquelle le son de la marée montante donnait des accents romantiques. L'amie de Basma resta en haut, sur le chemin. Basma me prit la main et m'invita à la rejoindre le long d'une paroi de l'abri. Elle ôta son voile et me sourit. Elle n'était pas très belle mais elle avait un sourire magnifique et des yeux que je trouvais très clairs pour la région.

— Tu es déçu ? demanda-t-elle avec une légère pointe d'angoisse.

— Au contraire, je te trouve très séduisante, hasardai-je.

— Alors je vais te montrer le reste, me dit-elle avec un aplomb qui m'affola.

Elle entrouvrit son niqab et je découvris ce qu'elle portait en dessous, un chemisier blanc presque transparent et une mini-jupe noire. Elle avait un très beau corps. Je lui rendis son sourire et posai ma main sur son épaule.

« Pas ici », dit-elle.

Je retirai ma main et lui demandai comment elle s'appelait.

« Je m'appelle Noura. »

C'est ainsi que notre relation commença. Elle me permit de mieux comprendre les codes et les dangers d'un flirt en Terre sacrée. Nous allions souvent sur la corniche. Nos entrevues étaient brèves et intenses.

Les allées et venues s'intensifiaient sur la corniche et à ma grande surprise, les adeptes du roller étaient toujours plus nombreux.

« Tu as lancé une mode et une nouvelle technique de drague. La jeunesse de Djeddah t'en sera éternellement reconnaissante », me dit Noura.

Je la désirais et ignorais combien de temps allaient durer ces prémices. Quelquefois, n'y tenant plus, je lui saisissais la main en public ou la serrais de trop près sur l'escalator du centre commercial. Un soir, nous nous étions donnés rendez-vous dans un centre commercial du centre-ville. Je détestais cet endroit. Je le savais truffé des tartufes de la Mouttawa.

Nous prîmes place à la table d'un café. J'étais nerveux, contrarié. J'avais eu la mauvaise idée de me remémorer mes années de lycée, comme il était simple de se toucher, comme il était facile de s'embrasser, comme il était naturel de faire l'amour. Je lui pris la main sous la table et la serrai très fort. Quelques minutes plus tard, deux hommes nous abordèrent. Il ne me regardèrent même pas et s'adressèrent à Noura.

« Montre-nous tes papiers. C'est ton mari ? »

Noura répondit négativement et l'un des hommes nous demanda alors de les suivre. Nous fûmes emmenés au poste de police dans deux voitures différentes. Je demandai à l'homme l'autorisation de me servir de mon téléphone pour appeler Fahd. L'homme ne s'y opposa pas.

Quand j'eus fini le récit de mes ennuis, Fahd me dit qu'il allait s'en occuper.

Quelques heures plus tard, j'étais dehors.

Fahd, c'était ce que les Saoudiens appelaient la vitamine W.

W comme « *Wasta* », qui veut dire influence.

« Sans vitamine W, tu ne pourras pas survivre, m'avait expliqué Fahd. Si tu vois une femme qui ne se couvre pas le visage et la tête, ça signifie qu'elle a des appuis très haut placés. Personne ne viendra l'interpeller. »

Noura, elle aussi, avait sa vitamine W.

Elle m'avait rapporté le contenu de son interrogatoire. Ils lui avaient demandé pourquoi elle était amoureuse d'un gars qui portait un short et des bijoux. Ils faisaient allusion à la bague que je portais au doigt, et qui n'était pas une alliance. J'avais trouvé la question sur le short amusante et lui avais promis de ne mettre que des pantalons. Il lui avait aussi demandé pourquoi nous nous tenions la main. Noura avait répondu que les Indiens se tenaient la main dans la rue, que les Saoudiens se faisaient constamment des mamours pour se témoigner leur amitié, alors quoi ? Ça n'avait pas amusé les hommes de la Mouttawa, qui avaient abrégé la conversation.

Il y eut d'autres péripéties dans notre relation. Nous nous fréquentions depuis plusieurs mois et nous avions décidé de franchir le pas, de coucher ensemble. Noura n'était pas une musulmane très pratiquante. Elle n'avait aucune intention de rester vierge jusqu'au mariage. Elle avait connu d'autres hommes et elle avait bien l'intention de renouveler l'expérience. Le problème, c'était de trouver un endroit. Un vrai casse-tête. Ça me rappelait ma jeunesse, quand avec ma petite amie nous ne pouvions nous payer un hôtel et que nous finissions sur la banquette arrière du break familial, dans des positions qui nous donnaient plus de bleus que de plaisir.

La situation était similaire. Il était hors de question d'aller chez moi ou chez elle. Trop de témoins potentiels, trop de périls annoncés. Et je refusais catégoriquement de le faire dans la voiture.

Je connaissais un hôtel trois étoiles dans le centre de Djeddah. J'y avais logé quelques semaines avant d'emménager dans mon appartement. J'avais sympathisé avec le gérant, Afez, un Syrien débonnaire avec qui je fumais la shisha. Je l'appelai et lui expliquai mon problème.

— Ce n'est pas un problème, ça, me dit-il avec amusement.

— Et on fait comment ?

— Toi, tu t'enregistres comme n'importe quel client.

Elle, je la fais rentrer discrètement par la porte arrière de l'hôtel. Elle te rejoint avec l'ascenseur de service. »

Tout s'était passé comme Afez l'avait prévu.

Noura m'avait retrouvé dans la chambre. Elle avait attendu le signal d'Afez qui lui avait envoyé un message texte quand il s'était assuré que les couloirs étaient vides grâce aux caméras de surveillance. On ne fait pas l'amour sans complice à Djeddah. D'abord, la bonne copine qui nous chaperonne. Ensuite, le gérant de l'hôtel qui joue les passeurs.

Noura se jeta sur moi. Elle se dévêtit négligemment. Elle jeta son niqab au bout de la pièce comme si elle se débarrassait d'une ceinture de chasteté dont elle aurait récupéré la clé après une abstinence forcée. Il y eut très peu de préliminaires. Mais n'étions-nous pas en mode préliminaire depuis des mois ? Notre étreinte fut brusque et intense. Elle se mit à crier, de vrais hurlements qui me paralysèrent. Mais l'excitation était trop forte. Je continuais à bouger en elle. Elle ondulait comme un serpent à qui on a coupé la tête. Elle cria encore un peu plus fort et j'entendis que l'on frappait contre la cloison. Cela venait de la chambre voisine. Je décidai d'ignorer cette alerte. Noura se laissait aller. Elle gémissait. C'était sa façon de vivre l'amour physique, en le manifestant bruyamment.

Noura était proche de l'orgasme et le téléphone de la chambre sonna. Je ne voulais pas l'entendre. La sonnerie se tut enfin. Le corps de Noura était comme possédé et j'avais de plus en plus de mal à me retenir. Elle eut un spasme violent et poussa un nouveau cri strident. On cogna à la porte. Je me levai précipitamment et regardai par le témoin. C'était Afez. Il avait sa mine des mauvais jours et semblait impatient. Je passai un peignoir et lui ouvrit.

« Vous avez deux minutes pour déguerpir. Il y a trois ou quatre clients qui se sont plaints, dont un religieux en partance pour la Mecque qui m'a promis de faire un rapport à la police. J'ai dû m'excuser. J'ai parlé d'un couple marié trop longtemps séparé, de la nature, du manque d'insonorisation... Mais je ne tiens pas à ce qu'ils vous demandent personnellement où vous comptez passer votre lune de miel, alors faites vite. »

Je résumai la situation à Noura qui semblait inquiète. Nous nous rhabillâmes et sortîmes par derrière. Cet incident mit un terme à notre relation. Noura avait peur qu'on l'identifie et que le déshonneur soit jeté sur sa famille. Nous ne devions plus nous revoir.

Je lui proposai de la raccompagner car il n'y avait plus de taxi à cette heure. Nous étions arrivés devant chez elle. Elle sortit sans me regarder. Elle avait honte. Elle effaçait mon souvenir. J'avais le cœur serré. Je sentais l'amertume m'envahir. Il nous avait fallu un temps infini pour nous unir. Une minute de sermon avait suffi à nous séparer.

Je n'entendis plus parler d'elle et me gardai bien de reprendre contact. Échaudé par l'issue malheureuse de ma dernière liaison, je mis un terme à mes activités nocturnes. Plus de chasse en rollers. Plus de rencontres clandestines en bord de mer. Je n'y étais retourné qu'une fois, par curiosité, en observateur passif. Je n'avais pas fait la promenade. Je m'étais assis sur un banc pour espionner le carrousel des amants. Je remarquai un autre ballet, celui des voitures avec chauffeur, qui m'avait échappé jusque-là.

C'était un peu comme la montée des marches à Cannes. Les voitures de couleur sombre qui s'arrêtent devant le palais les unes après les autres. Les passagères qui en descendent en prenant le soin de ne pas froisser leur robe de soirée. Les niqabs remplaçaient les créations des couturiers.

J'avais observé le même phénomène à l'entrée des shoppings malls où les femmes se faisaient déposer par leur chauffeur. Fahd m'avait expliqué qu'il y avait souvent des histoires entre les Saoudiennes et leur chauffeur, en général des Pakistanais, parce qu'ils étaient musulmans et qu'ils parlaient peu. La promiscuité du véhicule favorisait l'intimité.

« Un des secrets les mieux gardés du royaume », avait commenté Fahd.

Les femmes ne sont pas autorisées à prendre le volant, car se déplacer librement est un permis de se conduire de façon licencieuse. Une de mes clientes, la riche Saoudienne Khadija, m'avait fait part de son indignation : « Nous sommes filles de bédouins, ils croient peut-être qu'on interdisait aux femmes de bédouins de monter leurs chameaux ! » Khadija était l'un des rares personnages publics à s'indigner ouvertement du traitement réservé à elle et à ses concitoyennes. Elle en avait le caractère et les moyens financiers.

Quand je la rencontrai pour la première fois, elle était habillée en tailleur Chanel rose clair. Elle me raconta sa vie en Californie, en Europe et en Australie. Fille d'ambassadeur, elle avait pu mettre les convictions misogynes des wahhabites à l'épreuve de la réalité occidentale. Tout en me décrivant son canapé idéal, elle se lançait dans de nombreuses digressions sur sa joyeuse vie d'étudiante au campus de Berkeley. Inutile de préciser que Khadija augmenta de façon significative ma dose de vitamines W.

Ce fut l'heure de déjeuner. Khadija s'excusa, disparut quelques instants. Elle revint vêtue d'une *abaya* et se posta devant moi en criant : « Ninja ! »

Je ne m'attendais pas à un tel sens de l'humour. Ce trait d'esprit scella notre amitié naissante. Je décidai de la suivre dans son combat contre l'obscurantisme.

Une vraie bouilloire, Khadija. Seul son statut de femme d'affaires la protégeait des investigations de la Mouttawa.

Mais elle supportait mal cette farce quotidienne et refusait de s'exiler en Europe. Elle s'emportait souvent contre l'entêtement des hommes au pouvoir : « Et encore, au Moyen Âge, il n'y avait ni 4x4 ni chaînes par satellite... »

Chef d'une résistance en jupons sous niqab, elle ne manquait aucune occasion de communiquer au monde les progrès de la condition féminine à Djeddah.

« Ça ne peut venir que de Djeddah, disait-elle. On est sur la mer Rouge, tu comprends. C'est bien connu, les villes côtières sont réformistes. Trop de bateaux, trop de voyageurs, trop de marchandises, tu ne peux pas fermer les yeux. Il faudrait que toutes les villes soient sur la mer. »

Khadija avait ses réseaux. Des amis de Berkeley aux intellectuels qu'elle croisait à Dubaï, le soutien moral et logistique ne manquait pas. Un entrefilet dans le journal, une provocation sur la toile et la cause de la femme saoudienne avançait, doucement, mais sûrement.

Le vendredi après-midi, je participais à des discussions dans la villa de Khadija. Ce qui était impensable à l'extérieur – des femmes en grande conversation avec un homme – devenait banal dans les salons d'une femme d'affaires respectée. Je les rejoignais au moment de la collation.

Un jour, au terme de la réunion, Khadija m'entraîna dans un coin tranquille de la villa. Elle souhaitait passer à l'action. « Rien de violent. Juste une façon pacifique et humoristique de provoquer les censeurs. »

Son idée était audacieuse et je compris pourquoi elles avaient besoin de mon aide. Vêtues de noir, certaines femmes du groupe se feraient prendre en photo dans des situations de nature à défier les garants de la morale wahhabite. Je devins complice de leurs mises en scène et les aidais à réaliser des tableaux réalistes qui fustigeaient les interdits les plus absurdes du royaume.

Je commençai par photographier Zeina, une jeune étudiante, fille d'une amie de Khadija. C'était la plus intrépide du groupe. La plus jolie aussi.

Zeina insista pour jouer les camionneuses.

Je n'eus pas de difficultés à réquisitionner l'un des engins qui nous servaient à convoyer la marchandise. Zeina et moi prirent la direction du sud. Au nord, il y avait Medina et à l'est, La Mecque. On ne pouvait s'y aventurer. J'aurais eu du mal à justifier une femme en camion à la lisière des lieux sacrés. Trop d'ennuis en perspective, d'autant que je n'avais pas été impressionné par la célérité du consulat de France et que mes réserves de vitamine W ne suffiraient pas à me sortir d'une situation aussi compromettante.

Zeina se déguisa en livreur de meubles pakistanais. Elle plaça ses cheveux courts sous une casquette salie, mit un pantalon et des chaussures un peu grossières. Elle s'empressa de cracher dès qu'elle fut dehors, ce qu'elle fit maladroitement et qui faillit provoquer chez moi un fou rire déplacé et lourd de conséquences.

Quant à moi, avec ma peau mate et mes yeux verts, je n'avais aucun mal à ressembler à un immigré de Peshawar. Je m'étais laissé pousser la barbe, j'avais acheté une tenue traditionnelle pakistanaise. La ressemblance était remarquable.

Il ne nous restait plus qu'à rouler le plus vite et le plus loin possible en direction du désert. Ce que nous fîmes avec une étonnante facilité. Pas de barrage, pas de contrôle, pas de questions, même à la station service quand nous prîmes de l'essence et que Zeina ne répondit pas au pompiste qui lui parlait en ourdou.

Nous quittâmes l'autoroute de Jizan pour prendre une déviation qui ne semblait mener nulle part. C'était parfait.

Après dix kilomètres de route, nous trouvâmes l'endroit idéal, une ferme abandonnée où personne n'était venu depuis longtemps. Derrière la ferme, il y avait une grande colline de sable rouge qui nous rendait invisibles depuis la route principale. Si quelqu'un était venu, nous l'aurions repéré rapidement. Le véhicule s'entendrait et son déplacement entraînerait un gros nuage de poussière à sa suite.

Zeina se changea dans la cabine. Elle quitta ses vêtements d'homme et revêtit le traditionnel niqab. Je ne pus m'empêcher de l'observer. Je distinguai le haut de son dos et ses épaules. Sa nudité partielle me bouleversa. Elle se retourna et me sourit avec une innocence désarmante. Je détournai mon regard et me dis intérieurement : « Oh non, ça ne va pas recommencer. »

Zeina se plaça au volant du poids lourd et prit l'air de quelqu'un de très déterminé. Je m'étais juché sur le toit de la ferme, manquant de passer à travers la tôle rouillée. Quand j'eus trouvé une position stable, je commençai à immortaliser les prouesses de Zeina. Le soleil déclinait et colorait le désert d'une lumière pourpre. Le rouge de la colline, le ciel violet, le camion noir et Zeina au volant de ses quinze tonnes avec sa posture de gros dur et sa main droite qui balayait l'air comme un as du rodéo, je tenais ma photo.

Nous reprîmes la route. La nuit allait tomber. Khadija avait expliqué aux parents de Zeina qu'elle rentrerait tard, qu'elle était invitée à partager le repas du soir avec d'autres amies.

Nous fûmes rentrés à une heure respectable et personne ne suspecta quoi que ce soit. Je rentrai à mon domicile et téléchargeai les photos sur mon ordinateur. Je jubilai. C'était parfait : les couleurs, le camion, l'attitude de Zeina, l'ambiance de calendrier Pirelli, le faux décor d'Arizona et notre pin-up de Djeddah sous son austère chrysalide.

« Ils ne veulent pas nous reconnaître en tant que femmes, eh bien ils ne nous reconnaîtront pas. Le voile qu'ils nous obligent à porter sera un obstacle à leurs investigations », triompha Khadija.

Khadija voyageait souvent aux États-Unis pour ses affaires. Elle n'eut pas de difficultés à faire sortir les photos du royaume. Elle ne voulait pas les mettre en ligne à partir de Djeddah. Le territoire était surveillé et seule une petite centaine de milliers de Saoudiens faisait un usage fréquent d'internet.

Khadija contacta ses amis de Berkeley qui l'aidèrent à mettre en ligne ses images sur les réseaux sociaux. C'était la stratégie. Pas de contact direct avec la presse, du viral par la voie du web. Comme on pouvait s'y attendre, les photos furent plébiscitées par les médias et notre petite farce prit de l'ampleur.

Commença une période que je qualifierais d'heureuse, rythmée par les séances photos et mon flirt avec Zeina. Elle était issue d'une bonne famille de Djeddah. Son père avait un poste important au gouvernement et sa mère, une femme cultivée, enseignait à l'université. Elle jugeait notre relation avec bienveillance. Elle avait dit à Zeina qu'elle était contente pour elle, qu'elle avait la chance de vivre de vrais sentiments.

Zeina me plaisait beaucoup. Elle était belle et vive d'esprit. Je la trouvais mûre pour son âge et pour un pays où la plupart des jeunes adultes ont la mentalité d'adolescents de quinze ans. Mais je restais prudent. Je ne faisais aucun projet et me satisfaisais du temps qu'elle m'accordait.

Elle me trouvait patient, gentil, attentionné. Elle me disait que je savais y faire et que je la respectais. Sa mère était notre principale complice. Elle facilitait nos rencontres, mais il était tacite que nous ne devions jamais franchir les limites de la décence et de la convenance. En d'autres termes, nous ne pourrions pas faire l'amour. Pour cela, il faudrait devenir musulman et l'épouser. Zeina savait que les rapports entre les hommes et les femmes étaient plus simples en Occident, que moins de contraintes les séparaient. Cela la culpabilisait et elle veillait à me blesser le moins possible.

Un soir, nous étions allés dans un restaurant que sa mère connaissait et où personne ne viendrait nous importuner. Zeina rayonnait. Elle semblait si heureuse d'être avec moi. J'imagine qu'elle se sentait libre. La soirée fut très agréable. Nous nous amusions beaucoup. Je demandai l'addition. Le serveur me fit comprendre que je n'avais pas à m'en soucier. Je regardai Zeina, qui me dit : « Je ne veux pas que tu paies quoi que ce soit parce que je ne veux pas que tu regrettes. »

Elle me plaisait. J'hésitais à parler d'amour mais je sentais qu'un lien très fort se tissait entre nous. Sans vraiment me l'avouer, je me rapprochais de son monde. Je repris la lecture du Coran que Fahd m'avait donné. Je commençais des cours d'arabe, je lisais beaucoup, je tentais de devenir l'un d'entre eux. Mon arabophilie me rendait plus sensible et mon ami Fahd s'en félicitait. Il disait que mes créations avaient plus de caractère. Plus conformes à ce qu'il attendait de moi, aurais-je pu ajouter.

Je croyais qu'en devenant l'un d'entre eux, je gagnerais plus facilement le cœur de Zeina. Je songeais à me convertir, à l'épouser, à vivre en Arabie saoudite pour le restant de mes jours. C'est l'inverse qui se produisit. Plus je devenais Arabe, moins Zeina semblait m'apprécier. Je ne comprenais pas. Fahd se chargea de m'éclairer.

— Tu lui a plu parce que tu étais différent.

— J'ai fait tout ça pour elle, pour me rapprocher d'elle.

— Et tu te transformes en jeune Saoudien. Zeina est intelligente, curieuse, passionnée. Ton nouveau personnage ne ressemble plus à l'homme qui l'avait charmée la première fois.

Fahd avait raison. En devenant l'un d'entre eux, je perdais mon identité. Zeina le ressentait. Nos rencontres devenaient plus rares, nos sentiments s'évanouissaient.

Je voulus changer l'ordre des choses, lui parler, mais mes activités auprès de Khadija me précipitèrent dans un tourbillon dont je ne sortis pas complètement indemne.

Dans les mois qui suivirent en effet, d'autres photos parurent. Insolentes mais jamais inconvenantes, c'était notre code de conduite.

Pour des raisons de sécurité, nous avions espacé nos rencontres, tout comme la publication des photos. L'une d'entre elle, la dernière à laquelle je participai en tant que photographe, fit grand bruit au Moyen-Orient.

Nous avions choisi une scène de café, une scène anodine en Europe mais qui, dans la péninsule, revêtait un caractère licencieux.

Nous nous étions rendus dans la villa de la meilleure amie de Khadija. Elle avait un grand jardin, une vaste terrasse et des murs assez hauts pour nous protéger des regards indiscrets. C'était un vendredi, ce qui permit à l'amie de Khadija de congédier son personnel sans avoir à donner d'explications.

Il nous fallait recréer une scène de café de rue avec trois femmes pour clientes et un homme, en tenue traditionnelle, qui les servirait sans sourciller. Une des membres du groupe se fit maquiller le visage et porta les postiches. Elles s'amusaient beaucoup.

« Quand je pense à tous ces hommes qui portent des abayas pour lorgner dans les lieux publics réservés aux femmes... À nous de faire usage du travestissement », proclama Khadija.

Le déguisement était plutôt convaincant. Je jaugeai la lumière et choisis un angle de vue qui ne permettait pas d'identifier les lieux.

Cette nouvelle photo réveilla les rebelles endormies du royaume. Nous avions osé. Elles furent de plus en plus nombreuses à prendre la parole. Une journaliste se fit filmer au volant d'une voiture dans la banlieue de Riyad. Tout en conduisant, elle critiquait l'absurdité de ces lois misogynes et appelait la communauté internationale à faire pression sur le pouvoir en place.

La réaction ne se fit pas attendre. Les gardiens de la Mouttawa se firent zélés. Ils multipliaient les descentes dans les lieux publics. Ils abusaient de leur pouvoir. Ils cherchaient à intercepter un message, un geste équivoque pour confondre la fautive publiquement ; la plus humiliante et la plus grande des blessures qu'ils pouvaient lui infliger.

Une brigade de police visita nos ateliers. Nous n'avions pas été assez prudents sur la dernière photo. On pouvait y apercevoir l'infime détail d'un fauteuil que nous avions créé et vendu à plusieurs centaines d'exemplaires. La police allait faire des recoupements.

Photo en main et avec l'aide de nos carnets de commande, les inspecteurs établiraient la liste des demeures suspectes et les perquisitionneraient. Mais nos clients étaient prestigieux. Quand on se rendit compte que le nom du chef de la police figurait parmi les propriétaires du fauteuil griffé, l'enquête fut suspendue et nous ne reçûmes plus de visites.

Mais les soupçons continuaient à peser sur notre entreprise. La Mouttawa trouva le moyen de nous punir sans avoir à nous interroger. Nos œuvres originales, autrefois tolérées comme les fruits de l'imagination de l'artiste, devinrent les objets d'une campagne de dénigrement.

Mon nom comme celui de Fahd furent salis dans la presse locale. Je crois même que les muezzins nous réservèrent quelques-uns de leurs sermons du vendredi. Une publicité dont nous nous serions bien passés.

La nature de notre business nous destinait aux chuchotements des boudoirs, pas à la surexposition du débat public. Khadija avait suffisamment d'influence pour intervenir auprès des médias locaux, pour défendre la valeur artistique de notre travail. Mais c'eût été suicidaire. La police aurait pu faire le rapprochement.

Commença une longue traversée du désert à laquelle l'amitié qui me liait à Fahd ne survécut pas. Ma passion pour la photo m'avait éloigné de lui. Nos déboires médiatiques eurent raison de notre ancienne complicité. L'un d'entre nous devait partir.

En toute logique, je pris la décision de quitter Djeddah. Je vendis mes parts de la société à un ami libanais de Fahd, un de ces commerçants de Beyrouth qui flaire les bonnes affaires. Il me restait à choisir ma destination.

Ce ne fut pas difficile. Je voulais rester au Moyen-Orient, mais il me fallait une ville où je pourrais m'exprimer et faire de la photographie un mode de vie. Dubaï la cosmopolite, la cité qui ne finit jamais de se réinventer, s'imposa. Havre de paix pour les démocrates chassés des dictatures voisines, camp de base accommodant pour les terroristes venus recharger les batteries, oui, ce serait Dubaï, petit écrin de liberté individuelle niché sur le détroit de toutes les menaces.

Chapitre 2

Safineh

Les Français n'étaient pas encore très nombreux à Dubaï. Ils avaient été précédés par les Britanniques.

La majorité de mes concitoyens vivait une confortable existence d'expatriés dans les faubourgs d'Abu Dhabi, non loin des ambassades. Je ne pouvais donc compter sur leur appui. J'étais un pionnier sur les rivages de la Creek, ce petit bras de mer qui a vu naître Dubaï et résume son fragment d'histoire.

Le plus difficile, ce fut de changer de métier et de me reconstruire. J'avais abandonné le design. Je repartais de zéro.

Je choisis la profession de photographe. Dubaï pouvait me donner ma chance. La demande était croissante. Les photographes professionnels en activité étaient rares. Sans réelle concurrence, je n'avais plus qu'à faire mes preuves. Mais il fallait que je commence par me constituer un dossier.

Exposer mes clichés volés de jeunes Saoudiennes ne m'aurait pas donné la meilleure des réputations. Il fallait que je fasse des photos moins controversées.

Je ne parvenais pas à me passionner pour Dubaï qui, au premier abord, me sembla artificielle et fade. J'aurais pu la comparer à Singapour ou à Genève, des cités aseptisées que l'obsession de la propreté et de l'ordre rend inhospitalières au sens où l'individu finit par s'y sentir étranger et malvenu. Dubaï était trop sale pour leur ressembler. Les tempêtes de sable la recouvraient de poussière et lui donnaient un visage plus humain. Fragile, imparfaite, soumise, je commençai à l'apprivoiser. J'adoptais ses défauts, ses cicatrices. Je ressentais sa vulnérabilité sous les buildings en construction qui miroitaient comme des poissons mal écaillés. Je me montrai vigilant, cherchai la faille, et trouvai mes premiers sujets.

Ce que j'aimais le plus, c'étaient les maisons abandonnées, les demeures envahies par les herbes et les chats errants qui témoignaient d'un passé récent et peut-être douloureux. Non, tout n'était pas neuf à Dubaï. Cette ville avait eu de vrais habitants avant que les nouveaux riches venus de Russie ou d'Arabie saoudite envahissent les quartiers imaginés pour combler leur appétit de faste. Je pris des photos de ces habitations. Mon premier shoot, je le fis en bord de mer. J'avais repéré une maison de pêcheur. Elle n'avait plus de fenêtres et seule une balançoire rouillée prouvait qu'une famille avait dû y habiter autrefois. Les murs du jardin étaient lézardés. Il y avait une ouverture à l'interstice des palissades. À travers, on y apercevait la mer, comme dans un trou de serrure. Je m'approchai et vis au loin un voilier qui s'approchait. Bientôt, l'embarcation serait dans mon champ de vision. Je pris la photo.

Une autre fois, je me hasardais à Satwa, l'un des plus vieux et des plus authentiques quartiers de la ville, peuplé de Philippins, d'Indiens et d'Émiratis de condition modeste, installés depuis plusieurs générations. Satwa était l'âme de Dubaï, la mémoire des souffrances et des sacrifices qui lui avaient permis de devenir une métropole moderne. Satwa était faite de petites baraques blanches, souvent mal conçues, que des nantis auraient qualifiées de provisoires. Pour beaucoup de ces gens, c'était le symbole d'une vie réussie et peu importe si la maison était précaire ou tordue. Des promoteurs immobiliers, pour qui Satwa figurait comme une tache récalcitrante sur le cadastre de Dubaï, avaient décidé de redévelopper certaines parcelles de ces quartiers. Par redévelopper, il faut comprendre chasser les familles, démolir les maisons et les remplacer par des villas de luxe au milieu desquelles surgirait un golf dix-huit trous.

Ils avaient expulsé les habitants. Ils avaient scellé les portes et brisé les carreaux des fenêtres. Ils avaient peint une croix bleue et un numéro d'identification sur la façade. Les bulldozers se chargeraient de terminer le travail.

Cette section de Satwa ressemblait à une zone dévastée par la guerre, la guerre du profit. À sa lisière, il restait quelques maisons. Elles attendaient leur tour. Je les pris en photo avec en arrière-plan les immeubles triomphants.

L'incendie du cinéma Al Qamar m'offrit mes meilleures prises de vues. On y projetait des films de Bollywood. À la première séance du vendredi, des milliers de jeunes Indiens se pressaient au guichet. Si une star était en tête d'affiche, la police locale prêtait secours aux gérants du cinéma pour les aider à contenir l'émeute. Les fans connaissaient déjà les chansons du film. Les ballets soigneusement chorégraphiés se transformaient en karaoke géant. Il fallait voir leurs yeux briller à chaque apparition de leur actrice préférée. Ils ne l'admiraient pas, ils l'adulaient telle une déesse. Ils n'étaient plus eux-mêmes. Je me rendis quelquefois au cinéma Al Qamar et fus impressionné par l'expression du visage de ces hommes que l'écran hypnotisait. Ils n'étaient plus dans leur état normal. Tout pouvait arriver, me disais-je.

Hélas, je ne me trompais pas. Un soir, ils avaient programmé le dernier film de la superstar Indeya, une femme très belle originaire de la province du Kerala qui avait gravi les marches du succès pour devenir la reine de Bollywood. Beaucoup d'Indiens qui travaillaient à Dubaï venaient du Kerala. Indeya avait une place à part dans leur cœur. Quand elle eut interprété sa première danse, la salle était en transe. Un des spectateurs en oublia les consignes de sécurité et alluma une cigarette qu'il crut éteindre en la piétinant sous son siège. Le feu prit rapidement, mais tout le monde fut évacué à temps. Le lendemain de l'incendie, le cinéma n'était qu'une carcasse noire. Il ne restait que les armatures des sièges. L'écran avait brûlé et derrière, sur le mur de projection, la fumée avait dessiné comme des spectres. C'était encore une salle de cinéma, mais elle semblait réservée à un public de fantômes. Je pris de nombreuses photos.

Elles plurent au directeur de la galerie d'art *Mathar* qui me proposa de les exposer. L'un et l'autre, nous faisions nos premiers pas à Dubaï. Lui en tant que galeriste, moi en tant que photographe. Nous avions tous deux intérêt à ce que l'exposition fût saluée par la critique. Il y eut beaucoup de monde au vernissage. Il faut dire qu'il y avait très peu de galeries à cette époque. Beaucoup d'expatriés amateurs d'art traquaient la perle rare, l'œuvre inspirée qui réanimerait leur passion et justifierait leur présence au Moyen-Orient auprès de leurs amis restés en Europe.

J'étais un épiphénomène. Les artistes venus du sous-continent faisaient leur apparition sur le marché et l'on comptait sur une dizaine de mécènes pour initier le mouvement. On me présenta comme un Français nostalgique, un genre d'orientaliste qui cherchait des traces d'histoire dans les ruines éphémères de Dubaï. La galerie vendit une dizaine de photos et cela suffit à lancer ma carrière.

Mais il fallait que je trouve quelque chose de plus commercial pour percer réellement, que je traite un sujet qui touche les Émiratis. Mon ami Fahd avait été catégorique : les faucons ou les chevaux. Je choisis les chevaux. J'eus une idée dont je gardai le secret et qui guida mon travail pendant les prises de vue.

Je voulais inverser les rôles. Le cheval aurait une posture humaine et le cavalier présenterait un visage plus animal. Je me rendis dans l'un des centres équestres dissimulés dans le désert, l'une de ces oasis de verdure britannique improbables que seule la détermination d'un cheikh pouvait faire surgir du sable étouffant. Je n'eus pas de mal à recevoir une autorisation. Mon projet flattait les egos. Tous les jeunes Émiratis que je photographiais s'imaginaient déjà en première page d'un livre à la gloire des pur-sang arabes. Évidemment, le résultat les surprit un peu. Sur les photos, leurs montures paraissaient sereines alors qu'ils avaient les traits du visage tirés et déformés par l'effort. Je tenais secrètes les raisons d'un tel contraste. Il y eut une deuxième exposition. Les acheteurs, surtout des locaux, s'y bousculèrent. Parmi eux, il y avait les sponsors d'une agence de publicité qui ne manquèrent pas de me recommander auprès de leurs associés.

Ils me confièrent un premier travail, une séance photo avec des femmes émiratis qui faisaient du lèche-vitrine dans l'un des plus grands centres commerciaux de la ville, l'Arab Mall. Elles n'étaient pas émirati en réalité, mais indiennes ou iraniennes. Sous le voile, il n'en paraissait rien. Un subterfuge dont je n'eus pas de mal à m'accommoder. Deux ans d'expérience à immortaliser les corps dissimulés des femmes voilées, à observer le mouvement de leur robe, à deviner l'effronterie d'un regard que seul le maquillage peut rehausser, tout cela m'aida beaucoup dans mon travail.

Mes photos se retrouvèrent sur les grands panneaux qui longent la principale artère de la ville, la cheikh Zayed Road. Cette publicité fit ma publicité. De plus en plus d'agences vinrent me trouver. Elles me demandaient de « refaire le coup de l'Arab Mall ».

« Comment fais-tu pour réussir de telles photos ? » me demandaient souvent les directeurs artistiques.

« On dirait que tu les devines, qu'elles sont nues seulement pour toi », disaient-ils intrigués.

Cela m'amusait beaucoup et je ne fis pas allusion à mes débuts d'apprenti photographe en Arabie saoudite.

Ainsi commença ma carrière aux Émirats, par des photographies de femmes émiratis émoustillées par les tentations du lèche-vitrines.

Le propriétaire des Arab Malls n'était pas n'importe qui. Il s'appelait Khalid Al Firas.

Il fut mon premier grand client et devint aussi mon premier grand ami dans la région. Khalid Al Firas faisait partie de ces entrepreneurs à qui Dubaï devait sa notoriété. Avec la bénédiction du cheikh, il avait été le premier à ouvrir des centres commerciaux aux Émirats. Un pionnier qui avait su rester humble et que sa richesse soudaine n'avait pas rendu mégalomane.

Le succès de la campagne de publicité lui apporta la preuve de ma compétence. Il me fit confiance et me réserva ses projets les plus ambitieux. Je devins le photographe attitré de la famille Al Firas.

Les frontières entre notre relation de travail et notre relation amicale devenaient de plus en plus floues. Et pour cause, comment qualifier l'inauguration d'un nouveau mall où il figurait au premier rang ? Que penser d'une photo de famille qui paraîtrait le jour suivant dans le journal national et donnerait la mesure de la puissance du clan ?

Ce lien privilégié me permit de vivre correctement.

Certes, le caractère exclusif de cette relation m'interdisait tout contrat avec d'autres familles.

Khalid m'appela pour couvrir l'événement du mois à Dubaï, l'Arab Cruise, une croisière inédite sur le détroit d'Ormuz.

C'était une idée de Khalid qui avait la nostalgie des années 1970, du temps où Dubaï n'était qu'un modeste port de commerce que seuls les *dhows* pouvaient emprunter. La « côte de la trêve », comme l'appelèrent les Anglais, jouait un rôle grandissant et devint rapidement l'un des principaux carrefours maritimes de la région. Les dhows faisaient la jonction avec l'Inde, le Pakistan, l'Iran et toutes les anciens territoires soviétiques devenus des États indépendants avides de biens de consommation. Avec leur apparence d'inoffensifs bateaux de pêcheurs, les dhows trompaient la vigilance des garde-côtes du sous-continent. Dans leur cale, on ne stockait pas que du coton. L'or et les cigarettes firent la prospérité des contrebandiers.

Les transactions se monnayaient en roupies et l'arabe n'était pas la langue la plus parlée. À l'écart des clans venus de Bombay, la famille Al Firas, soutenue par le cheikh de Dubaï, avait décidé de prendre part à ce lucratif commerce. Elle investit dans une flotte de dix bâtiments et choisit la voie de l'Iran, par-delà le golfe Persique.

Khalid fit souvent la traversée entre Dubaï et Qeshm, l'île qui jouxte les côtes iraniennes, un endroit étrange et aride, une parenthèse, une zone franche qui joue le rôle de vestibule pour les marchandises venues de la péninsule. Le port de Qeshm autorisait tous les échanges, facilitait les procédures et préparait l'entrée officielle des exportations vers l'Iran. Même après la révolution islamique, l'île garda son statut d'intouchable, hors du temps et du pouvoir.

Khalid voulait revivre son épopée d'adolescent. Il avait seize ans lors de sa première traversée. Il en parlait souvent.

L'agitation sur le quai, le ballet frénétique des porteurs, les pêcheurs de mérous assis sur le ponton, la mélopée du muezzin qui accompagnait la lente remontée de la crique, et le port brumeux d'humidité qui s'éloignait enfin, il se souvenait de tout.

La famille Al Firas avait réaménagé l'un de ses dhows.

« Un yacht déguisé en bateau de pêcheur », m'avait expliqué Khalid en me présentant *le Safineh*, le jour de son inauguration. Le *Safineh* trompait les apparences. Il ressemblait vraiment aux embarcations commerciales traditionnelles. Seule la peinture non écaillée et l'antenne satellite sur le toit de la cabine pouvaient trahir sa nature véritable. À l'intérieur, ce n'étaient que boiseries vernies et métaux précieux. L'or était sorti des cales et triomphait maintenant sur le gaillard d'avant.

La croisière sur la crique de Dubaï était l'une des attractions touristiques les plus connues du pays. Plusieurs compagnies s'en disputaient le monopole. Khalid voulait quelque chose de différent, sortir de l'embouchure du port et faire route en direction des côtes iraniennes, comme au temps de sa jeunesse.

La navigation sur le détroit d'Ormuz était très réglementée. Trop de pétroliers, trop de tensions et trop d'enjeux entre les trois pays qui en contrôlaient l'accès. Malgré ses relations, Khalid avait dû beaucoup négocier pour suivre l'itinéraire qui l'intéressait. Il avait dû faire quelques concessions. Ni alcool ni musique, un seul photographe accrédité.

L'Arab cruise n'avait qu'un seul but, faire la promotion des Arab Malls et de la famille Al Firas. Tout le monde savait, à Dubaï, qui était derrière les Arab Malls.

Khalid Al Firas voulait que les premiers passagers du *Safineh* soient les gagnants d'un grand jeu concours qui drainerait encore plus de monde dans ses centres commerciaux.

À l'entrée des centres commerciaux de Dubaï, il y avait souvent de grandes sphères de plastique transparentes remplies de bulletins chiffonnés. À leurs côtés, des banderoles criardes invitaient les visiteurs à donner leur nom et leur adresse e-mail. Elles leur promettaient des prix faramineux à l'issue du tirage au sort. Voyage à New York, Ferrari California, parures de diamants, l'espoir du gain pouvait justifier l'investissement de quelques dizaines, voire de quelques centaines de dirhams.

Khalid avait souhaité que toutes les franges de la population puissent participer. Il ne fallait que quinze dirhams pour commencer à rêver.

Khalid avait prévenu que le tirage au sort obéirait à des règles très strictes. Il ne pourrait y avoir deux personnes d'une même nationalité à bord du bateau.

Les participants étaient donc invités à signaler leur pays d'origine avant de placer leur bulletin dans l'urne.

Je compris mieux pourquoi le bateau s'appelait l'arche et je me rappelai que Noé, comme beaucoup d'autres personnages de la Bible, était respecté des musulmans.

J'en parlai à Khalid, qui ne démentit pas le rapprochement, mais se garda bien de donner une signification religieuse à son initiative.

— L'arche de Noé, c'est une belle histoire. Les gens aiment les belles histoires, c'est tout. S'ils y font référence, tant mieux », dit-il.

— Khalid, je suis d'accord, mais permettez-moi de vous rappeler ce qui a d'abord motivé le voyage improbable de Noé.

— La sauvegarde de l'espèce, n'est-ce pas ? » répondit Khalid.

— Ou la destruction d'une génération corrompue et

perverse. Je vous laisse imaginer les possibles interprétations.

— Oui, je sais. On dira que je ne cautionne pas la politique de développement de Dubaï. On mettra en lumière mes contradictions. On me traitera d'opportuniste.

— Et cela ne vous effraie pas ?

— Je ne suis pas sûr que mes détracteurs aient toutes ces connaissances. Je leur répondrai que la légende de l'arche a été maintes fois utilisée dans l'histoire de l'humanité. L'épopée d'Atrahasis chez les Mésopotamiens, Manu sauvé par Vishnu ou le grand déluge provoqué par GongGong dans la mythologie chinoise, les histoires similaires ne manquent pas, expliqua Khalid sur un ton docte.

— C'est le déluge qui m'inquiète. La terre recouverte par les eaux au moment où le littoral se recouvre d'îles artificielles à la merci du réchauffement climatique...

— Vous avez trop d'imagination, coupa Khalid.

— Peut-être. Il est vrai qu'il pleut trois fois par an. C'est un peu bref pour un déluge. Et l'islam ? lui demandai-je.

— Noé est un des principaux prophètes de l'islam. Les musulmans évoquent son histoire pour décrire le sort réservé à ceux qui refusent d'écouter la parole divine.

— Si je puis me permettre, Khalid, la plupart des histoires qui figurent dans le Coran servent à effrayer les croyants.

— Ne blasphémez pas. Et ne vous inquiétez pas. Nous trouverons les bonnes réponses si les mauvaises questions sont posées. Certains racontent que l'arche est passée par la Mecque, qu'elle fit le tour de la Kaaba avant d'atteindre sa destination finale. Il y a toujours de belles histoires à raconter. Vous êtes rassuré ? me demanda Khalid.

— Il y a autre chose qui me tracasse.

— Quoi ?

— Ne craignez-vous pas que les passagers soient perçus

comme des privilégiés ou des élus de Dieu ? Que diront les pays dont aucun représentant ne sera à bord ?

— À nous de ne pas nous tromper de message. Vous connaissez la presse. Elle dira ce que nous dirons. Le gouvernement est avec moi. L'Arab cruise, c'est encore une façon de faire parler de Dubaï, dit Khalid avec aplomb.

— J'espère simplement qu'ils parleront de Dubaï pour les bonnes raisons.

— Vous voulez toujours le job ? me demanda Khalid Al Firas avec un brin de provocation.

— Bien entendu, lui répondis-je.

Le succès fut immédiat et la presse s'empara du phénomène.

Qui seront les passagers du *Safineh* ? De quels pays seront-ils ?

Y aura-t-il autant d'hommes que de femmes ?

Les questions se bousculaient et Khalid entretenait le suspense avec l'aide d'une équipe de communicants avisés et bien décidés à faire du tirage au sort le plus grand événement de l'année.

Mais au pays du libre commerce, la transparence a ses limites. Les Al Firas gardèrent le tirage au sort confidentiel. Si l'événement avait été trop médiatisé, il aurait pu nuire à l'image du groupe familial.

Imaginons qu'une main innocente choisisse trois Indiens d'affilée.

La probabilité était forte. Les Indiens représentent la moitié de la population de Dubaï.

Tout se passa un samedi dans les salons privés de la famille Al Firas. Le petit dernier du clan plongea sa main dans une jolie boîte nacrée que les conseillers du groupe avaient garnie de bulletins présélectionnés. Je n'ai jamais su s'il avait fallu retirer des bulletins.

La nationalité des gagnants fut révélée le lendemain lors d'une conférence de presse à laquelle assistèrent des représentants des rédactions étrangères.

Face aux objectifs, Khalid se présenta, énuméra les activités de son conglomérat, rappela en quelques mots le principe de la croisière et dévoila enfin la nationalité des passagers.

« Mesdames et messieurs, il est temps pour moi de vous révéler la liste des gagnants du grand jeu Arab Cruise. Afin de préserver l'anonymat des heureux élus jusqu'au jour du départ, je ne vous communiquerai pas leur identité. Vous ne connaîtrez que leur nationalité. Al Firas Group aura donc le plaisir d'accueillir à bord du *Safineh* des hommes et des femmes venus de France, du Pakistan, des États-Unis, du Liban et de l'Arabie saoudite. Le bateau partira de la crique ce 9 janvier. Merci et que Dieu soit avec vous. »

Khalid accepta de répondre à quelques questions. Comme il l'avait prédit, aucun journaliste ne s'intéressa au caractère symbolique du bateau et à son périple loin des terres. L'attention des médias se portait uniquement sur les passagers du jeu concours.

— Quels furent les critères de sélection ? demanda le premier journaliste.

— Comme je l'ai expliqué, ce fut un tirage au sort.

— Qu'auriez-vous fait si deux personnes de la même nationalité avaient été tirées au sort ?

— Cette situation ne s'est pas présentée.

Khalid mentait sans doute, mais son flegme naturel donna à sa réponse la consistance voulue.

— Estimez-vous que le hasard a bien fait les choses ? Êtes-vous satisfait du résultat ?

— Oui.

— Pourtant aucun citoyen de nationalité indienne n'a été tiré au sort. Peut-on encore parler d'un échantillon représentatif de la population de Dubaï ? osa demander un journaliste d'un quotidien de Mumbai.

Sa question était sensible. L'absence des Indiens dans ce tirage au sort et la présence d'un citoyen du Pakistan pouvaient irriter la communauté indienne.

Je vis Khalid froncer les sourcils en signe d'agacement, puis il répondit en souriant.

— C'est le hasard du tirage au sort. Sachez que la quasi-totalité de mon équipage est composée d'Indiens. C'est la nation la plus représentée à bord et, vous me l'accorderez, cela reflète assez bien la population de Dubaï. Il y a cent vingt nationalités dans notre ville. Il eût été difficile de toutes les inviter. J'aurais préféré que le bateau soit deux fois plus grand et que nous puissions accueillir encore plus de passagers. C'est ainsi.

Le journaliste ne semblait pas convaincu, mais il se tut. Un autre continua.

— Les passagers sont-ils de condition modeste ?

— Non, pas systématiquement. Je crois même que certains d'entre eux vivent confortablement.

— Et cela ne vous gêne pas, ajouta le journaliste ?

— Non, ce n'est pas une œuvre de charité, c'est un jeu concours et tout le monde pouvait y participer.

— Y a-t-il autant d'hommes que de femmes ?

— Je crois que c'est assez équilibré.

— Avez-vous pris des mesures de sécurité exceptionnelles, demanda une journaliste de la presse étrangère ?

— En effet. Le détroit d'Ormuz est une zone très surveillée. Toute activité suspecte y est immédiatement repérée. Nous travaillons activement avec nos amis iraniens et omani dans le but d'assurer la sécurité des passagers.

La conférence de presse s'était achevée sur ces paroles rassurantes.

Le tirage au sort, pourtant clos, continuait de déchaîner les passions. La presse indienne ne décolérait pas. Le tirage au sort de l'Arab Cruise démontrait, une fois de plus, à quel point les autorités de Dubaï dénigraient une communauté d'immigrés à qui elle devait pourtant sa croissance. De leur côté, les Pakistanais jubilaient, comme s'ils étaient en finale des championnats du monde de cricket au détriment de leur meilleur ennemi.

D'autres nations non représentées s'indignaient. Les Omanis rappelèrent les liens ancestraux qui les unissaient à leur voisin arabe. Les Koweïtiens choisirent la posture du mépris. Les Irakiens parlèrent d'un oubli qui ne favoriserait pas la réhabilitation médiatique du pays. Les Égyptiens jurèrent et s'en moquèrent avec des chansons et des sketches qui firent le bonheur de toutes les télévisions du Golfe.

Khalid n'avait sans doute pas prévu ce tumulte. Il craignait pour les intérêts de son groupe. Et si la croisière se passait mal ? Et s'il arrivait quelque chose à l'un des passagers ? Il se mit à douter. Un soir, il se confia à moi.

— Tu crois que j'ai commis une erreur ?

— Non.

— Tu le dis parce que tu en es convaincu ou parce que tu ne veux pas me contrarier ?

— Je n'ai pas peur de vous contredire. Vous le savez, Khalid, et c'est pour cela que vous m'employez. Non, je ne crois pas que l'Arab Cruise soit une mauvaise idée.

— Alors pourquoi me suis-je levé cette nuit avec des sueurs froides, demanda Khalid ?

— Parce que tous les projecteurs sont braqués sur vous et que vous ne vous y attendiez pas. Ce n'est pas l'idée de la croisière qui est mauvaise, c'est l'emballement médiatique qu'il provoque.

— Que fait-on, me demanda-t-il ?

— On ne fait rien. C'est trop tard. Pour l'instant,

cette opération vous fait beaucoup de publicité. Vous êtes en passe de vous faire un nom au-delà de vos propres frontières. Peu d'hommes d'affaires arabes ont réussi cet exploit avant vous. Vous allez devenir le premier Émirati connu dans le monde.

— Oui, mais à quel prix?

— Au prix d'une petite croisière! Joli retour sur investissement.

— Si vous le dites... commenta Khalid en esquissant un sourire.

— Tout se passera bien, Khalid. La croisière est bien préparée. La traversée est courte. Il y a juste un peu trop de tapage médiatique, mais rappelez-vous à quelle vitesse les unes des journaux se succèdent et comme le public est amnésique. Pour vous, c'est tout bénéfice. L'Arab Cruise aura été une belle opération de relations publiques pour votre groupe et pour Dubaï.

— Que Dieu vous entende.

Il ne restait que quelques jours avant le départ. Tant mieux. Le *Safineh* une fois parti, tout rentrerait dans l'ordre et l'Arab Cruise n'intéresserait plus personne.

Il en fut autrement.

9 janvier, le jour J.

Je quittai mon domicile vers 8 h du matin. J'habitais dans Jumeirah, un quartier résidentiel huppé où ne vivaient que des expatriés et des locaux fortunés. J'avais trouvé une villa qui me donnait l'impression de baigner dans le luxe. Mes amis d'Europe du Nord appréciaient et me rappelaient la chance que j'avais de vivre au soleil toute l'année. Comme tous les privilégiés, je n'y faisais plus attention. Le ciel bleu faisait partie d'un décor immuable, et seules les quelques ondées de janvier me prouvaient que les nuages existaient vraiment. Mes rares voyages hivernaux en Europe me rappelaient au bon souvenir d'une météo qui avait une place de choix dans les journaux et les conversations des retraités. À Dubaï, on ne parle pas « de la pluie et du beau temps ». On ne parle que du beau temps... Et du beau temps.

Donc, on n'en parle pas.

Un taxi m'attendait devant la porte. Un Indien qui déversait une logorrhée composée d'anglais et teintée d'un fort accent. Je lui communiquai ma destination : la crique. Il me demanda si je m'y rendais pour affaires. J'eus le malheur de lui répondre que j'allais assister au départ de l'Arab Cruise. Bien mal m'en prit. Il me donna son opinion. Il semblait intarissable sur le sujet.

— Vous croyez que le tirage au sort a été truqué ? commença-t-il.

— Je ne pense pas, non.

— Moi je crois que oui. Il n'y a pas d'Indien sur cette croisière, c'est impossible. Statistiquement, ça ne pouvait pas arriver.

— Je ne suis pas expert en probabilité, commentai-je ennuyé.

— Je suis sûr que le gouvernement est derrière tout ça.

— Pourquoi dites-vous cela ?

— C'est trop bien proportionné. Il y a autant de musulmans que de chrétiens. Ils ont accepté un Pakistanais. Comme par hasard, un Saoudien a été tiré au sort. C'est comme s'ils n'avaient voulu fâcher personne.

— Ou alors, le hasard a bien fait les choses, tentai-je de conclure.

Il faut croire que, dans tous les pays du monde, les chauffeurs de taxi étaient des adeptes de la théorie du complot. À Paris, j'avais écouté les exposés laborieux et souvent nauséeux des chauffeurs convaincus de l'influence des triades chinoises ou du pseudo-lobby juif. À Dubaï également, l'homme de la rue croyait à des forces supérieures manipulant le destin du citoyen. Mon chauffeur poursuivit.

« Je pense que l'Iran est derrière tout cela.

— Et pourquoi ?

— Parce que tous les marchands de Dubaï ont des origines perses et que des milliards de dollars iraniens dorment dans les banques de Dubaï. Al Firas a beaucoup travaillé avec l'Iran. Pourquoi s'embêterait-il à naviguer sur le détroit, non loin des côtes iraniennes ? dit le chauffeur.

— Je pense que vous exagérez. Si vous voulez éviter la traditionnelle balade sur la crique, il n'y a pas trente-six mille solutions, vous devez aller sur la mer.

— Cette croisière, c'est un rapprochement politique avec l'Iran, dit-il.

Je décidai de le provoquer un peu.

— Moi j'aurais dit que c'était l'Arabie saoudite qui était derrière

— Et pourquoi ? s'empressa de demander le chauffeur qui se prenait au jeu.

— Parce qu'ils l'ont appelé l'Arab Cruise, pas la Persian Cruise.

Le chauffeur de taxi sembla dubitatif. Ces subtilités géopolitiques ne l'amusaient pas. Je le relançai une dernière fois.

— Donc, pour vous, ce n'est pas l'Arabie saoudite ?

— Non.

La conversation s'essoufflait. Il changea de sujet et se concentra sur l'itinéraire.

Pour éviter de prendre l'autoroute, je demandai au chauffeur d'emprunter la Beach road, l'une des trois routes parallèles qui longent la mer et structurent le paysage urbain. Les mosquées succédaient aux cliniques de chirurgie esthétique, les restaurants aux villas fortifiées.

Sur les contre-allées, les jardiniers pakistanais traînaient leurs tondeuses à gazon derrière un vélo. Des vendeurs chinois de DVD pirates faisaient du porte-à-porte. Des jeunes Philippines en blouse blanche rejoignaient un spa ou un centre médical. Notre véhicule traversa d'énormes flaques d'eau. Il avait plu la veille. Il n'y avait pas de tout-à-l'égout à Dubaï. En quelques heures d'orage, la ville pouvait se retrouver submergée et ne devait son salut qu'au soleil accablant.

La vitesse était limitée. Nous slalomions entre les voitures de sport et les gros 4X4 rutilants. Au loin, avec à son sommet le drapeau des Émirats, un mât gigantesque signalait la proximité du port, là où tout avait commencé pour la ville qui ne dort jamais.

Un portrait réaliste du cheikh régnant dominait le carrefour. Il semblait jeune et sûr de lui. On lui avait durci le regard à la palette graphique. Le cheikh scrutait l'horizon. Il semblait inspiré. « *He has a vision*[5] », comme disaient les locaux.

Nous prîmes la route portuaire, passâmes devant l'ancien village traditionnel des pêcheurs que les autorités locales avaient transformé en musée vivant. Je demandais au chauffeur de longer ce bras d'eau que tout le monde appelle la crique. Nous approchions de l'embarcadère. Une foule compacte nous attendait. La Mercedes G55 blanche de Khalid était garée en retrait. C'était le modèle préféré du cheikh. Tous les personnages puissants des Émirats avaient la même. Plusieurs hommes l'entouraient et observaient avec inquiétude les ondulations du public qui s'était rassemblé près de la passerelle. Quelques appareils photo surgissaient en haut de la foule quand leurs propriétaires croyaient

---

5. Il a une vision.

à l'arrivée de l'un des gagnants. On aurait dit la soirée inaugurale d'un jeu de télé-réalité.

Les passagers montèrent un à un. Ces visages me sont aujourd'hui familiers, mais à cet instant précis, ils m'étaient inconnus.

Les hommes et les femmes du *Safineh* étaient, à leur manière, représentatifs du *mezzeh* ethnique et culturel qui caractérisait Dubaï. Aux cinq gagnants du jeu s'ajoutait le nouveau mannequin de la marque du groupe Al Firas, une beauté iranienne prénommée Anahita, dont la présence à l'embarquement avait déchaîné l'enthousiasme des photographes, agréablement surpris de la trouver là. Khalid avait souhaité qu'elle fasse partie du voyage.

— C'est bon pour la marque, avait-il commenté.

— Et nous n'avions pas encore d'Iraniens à bord, ajoutai-je.

Mon regard parcourait cet équipage hétéroclite et déjà, les portraits se dessinaient dans ma tête. Je tentais de capter la lumière de leur visage. Je mémorisais leurs particularismes. Je recherchais les détails qui feraient la beauté du cliché final.

C'était un exercice que j'avais beaucoup pratiqué quand je passais mes vacances à Rome. Je me promenais souvent sur la via Del Corso. Comme dans toutes les grandes villes italiennes, la rue principale était le théâtre d'une parade sophistiquée qui voyait défiler la jeunesse de la ville. Samedi, jour d'affluence, les *ragazzi* et les *ragazze* se croisaient, se toisaient et se mettaient à l'épreuve du regard. Tout un art.

J'étais fasciné par la capacité des filles à mettre en valeur l'insoupçonnable. La jeune Romaine engoncée dans sa jupe me faisait oublier son embonpoint par sa chevelure éclatante. La banlieusarde complexée au visage ingrat portait les talons hauts qui rendaient ses jambes interminables. C'était devenu un jeu : deviner où se niche le petit détail qui fait la beauté du tout.

Je me livrais méticuleusement à cet exercice quand Khalid Al Firas m'interrompit pour commencer les présentations.

Je serrai d'abord la main de Samana, une jolie Pakistanaise aux cheveux très noirs et aux yeux très verts. Elle semblait intimidée. Elle avait un regard triste derrière son sourire de circonstance. J'aurais souhaité faire davantage sa connaissance, mais Al Firas me tira par le bras et m'entraîna vers l'avant du bateau, où se trouvait un autre gagnant de la croisière.

Je fis la connaissance de Toni, cheveux plaqués sur le crâne, chemise de marque entrouverte, chaussures de cuir blanc et poignée de main moite, qui m'entraînait déjà vers le bar. Un Libanais dans la plus pure tradition de Dubaï. Son regard libidineux harponnait les femmes de l'équipage, entre flots de paroles et rires forcés.

Parmi les femmes que Toni reluquait, il y avait Sharon, une femme d'une quarantaine d'années qui avait opté pour un camouflage de compromis. Elle ne portait pas l'abaya mais avait dissimulé ses cheveux sous un *hijab* plutôt sobre. Elle n'avait pas les traits d'une femme orientale, mais sa façon de se mouvoir prouvait qu'elle maîtrisait parfaitement les us et coutumes locaux.

Tout près de Sharon, un jeune homme attendait, se demandant par qui il fallait commencer, avec qui il allait engager une conversation qui pouvait se révéler passionnante ou terriblement ennuyeuse. Christophe, un Français installé à Dubaï depuis maintenant deux ans, n'avait pas souhaité venir. Il se demandait encore comment il avait été tiré au sort et se maudissait d'avoir mis ses coordonnées dans l'urne, un vendredi de déprime et de shopping forcé.

Trop tard, il faisait partie des passagers. Il fallait assumer. Alors il inspira fortement et demanda machinalement l'heure à sa voisine, qui n'était autre qu'Anahita. Elle lui répondit avec la prudence et la moue excédée d'une femme habituée à l'entreprise des hommes. Comme à chaque fois, les mêmes angoisses. Pourvu qu'il soit gentil. Pourvu qu'il ne la drague pas. Elle voulait simplement parler. Il semblait aussi ennuyé qu'elle. Cela la rassura un peu.

À quelques mètres du jeune Français, Anahita avait été intriguée par un homme en *gandourah*. Il ne faisait aucun effort pour socialiser. À son col de style occidental, elle devina qu'il était saoudien.

Anahita avait vu juste. Saeed était un businessman originaire de Riyad. Il avait une silhouette sèche et cette petite barbe finement taillée qui peut donner l'air important. Il semblait austère, arrogant. De tous les invités, c'est celui qui m'inspira le moins de sympathie. Mais notre hôte, le respectable Khalid Al Firas, semblait apprécier sa compagnie.

Khalid écourta les conversations. Le capitaine lui avait fait un geste de la main pour lui signaler le moment du départ. Khalid se dirigea vers l'avant du *Safineh* en invitant les gagnants et Anahita à le rejoindre. Il forma deux rangs et demanda à chacun de sourire pour la photo de groupe. Imitant les autres reporters présents, j'immortalisai ce moment historique en veillant bien à ce que Khalid Al Firas soit au centre de l'image, à son avantage. Je n'oubliais pas qui était mon employeur.

Le groupe s'éparpilla. Certains d'entre eux se dirigèrent vers la passerelle pour aller saluer leurs proches. Dans la confusion du départ, il me fut difficile de distinguer qui embrassait qui. Je reconnus Sharon, qui étreignait deux enfants émiratis, ce qui me surprit un peu.

Le *Safineh* s'ébroua lentement. On percevait à peine le bruit du moteur, ce qui contrastait avec l'allure pataude de ce bateau traditionnel. Au premier rang de la foule, quelques individus s'agitaient et donnaient plus de poids à leurs adieux.

C'était un départ assez solennel pour un voyage somme toute éphémère, puisque nous serions rentrés avant la nuit.

Personne ne pouvait imaginer le drame qui allait faire de chacun d'entre nous des témoins extraordinaires dont le destin allait basculer.

Nous étions des habitants de Dubaï qui, par les hasards d'un jeu concours et le caractère extraordinaire des heures à venir, serait un sujet d'attention pour le monde entier.

Peut-être parce que j'avais le double rôle d'observateur et d'acteur du drame qui allait se jouer ?

Peut-être parce que j'inspirais confiance aux passagers du *Safineh* et qu'ils m'avaient choisi pour raconter leur histoire ? Peut-être parce que je travaillais pour Khalid Al Firas et que cet emploi me donnait un statut officiel, une vraie légitimité ?

Pour toutes ces raisons sans doute, je fus l'homme qui, peu après les événements, eut le droit et la chance de s'entretenir avec chacun des passagers ; à une exception près.

Je pus écouter leur histoire, faire le récit de leur vie à Dubaï avant le drame.

Car peut-être leur présence à bord n'était-elle pas un hasard ?

Peut-être existait-il un lien indicible entre ces hommes et ces femmes ?

Je devais tenter de le comprendre et pour ce faire il n'y avait qu'un moyen, les écouter.

J'étais un photographe, je devins écrivain.

Au fond, c'était la même chose. Je faisais leur portrait. J'y mettais simplement des mots.

Le premier avec qui je m'entretins fut Khalid. Il était mon ami. De tous les passagers de l'arche, c'est lui qui fut le plus affecté par cette tragédie.

Chapitre 3

Khalid

Cet homme d'ordinaire si réservé se confia à moi sans la moindre hésitation. Il me raconta sa vie dans le détail, m'interrompant souvent pour s'assurer de mon attention :

« Tu l'as bien noté ça, exactement comme je te l'ai dit ? »

Comme si l'ampleur du drame qui s'était joué lui avait débloqué la mémoire. Comme si la violence du choc avait soudain réveillé une partie plus instinctive de son être.

Notre entretien dura des jours. Son emploi du temps, qu'autrefois deux assistantes à temps complet ne suffisaient pas à maîtriser, était bien plus aléatoire aujourd'hui. Les deux assistantes avaient probablement disparu et il avait insisté pour ne pas se faire aider. Il choisissait lui-même ses priorités et il ne tenait pas toujours compte des urgences qui s'accumulaient. Il y en avait tant, des urgences.

Mais il fallait qu'il raconte, qu'il se libère, qu'il cherche à comprendre.

« Ce n'est pas possible, répétait-il souvent, il doit y avoir une explication. Pourquoi ? »

Il avait insisté pour que nous nous voyions le plus loin possible de la mer. Nous avions donc pris nos quartiers dans l'une de ses villas secondaires, au beau milieu du désert, loin du tohu-bohu de la ville et du bruit sourd et persistant des autoroutes qui traversent les Émirats.

Il commença par me parler de son père, Mohammed Al Firas.

On ne savait pas trop quand Mohammed était né parce qu'à l'époque, il n'y avait pas de registre d'état civil. Il avait probablement vu le jour dans les années 1930. C'était un peu vague, mais Mohammed ne s'en souciait guère. Il s'amusait même de cette anecdote et se faisait passer pour plus jeune qu'il ne l'était.

Mohammed était un pêcheur. L'hiver il pêchait le *hammour*. L'été il plongeait, avec l'espoir de remonter une *dana*, une de ces perles de grosse taille qui ont fait la renommée des plongeurs du Golfe. Naviguer, pêcher, n'était-ce pas la meilleure des choses pour un homme de sa condition ? Dans le Coran, dans la sourate des abeilles, n'y avait-il pas écrit : « C'est lui qui a mis à votre service la mer dont vous tirez une chair fraîche pour vous en nourrir et de beaux joyaux pour votre parure. Et l'on voit aussi les vaisseaux y fendre les flots pour vous permettre d'aller à la recherche des bienfaits du Seigneur. Peut-être lui en serez vous reconnaissants ? » Mohammed remerciait chaque jour son Dieu pour les bienfaits que la mer lui donnait.

Mohammed n'aimait par la saison des perles et ses trois mois de chaleur accablante. Ils étaient trente ou quarante par bateau. Le capitaine du bateau, le *nokhada*, les traitait mal. Il fallait beaucoup plonger, jusqu'à huit fois par jour. Le rythme était soutenu et seules les prières de *dhuhr* et d'*asr* leur donnaient quelque répit.

Sur le pont du bateau, ils s'agenouillaient en direction de la Mecque dont le capitaine avait déduit la position à l'aide de sa boussole. Ils priaient. Ils auraient souhaité que la prière ne finisse jamais, pour ne pas y retourner, pour ne pas pénétrer de nouveau dans cette eau trop chaude et trop salée.

Une fois la prière terminée, le capitaine leur criait dessus, les encourageait à redescendre. Ils n'avaient peur ni des requins, plutôt craintifs, ni des méduses, dont la piqûre, dans le pire des cas, leur engourdirait les membres.

Ils n'avaient peur que de la soif. On ne leur donnait que quelques dattes, du poisson séché, du café, et puis plus rien jusqu'au soir. Ils étaient déshydratés. Ça ne gênait pas le nokhada. C'était encore pire quand le ramadan tombait en plein été. Ils ne pouvaient rien boire jusqu'au coucher du soleil. Le père de Khalid était un très bon pêcheur de perles. Le nokhada le savait et le laissait tranquille.

Le bateau rentrait avant la prière de *fajr*. Les pêcheurs ouvraient les coquilles dès qu'ils avaient appareillé. Ils étaient trop curieux. Ils voulaient savoir, avant de retrouver leur femme et leurs enfants. Ils voulaient rentrer chez eux comme des héros. Certains pêcheurs trouvaient des perles mais laissaient croire qu'elles étaient vides et rejetaient les coquilles à la mer. Ils les repêchaient un peu plus tard et les vendaient au plus offrant des marchands qui connaissaient la combine. Le nokhada le savait. Mohammed se souvenait de l'un des compagnons de son père qui s'était fait battre avec le bâton qui sert à guider les chameaux. Le malheureux ne sentait pas les coups qui s'abattaient sur sa nuque, mais il gémissait de honte, exposé ainsi au regard de ses camarades.

La récolte des perles payait bien. C'est la seule raison pour laquelle le père de Khalid continuait à plonger. Quelques années plus tard, la concurrence japonaise mit brutalement fin au commerce des perles dans la région. Seule l'île de Bahreïn y croyait encore, parce qu'elle avait des perles de qualité et d'habiles commerçants pour les vendre.

Le père de Khalid n'eut donc plus qu'une activité, en hiver.

Lui et son ami partaient le matin, après le *Maghrib*, juste avant le lever du soleil. Le muezzin, du haut du minaret qui dominait la maison familiale, lançait son appel à la prière. « *Allah Akbar, Allah Akbar*[6] ». Il le répétait plusieurs fois, comme pour bien s'assurer que les fidèles ne se rendorment pas. Cela ne pouvait arriver. Ils avaient été habitués à se lever tôt dès leur plus jeune âge.

Le muezzin redoublait d'efforts, faisait résonner sa voix, qu'il voulait pure et solennelle. Il leur donnait tout juste le temps de faire leurs ablutions, de se vêtir et de se rendre d'un pas rapide à la mosquée voisine pour honorer leur Dieu et le prier de garnir leurs filets. Ils se prosternaient, ils récitaient les sourates, ils s'unissaient à leurs frères courbés, eux aussi, dans une posture de soumission. Soumission, n'était-ce pas le sens du mot islam ?

Allah, le clément, le miséricordieux, les guiderait par-delà les épreuves. Et elles ne manquaient pas. Les barques qui se retournaient et les hommes qui mouraient noyés. Les tempêtes de sable qui les isolaient de leur famille. Les épidémies contre lesquelles les rituels ancestraux ne pouvaient rien. La canicule qui décimait les bêtes, interdisait tout mouvement et fatiguait les esprits jusqu'à la folie.

Et pourtant ils aimaient leur dieu. Ils s'en remettaient à lui. Ils plaçaient leur destin entre ses mains et chaque événement heureux ravivait leur foi, inéluctablement.

Ils jetaient leurs filets non loin de l'embouchure de la crique, au large des plages de Jumeirah, du nom des bra-

6. Allah est grand, Allah est grand.

siers consumés que les pêcheurs laissaient sur le sable à la nuit tombée. C'était leur habitude. Après leur journée, les hommes se retrouvaient autour d'un feu et se racontaient leur pêche. Les plus chanceux riaient, voulaient être à demain. Les moins fortunés s'en remettaient à Dieu et priaient pour des jours meilleurs. « *Inch'Allah*[7] », répétaient-ils tous en chœur.

Mohammed, le père de Khalid, était l'un de ces hommes. Bien avant que le pétrole fût découvert, bien avant que Dubaï devînt l'un des centres névralgiques du Moyen-Orient.

Khalid avait accompagné son père à la pêche plus d'une fois. Il l'avait vu souffrir en silence quand le vent tombait et que les bancs de mérous lui échappaient. Il l'avait admiré quand le bateau menaçait de couler tant les prises étaient nombreuses.

Quand le père de Khalid rentrait à la maison, sa femme le disputait tout en prenant soin de lui. Ses paroles le blessaient. Ses gestes le réconfortaient.

Au fil du temps, il écouta les reproches qu'elle lui faisait et il comprit son amertume. L'argent manquait. Khalid n'était pas seul. Il avait trois frères et sœurs. La vente du poisson ne suffirait bientôt plus. Il fallait qu'il change de vie. On disait que le cheikh avait de grands projets pour la ville, que de plus en plus de bateaux viendraient d'Inde et du Pakistan.

— Tu devrais aller voir le cheikh, lui dit-elle.

— Je ne veux pas le déranger. Il a des affaires bien plus importantes à régler. Il n'aura que faire de mes doléances.

— Tu te trompes. Le cheikh est un homme bon. Il reçoit tout le monde. Il parle aux hommes les plus modestes.

— Qui t'a dit cela ? s'étonna Mohammed.

---

7. Si Dieu le veut ; avec l'aide de Dieu.

— C'est ce que les femmes du village racontent. Tu sais, Abdullah, celui qui répare les filets sur le port...

— Oui, je le connais bien.

— Il est allé voir le cheikh. Il lui a parlé de ses projets.

— Comment sais-tu cela ?

— J'ai parlé aux femmes.

C'était souvent ainsi. Les femmes étaient bien plus au fait de la politique et des affaires de la ville que les hommes, trop occupés à travailler.

— Et qu'est-ce qu'il a, comme projet, Abdullah ?

— Tu n'es pas au courant ?

— Non.

Le père de Khalid semblait contrarié. Ce n'était pas la première fois que son épouse en savait plus que lui.

— Il va s'occuper des voitures.

— De quelles voitures ?

— D'abord des voitures du cheikh. Il en aura deux la semaine prochaine. Elles vont venir de Grande-Bretagne par bateau.

— Et Abdullah, il fera quoi ?

— Il entretiendra les voitures du cheikh.

— Mais il n'y connaît rien ! coupa Mohammed.

— Ils vont lui apprendre.

— Qui va lui apprendre ?

— Les Anglais vont envoyer des hommes qui connaissent les voitures. Le cheikh l'a exigé.

— Il l'a exigé ?

— Oui. Il paraît qu'il a dit aux étrangers qu'il n'achèterait pas leurs voitures s'ils ne leur montraient pas comment les entretenir. Et pour se faire bien comprendre, il a ajouté qu'il ne leur vendrait pas un chameau s'ils ne connaissaient pas l'arabe. Les étrangers ont bien ri et ils lui ont promis de leur prêter leurs mécaniciens pour quelques mois. C'est Abdullah qui sera leur apprenti.

Mohammed était stupéfait. Abdullah n'était pas un sujet brillant, même s'il avait de la bonne volonté. Et pourtant, le cheikh lui avait confié une mission. Tout se bouscula dans sa tête. Il se dit que lui aussi, il pourrait aller voir le cheikh.

Le commerce des perles finissait, les bancs de poissons se raréfiaient, mais le trafic augmentait sur la crique. Sa femme avait raison, Dubaï se transformait.

Le père de Khalid se décida à aller voir le cheikh pour lui demander conseil. À cette époque, il était facile de le rencontrer. Il les recevait au *Diwan*, de préférence le matin, très tôt.

Mohammed était intimidé. Il salua le cheikh avec déférence.

— *Salaam aleikum*[8]. C'est un honneur pour moi d'être reçu chez vous, dit-il au cheikh en se courbant aussi bas qu'il le put.

— *Aleikum Salaam*[9], lui répondit le cheikh. Cette demeure est la tienne. Sois le bienvenu.

Deux hommes en tenue traditionnelle leur préparèrent du thé. Ils lui offrirent quelques dattes qu'il ne refusa pas pour signifier qu'il acceptait volontiers l'hospitalité du cheikh. Les dattes étaient succulentes. Quand elles lui furent proposées de nouveau, il en prit plusieurs. Cela amusa le cheikh.

— Comment va ta famille, Mohammed Al Firas ?

— Très bien, Votre Altesse.

— Combien d'enfants as-tu ?

— J'ai quatre enfants.

— Ils se portent bien ?

— Oui, très bien.

— On m'a dit que tu étais pêcheur.

8. Que la paix soit avec vous.

9. Que la paix soit aussi avec toi.

— Oui, Votre Altesse, pêcheur de hammours l'hiver et pêcheur de perles l'été.

— Aimes-tu ton métier ?

Mohammed répondit par l'affirmative, mais quelque chose dans l'expression de son visage trahit son inquiétude. Le cheikh le remarqua.

— Vis-tu suffisamment bien du produit de ta pêche, Mohammed ?

— À vrai dire, votre Altesse, les poissons commencent à manquer et je me fais vieux. Mes fils ne veulent pas plonger… » Il s'interrompit, de peur d'importuner le monarque, de perdre sa dignité en partageant ainsi ses difficultés quotidiennes. Mais le cheikh l'invita à poursuivre.

— Continue, Mohammed. Explique-moi. Je suis assis ici avec toi aujourd'hui pour t'écouter.

Mohammed lui parla des filets qui n'étaient plus aussi remplis qu'autrefois, du prix du poisson qui baissait, de la concurrence venue des pays voisins. Le cheikh savait tout cela, bien sûr. Il ne recevait qu'une confirmation de plus. Le monde changeait et il fallait que Dubaï change avec lui.

— Tu aimes la mer, Mohammed ?

— Par-dessus tout, Votre Altesse. C'est ma vie.

— Tu voudrais continuer à naviguer ?

— Oui.

— Achète un bateau. Fais du commerce.

— Du commerce ? reprit Mohammed, qui n'était pas certain de comprendre les paroles du cheikh.

— Oui, du commerce. Tout manque à Dubaï, Mohammed, tu le sais bien. Nous sommes un pays sans ressources. Nous avons besoin de riz, de sucre, d'épices, de fruits, de vêtements, de tabac… Il faut bien les transporter, toutes ces marchandises.

— Mais… Votre Altesse, je n'ai pas de bateau.

— Achète-le !

Mohammed parut gêné. Il sentit la honte monter en lui. Il garda le silence quelques instants, puis il se décida à parler.

— Je n'ai pas suffisamment d'argent pour acheter un bateau, Votre Altesse, et je ne crois pas que la vente de ma maison suffira...

Le cheikh se mit à rire.

— Qui te parle de vendre ta maison ? Que dirait ta femme si je t'obligeais à la vendre ?

Mohammed se détendit un peu. Les hommes qui siégeaient autour du cheikh riaient tous de bon cœur.

— C'est moi qui vais t'acheter ton bateau, Mohammed, dit le cheikh.

— Je vous rembourserai aussi vite que je le peux...

— Tu ne rembourseras rien du tout, Mohammed. Je te demande de prospérer, de faire fortune. Dubaï devient une grande ville. Ta réussite sera la nôtre.

Mohammed s'agenouilla auprès du cheikh et lui baisa les mains. Le cheikh l'invita à se relever et fit signe à ses conseillers de le raccompagner vers la sortie du diwan.

— À bientôt, Mohammed. Tiens-moi au courant de tes affaires et ne me déçois pas.

— Je ne vous décevrai pas, Votre Altesse, avec l'aide de Dieu, répondit Mohammed avant de s'effacer.

Une fois dehors, Mohammed sentit l'émotion le submerger. Il se mit à pleurer doucement. Il se sentait honoré. Il prit aussi toute la mesure de la tâche qui lui incombait.

Le cheikh lui avait promis une grosse somme d'argent. Il avait été très généreux. C'était son habitude, mais il attendait beaucoup des hommes à qui il manifestait sa mansuétude. Mohammed ressentait une lourde responsabilité. Il ne devait pas décevoir. Il voulait que le cheikh soit fier de lui.

Le cheikh avait vu juste. Mais le cheikh le savait. Il venait d'emprunter de grandes sommes d'argent auprès des banques pour construire un port en eaux profondes. Une aberration pour les incrédules, un audacieux pari pour ses fidèles conseillers qui l'auraient de toute façon suivi jusqu'à la mort. Le port en eaux profondes donna à Dubaï un avantage concurrentiel décisif sur le reste du Golfe. L'engouement pour l'or noir, dans les mêmes années, mit en lumière le coup de génie qu'avait joué le cheikh en investissant dans ses infrastructures. Dubaï devint cette place incontournable que l'on connaît aujourd'hui et la famille de Khalid en profita pleinement.

Khalid avait une dizaine d'années quand leur premier bateau quitta le port. Les cales étaient vides. Le bateau faisait route vers l'Inde. Il en ramènerait des vivres, des habits et de l'or, bien sûr. Cet or de contrebande qui fit la fortune de Dubaï et provoqua maintes fois la colère du gouvernement indien.

Le père de Khalid était un navigateur chevronné. Il connaissait les routes les plus rapides et savait déjouer les pièges tendus par les gardes-côtes. Il eut bientôt un surnom, *houbara*, celui qui va où bon lui semble et que personne n'attrape jamais. C'était ce que le père de Khalid aimait le plus, sa liberté. Mohammed avait bénéficié de la manne du cheikh, mais il avait travaillé dur. Comme pêcheur d'abord, comme marchand et contrebandier ensuite. Il avait eu un peu de chance aussi.

« On ne fait pas fortune si on n'a pas un peu de chance », aimait-il à répéter.

Dieu n'était pas loin derrière la chance et Dieu lui envoya un jour un messager inattendu.

Lors de l'un de ses multiples voyages en Inde, Mohammed avait fait la rencontre d'un vendeur de cigarettes, un certain Sujit. Bedonnant, imbu de sa personne, l'homme avait peu de considération pour Mohammed et lui proposa un stock de cigarettes de qualité médiocre mais qui, selon ses dires, ferait le bonheur des revendeurs de Dubaï. Mohammed n'avait jamais transporté de cigarettes. Cette nouvelle affaire l'amusa. Il ne prendrait pas plus de risques qu'avec l'or. Sujit semblait impatient d'écouler son stock. Mohammed le remarqua et tenta de ralentir les négociations. Il l'avait enseigné à son fils Khalid : « Il ne faut jamais être pressé quand tu marchandes. Tu dois presque feindre le désintérêt. » Sujit était endetté, Mohammed le sut par l'un de ses amis qui vivait à Bombay. Ça aussi, Mohammed l'avait expliqué à son fils. « Essaie de tout savoir de celui avec qui tu fais affaire. Tu dois connaître les moindres détails de sa vie. Il y a toujours une faille. »

Sujit était beaucoup trop pressé. Il bâclait les discussions, écourtait les marchandages. Mohammed en prit ombrage. Le soir même, les dix caisses de cigarettes furent chargées sur le bateau de Mohammed. Sujit contrôla le contenu de la première caisse et constata que les cigarettes étaient bien là. Ils quittèrent Bombay.

À Dubaï, les hommes d'équipage entassèrent la cargaison sur le quai. Un camion la transporta ensuite vers l'entrepôt. Le lendemain matin, Mohammed et ses associés firent l'inventaire des caisses de cigarettes. Tout se passa normalement jusqu'à la troisième d'entre elles. Elle était remplie de cigarettes, certes, mais de cigarettes de marque, des Marlboro, d'une valeur bien supérieure. Sujit et ses acolytes s'étaient trompés. Les deux tiers de la cargaison avaient une valeur dix fois supérieure à ce qu'il avait payé. Mohammed en tira un énorme profit et de Sujit, il n'entendit plus parler. Avec ce butin, il fit l'acquisition d'un second bateau qu'il appela la *Mouqaddar*.

C'est avec la *Mouqaddar* que la famille Al Firas s'intéressa à l'Iran et que Khalid fit ses vrais débuts dans le monde des affaires.

À la fin des années 1970, Khalid avait tout juste vingt ans. Sa mère Fatima avait épousé son père Mohammed quand elle avait seulement quatorze ans. Elle le répétait souvent : « C'était bien plus simple à notre époque. On épousait un inconnu que nos familles choisissaient pour nous. On était bien trop jeune pour comprendre ce qui se passait. Nos familles étaient contentes quand elles nous avaient trouvé un mari. Nous étions rangées, établies. Elles pouvaient s'occuper des sœurs suivantes. Il n'y avait qu'à espérer que notre mari fût bon et patient. Si nous n'avions pas d'enfant après la première année de mariage, les gens commençaient à jaser, à imaginer des choses, à parler de la volonté de Dieu ou du mauvais sort. »

Après la première année de mariage, Fatima donna naissance à Khalid. Deux frères et deux sœurs suivirent.

Khalid grandit sur le port avec son père. Étant l'aîné de la famille, il fut élevé dans l'espoir de lui succéder et de prendre sa relève. Mohammed lui apprit la pêche et l'initia ensuite aux rudiments du commerce.

Le commerce avec l'Iran allait bon train. Les relations privilégiées entre les deux voisins du golfe Persique ne dataient pas d'hier. Tout avait commencé en 1902, quand les droits de douane avaient accablé les marchands persans de Lingeh. Ils furent nombreux à quitter leur sol natal et venir s'établir sur la crique de Dubaï. On les appelait les *Bastaki*. Khalid connaissait bien les enfants de ces familles qui parlaient une autre langue que l'arabe.

Dubaï ne pouvait se passer de ces riches immigrés qui contribuaient à l'essor de la ville. Ils devinrent incontournables.

Les liaisons commerciales entre Dubaï et l'île de Qeshm s'intensifiaient. La *Mouqaddar* et les autres vaisseaux de la flotte multipliaient les traversées. Avec l'aide de ses jeunes frères, Khalid prit les commandes des affaires familiales car son père, Mohammed, vieillissait et fatiguait. Sa jeunesse de dur labeur l'avait usé. Trop de soleil sur les yeux, trop de sel sur le corps, trop de nuits sans sommeil. Sa peau s'était plissée comme du papier journal. Il ne distinguait plus les nuances derrière les épaisses lunettes noires à la mode que son fils avait choisies pour lui. L'arthrose avait fait de lui la proie de l'humidité et chacun de ses déplacements l'épuisait. Il passa la main. Khalid avait une lourde tâche. La souffrance physique de son père lui rappelait les efforts qu'il avait consentis pour bâtir son modeste empire d'armateur. Il fallait qu'il continue, qu'il porte fièrement le nom de son père.

Pourtant Khalid se lassait des bateaux, des traversées et des tonnes de marchandise qu'on chargeait dans des camions de plus en plus gros et bruyants. Il comprenait aussi que la population de Dubaï augmentait rapidement. Où tous ces gens vivraient-ils ? Qu'allaient-ils manger ? Comment les distraire ?

Il confia la gestion de la flotte à l'un de ses frères, Wassim.

Wassim n'avait pas beaucoup d'ambition. Il aspirait à une vie simple, rythmée par le calendrier islamique. Gagner honnêtement sa vie, fonder une famille et honorer son Dieu autant qu'il le pouvait, c'était la seule chose qui lui importait. On le respectait pour cela. Avec les encouragements de son père Mohammed, Wassim accepta de s'occuper des navires Al Firas.

Khalid, lui, avait d'autres projets. C'est son ami américain, Steve, qui lui avait donné l'idée. Steve travaillait pour le compte d'une compagnie pétrolière basée aux Émirats arabes unis. Il faisait souvent l'aller-retour entre Houston et les Émirats. Khalid l'avait rencontré à l'inauguration de l'un des premiers hôtels de Deira. Ils étaient restés en contact et devenus amis.

Rentré de l'un de ses voyages au Texas, Steve avait raconté à son ami Khalid ce qui se passait dans les banlieues américaines, comment elles se structuraient, et le nouveau mode de consommation qu'elles imposaient.

— Il faudrait que tu voies les supermarchés.

— Les quoi ? demanda Khalid.

— Les supermarchés. Imagine des entrepôts géants dans lesquels tu peux tout trouver. Au lieu de faire tes courses dans plein d'endroits différents, tu vas au supermarché et tu achètes tout ce dont tu as besoin.

— Et ça marche bien, les supermarchés ?

— C'est un succès. Pourquoi tu ne ferais pas la même chose à Dubaï ?

— Je n'y connais rien. Moi, les marchandises, je ne les entrepose pas, je les fais voyager.

— Justement, tu n'as qu'à rajouter un maillon à la chaîne. Réfléchis bien. Tu continues à acheminer les produits aux Émirats mais, au lieu de laisser les revendeurs les redistribuer aux petits commerçants de la ville, tu stockes tout au même endroit et tu fais plus de bénéfices.

— Il faudrait que le supermarché soit près du port. Comme ça nous réduirions les coûts de transport.

— Exact.

L'idée séduisait Khalid. Il comprenait non seulement les profits qu'il pourrait réaliser, mais aussi l'utilité de son entreprise pour les habitants de la ville. Les gens peinaient à courir d'une boutique à l'autre, surtout pendant les mois d'été, et aucune échoppe n'était équipée pour vendre des produits surgelés. C'était la clé de la survie à Dubaï. Il fallait stocker pour avoir un maximum d'autonomie et se déplacer le moins possible.

— Et ils viennent comment au supermarché, mes clients ?

— Ton idée du port est excellente. En plus, ce sera près

des marchés aux poissons et aux fruits et légumes. C'est bien connu, les gens se rendent toujours là où il y a le plus de commerces.

— Et tu crois que la clientèle de la vieille ville suffira ?

— Au début, oui. Mais regarde, bientôt, ils possèderont tous une de ces voitures. Ils viendront de plus en plus loin pour faire leurs courses dans ton supermarché. Et n'oublie pas, tu vas leur offrir un grand bol d'air conditionné tout au long de l'année.

L'air conditionné avait investi la ville, ce qui avait segmenté les lieux et changé les habitudes. On ne pouvait plus vivre sans, et les jeunes générations se demandaient comment leurs parents avaient vécu si longtemps sans l'aide de la précieuse « boîte à froid ».

Khalid ne se posa pas tant de questions. Il avait l'intention d'acheter une grande parcelle de terre à la sortie du port, avec le consentement du cheikh, qui avait un droit de regard sur toutes les opérations immobilières de la ville, car en réalité tout lui appartenait.

Khalid voulait construire « son » supermarché. Toutes ces marchandises que son père s'était éreinté à faire venir de l'étranger, il allait les stocker, les ordonnancer et les vendre sur place. Il lui fallait maintenant convaincre le cheikh.

Le cheikh était sensible à toutes les idées qui contribuaient à l'amélioration des conditions de vie de son peuple. Le cheikh avait sorti les habitants de Dubaï de leur *barasti*. Il leur avait donné leur premier hôpital. Il leur avait procuré l'eau courante en construisant une usine de désalinisation. Il avait permis les premiers forages pétroliers et laissé fructifier les capitaux étrangers. Il avait ouvert Dubaï sur le monde.

Mais le cheikh avait surtout une grande amitié pour le père de Khalid, Mohammed. Il lui avait fait confiance et celui-ci ne l'avait pas déçu. La famille Al Firas avait prospéré. Elle était l'une des fiertés de Dubaï. Le cheikh en était infiniment reconnaissant. Il recevait souvent le vieux Mohammed dans son *majlis* et lui demandait conseil.

Ce jour-là, c'est le fils de Mohammed, Khalid, qui vint s'asseoir auprès du bienveillant cheikh.

— Alors Khalid, est-ce que le fils de Mohammed Al Firas est aussi brillant et dévoué que son père ?

— Je suis là pour vous le prouver, Votre Altesse.

— Tu n'as rien à me prouver, Khalid, ton père m'a parlé de toi et sa parole me suffit. On m'a dit que tu avais l'intention d'acquérir les terres qui sont à la sortie du port.

— Oui, c'est vrai, Votre Altesse, mais je n'en connais pas le prix. C'est ce que je suis venu vous demander.

— Ces terres ne sont pas à vendre, Khalid, dit le cheikh avec un sérieux qui le décontenança.

— Pas à vendre... hésita Khalid avec une déception évidente.

— Ces terres ne sont pas à vendre, Khalid, parce que je te les donne. Elles sont à toi. Mais tu dois me faire une promesse, la même promesse que ton père m'avait faite. Je veux que tu réussisses. Je veux que tu m'aides à faire de cette ville une oasis de prospérité. Dans dix ans, je ne veux plus qu'on parle de Beyrouth ou du Caire, je veux qu'on parle de Dubaï. C'est d'accord ?

— Je ne sais comment vous remercier, Votre Altesse.

— Ne me remercie pas, mets-toi au travail. As-tu besoin d'autre chose ?

— Oui, mais je ne voudrais pas abuser de votre patience.

— Parle.

— Je ne connais rien aux techniques de la distribution. Mon métier, c'est la logistique. Il faudrait que des professionnels étrangers m'apportent leur conseil.

— Ce n'est pas un problème, Khalid. Il y a un tas de gens

qui disent vouloir m'aider. Je vais avoir l'occasion d'éprouver leur loyauté, ne t'inquiète pas pour cela.

Le cheikh présenta à Khalid des consultants venus d'Europe et quelques hommes d'affaires que le projet pouvait intéresser.

Au bout de quelques mois, les fondations étaient en place. Mais les difficultés s'accumulaient.

Khalid n'avait jamais rien construit. Il en fit l'amère expérience et découvrit les aléas d'une telle aventure. Les matériaux qui n'arrivaient pas. La température qui ralentissait les chantiers. L'impatience des partenaires étrangers qui menaçaient de se retirer. Le manque de personnel qualifié, qu'il fallait convaincre de s'expatrier.

L'inauguration se déroula en présence du cheikh. Ce jour-là, il arborait un large sourire. Le supermarché de Khalid était une nouvelle concrétisation de son rêve de monarque. Il ferait de sa ville une cité moderne, un modèle au Moyen-Orient.

Le cheikh voyait toujours plus grand. Il comprit que Dubaï pouvait devenir le Hong-Kong ou la Miami du Golfe, une enclave de prospérité au milieu de la région la plus instable du monde. L'argent du pétrole affluait partout dans le Golfe, mais il n'était nulle part à l'abri. Le cheikh y remédia. Il fit de Dubaï un îlot sécurisé où l'argent convergeait, circulait, se recyclait, se reproduisait, pour le plus grand bonheur de toutes les fortunes des pays voisins, qui désormais n'iraient plus jusqu'en Suisse.

Dubaï devint une grande zone franche accueillante. Il y manquait de la main d'œuvre bon marché ? On fit venir la main d'œuvre, du Pakistan, de l'Inde, du Bangladesh, de tous ces pays où la misère sévit et donne raison à celui qui s'en va. Il manquait du personnel qualifié ? On fit venir des expatriés, de Grande-Bretagne pour commencer. Le cheikh était un ami de longue date du Royaume-Uni. Il offrit aux Anglais le paradis dont ils rêvaient tous, un parcours de golf au bout de leur jardin, du soleil toute l'année et quelques pubs cachés dans les hôtels, pour boire à la santé de leur équipe de football. Les premiers arrivés furent les mieux servis. Ils louèrent d'immenses villas et s'achetèrent des Porsche à crédit. Ils vécurent très bien, loin de la morosité du vieux continent. La presse britannique relaya l'information. Elle avait lancé Dubaï.

Et à chaque nouvelle crise, Dubaï se développait encore un peu plus. La menace de la guérilla communiste en Oman permit aux Émirats d'exister sur la scène internationale. La révolution islamique fit affluer les capitaux iraniens. La guerre Iran-Irak et le régime de Saddam Hussein conduisirent les riches familles irakiennes à placer leurs économies dans les banques de Dubaï. La guerre du Golfe contraignit le rival koweïtien à reconsidérer ses relations avec les Émirats. Les attentats du 11 septembre, enfin, achevèrent de convaincre les Saoudiens qui croyaient bienveillante la terre de l'Oncle Sam. Eux aussi finirent pas garnir les coffres des banques de Dubaï. Que dire de la guerre civile au Liban, du conflit israélo-palestinien ou des dictatures de l'Est africain ? Plus le Golfe s'embrasait, plus Dubaï s'engraissait.

Tel un crabe placide qui se repaît des cadavres laissés par de trop fortes marées, Dubaï grossissait après chaque nouvelle catastrophe régionale. Le cheikh, lui, ne faisait pas de politique. Il ne s'intéressait qu'au commerce. Il répétait souvent cette phrase de son propre père : « Ce qui est bon pour le commerce est bon pour Dubaï. Ce qui est bon pour Dubaï est bon pour le commerce. »

Ce ne furent plus seulement les Anglais qui louèrent des villas, mais tous les Européens, les Sud-Africains, les

Australiens. Il fallait plus d'hôtels, plus d'avions, plus de routes et plus d'écoles.

Le cheikh réunit un jour toutes les grandes familles de Dubaï. Il leur demanda d'investir, de prendre des risques, de construire des tours là où il n'y avait encore que du désert. Même parmi ses plus fidèles partisans, le doute s'installa. Le cheikh était-il devenu fou ? Il parlait de miracle. Ils ne voyaient qu'un mirage.

Khalid Al Firas ne fut pas de ceux-là. Il se souvint de la confiance du cheikh. Il montra l'exemple. Il alla voir le cheikh et lui fit part de son projet.

— Votre Altesse, j'irai bâtir ma demeure à Al Warqa.

— En es-tu certain ? Il n'y a rien à Al Warqa. Ce n'est que du désert. Il te faudra des semaines pour acheminer les matériaux nécessaires à la construction.

— Il y a une petite oasis, non loin de la route principale.

— Cette route est rarement empruntée. Elle n'est pas bitumée. Seuls quelques bédouins s'y aventurent. Crois-tu que ce soit le meilleur endroit pour t'établir ? demanda le cheikh.

— Aujourd'hui il n'y a rien, Votre Altesse, mais demain, ce sera un des quartiers les plus recherchés de Dubaï. C'est juste une question de temps.

Le cheikh aima son audace. Pour une fois, ce n'était pas lui qui provoquait, qui imaginait l'impossible, c'était l'un de ses plus fidèles serviteurs, Khalid Al Firas.

— De quoi as-tu besoin ?

— D'une route goudronnée et d'une station essence. C'est tout.

— Une station essence ?

— Il y aura de plus en plus de trafic entre la ville et les nouveaux quartiers d'Al Warqa. Les investisseurs suivront, vous verrez.

Khalid Al Firas avait raison. D'autres Émiratis l'imitèrent. Ils vinrent, eux aussi, habiter dans le désert et faire un peu revivre la solidarité du campement, une vraie communauté de descendants de bédouins, loin des compounds luxueux des expatriés.

Khalid alla plus loin. Il confia à son plus jeune frère, Majid, quelques millions de dirhams et lui demanda de bâtir deux grandes tours au bord de l'eau, près des dunes disparues.

Le cheikh, comme il l'avait fait auparavant, avait fourni les infrastructures. Il avait amené l'eau et l'électricité. Il avait agrandi la route en direction d'Abu Dhabi. Le cheikh avait raison, comme toujours. D'autres tours s'élevèrent. D'autres étrangers s'établirent. Majid, le jeune frère de Khalid, s'enrichissait, empruntait encore un peu plus. Il changeait ses habitudes de vie. Il devenait arrogant. Khalid s'en inquiétait un peu, mais il voyait son frère heureux et le nom de la famille Al Firas était sur toutes les lèvres. Son vieux père pouvait être fier.

Comme tous les vendredis, Khalid se rendit chez ses parents, qui habitaient leur modeste maison de pêcheurs, dans Jumeirah. Le crépi délavé contrastait avec la blancheur immaculée des grandes demeures voisines. Mohammed, le père de Khalid, aimait cette maison. Il ne voulait pas vivre ailleurs. Et il ne voyait pas l'utilité de retaper sa maison. « Je vais bientôt mourir », répétait-il.

La maison familiale avait une position enviable, directement sur la mer. Elle semblait assiégée par les maisons environnantes. Des promoteurs avaient bien tenté de la lui racheter, mais le nom d'Al Firas les avait fait reculer et Khalid usa de toute son influence pour leur faire payer le prix de leur témérité.

Quand il était enfant, Khalid accompagnait son père sur la plage. Ils marchaient en regardant l'eau et ils se parlaient longuement.

Khalid prit son père par le bras et l'accompagna sur le chemin poussiéreux qui mène à la mer. Le jour tombait. On voyait au loin quelques cerfs-volants. Khalid esquissa un rictus de colère en entendant le vrombissement des jets skis. Il souhaitait le silence. Son père marchait péniblement. Il lui adressa la parole.

— Es-tu content de toi ?

— Que veux-tu dire, père ?

— Penses-tu que tu as réussi ta vie ?

— Elle n'est pas terminée, père, elle ne fait que commencer.

— Je veux dire, crois-tu avoir accompli quelque chose de respectable ?

— Je pense que notre famille a réussi. Je pense que les habitants de Dubaï nous doivent beaucoup, que nous avons contribué à les rendre plus heureux.

— En es-tu vraiment sûr ?

— Il y a plus d'hôpitaux, plus d'écoles, plus de magasins, plus de routes...

— Et tu penses que cela est bon ?

— Je pense que cela est nécessaire dans le monde dans lequel nous vivons. Nos anciens sont moins fatigués. Nos fils reçoivent une meilleure éducation. Nos femmes ne perdent plus leurs enfants en couche...

— Tu as sans doute raison, Khalid, dit son père avec un air songeur.

— Tu n'as pas l'air convaincu, père. Quelque chose te tracasse ?

— Tout ce que tu as dit est vrai, mais parfois je me demande si nous n'avons pas été trop loin, si nous n'avons pas perdu notre identité. Tous ces immeubles, tous ces étrangers, toute cette richesse, je ne reconnais plus la ville où je suis né.

— La ville change, père. Le monde change, et tu n'y peux rien.

Ils se turent et continuèrent leur lente promenade le long de la mer. Puis Khalid s'arrêta, freiné par son père qui n'avançait plus. Il contemplait deux poissons morts que la marée avait rejetés sur le rivage. Ils avaient perdu leurs yeux.

Khalid dit à son père : « Ce sont sans doute les courlis qui leur ont mangé les yeux. »

Son père lui répondit, plein de tristesse : « Non, Khalid, ils se sont mutilés, ils ne veulent pas voir ça. »

Khalid ne fit pas de commentaire. Il regarda au loin, à l'intérieur des terres. Il aperçut la grande barrière de gratte-ciel qui bordait l'autoroute. Un halo beige de pollution disputait au soleil couchant ses dernières nuances de rouge.

Le vent venait du désert ce soir-là. La rumeur de l'autoroute était persistante. Khalid grimaça et regarda vers la mer. Au large, une immense barge déversait des montagnes de sable. Une nouvelle île artificielle surgissait de l'eau. Encore un record du monde. Encore quelques kilomètres de rivage. Encore quelques hôtels de luxe.

C'était bien pour le tourisme. C'était bien pour Dubaï. Khalid, qui tenait la main fragile de son père, souhaita, un instant, que cela n'existât pas.

Ils rentrèrent à la maison. Ses frères et sœurs l'attendaient dans la petite maison familiale. Le ballet des *maids* accompagnait la maîtresse de maison qui fatiguait d'avoir trop piétiné depuis le lever du jour. Pas question de se reposer. Elle regardait tendrement ses trois fils et ses deux filles autour de la table. Elle admirait les enfants de ses enfants qui jouaient dans le salon. Personne n'avait jamais manqué à l'appel de la réunion familiale. Mais pour combien de temps ? Plus Majid devenait riche et plus il arrivait tard.

Seul Wassim, le cadet, était fidèle au rendez-vous. Il n'avait plus de flotte marchande. Boeing et Airbus avaient donné le coup de grâce à ses derniers dhows. Il n'avait conservé que deux ou trois bateaux, pour le tourisme sur la crique. Khalid l'avait aidé à rénover le désormais célèbre *Safineh*.

À la fin du repas, Khalid se leva. Il annonça son intention d'organiser la grande croisière sur le golfe Arabique.

Chapitre 4

Christophe

J'étais content que mon premier entretien se fasse avec Christophe, un Français. La langue ne serait pas un obstacle à nos échanges et cela me rassurait. Mais j'appréhendais l'exercice. Je ne savais pas dans quel état étaient les gagnants du jeu, à quel point ils étaient traumatisés et s'ils se confieraient volontiers.

Je commençais par des questions sans importance.

— Tu viens d'où ?

— De Paris, comme tout le monde, répondit Christophe, visiblement ennuyé.

— Et depuis quand vis-tu à Dubaï ?

— Depuis trois ans.

— Tu connaissais la région avant de venir t'y installer ?

— Pas du tout. La première fois que j'ai entendu parler de Dubaï, j'étais incapable de la situer sur une carte. Une ville du Golfe, sans doute proche de l'Arabie saoudite. Je n'aurais pas su en dire davantage.

— Comme nous tous, ajoutai-je.

— Après ce qui s'est passé, tout le monde saura placer Dubaï sur la carte. Tu vois, ils n'avaient pas besoin d'ériger la plus grande tour du monde. Il suffisait d'attendre la catastrophe.

— Je te trouve bien cynique, osai-je lui dire.
— Pas cynique, amer, j'ai une impression de gâchis.
— Tu sais pourquoi je suis là ?
— Pour que je te raconte mon histoire d'immigré.

Quand on lui proposa de venir travailler à Dubaï, Christophe y réfléchit à deux fois. Un pays arabe et musulman. Qu'est-ce que cela signifiait pour lui ? Saurait-il s'adapter à cette nouvelle culture dont il ne savait rien ? Christophe avait donc pris un risque, pour faire décoller sa carrière, pour forcer le destin, pour changer d'air.

Il voulait se faire bousculer. C'était aussi le seul moyen de rester fidèle à sa société, une multinationale américaine qui construisait la moitié des tours de Dubaï. De toute façon, l'horizon était bouché sur le sol français. Son histoire était classique, celle d'un jeune architecte talentueux à qui on avait fait croire pendant des années qu'il suffisait de courir pour gagner la course. Plus il avançait, plus la pente devenait raide. Quand il pensa toucher au but, il se rendit compte que des plus vieux et des moins compétents que lui l'attendaient déjà sur la ligne d'arrivée. Il ne fallait pas courir plus vite, il fallait connaître l'organisateur de la course.

Christophe fit comme tout le monde. Il continua de courir jusqu'à quarante ans. Il écouta les langues de vipère. Il avala des couleuvres. Il crut aux balivernes policées des « ressources humaines » dont la schizophrénie calculée l'étonnait toujours. Il accepta que les règles du jeu changent en cours de route. Puis un jour, il se lassa. Il voulut modifier l'équation, y rajouter quelques inconnues et ne surtout pas croire au résultat qu'on lui promettait.

Il dit oui à Dubaï, sans vraiment savoir dans quoi il s'embarquait. Mais il était certain qu'il changerait radicalement le cours de son existence et que plus rien ne serait pareil. Il ne se trompait pas.

Il n'eut pas de mal à quitter la France. Dans les derniers mois, il ne prêtait plus attention à la beauté de son pays.

Il devenait critique. Il éteignait la télévision quand on parlait de manifs. Il ne comprenait plus pourquoi ses amis, pourtant repus, projetaient déjà leurs prochaines agapes dans des restaurants trois étoiles. Il ne supportait plus d'entendre les intellectuels faire semblant de s'indigner devant le monde qui s'écroule. Il ne pouvait pas trancher entre la Bretagne et la Méditerranée. Il trouvait les croissants trop gras. Il était temps de partir.

Quand il arriva à Dubaï, les loyers étaient encore bas. Au prix d'un soixante mètres carrés à Paris, on pouvait louer une villa spacieuse dans un beau quartier résidentiel. Mais sa société ne lui avait pas tout dit. Elle avait tenu sous silence le loyer annuel qu'il fallait payer à l'avance, et en une fois, les multiples taxes indirectes qui s'accumulaient et l'absence totale de prime de retraite. Il se souvint des manifs. Il commençait à comprendre.

Étant seul, il n'eut pas de difficulté à trouver un logement. Il n'avait pas de contrainte d'école ou de garderie. Le choix était vaste. Il choisit le confort. Dans les premières semaines, et grâce aux agents immobiliers, il fit l'apprentissage de la multitude des accents anglais en circulation. Ce fut une formation accélérée qu'il reçut, entre l'accent doucereux et sifflant du Philippin et la diction bondissante de l'Indien. Il s'habitua à ces particularismes et finalement, ce furent les Anglais, pardon, les Britanniques, qu'il eut le plus de difficultés à comprendre. Il réalisa aussi à quel point c'était important pour un Écossais ou un Gallois de ne pas être confondu avec un Anglais. Non, ce n'était pas que du folklore rugbystique, c'était une vraie question d'identité. Et Christophe, seul Français de son entreprise présent à Dubaï, comprit vite que ses origines comptaient aussi aux yeux de ceux qu'il fréquentait.

Car à Dubaï, nationalité était synonyme d'identité. Ses collègues de travail se chargèrent de le lui rappeler et lui donnèrent un surnom, François.

Ça les faisait beaucoup rire, « François, le Français ».

Il dut ensuite affronter tous les clichés inhérents à son appellation d'origine. On lui parla de béret, de baguette, de tour Eiffel et de libertinage. Tout y passa. Il put mesurer ainsi la réalité de l'image de la France à l'étranger. Certes, ce n'était pas la grandeur, la superpuissance nucléaire et la patrie des droits de l'homme que les étrangers citaient le plus. Mais le capital de sympathie était indéniable, en particulier chez les Arabes, qui adoraient les « bleus » et remerciaient la France d'avoir tenu tête aux Américains avant qu'ils envahissent l'Irak.

Et puis il y avait les Libanais, présents en masse à Dubaï.

Au Liban, savoir le français, c'était un must. Cela vous plaçait immédiatement dans la haute bourgeoisie. La communauté libanaise était francophile. Grâce à elle, on trouvait tous les classiques de la littérature en version originale.

Christophe apprit donc à porter ses couleurs. Il n'alla pas jusqu'à mettre un drapeau sur sa voiture, comme certains Égyptiens, ou à porter le tee-shirt de l'équipe nationale, comme certains Anglais nostalgiques, mais il décrivait Paris avec passion et ne s'énervait plus quand on lui parlait d'accordéon ou de bikini sur les plages de Saint-Tropez. Il assumait et il s'en amusait.

Christophe était architecte. Il avait contracté le virus assez tôt.

Quand il était petit, il aimait bien construire des tours et des maisons en Lego. Il était seul dans sa chambre, et personne ne le dérangeait. Il s'inventait un monde à lui. Il assemblait inlassablement les petites briques en plastique. Il bâtissait des châteaux imaginaires qu'il détruisait ensuite, puis recommençait.

Il se sentait doté d'un immense pouvoir.

Quelquefois, sa mère s'inquiétait de son silence. Elle frappait doucement à sa porte et lui demandait :

— Tu vas bien, tu as besoin de quelque chose ?

— Non, tout va bien Maman, répondait-il.

Elle revenait au moment du dîner. « C'est prêt, Christophe », disait-elle avec une voix câline. Sa mère n'avait jamais su lui dire qu'elle l'aimait. Question de génération. Question d'habitude. Elle-même n'avait jamais reçu le moindre geste d'affection de la part de son père. Il ne lui avait pas témoigné son amour. Elle n'avait pas appris. Alors elle avait trouvé d'autres manières d'aimer son fils, sans avoir à lui parler. Elle cuisinait. Elle avait dû passer la moitié de sa vie en cuisine, à concocter des petits plats, à s'essayer aux recettes, lente répétition d'une représentation qui pouvait être boudée sans merci. « C'est pas bon, ce que tu as préparé, Maman ». Et pourtant « maman » y avait passé toute la journée. Elle inventait des plats. Chaque jour, elle imaginait quelque chose de différent. Sans qu'il le sache, elle lui enseignait la curiosité, le plaisir de trouver une idée, de la faire sienne et de la partager. La plupart des gens rejettent la nouveauté. Elle fait peur. Elle est inconfortable. Au fil des ans, recette après recette, il devint celui qui essaie, celui qui prend le risque de goûter, celui qui s'enthousiasme de la nouveauté.

Christophe était devenu un architecte qui ose, qui regarde autour de lui et casse les conventions. Cette audace, cet appétit de création, il les devait à sa mère.

Son père, lui, était pilote chez Air France. Discrètement, il fabriquait des avions en brique qu'il plaçait dans la chambre de Christophe, à côté des tours. Mais Christophe finissait toujours par les réduire en miettes. Il ne voulait pas être pilote. Dès son plus jeune âge, il s'était clairement exprimé : « Je veux construire des maisons pour que les gens habitent dedans. Je ne veux pas être pompier, pilote ou footballeur. »

Son père ne lui en avait pas tenu rigueur et le laissa mener sa carrière comme il l'entendait. Un jour, il lui dit même combien il était content de voir son fils dessiner des gratte-ciel. Ça les rapprochait, en quelque sorte.

Son père ne manquait jamais de lui rapporter des souvenirs de ses dernières escales. Pour Christophe, c'était autant de fenêtres sur le monde. Quand son père rentrait de voyage, Christophe était le premier à l'attendre sur le seuil de la porte. Il saisissait sa valise, courait jusqu'au salon et attendait avec impatience que son père vide le contenu de ses bagages, comme un Noël avant l'heure. Une fois, à son retour de New York, son père lui avait rapporté une jolie boîte pleine de drapeaux qu'il avait trouvée à la boutique de l'ONU. Christophe était fasciné. Il passait des après-midi entiers à mémoriser ces drapeaux et les noms des pays qu'ils représentaient. Il aimait le symbole de l'île de Man. Il adorait la simplicité graphique du Japon. Il eut envie de voir ces lieux, de rencontrer leurs habitants, comme dans les livres d'images qu'il parcourait inlassablement. Son père ne ramenait pas seulement des cadeaux pour toute la famille. Il faisait des films et des photos. Il documentait chacun de ses périples. Les soirs de projection, le salon se transformait en salle de conférence. La mère de Christophe préparait un repas à thème. Christophe adorait ces moments de communion familiale, mais surtout, il s'intéressait de plus en plus au monde extérieur et pria ses parents de le laisser partir à l'étranger dès que ce fut possible. Un voyage linguistique en Angleterre lui donna sa première occasion de quitter la France et, comme tous les adolescents de sa génération, c'est avec une jeune Anglaise grassouillette qu'il échangea son premier baiser avec la langue. Ce fut délicieux, ce fut maladroit. Il se souvient encore de son sourire espiègle et de son appareil dentaire. Premier voyage, première rencontre. Il prit rapidement le goût de l'ailleurs et de l'autre.

Christophe s'occupait de plusieurs chantiers à Dubaï. Le plus prestigieux était celui de la future plus haute tour du monde, que les promoteurs immobiliers comparaient déjà aux monuments les plus iconiques de l'histoire. Il y avait eu la pyramide de Gizeh. Il y aurait désormais la « Dubaï Tower », prouesse humaine érigée à la gloire du cheikh et du génie arabe. Christophe dessinait, modifiait puis recommençait. Ce n'était plus des briquettes de plastiques, mais une immensité de verre et de béton dont il fallait mesurer la résistance aux vents et à la chaleur. Les enjeux étaient considérables, la pression à peine soutenable, mais il avait conscience de participer à un ouvrage d'exception qui resterait dans les annales et le marquerait pour la vie. Alors il courbait l'échine et passait outre les caprices et la mégalomanie de son client.

Il ne pouvait fermer les yeux cependant.

Il s'inquiétait de l'insuffisance des conditions de sécurité sur les chantiers. Il en fit part aux entrepreneurs qui ne tinrent pas compte de ses remarques et l'invitèrent à s'intéresser à des sujets plus essentiels comme le respect des délais. Dans la semaine qui suivit, un jeune ouvrier indien du bâtiment glissa du quatre-vingt-septième étage et s'écrasa sur le sol. Son corps fut complètement disloqué. Les témoins présents vomirent et les plus choqués d'entre eux refusèrent de venir travailler le jour suivant.

Pour Christophe, il n'en fallait pas plus. Il se rua dans le bureau de l'entrepreneur et lui cria sa colère.

L'entrepreneur le toisa avec calme et lui dit ces quelques mots :

« Dis-moi, Monsieur le Français, as-tu déjà oublié Versailles ? Vous qui êtes si forts quand il s'agit de dresser des monuments commémoratifs ou de rédiger des chartes de bonne conduite, y a-t-il quelques lignes réservées aux victimes de la grandeur française dans vos livres d'histoire ? Où sont les noms des bâtisseurs de Notre-Dame morts sur le chantier ? C'était un accident du travail, Christophe. C'était inévitable. Tu as déjà oublié le nom de ce gars, mais le nom de Dubaï Tower est déjà gravé dans l'histoire. C'est notre Versailles à nous, Christophe, et tu connais le prix humain d'un tel chantier. Ne me donne pas de leçons. »

Christophe quitta la pièce en claquant la porte. Il aurait voulu lui répondre que l'Histoire sert à ne pas répéter les mêmes erreurs, qu'elle n'est pas un alibi. Mais pourquoi parler d'histoire dans un pays qui n'en a pas ? Ici, on ne s'intéressait qu'au futur proche. Il fallait rattraper le temps perdu et figurer au rang des plus grandes métropoles mondiales. C'était une obsession, une ambition sans limite qui justifiait tous les excès. Ils l'appelaient « vision ». Christophe se demandait s'ils étaient prêts à tout lui sacrifier, l'environnement, l'avenir de leurs enfants, leur dignité et l'héritage que les anciens leur avaient légué.

Ce premier incident lui donna un aperçu des choix cornéliens qui l'attendaient, des compromis qu'il lui faudrait désormais supporter. La liberté d'entreprendre et de créer, oui, mais à quel prix ?

Au prix d'un esclavage moderne dont chacun connaissait l'existence mais que personne n'avait le courage de remettre en question. Dubaï avait réinventé la société grecque antique, avec ses citoyens émiratis, ses expatriés métèques et ses esclaves, tous ces pauvres gars envoyés sur des chantiers pharaoniques. Ils étaient massés dans des baraquements insalubres, derrière la cheikh Zayed Road, loin des villas de luxe, là où commence le désert ingrat.

« Si tu n'acceptes pas le système, tu pars. Tu tolères, tu prends ton salaire net d'impôt ou tu rejoins ton pays de cocagne », lui avait dit son supérieur hiérarchique, un cinquantenaire cynique et paresseux qui savait naviguer en eaux troubles. Et il avait ajouté : « Pour construire une tour de huit cents mètres en quelques années, il ne faut ni syndicat ni inspection du travail. Il faut de la main d'œuvre docile et des équipes de nuit. »

Les contremaîtres avaient eu vent de l'altercation de Christophe avec l'entrepreneur. Ils venaient dans son bureau pour lui raconter ce qu'ils voyaient. Ils lui rapportaient les pires horreurs, comme ces ouvriers morts déshydratés qu'il fallait pendre au plus vite pour faire croire au suicide. Il y avait toujours une corde à nœud dans le bureau du chef, au cas où. Si l'entrepreneur était reconnu comme responsable, il aurait à payer une indemnité à la famille de la victime. Pour les mêmes raisons, on racontait que des ouvriers tombés accidentellement se faisaient emmurer. Ni vu ni connu.

La plus grande tour du monde s'élevait inexorablement. Chaque palier franchi augurait de nouvelles festivités abondamment relayées par la presse locale. Étage après étage, l'inquiétude de Christophe grandissait. Tout allait trop vite. Les ingénieurs du bâtiment lui communiquaient peu d'informations. C'était top secret. Seules des rumeurs lui parvenaient. Elles suffisaient à l'angoisser. Quelque chose ne tournait pas rond. Les fondations étaient-elles suffisantes ? On racontait que l'eau de la crique les avait fragilisées. Avait-on mesuré les effets réels d'un éventuel impact sismique ?

Il se lia d'amitié avec un jeune Libanais qui s'appelait Youssef, « Joseph » en arabe, comme son grand-père paternel qu'il aimait tant.

Youssef était un musulman chiite qui ne pratiquait plus beaucoup. Il buvait. Il voyait des prostituées. Il jurait sans le moindre scrupule. Youssef avait le cœur sur la main et un sens de l'honneur qui le rendait parfois agressif. On était avec ou contre Youssef. Un bon vivant, un homme sanguin et excessif qui pourtant, dans les moments difficiles, ne vous laissait jamais tomber.

Pendant les vacances, Youssef emmena Christophe au Liban. Pour un observateur étranger, le Liban était synonyme de guerre civile. Les gens ne le situaient pas bien sur le planisphère. Il faisait partie du grand bazar moyen-oriental, de la rengaine pathétique faite de bombardements et de femmes qui pleurent à la une des journaux.

Youssef invita d'abord Christophe à Beyrouth. Ce fut un choc. Du haut de la terrasse du restaurant panoramique qui surplombait la grande mosquée, il entendit, à quelques minutes d'intervalle, le muezzin chanter et les cloches des églises sonner. Christophe en fut ému. À Beyrouth, l'immeuble où vivaient les parents de Youssef était recouvert d'un drapeau vert et jaune, celui du Hezbollah. Devant la fenêtre de la chambre d'ami, là où il couchait, il y avait un portrait du cousin de Youssef, engagé volontaire, et tué dans les combats qui opposèrent l'organisation à Israël. Ce fut un drame pour toute la famille. La mère de Youssef pleura en évoquant le nom de son neveu disparu.

Youssef emmena Christophe chez ses parents, qui habitaient les montagnes du sud Liban. Les parents de Youssef servirent à Christophe un repas somptueux et le traitèrent comme un fils. Christophe ne s'attendait pas à tant de spontanéité et de générosité. Au cours du déjeuner, le père de Youssef s'emporta. Il parla avec animosité d'Israël et de la Syrie. Il lui expliqua comment ils avaient dévasté son pays pendant toutes ces années. Christophe lui parla de paix et de réconciliation. Le père de Youssef évoqua les quinze années de guerre civile passées dans les sous-sols de son immeuble avec ses enfants asthmatiques. Il ne comprenait pas le sens du mot pardon. Il avait trop souffert, lui et toute sa famille. Christophe eut l'audace de penser que le père de Youssef exagérait, que la rancœur l'aveuglait, qu'il était prisonnier de ses vieux démons.

Christophe et Youssef s'envolèrent pour Dubaï. Deux jours après, Israël décidait de frapper le territoire libanais. La maison familiale du père de Youssef fut détruite.

Christophe en resta très choqué. Il appela le père de Youssef pour s'excuser d'avoir été si naïf.

« C'est notre vie, lui répondit le père de Youssef. Nous autres Libanais, nous y sommes habitués. Je vous connais, vous autres Français. Vous parlez bien. Vous savez manier les idées et les mots. Je suis heureux que tu aies pu voir notre maison avant qu'ils la détruisent. Tu peux maintenant mesurer notre chagrin. »

Ce triste épisode rapprocha Christophe de Youssef.

Christophe fuyait la communauté française de Dubaï, en majorité constituée d'ingénieurs des travaux publics qui s'évertuaient à créer un monde parallèle, une France au soleil. Ils vivaient aux Émirats, mais c'eût été la même chose au Cap ou au Brésil. Ils s'intéressaient peu au monde qui les entourait. Ils n'étaient que de passage. Ils resteraient deux ou trois ans, tout au plus, puis ils partiraient sur d'autres chantiers, en Asie ou ailleurs. Juste le temps de faire quelques campings dans le désert, de s'acheter une voiture de luxe et d'apprendre à dire bonjour et merci en arabe.

D'ordinaire les Français ont un complexe au sujet de l'argent. Contrairement aux Anglo-Saxons, ils rechignent à divulguer leur salaire ou à rendre compte de leur situation financière, ce qui peut leur donner une forme d'humanité désuète. Mais les Français de Dubaï étaient venus pour l'argent. Ils devenaient de plus en plus avides.

Christophe les avait côtoyés aux buffets des grands hôtels, à l'inauguration d'une nouvelle école ou à la réception de la chambre de commerce. Dans ces circonstances, les Français de Dubaï se révélaient au grand jour. Ils vous saluaient rapidement, vous présentaient leur carte de visite, vous demandaient ce que vous faisiez et en fonction de votre réponse, décidaient ou non de prolonger l'entretien. Si votre profession les intéressait, ils s'attardaient un peu et ils promettaient de vous rappeler pour faire plus ample connaissance. Si votre occupation ne présentait aucun intérêt pour eux, ils faisaient volte-face, sans même s'excuser. Christophe, qui n'avait pas de rôle commercial au sein de son entreprise, en fit la cruelle expérience. Il se crut dans la peau d'une pute que le client refusait parce qu'elle est trop chère, trop vieille ou trop moche. Il se sentit comme une marchandise incongrue et passa le reste de la soirée avec un retraité qui, lui aussi, semblait inutile à la société civile des Français de Dubaï. Il ne retourna plus à un seul de ces cocktails, ces bordels à relations publiques.

Christophe avait une copine à Paris. Elle s'appelait Corinne. Elle avait un travail stable et une carrière prometteuse. Elle avait refusé de le suivre. Il n'avait pas beaucoup insisté. Après tout, il n'y avait que six heures d'avion entre Paris et Dubaï. Et puis la technologie moderne abolirait le temps et l'espace. Ils ne verraient pas les mois passer, jusqu'à la première visite de Corinne.

« Les relations à longue distance, ça ne marche jamais », avait pourtant prévenu son meilleur ami.

C'était vrai, Christophe avait dû l'admettre. Trop de frustrations, trop de malentendus. Ils avaient tellement de choses à se raconter et puis le moment venu, ils se perdaient en banalités et ne parvenaient jamais à se parler vraiment. Les compliments faisaient place aux accusations. Il voulait lui dire qu'elle était formidable et qu'il l'admirait. Il finissait par lui reprocher de ne rien comprendre, de ne pas savoir ce qu'il ressentait.

Elle avait prévu de lui poser des questions sur sa nouvelle vie. Elle se bornait à lui demander qui il voyait et avec qui il prenait ses repas. Le doute s'installait et la jalousie grandissait. Christophe insista pour que Corinne vienne le retrouver. Il voulait qu'elle partage son nouvel univers et si possible, qu'elle l'apprécie. Corinne vint à Dubaï à contrecœur. Elle débarqua méfiante.

À Paris, la presse fustigeait les cheikhs au pouvoir, leur ambition sans limites et le coût humain de leurs projets démesurés. Elle s'attendait à un décor de carton-pâte planté au milieu du désert, à un Las Vegas orphelin de ses casinos, à une métropole lisse et sans âme peuplée d'opportunistes déracinés que seul l'appât du gain réunissait. Elle n'avait pas tort, mais elle ne voulut pas voir le reste. Elle critiquait durement Dubaï. Christophe s'armait de patience et lui donnait quelquefois raison. Il composait.

Mais cela ne suffit pas. Corinne était venu avec des préjugés. Elle repartit avec des convictions. Leur relation n'y résista pas. Christophe se retrouva seul à Dubaï, devint officiellement célibataire et gonfla ainsi les statistiques alarmantes de la ville. Un autre record, celui du plus grand déséquilibre hommes-femmes de la planète.

Christophe était désormais libre et disponible, mais il n'avait aucune envie de recommencer une histoire. Il ne cherchait pas. Il ne provoquait pas.

Au début, Christophe ne l'avait pas remarquée ou plutôt, il ne la voyait pas autrement. C'était « la cliente », il la rencontrait chaque semaine. Elle travaillait sur le dossier de la plus grande tour du monde. Ensemble, ils étudiaient les plans d'architecte, ils imaginaient l'inconcevable, ils réglaient chaque détail. Leur mission était fastidieuse. Ils finissaient tard.

Leur relation était strictement professionnelle. Ils étaient asexués. Ils faisaient partie intégrante du dossier.

« La cliente » était hermétique, distante, appliquée et ne cherchait pas à se mettre en valeur. Elle avait des cheveux noirs et lisses, des lunettes trop larges pour son visage et des gestes de nervosité quand elle ne comprenait pas ce que Christophe lui disait. Elle l'exaspérait quand elle s'obstinait, quand elle devenait péremptoire.

Christophe la traitait de façon homéopathique. Il feignait l'intérêt, il lui faisait croire que son jugement prévalait, il l'endormait avec soin puis la quittait enfin, soulagé. La cliente semblait satisfaite et le saluait en lui donnant rendez-vous pour la semaine suivante. Christophe rentrait chez lui, un peu plus blasé que la veille, un peu moins déprimé que le lendemain.

Cette routine durait depuis des mois. Les rendez-vous hebdomadaires, les sempiternelles querelles, les comptes rendus que personne ne lirait et les sourires de circonstance pour signifier le devoir accompli.

Christophe savait peu de choses d'elle. Quand « la cliente » s'était présentée à lui la première fois, elle lui avait dit qu'elle était jordanienne palestinienne, pour ne pas être confondue avec les gens d'Aman, pour marquer son désaccord avec la situation de la West Bank. La cliente était musulmane pratiquante. Concrètement, elle interrompait quelquefois les réunions pour aller prier. Quand elle revenait, elle paraissait apaisée, plus déterminée aussi. La prière, c'est le moment que Christophe choisissait pour aller fumer à l'extérieur du bâtiment, s'il ne faisait pas trop chaud, si le degré d'humidité le permettait. Il s'était habitué à cette moiteur. Il portait exclusivement des chemises blanches et une veste noire qu'il endossait au contact de l'air conditionné.

La cliente s'appelait Yasmina. Au début, ça l'avait amusé. Il trouvait son nom tout droit sorti d'un conte pour enfants.

Christophe s'en souvenait très bien.

C'était un jeudi soir, la veille du week-end aux Émirats. On était en mars et la température était encore supportable. Leur réunion s'était éternisée. Il lui avait proposé de faire une pause et d'aller manger quelque chose. Elle avait accepté mécaniquement, sans manifester d'enthousiasme. Ils n'allèrent pas loin, tout près des bureaux, dans un restaurant sans âme où les employés déjeunaient le midi. Yasmina s'était éclipsée pour quelques minutes. Elle revint près de lui. Il remarqua son maquillage.

Ils s'étaient regardés dans l'ascenseur, un peu surpris, un peu gênés aussi. Sortir ensemble ne faisait pas partie de leur protocole.

Christophe parla le premier.

— Vous êtes donc jordanienne et palestinienne ?

— Pourquoi avez-vous ajouté *palestinienne* ?

— Je ne sais pas, ça semble important pour vous, dit Christophe.

— C'est vrai, acquiesça-t-elle.

L'ascenseur s'immobilisa au rez-de-chaussée. Christophe renchérit :

— Pourquoi est-ce important d'être palestinienne ?

— Pourquoi est-ce important d'être français ? lui répondit Yasmina.

Christophe sentit que leur conversation prenait un cours qu'il ne pourrait maîtriser. Il se tut.

Ils trouvèrent une petite table. La cliente se plaignit de la ventilation défectueuse et détacha lentement ses cheveux. Elle lui sourit enfin. Christophe avait lu, un jour, dans un article sur la mode musulmane, le contenu de la sourate de la lumière, là où il est dit que la femme doit dissimuler ses cheveux de façon à ne pas attirer le regard de l'homme : « Invite également les croyantes à baisser pudiquement une partie de leur regard... à ne faire paraître de leurs charmes que ceux qui ne peuvent être cachés (les mains et le visage seulement), à rabattre leur voile sur leur poitrine. » Christophe donna raison au prophète, paix à son âme.

— Alors, monsieur le Français, dit Yasmina, qu'êtes-vous venu faire à Dubaï ?

— Je suis venu chercher fortune, bien sûr, dit Christophe avec amusement.

— Et l'avez-vous trouvée ?

— La richesse, je n'en suis pas encore convaincu. La chance, je suppose que cela vient avec le temps et il est encore trop tôt pour l'affirmer.

— Qu'avez-vous fui ?

— Je n'ai rien fui. C'est mon pays qui m'a chassé.

— C'est ce que tous les expatriés aigris racontent quand ils ne veulent pas admettre leurs propres échecs. Avouez-le, vous vous êtes fait virer de la boîte où vous étiez et vous n'aviez rien à perdre en venant ici, dit Yasmina avec beaucoup d'aplomb et la volonté de provoquer Christophe d'entrée de jeu.

— Vous n'avez pas tort, mais permettez-moi de vous reprendre. Beaucoup de mes compatriotes ont perdu quelque chose en venant ici.

— Comme quoi ?

— Leur identité, leur sens des valeurs et parfois leur sens de l'humour.

— Pour l'humour des Français, ce n'est pas plus mal, je ne l'ai jamais compris. Je l'ai toujours trouvé vulgaire ou déplacé. Vous parlez trop de sexe et vous en parlez trop vite. Il faut que vous changiez vos manières et votre approche des rapports humains.

— Vous pouvez être plus précise ?

— Quand j'étais en France, les gens m'embrassaient avant même de me connaître. Ça me choquait beaucoup.

— C'est vrai, nous sommes un peu directs. C'est une habitude que j'ai changée, d'ailleurs. Maintenant, je serre la main quand je rencontre quelqu'un pour la première fois.

— Vous voyez, l'Orient vous a rendu plus respectueux.

— Ou plus prudent, ou plus paranoïaque... Mais vous avez sans doute raison, les Français manquent parfois de tact.

— Vous comptez rester longtemps à Dubaï ?

— Pas plus de deux ans.

— J'ai entendu beaucoup d'expatriés tenir le même discours. Ils sont encore là au bout de dix ans. Et vous savez pourquoi ?

— Non, avouai-je, intrigué par cette nouvelle critique.

— Parce qu'ils ont beau jurer qu'ils ne feront pas leur vie dans le sable, que Dubaï est une escale, qu'ils regrettent leur pays d'origine, ils n'y résistent pas...

— Ils ne résistent pas à quoi ?

— À leur évident confort, au soleil, à l'absence d'impôts, au super à vingt centimes d'euros le litre, à la maid corvéable à merci qui s'occupe de leur progéniture...

— Vous êtes dure, coupai-je.

— Je suis objective.

Ils se disputèrent pendant tout le repas. Yasmina semblait y prendre goût. Christophe aurait aimé prolonger leur conversation, mais il se faisait tard. Ils remontèrent dans la salle de réunion. Dès qu'elle eut franchi le pas de la porte, Yasmina redevint la cliente. Ses longs cheveux noirs, qu'elle avait oublié de nouer, ondulaient toujours dans son dos quand elle marchait. Elle avait repris son expression sévère et contrariée. Christophe en fut déstabilisé. Il n'arrivait plus à se concentrer. Ils se quittèrent comme chaque semaine, comme si le dîner n'avait pas eu lieu.

Pourtant, rien ne fut plus comme avant. Christophe attendait avec impatience le rendez-vous hebdomadaire avec la cliente. Il espérait retrouver Yasmina, la femme du restaurant.

Christophe se renseigna, demanda autour de lui, utilisa les contacts de son ami Youssef pour en savoir plus.

« Tu crois qu'elle est mariée ? lui demanda-t-il.

— Elle te l'aurait fait comprendre. Et pour commencer, elle n'aurait pas accepté ton invitation à dîner.

— Alors, ça veut dire qu'elle est libre ?

— Pas forcément, elle doit avoir un fiancé qui l'attend en Jordanie, un homme que sa famille aura choisi.

— Et qu'elle aura choisi aussi ?

— C'est plus compliqué. Les familles s'arrangent entre elles pour que leurs enfants se fréquentent et si tout va bien, qu'ils se marient. S'ils ont des sentiments l'un pour l'autre, tant mieux, mais ce n'est pas la priorité.

— Donc, si je résume, Yasmina a un fiancé en Jordanie qu'elle n'aime pas et qu'elle sera obligée d'épouser ?

— Peut-être. Mais n'oublie pas que la nouvelle génération de Jordaniennes est plus indépendante. Yasmina vit seule avec son frère. Ils sont issus d'une famille aisée qui a mis un appartement à leur disposition, dans le sud de Dubaï. Son frère garde un œil sur elle mais elle peut sortir quand elle le veut. C'est déjà beaucoup.

— Donc il y a de l'espoir, m'empressai-je de conclure.

— Fais attention, Christophe. Elle ne raisonne pas comme toi. Tu viens d'une culture différente. Et si elle est vierge, tu cours encore plus de risques.

— Pourquoi ?

— Parce que garder sa virginité jusqu'au mariage, pour certaines familles, c'est une obligation. Méfie-toi de son frère, c'est le gardien du temple.

Christophe ne tint pas compte de cette mise en garde. Il décida d'inviter Yasmina dans un vrai restaurant.

La semaine suivante, alors que leur conversation s'achevait, il se fit plus entreprenant : « Yasmina, puis-je vous inviter à dîner demain soir ? » La cliente parut étonnée et lui répondit : « Je ne sais pas encore. Je vous enverrai un message. » Elle le salua.

Christophe n'en dormit pas de la nuit. Il attendit avec anxiété ce message qui n'arrivait pas. Vers midi, la cliente lui demanda où elle devrait le retrouver. Christophe se repassa mentalement la liste de tous les restaurants de Dubaï. Lequel choisir ? Cuisine française, pour lui faire des commentaires intelligents ? Cuisine arabe pour lui prouver qu'il s'intéressait à elle ? Fruits de mer avec vue imprenable pour jouer la carte du romantisme ? Non, elle aurait trouvé cela inconvenant.

Il choisit un restaurant libanais qu'il affectionnait. Le cadre était discret et familial, elle y serait à l'aise.

Il la retrouva dans le hall de l'hôtel. Il se souvient encore de la robe noire qu'elle portait, très simple, très sage. Ses bras étaient découverts, jusqu'aux épaules. Ce détail le hanta. Il remarqua sa peau brune et les quelques taches de rousseur qui lui coloraient la base du cou. Il aima sa façon de marcher, de survoler le marbre blanc.

Le maître d'hôtel lui indiqua la table qui leur était réservée.

Yasmina se détendit au cours de la soirée. Elle parla à Christophe de ses études, de la langue française qu'elle avait apprise au lycée de Beyrouth, mais qu'elle avait oubliée depuis. Christophe n'en savait rien. Elle comprenait donc le français. Yasmina ne dissimula pas son intérêt pour la littérature, lui cita le nom de quelques auteurs qu'elle avait lus.

— J'ai lu Victor Hugo et Honoré de Balzac, en anglais malheureusement, avait-elle ajouté en s'excusant. Et je n'ai pas pratiqué le français depuis longtemps. Je suis un peu rouillée, comme on dit. Il faudrait que je m'y remette…

Christophe ne la laissa pas finir sa phrase et lui fit une proposition qui n'était pas dénuée de sous-entendus.

« Si vous voulez, je peux vous donner des cours de perfectionnement de votre français… »

La cliente ne réfléchit plus et Yasmina dit à Christophe que c'était une bonne idée.

— De quoi ai-je besoin ? demanda-t-elle.

— De rien. Juste un stylo et un cahier. Je choisirai certains auteurs et nous travaillerons à partir des textes.

— Où et quand se tiendront les leçons ?

— À 18 h tous les mardis. L'endroit, vous le connaîtrez au dernier moment, ce sera une surprise, dit Christophe avec une fougue à peine contenue.

La cliente sembla d'abord perplexe. Elle hésita, puis son visage changea d'expression et Yasmina dit à Christophe :

— Entendu, on commence la semaine prochaine.

Le mardi suivant, Christophe demanda à Yasmina de le rejoindre dans un des rares cafés du bord de mer. « On y respire mieux », avait-il justifié. Il avait minutieusement choisi son texte, un dialogue amoureux entre deux jeunes amants. Cela ne sembla pas déranger Yasmina qui s'appliquait dans sa diction et répétait les morceaux choisis par Christophe.

— Que pensez-vous de ce texte ? lui demanda-t-il avec l'espoir de l'emmener sur un terrain propice à la bagatelle.

— Je le trouve très beau, commenta Yasmina sans rien ajouter.

La leçon, comme le jour, touchait à sa fin.

— Yasmina, pardonnez-moi cette question. Êtes-vous mariée ?

Yasmina parut déçue et gênée. Elle lui répondit abruptement.

— Je ne suis pas censée vous communiquer ce type d'information, monsieur l'architecte.

Elle reprenait ses distances. Elle redevenait la cliente.

— Dans ma religion, ce qui importe le plus, c'est de ne pas avoir de mauvaises intentions. Vous le trouverez dans la sourate des femmes, *An Nisa*. Voilà ce qui est écrit : *Dieu pardonne seulement à ceux qui font le mal par ignorance et qui se repentent aussitôt. À ceux-là, Dieu accorde son pardon, car Dieu est omniscient et sage*. Elle se tut un instant, puis reprit son sermon.

— Je n'ai pas de mauvaises intentions à votre égard et j'espère que vous n'en avez pas non plus !

Yasmina se leva, le remercia et s'éloigna d'un pas pressé. La cliente se retourna brièvement et lui dit : « On se voit jeudi pour la réunion de travail. »

Christophe était persuadé qu'il n'y aurait plus de leçon de français. Il se trompait. Elle lui demanda où ils se retrouveraient le mardi suivant. Christophe fut prudent. Il choisit un café américain, au beau milieu d'un Arab Mall. Elle s'en amusa. « Pas très romantique », dit-elle. Le faisait-elle exprès ? Sarcasme ou pure provocation ? Elle menait la danse.

— Vous étiez fâchée contre moi, l'autre jour, dit Christophe.

— Pas du tout, répondit Yasmina, mais je voudrais que vous compreniez quelque chose. Je suis musulmane. Si j'éprouvais le moindre sentiment pour vous, je l'étoufferais sur-le-champ. Je ne sortirais jamais avec quelqu'un comme vous, est-ce que c'est clair ?

Christophe en fut un peu étourdi. Elle avait admis qu'elle pouvait s'intéresser à lui. Mais elle avait aussi écarté l'idée d'une relation. Il décida de contre-attaquer.

— Donc, parce que je ne suis pas musulman, vous ne pouvez pas envisager de sortir avec moi ?

— À moins que vous ne vous convertissiez à l'islam. Un homme musulman peut épouser une femme qui appartient aux religions du livre. Mais une femme musulmane ne doit épouser qu'un musulman.

— Maintenant je comprends mieux ceux qui affirment que Dubaï n'est pas un melting-pot. Vous ne faites rien pour vous mélanger. Le melting-pot, c'est bon pour les quinquagénaires britanniques qui prennent des jeunes Philippines en deuxième noce.

— Petite précision, ajouta Yasmina. Si vous vous convertissez à l'islam, ce n'est pas pour coucher avec moi, c'est parce que vous y croyez vraiment.

— Paris vaut bien une messe... dit Christophe, songeur.

— Que dites-vous ? reprit Yasmina.

— Non rien, dit Christophe, je viens de me souvenir d'une vieille leçon d'histoire.

— Mais rassurez-moi, monsieur l'architecte, vous n'aviez pas l'intention de coucher avec moi, j'espère ?

Elle devenait agressive et familière en même temps. Comme si deux facettes de sa personnalité se livraient bataille.

— Non, bien entendu, mentit Christophe, je suis curieux. Pardonnez-moi si j'ai été trop loin dans mes questions.

— Ne vous inquiétez pas, j'ai l'habitude de ce genre d'investigation.

Christophe était abattu. La leçon avait eu lieu, de façon expéditive. Yasmina était d'une humeur de chien. Ils s'étaient à peine regardés. Il avait remercié le ciel d'avoir choisi un texte sans équivoque et il n'avait pas protesté quand elle avait demandé à écourter la séance. Il n'avait pas cherché à la retenir ou à s'excuser.

Christophe ne comprenait pas. Il lui avait juste demandé si elle était avec quelqu'un et puis il avait perdu le contrôle de la conversation. Tout s'était emballé et, vraisemblablement, tout était fini.

Il prit la direction de la sortie. Il remarqua une grande urne. Cela ressemblait à un grand jeu concours. Christophe s'en approcha. Il sourit. La situation lui rappela ses moments de déprime, quand il était encore en France. Quand il se sentait mal, il filait tout droit au tabac et s'achetait un jeu de hasard.

Christophe lut le règlement du jeu. On y parlait de croisière sur le détroit d'Ormuz, d'une occasion unique, d'un événement exceptionnel. Il se saisit du petit bulletin de participation, le remplit et le jeta dans l'urne avec dépit, en haussant les épaules.

Christophe ne se résignait pas. Le jour suivant, il l'appela sur son portable. Elle ne décrocha pas. Manifestement, le malentendu était plus grave qu'il le croyait. Il trouva le numéro de son domicile grâce à Youssef. Une voix masculine répondit, sans doute son frère.

— Que voulez-vous ? demanda la voix de l'homme.

— Je suis un ami de votre sœur, Yasmina. J'aimerais lui parler. Vous pouvez me la passer ? dit Christophe calmement.

— Elle n'est pas là, dit-il, et il raccrocha. Christophe devinait que le frère de Yasmina mentait.

Arriva le jeudi. Elle ne vint pas au rendez-vous, prétexta une irritation de la gorge auquel il était facile de croire au pays de l'air conditionné.

Christophe lui écrivit alors des e-mails. Il lui demandait pardon. Il voulait s'expliquer. Elle resta silencieuse.

Un jour, il lui déclara qu'il l'aimait, qu'elle lui manquait, qu'il voulait la revoir.

Cette fois, Yasmina réagit et lui répondit.

— Comment osez-vous dire une chose pareille ? Vous ne me connaissez pas. Vous ne savez rien de moi. Je reconnais bien là les Français. Je t'aime par-ci, je t'aime par-là. Vous diriez n'importe quoi. Moi, je ne vous aime pas, Christophe, et je ne pourrai jamais vous aimer. Oubliez-moi. Je vous souhaite bonne chance.

Le lendemain, Christophe retrouva sa voiture dans le parking avec les quatre pneus crevés. Pour Youssef, cela ne faisait aucun doute, c'était le frère de Yasmina. Il avait donné à Christophe un avertissement.

Youssef invita Christophe à dîner le soir même. Christophe avait du mal à accepter ce qui s'était passé.

— C'est marrant, chez nous en France, c'est avec nos meilleurs amis que nos sœurs perdent leur virginité. C'est presque un rituel de passage, avait commenté Christophe.

— Méfie-toi, avait dit Youssef. C'est un sujet sensible. Ne plaisante pas avec l'honneur de la sœur, et si tu veux mon conseil, ne cherche plus à contacter cette Yasmina. Elle ne t'apportera que des ennuis. Il faut que je te résume la situation, Christophe. En France, vous commencez par baiser. Si ça fonctionne, vous parlez d'amour et après, vous pensez à faire votre vie à deux. Dans cette partie du monde, les femmes se marient le plus tôt possible. Une fois mariées, elles ont des relations sexuelles et avec un peu de chance, elles aimeront leur mari. Tu comprends la différence ? demanda Youssef.

— C'est complètement archaïque ! Quand je pense qu'au Brésil ou en Russie, si tu ne vas pas au lit avec la fille à la fin de la soirée, elle va presque t'en vouloir.

— Oui mais justement, ici, ce n'est ni la plage de Copacabana ni le backroom des nuits moscovites. Trouve ça hypocrite si tu veux. Les règles du jeu sont différentes. Tu comprends, Christophe ?

— Je n'ai pas trop le choix. Il est loin le temps des nuits parisiennes, quand j'emmenais une amie boire un verre et hop, sur un malentendu, je me retrouvais au lit avec elle.

— Paris aussi, tu peux oublier. Désolé, vieux.

Christophe avait suivi les conseils de Youssef. Il s'était détourné de Yasmina. Elle avait changé de travail. Elle avait quitté les Émirats. Elle vivait probablement en Jordanie. Il ne l'avait plus revue.

Christophe tentait de ne pas s'accrocher à la mémoire de Yasmina. Il ne s'était jamais vraiment remis de sa déconvenue amoureuse. C'était impossible. L'amour devait se placer au-dessus des lois, des religions, des hommes... Les avait-elle lues, ces histoires d'amour que rien n'arrête ? Pourquoi n'y croyait-elle pas, elle aussi ? Christophe ne pouvait s'y résoudre.

À peu près à la même époque, il reçut une lettre des Arab Malls. Il avait été tiré au sort.

Il aurait dû s'en réjouir. C'était bien la première fois qu'il gagnait à un jeu de hasard. Mais il n'était pas d'humeur à faire partie du voyage. Le tapage médiatique autour de l'événement, l'effort que cela représentait de devoir socialiser avec des gens qu'il ne connaissait pas et surtout, la perspective d'une croisière qui promettait d'être monotone, tout le rebutait.

Mais la croisière prit un tour inattendu. Quand tout fut fini, les êtres qui s'aimaient se cherchèrent désespérément.

Et s'il manquait à Yasmina ? Et si elle le rappelait ?

Chapitre 5

Samana

De toutes les personnes que j'avais interrogées après la catastrophe, Samana était celle qui semblait la moins affectée. La pointe de tristesse que j'avais aperçue dans son sourire au moment du départ du *Safineh* avait disparu après les événements. Elle acceptait la situation avec fatalité, presque avec soulagement. Comme si le drame avait mis un terme à ses propres souffrances. Comme si l'objet de ses angoisses s'était volatilisé.

Elle ne me dissimula aucun épisode de sa vie, même les plus douloureux, mais elle sut rester digne. Elle ne recherchait pas la compassion. Tout cela s'inscrivait dans une histoire dont seul Allah connaissait l'issue.

— Si j'étais sur ce bateau, c'est parce que Dieu l'a voulu. Si je suis en train de vous parler, c'est aussi parce que Dieu l'a voulu, me dit-elle.

— Ce n'est pas un hasard ? lui demandai-je.

— Il n'y a pas de hasard... Et il n'y a pas d'amour non plus.

— Pas d'amour ?

— Non.

— Si vous me parliez de vous...

— Très bien.

La rencontre de ses parents, qu'elle avait tenu à me décrire, avait tout du coup de foudre. Le père et la mère de Samana s'étaient aimés sans réfléchir, et rien n'avait pu les séparer, ni l'hostilité des familles, ni la religion, ni la précarité des premières années de vie commune. Au contraire, leur couple en était sorti plus fort.

Le père de Samana était originaire de la région de Peshawar, dans ce qu'on appelle la province de la frontière du nord-ouest. Une région réputée incontrôlable, que se disputaient les tribus depuis des siècles et que ni les Perses ni les Britanniques n'avait réussi à mater. Peshawar était une friche, un terrain de jeux dangereux qui s'était transformé en armurerie à ciel ouvert, au temps où les Américains y faisaient transiter leurs munitions vers le conflit afghan. Rien n'avait changé depuis. Des Talibans aux séparatistes du Cachemire, ils passaient tous par Peshawar. Le père de Samana y avait vécu la plus grande partie de son enfance. La ville était violente et bruyante. Il n'était pas rare de voir une femme lapidée ou un homme mutilé publiquement. On appliquait le Coran à la lettre. Chacun pouvait en être le témoin, y compris l'enfant à qui l'on confisquait son innocence en l'exposant à la barbarie des adultes. Dans cette partie du monde, où la *charia* prévalait, les femmes n'avaient aucun droit. Elles étaient les principales victimes d'un régime théocratique qui les répudiait au jour de leur naissance.

Le père de Samana s'appelait Ali et, à douze ans, il travaillait déjà. Sa mère était morte en couches. Les femmes qui prirent sa suite ne s'occupèrent pas de lui. Elles avaient eu d'autres garçons qu'il leur fallait élever. Après tout, Ali était l'aîné. Il pouvait se débrouiller tout seul.

Il n'était pas rare de voir les enfants travailler dès l'âge de six ans au Pakistan, surtout dans la région de Peshawar.

Très tôt, on plaçait les filles sur les métiers à tisser.

Leurs doigts délicats manipulaient les brins de laine. Elles les passaient dans le métier, les coupaient et les nouaient rapidement. Leur dextérité et leurs bas salaires faisaient le bonheur des marchands qui revendaient leurs tapis aux détaillants de Karachi et de Dubaï. Les touristes qui les achetaient n'avaient pas connaissance des dessous de ce trafic. On leur vantait la précision des motifs, la finesse du tissage, mais on oubliait de leur mentionner la condition de celles qui trimaient sur l'ouvrage, parfois à s'en faire saigner les doigts. On ne leur disait rien de la promiscuité, de l'insalubrité ni des épreuves subies par ces enfants qui pouvaient rester jusqu'à dix-huit heures par jour courbées sur le métier. Toutes ces gamines avaient de la conjonctivite. Samana se souvenait d'une de ses tantes, à Peshawar. Elle avait des entailles profondes sur les mains et elle était presque aveugle.

Les garçons ne connaissaient pas meilleur sort. Les plus chanceux servaient dans les restaurants, travaillaient dans les briqueteries ou donnaient un coup de main aux mécaniciens des ateliers de réparation. Les autres, moins fortunés, finissaient chiffonniers ou transportaient de lourdes charges d'un bout à l'autre de la ville. Il y avait pire. Certains garçons devenaient des esclaves domestiques, souvent sujets aux sévices sexuels.

Ali pouvait s'estimer privilégié. Il n'avait pas travaillé jeune. Il avait même reçu de l'instruction. Il le devait à une voisine qui avait envoyé son fils à l'école et avait insisté auprès de son père pour qu'Ali l'accompagne. Il avait appris à lire et à écrire en ourdou et un peu en anglais. C'était courant au Pakistan. On pouvait plus attendre de ses voisins que de sa propre famille, tant celle-ci était absorbée par les problèmes du quotidien.

Quand le père d'Ali insista pour qu'il travaille, la voisine ne put s'y opposer. Ali était presque un adolescent. Il avait deux petites sœurs et l'argent manquait. Il n'avait pas le choix.

Il fut aussi trahi par sa taille. Il paraissait beaucoup plus que son âge. On lui donnait la majorité. Son père l'envoya chez son oncle, un homme bourru qui mâchait du *neswar* qu'il recrachait ensuite bruyamment. Il avait la cinquantaine et une barbe teintée au henné, ce qui lui donnait une couleur orange fluorescente. On racontait que le Prophète en avait fait usage pour paraître plus jeune. Il n'en fallait pas moins pour convaincre ses fidèles du bienfondé de cette teinture.

Son oncle portait une *kurta* marron parce que, disait-il, on ne voyait pas la crasse. Il était directeur d'une petite usine chimique qui fabriquait des engrais. Ali n'était pas certain qu'on y produisît uniquement des engrais, mais il n'avait jamais posé de questions. Son travail consistait à préparer les doses de phosphore qui serviraient à composer le mélange final. Son travail ne lui déplaisait pas trop. C'était répétitif mais ce n'était pas fatigant. Il fallait faire attention à ne pas renverser les sachets de phosphore et à ne jamais fumer dans l'enceinte de l'usine. Les autres adolescents lui avaient parlé d'accidents, d'explosions inopinées, de bras arrachés, mais il avait préféré ne pas les écouter. Ça ne l'aurait pas rendu plus vigilant. Et puis il était convaincu qu'ils racontaient ces histoires dans le seul but de l'effrayer et de le décourager. Les explosions, ça n'arrivait que dans les usines d'allumettes. C'est ce que son oncle lui avait expliqué, et il ne faisait confiance qu'à son oncle.

Il y avait un *gora* qui venait souvent à l'usine. Il était allemand. Tout le monde le remarquait parce qu'il avait les cheveux très blonds et que la chaleur de l'air lui rougissait le visage. Les enfants qui traînaient dans les rues s'en amusaient et le taquinaient. *Hans ji* n'y prêtait guère attention. Après tant de voyages, il ne se préoccupait plus de ce genre de détail. L'oncle d'Ali le recevait avec beaucoup de déférence et chacune de ses visites était minutieusement préparée. À midi, on lui servait un *Karahi chicken*, son plat préféré, un poulet mariné dans les épices qui cuisait « étouffé pendant des heures », selon l'expression de Hans, qui imaginait ce supplice avec délice. Hans ji buvait aussi de la bière importée. Le Pakistan, à cette époque, n'était pas encore une République islamique.

Ali n'a jamais très bien saisi la nature des rapports qui liaient son oncle au visiteur étranger. Il y avait de l'estime entre les deux hommes, semblait-il.

Hans ji repartait avec des valises plus lourdes qu'à son arrivée. C'est à Ali qu'incombait la responsabilité de porter ses bagages jusqu'au train. À la gare, deux autres hommes l'attendaient, des natifs de Lahore qu'il avait payés pour assurer sa protection jusqu'à l'aéroport de Karachi. Un jour, alors qu'ils faisaient route vers la gare, Hans ji lui parla pour la première fois de Dubaï.

« C'est là que tu devrais aller. Tu ne vas pas rester toute ta vie à Peshawar. Tu n'as pas d'avenir ici. Tu gagneras plus d'argent là bas. Et en plus ce sont des musulmans sunnites, comme nous. Ils ont besoin de jeunes gens de ta trempe. J'en parlerai à ton père. »

Il ne fut pas trop difficile de convaincre le père d'Ali, qui comptabilisait déjà les sommes d'argent que son fils lui enverrait chaque mois. Il avait entendu parler de ce nouvel eldorado. Les familles des hommes qui étaient partis n'en disaient que du bien. Ce qui, en d'autres termes, signifiait que l'argent rentrait régulièrement.

La réputation de Dubaï n'était déjà plus à faire. Le cheikh de l'époque avait épousé une femme pakistanaise, dont la beauté et l'habileté à tenir un foyer avaient été célébrées au sommet de l'État.

Ali fit le voyage en train avec Hans ji, mais il ne prit pas l'avion. Il voyagea clandestinement à bord d'un cargo qui faisait route vers Dubaï. Quand ils approchèrent des côtes, il fut impressionné par le bal des containers qui dansaient entre les grues. Tout semblait si bien réglé. Au loin, il vit la vacuité et l'immensité du désert. Il se demanda où étaient les gens, où ils habitaient.

Ils vivaient tous à Karama, le quartier de Dubaï où se côtoyaient paisiblement les communautés indiennes et pakistanaises. Certes, lors du conflit de 1970, il y eut quelques heurts violents entre les fanatiques des deux jeunes nations, mais on ne déplora aucune victime. Le cheikh leur adressa une sévère remontrance et les invita à se calmer. Il leur rappela que Dubaï se voulait accueillante pour ceux qui venaient travailler et prospérer. Les fauteurs de troubles, en revanche, se verraient chassés du pays. Ce rappel aux réalités locales remit tout le monde dans le droit chemin et depuis lors, Indiens et Pakistanais ne s'affrontent plus que sur les terrains de cricket.

Ali fut hébergé par un ami de son oncle qui était installé à Dubaï depuis dix ans. Ali occupait une petite chambre pour lui tout seul et découvrait les joies et les peines de l'indépendance. Il n'avait plus de comptes à rendre à son père, mais sa famille lui manquait, surtout l'été, quand il faisait trop chaud pour sortir et qu'il restait reclus dans sa pièce étroite. Il ne sortait que pour aller prier à la mosquée du quartier, que les généreux subsides venus d'Arabie saoudite avaient permis de climatiser.

Il trouva un emploi chez un agent immobilier qui le prit sous son aile et en fit un commercial efficace. Ali s'imposait naturellement. Il était non seulement grand mais avait aussi un physique agréable. On disait qu'il ressemblait à Imran Khan, le playboy capitaine de l'équipe nationale de cricket. Les gens l'abordaient souvent dans la rue pour lui demander un autographe. Il remarqua que les femmes le dévisageaient, qu'elles semblaient s'intéresser à lui. Il ne leur prêtait aucune attention, trop occupé qu'il était à s'inventer un métier, jusqu'au jour où l'ami de son oncle lui parla de la fille d'une amie qui était de passage à Dubaï.

Il en fit une description élogieuse. Ali n'y vit pas de malice. Il aurait dû. L'ami de son oncle, avec la complicité de sa famille, avait des projets pour eux.

Ali n'en savait rien quand il rencontra Shaheen. L'ami de son oncle les accompagna, puis se retira discrètement pour les laisser faire connaissance. Shaheen était une femme charmante et pétillante originaire de Karachi. Elle était issue d'une famille aisée. Elle avait voyagé un peu et s'imaginait un destin merveilleux de l'autre côté de l'Atlantique. Elle était belle mais accessible, ce qui la rendait irrésistible aux yeux des hommes. Avec sa petite taille, son sourire espiègle, ses yeux vifs qui s'écarquillaient au moindre compliment, elle séduisait innocemment, tout du moins au début de sa vie de femme.

Ali fut conquis. Il l'écoutait à peine quand elle lui parlait. Il se perdait dans son regard, bercé par la musique de sa voix. Il se demandait comment il avait pu vivre sans elle aussi longtemps. Il tombait amoureux, inexorablement.

Shaheen s'amusait à le voir ainsi. Elle le trouvait très beau, mais elle était habituée à la compagnie des prétendants. Karachi n'était pas Peshawar. On s'y amusait beaucoup plus.

Shaheen ne resta que quelques jours. Ali insista pour la revoir avant son départ, ce qu'elle accepta, avant même que leur chaperon vienne interrompre leur discussion. Au rendez-vous suivant, Ali fut plus pressant, car elle n'avait pas quitté ses pensées.

Dès qu'Ali revit Shaheen, il lui parla d'amour, il évoqua leur mariage. Avec d'amples gestes de la main, il lui décrivit la maison qu'ils habiteraient un jour. Il émut Shaheen, qui n'était pas habituée à tant de sincérité. Personne, avant Ali, n'avait parlé d'engagement. À Karachi, tous les hommes qu'elle avait rencontrés lui avaient fait des avances, mais aucun d'entre eux n'avait prononcé le mot « avenir ».

Shaheen rentra à Karachi. Ali lui manqua terriblement. Elle en parla à ses parents, qui accueillirent la nouvelle sans enthousiasme. Au Pakistan, les parents rêvent de marier leur fille à leur majorité. Shaheen avait tout juste dix-neuf ans, ils pouvaient être satisfaits. Mais les parents préféraient aussi que leurs filles s'unissent à des hommes plus mûrs et dont la carrière était assurée. Sur ce point, le jeune Ali offrait peu de garanties.

L'oncle d'Ali, soutenu par son ami installé à Dubaï, se chargea de la famille de Shaheen. Il leur vanta les qualités de son neveu et promit de le soutenir financièrement. Le père d'Ali, de condition beaucoup plus modeste, ne se mêla pas des discussions entre les deux familles. Originaire de Peshawar et tourmenté par le futur de ses autres enfants, il était bien trop content que son frère menât les négociations. Ce n'était pas tout à fait un mariage arrangé, comme la plupart des unions à cette époque. Mais ça n'excluait pas certains arrangements.

Il y avait toujours de longues tractations entre les familles, car la cérémonie du mariage, qui durait trois jours, les obligeait à de lourdes dépenses.

De plus, Shaheen était chiite et Ali était sunnite. Tous deux étaient musulmans, certes, mais l'incompréhension, voire l'animosité, était forte entre les deux communautés. Le destin voulut que Shaheen la shiite s'éprenne d'Ali, le prénom de son mari, mais aussi le nom du cousin du prophète que ses fidèles avaient abandonné et qui avait donné naissance à cette branche de l'islam. Il fallait qu'ils s'aiment beaucoup pour vaincre le scepticisme de leurs proches. Pour leur entourage, un mariage d'amour, c'était presque suspect. Une vieille cousine avait dit à Ali : « Les mariages d'amour, ça finit toujours dans le malheur. La passion ne dure pas. Elle vous consumera. » Il avait fait semblant de ne pas l'entendre. Sa cousine avait épousé un homme qu'elle avait connu seulement le jour de son mariage et qu'elle traitait désormais comme s'il était le locataire de leur appartement.

Ali et Shaheen se marièrent à Dubaï à la fin des années 1970. Shaheen tomba aussitôt enceinte, ce qui combla son mari. C'était bon signe. Bien sûr, Il voulait un fils, et il aurait souhaité connaître le sexe de son enfant. Mais l'échographie n'était pas encore disponible à Dubaï à cette époque, et de toute façon, les autorités locales en interdiraient l'usage. Il s'en remit donc à Dieu et conçut des projets fabuleux pour ce fils qu'il désirait tant.

Neuf mois plus tard, Shaheen donna naissance à une petite fille que ses parents appelèrent Aliya. Ali fut évidemment déçu, mais dissimula son amertume autant qu'il le put. C'est lui qui choisit le nom d'Aliya.

Il se consacra à son travail. Dubaï prospérait. Les chantiers se multipliaient. Les tours s'élevaient et les immigrés affluaient de toutes parts. Il avait appris l'arabe. Non seulement il le lisait, mais il le comprenait. Tant de gens pouvaient lire l'arabe au Pakistan, mais peu le déchiffraient. Ils apprenaient par cœur des passages du Coran, en arabe dans le texte. Ils les récitaient sans accent. Mais ils ne comprenaient pas la signification des mots qu'ils prononçaient. Ali, lui, savait. Il devint indispensable à ses supérieurs. Ses responsabilités s'accrurent. Il gagna de mieux en mieux sa vie. Sa famille et lui s'installèrent dans l'une des grandes villas qui s'étendaient dans le quartier de Karama, une villa comme celle qu'Ali avait décrite le jour de sa déclaration à Shaheen.

Shaheen fut de nouveau enceinte. Pour Ali, il n'y avait pas de doute. Ce serait un fils, Inch'Allah. Dieu en décida autrement. Ce fut une fille. Furieux, Ali quitta l'hôpital sans dire un mot. Sa femme rentra à la maison, mais Ali ne l'y attendait pas. Il était parti dormir chez un ami et ne revint que trois jours plus tard. Il ne prêta pas attention à sa femme lorsqu'elle lui confia le nom de leur nouvelle fille, Samana.

Il s'en désintéressa. Un fils, c'eût été la garantie d'une vieillesse paisible. Une fille, c'était une bouche de plus à nourrir et des efforts supplémentaires alors que sa carrière avait à peine commencé. Il ne voulait pas d'elle. Ce fut un choc pour la mère de Samana. Pour la première fois depuis qu'ils s'étaient mariés, elle devina de la colère chez l'homme qu'elle avait choisi.

Par amour, par désespoir aussi, elle lui promit un fils. Une autre grossesse se préparait et une nouvelle fois, elle donna naissance à une fille, qui prit le nom de Mahnoor. Ali, désormais, ne se souciait plus de sa famille. Il rentrait tard, il négligeait ses filles et n'accordait d'importance qu'aux rendez-vous d'affaires qui s'accumulaient et l'éloignaient un peu plus de son foyer.

Shaheen, un soir où les enfants étaient turbulents, lui reprocha ses absences. Il ne le toléra pas. Il la frappa au visage à plusieurs reprises. Elle disparut dans la chambre et pleura longuement. Ali sortit sans prêter attention aux sanglots de ses filles, qui s'étaient rassemblées autour de leur mère pour la réconforter. Il s'enfuit.

Quand il revint, au milieu de la nuit, Aliya, Samana et Mahnoor dormaient profondément dans la petite chambre qu'elles partageaient. Leur mère était restée éveillée. Elle lisait un livre de voyages et ne le regarda même pas quand il la rejoignit sous les draps.

Quelques semaines plus tard, Ali prit la décision d'envoyer toute sa famille à Karachi. La famille de Shaheen prendrait soin des enfants. Il pourrait se consacrer à son travail. Il leur rendrait visite quand son emploi du temps le lui permettrait.

Ce fut une période heureuse pour Samana. Elle avait cinq ans et elle se souvenait avec nostalgie de la maison qu'ils habitaient, dans le quartier huppé de Clifton. Il y avait un jardin, très vert, et la tranquillité des lieux n'était troublée que par les cris joyeux des enfants. Samana fit aussi la découverte de son statut de « deuxième ».

Elle n'y prêta pas tout de suite attention. Elle le remarqua au fil des jours, à ces gestes simples et tendres qui ne s'adressaient jamais à elle. Aliya, quand elle se faisait mal, recevait une caresse affectueuse sur le front. Mahnoor avait le droit à une double ration de *chapati*. Samana, quant à elle, devait se contenter de ce qu'on lui donnait. Et on lui donnait peu.

Pourtant, Samana se plut à Karachi. Elle y avait trouvé une vraie famille, loin de ce père qui faisait semblant de l'aimer.

Shaheen était resplendissante. Elle retrouvait le Karachi de sa jeunesse et de ses premières amours. Ils furent nombreux à tenter de la revoir. On savait que son mari l'avait battue, qu'il était resté à Dubaï et qu'il venait rarement la voir. Les plus beaux partis de la ville étaient à l'affût.

Shaheen prit l'habitude d'envoyer ses filles jouer chez la voisine. Elle disait qu'elle avait besoin de rester seule à la maison, qu'elle avait beaucoup à faire, qu'il ne fallait pas la déranger avant la tombée du jour. Un après-midi, Samana échappa à la surveillance de la voisine. Elle avait oublié sa poupée à la maison et voulut la récupérer. Elle entra discrètement dans la maison. Elle ne fit pas de bruit. Sa mère l'avait prévenue, elle avait besoin de repos. Elle ferait sans doute la sieste.

Samana monta les escaliers qui menaient à l'étage supérieur. Elle marcha aussi doucement qu'elle le put. Elle entendit soudain de petits cris et des rires contenus qui semblaient provenir de la chambre matrimoniale. Elle s'en approcha. La porte n'était pas fermée. Elle se glissa dans l'entrebâillement et ouvrit grand ses yeux. Elle reconnut la plante des pieds de sa mère aux anneaux dorés qu'elle portait à ses orteils. D'abord elle crut que sa mère s'amusait toute seule, puis elle vit d'autres pieds qui s'agitaient entre ceux de sa mère. Elle leva la tête. Elle vit les deux corps allongés. Sa mère faisait une grimace étrange. Samana ne comprenait pas si elle avait mal ou si elle était contente. C'était difficile à dire. L'espace d'un instant, elle voulut se jeter sur l'homme et le chasser. Mais l'homme se redressa. Elle prit peur et descendit les escaliers aussi vite qu'elle le put.

Il y eut de plus en plus d'après-midi chez la voisine. Quand Samana traversait la rue, elle regardait toujours derrière elle, vers la fenêtre de la chambre, au premier étage. Elle repensait à l'homme. Elle priait pour qu'il soit gentil avec sa mère. L'homme avait un vélo noir qu'il laissait loin de l'entrée principale. Quand elle voyait le vélo, Samana savait que l'homme était chez eux, qu'il « s'agitait » avec sa mère. Elle comprit que sa mère était heureuse avec lui. Quand elles rentraient de chez la voisine, leur mère avait le sourire. L'homme ne lui faisait pas de mal, elle en était sûre.

Il y eut un après-midi de trop. Les amants s'étaient laissés entraîner par leur fougue. Ils avaient pris rendez-vous trop tôt. Une vieille tante de Samana les avait surpris au milieu de leurs ébats. Elle aurait pu choisir de se taire et de garder le secret. Elle n'en fit rien. La nouvelle fut communiquée au père de Samana, qui arriva à Karachi le jour suivant.

À peine eut-il franchi le seuil de la porte qu'il gifla Shaheen aussi fort qu'il le put. Il était pourtant exténué après le long voyage qu'il avait accompli. Mais la rage l'avait dopé. Shaheen s'écroula sur le sol. Ali reprit de plus belle et lui adressa plusieurs coups de pieds sur le corps et sur le visage. Shaheen gémit, tenta de se protéger, demanda pardon. Il ne voulut pas l'entendre. Il était sourd à ses prières. Il se remit à la battre.

Les voisins et la famille, qui avaient été prévenus de l'arrivée du père, s'étaient rassemblés dans le salon. Ils regardaient la scène sans intervenir. Shaheen le méritait, pensaient-ils. Ses filles étaient pétrifiées. Samana sentit monter en elle de la révolte. Elle ne supportait pas que l'on maltraitât sa mère et cette fois, elle savait que l'homme qui était sur elle lui faisait du mal. Elle esquissa un mouvement en direction des époux qui s'entre-déchiraient. Un voisin tenta de la retenir, mais il était trop tard. Elle avait stoppé le nouvel assaut de son père, qui la regarda durement. Son père ne lui pardonna jamais cette impertinence et découvrit, en cet instant, à quel point Samana ressemblait à sa mère. Elle en avait les traits, les yeux effrontés et cette même expression de mépris face à l'injustice.

Shaheen avait le visage tuméfié et les côtes cassées. Elle porta plainte. La police lui donna raison. Ali l'accusa d'adultère pour justifier son geste. Mais il fallait plus que les dires d'une femme pour condamner Shaheen. Le Coran, sur ce point, était formel : « Celles de vos femmes qui se rendent coupables de perversité, requérez contre elles le témoignage de quatre d'entre vous. » Ali n'avait pour lui que la parole de sa vieille tante et sa femme, elle, agonisait toujours à l'hôpital.

Ali fut conduit en prison. Il y resta quelques jours.

L'amant de sa mère avait disparu. La tante en avait fait une description qui ne permit pas de le retrouver. Seul son père poursuivit les recherches. Quelques semaines plus tard, alors qu'elle faisait les courses en compagnie de sa mère, Samana aperçut le vélo noir qui gisait au bord de la route. Les roues avaient disparu. Le cadre était rompu. On aurait dit un pantin désarticulé. Depuis, chaque fois qu'elle voit un vélo noir, Samana a des frissons.

Samana se dit que le monde des adultes était compliqué. L'homme qui aurait dû rendre sa mère heureuse lui avait fait du mal. L'homme qui semblait la combler de bonheur avait été pourchassé comme un criminel.

Samana se posait de plus en plus de questions. Elle grandissait. À l'âge de sept ans, c'était une fillette gracieuse et fragile que la famille continuait d'ignorer, à l'exception de sa mère, qui la protégeait secrètement. Depuis la rixe, Ali considérait sa fille avec défiance. À son retour de prison, il était devenu encore plus taciturne. Il supportait encore moins de retrouver son épouse. Il se sentait comme un étranger à Karachi. Ce n'était pas sa ville. Ce n'était pas sa vie. Il quitta Karachi et repartit à Dubaï sans savoir ce qu'il adviendrait de leur couple.

Pour Samana, ce fut un soulagement. Elle ne voyait plus en son père que la bête enragée qui s'était acharnée sur le corps de sa mère.

Le calme était revenu dans la maison. La routine s'était réinstallée. Shaheen avait loué les services d'une jeune maid Pakistanaise de confession chrétienne qui venait du quartier d'Azam Basti. Shaheen s'absentait de plus en plus souvent. La maid surveillait les trois sœurs distraitement et s'appliquait surtout à tenir la maison propre. Les filles étaient livrées à elles-mêmes. Samana en fut la plus affectée. Ses sœurs la malmenaient et sa mère lui manquait. Samana ne savait pas où sa mère allait ni pourquoi elle revenait si tard. Les trois sœurs restaient dans le jardin et s'inventaient des histoires où Samana ne tenait jamais le rôle principal. Alors Samana leur disait qu'elle n'avait plus envie de jouer et s'en allait.

Son occupation favorite, c'était de rester sur le seuil du portail d'entrée et d'observer l'animation de la rue.

Un jour qu'elle se cachait derrière le portail et qu'elle regardait passer les voitures, un homme attira son attention. Il était adossé à un arbre et la fixait en souriant. Il lui fit signe de la main. Elle referma aussitôt la porte et rejoignit ses sœurs.

Le lendemain, elle se plaça au même endroit et vérifia si l'homme était encore là. Il n'avait pas bougé et la regardait toujours. Il la salua. Samana referma la porte, encore plus intriguée. Elle n'en parla pas à ses sœurs et quitta le jeu en leur donnant la même excuse le jour suivant. L'homme était fidèle au poste. Il appela Samana par son nom, ce qui la surprit et la rassura aussi. L'homme lui demanda de venir le rejoindre. Samana hésita, jeta un œil vers le jardin puis, d'un pas hésitant, traversa la rue. Elle eut une sensation soudaine et merveilleuse. Comme si on lui avait donné des ailes, comme si elle s'envolait vers un autre monde.

L'homme était de petite taille. Il lui proposa un morceau de mangue qu'elle refusa. Il ne s'en offusqua pas. Sa voix était douce. Il lui posait des questions anodines auxquelles elle répondait sagement. L'homme lui avait demandé si elle avait des sœurs, quel âge elle avait, à quoi elle jouait le plus souvent. Il lui avait aussi demandé où était sa mère. Cela déplut beaucoup à Samana. L'homme s'en aperçut.

— Tu ne sais donc pas où est ta mère, Samana ? demanda-t-il avec un air faussement étonné.

— Non, répondit-elle.

— Tu voudrais savoir où elle est ?

— Oui, j'aimerais bien, dit Samana.

Samana se braqua un instant et demanda à l'homme :

— Est-ce que vous avez un vélo ?

L'homme rit et dit qu'il n'avait pas de vélo.

L'homme se leva ensuite et lui dit :

— Veux-tu m'accompagner pour que je t'aide à retrouver ta mère ?

Samana acquiesça. Elle suivit l'homme.

Ils firent le tour de la maison et ils prirent une petite ruelle envahie par les mauvaises herbes. Samana connaissait bien ce raccourci. Avec sa mère et ses sœurs, elles l'empruntaient souvent pour aller chez une amie. L'homme prit à gauche, dans une allée encore plus étroite que Samana n'avait jamais remarquée. Elle s'immobilisa. L'homme la rassura et lui dit que sa mère n'était pas loin. Ce fut au tour de l'homme de s'arrêter. Il s'accroupit et il lui prit la main.

— Tu me fais toujours confiance ? demanda-t-il.

— Oui, dit Samana.

L'homme caressa ses longs cheveux noirs et déboutonna sa petite robe bleue. Elle fut bientôt torse nu. Samana n'osa pas lui demander ce qu'il faisait. Sa voix était suave alors qu'il la déshabillait. Ses gestes étaient lents et affectueux. Samana ne protesta pas. L'homme se fit plus entreprenant. Il mit sa main sur la cuisse de Samana et remonta vers le creux de ses petites jambes frêles et frémissantes. Sa main se resserrait déjà, mais avant qu'il ne la blesse, une visite impromptue l'interrompit.

Une femme apparut au bout de la rue. L'homme se figea. Elle avança dans leur direction. Alors l'homme se leva précipitamment et courut vers la rue principale. Il abandonna Samana au milieu du chemin, à moitié nue. La femme s'approcha. Samana la reconnut. C'était une autre voisine.

— Il t'a fait du mal ?

— Non, dit-elle, il était plutôt gentil.

La voisine raccompagna Samana chez elle et attendit que sa mère revienne pour lui raconter ce qu'elle avait vu. Shaheen se sentit terriblement coupable. Elle sermonna Samana et la pria de ne plus jamais s'adresser à des inconnus sans son approbation. Les hommes demeuraient pour elle un mystère. En voilà un qui semblait pourtant gentil. Et lui aussi, il s'était enfui.

Les années passèrent. Ali venait les voir trois à quatre fois par an et pour ses filles, c'était un visiteur maussade et ennuyeux, presque un inconnu. Dubaï avait ouvert une école de très bon niveau. Ali insista pour que les filles reviennent auprès de lui. Shaheen accepta. Samana se demande encore pourquoi. Avait-elle des remords ? Pensait-elle que c'était au tour du père d'avoir sa progéniture à ses côtés ? Ou était-elle égoïste comme le suggérait la famille ? On lui prêtait plus d'un amant. Sans enfant à charge, elle pourrait donner libre cours à ses frasques.

Pour Samana, ce fut un choc. Elle avait oublié combien Dubaï pouvait être inhospitalière en plein mois d'août. Elle partageait une chambre exiguë avec ses deux sœurs. Elles se disputaient tout le temps. Cela provoquait la fureur de leur père.

Samana n'avait pas de bons résultats à l'école. Elle n'acceptait ni son nouvel environnement ni la présence inquiétante de son père. Son père tenta bien de l'aider, mais ses méthodes ne firent qu'empirer son mal-être. Un jour qu'il lui expliquait une leçon de mathématiques, il perdit patience. Il courut vers la cuisine et en revint avec du piment vert, du *harmirchi*. Il la menaça. Il lui demanda de refaire l'exercice. Elle se trompa encore. Il la força à ingérer le piment et la regarda pendant qu'elle mâchait. Samana souffrait le martyre. Elle n'alla pas à l'école le jour suivant.

Ses sœurs lui en voulurent parce qu'elles estimaient que c'est à partir de ce moment que leur père devint violent. « Au diable le piment et les mathématiques », disaient-elles.

Ali ne supportait plus la présence de ses filles et imaginer sa femme à Karachi avec d'autres hommes le rendait encore plus agressif.

Samana embellissait et ressemblait de plus en plus à sa mère. Aussi Ali lui réservait-il un traitement de faveur. Les coups commencèrent à pleuvoir, à toute heure et pour n'importe quelle raison. Quand il la battait trop fort, il le regrettait. Il allait lui acheter une glace et s'excusait.

« *I scream, ice cream*[10] », commente aujourd'hui Samana avec sarcasme.

Shaheen eut vent des mauvais traitements infligés à ses filles. Elle les rejoignit à Dubaï. Ali crut qu'elle était revenue pour lui. Il déchanta rapidement. Shaheen ne le laissait pas la toucher. Ali devint éperdument jaloux. Il la questionnait sans cesse. L'atmosphère devenait irrespirable. Shaheen n'était pas revenue seulement pour ses filles. Son amant avait été muté à Dubaï et elle le voyait régulièrement. Ali eut des doutes. Il enferma sa femme. Il fit d'elle une prisonnière domestique. Dès lors, Shaheen ne pensa qu'à la fuite. Mais il fallait d'abord qu'elle récupérât son passeport. Quand elle l'eut trouvée, elle projeta son départ, aidée, une fois de plus, par une voisine, originaire de Karachi.

10. Je crie, il me donne une glace.

Samana avait douze ans. Il était tôt, ce matin-là. Elle s'était levée pour prier et avait surpris sa mère dans le couloir, avec deux grands sacs trop lourds pour elle. Sa mère avait les larmes aux yeux. Elle lui dit : « Maman reviendra bientôt. » Shaheen s'enfuit à Karachi et demanda le divorce. Elle ne demanda pas la garde des enfants. Elle ne revint jamais.

Elle partit vivre aux États-Unis, de l'autre côté de l'Atlantique.

Ali, quant à lui, se remaria avec une femme plus jeune que lui. Ils avaient quinze ans d'écart. Sa nouvelle femme lui donna tout de suite un fils qu'il appela Mohammed pour remercier Dieu. Cette naissance le transforma. Il devint moins impétueux, mais continua à négliger ses filles, qui subissaient la loi de leur belle-mère. Elle haïssait les trois jeunes femmes dont elle avait la charge depuis son mariage. Elles étaient l'image de la femme qui l'avait précédée, surtout la cadette, Samana, dont elle était la copie parfaite. Elle aurait voulu s'occuper seulement de son fils. C'était impossible. Son mari avait insisté pour qu'elle prenne aussi soin de ses trois filles.

Ali avait toujours ses accès d'humeur. Samana en avait peur. Au moment des repas, quand elle s'asseyait auprès de lui, elle ne mangeait pas. Elle craignait qu'il l'invective ou qu'il la frappe. Cela devint une habitude. Elle cessa de s'alimenter. Elle maigrit.

— Une jeune fille de seize ans ne peut pas peser quarante kilos, lui dit le médecin. Pourquoi tu ne manges pas ?

Samana ne répondit pas. Que pouvait-elle dire ? Qu'elle était malheureuse, que son père la terrorisait, que sa mère lui manquait ? À la maison, il était interdit de faire allusion à sa mère. Elles en parlaient entre sœurs. Elles évoquaient son absence, ce qui avait pu motiver son geste, et c'était toujours Samana qui prenait sa défense. Son père, quant à lui, n'avait jamais fait le deuil de son amour pour Shaheen. Alors qu'elle avait fouillé les tiroirs de la maison, Samana avait trouvé des photos de leur bonheur passé. Son père les avait déchirées, bien au centre, en veillant à ce que leurs deux images soient séparées. Puis il les avait consciencieusement recollées, une par une. Le scotch était jauni et traçait une ligne de démarcation entre les deux anciens époux. Samana parcourait ces photos avec émotion. Elles exprimaient la douleur de son père, un rêve de félicité qui s'était brisé.

Depuis le jour où elle avait tenté de protéger sa mère, Samana était devenue l'ennemie intime de son père. Elle cristallisait les joies et les peines qu'ils avaient eues ensemble.

Ali avait du mal à soutenir le regard de sa fille. Son expression était identique. Même sa voix lui rappelait le temps où il aurait donné sa vie pour Shaheen, où il ne se lassait pas de l'entendre rire, où il pardonnait le moindre de ses caprices.

Les enfants d'Ali grandissaient. Leur scolarité devenait onéreuse. Sa seconde femme se plaignait du fardeau que représentaient ses trois belles-filles. Alors qu'elles n'avaient pas encore atteint l'âge de la puberté, leur père évoquait déjà le moment où elles seraient prêtes, où elles pourraient trouver un mari et quitter le foyer. Elles n'étaient pas femmes mais, déjà, on leur faisait comprendre qu'il fallait partir, que le mariage était l'issue la plus souhaitable.

Samana eut bientôt dix-sept ans. Elle était toujours aussi maigre. Ses joues étaient creusées, ses membres décharnés. Ses beaux yeux verts disparaissaient derrière un voile de tristesse qu'elle ne quittait jamais. Elle aurait dû avoir ses règles depuis longtemps, mais celles-ci n'arrivaient pas. Son corps était celui d'une jeune femme, mais son esprit retardait l'événement, sans doute parce qu'il annoncerait d'autres malheurs.

Ali décida d'envoyer Samana à Karachi. Son éducation ne comptait pas. Pour lui, il s'agissait de l'éloigner.

Loin du père, Samana s'épanouit. Elle reprit du poids. Elle devint une très jolie femme. Elle avait une poitrine parfaitement dessinée, des jambes fines et des hanches plus étroites que la moyenne des filles de son âge. Elle avait gardé ses longs cheveux noirs. Ses yeux s'étaient agrandis, deux émeraudes qui captaient la lumière et s'éclaircissaient quand le soleil les effleurait. C'était l'héritage génétique de son père, les yeux de Peshawar. Ses lèvres étaient charnues. Elles lui donnaient un sourire sensuel et discret. Sa peau n'était pas claire, mais légèrement hâlée. Dieu sait combien on le lui avait fait remarquer quand elle était enfant. Au Pakistan, pour être belle, il faut être *fair*, c'est à dire presque blanche. C'était le cas de sa sœur aînée, Aliya, dont la pâleur faisait l'admiration de sa famille. Samana avait la peau mate. Son père considérait cela comme une tare. Elle n'avait jamais compris pourquoi les gens accordaient autant d'importance à cette histoire de carnation. Son père lui répétait souvent que Dieu avait donné aux hommes leurs différences et qu'il ne fallait jamais les critiquer. Un jour qu'elle se moquait d'une femme trop grasse, son père l'avait giflée et lui avait expliqué que Dieu l'avait faite ainsi. On ne pouvait le lui reprocher. Alors pourquoi fallait-il que sa peau soit trop foncée ? « *I'm not fair, it's unfair*[11] », répétait-elle quand elle était adolescente.

À Karachi, quand elle était au milieu des garçons, son teint de peau ne gênait plus personne. Elle faisait tourner les têtes. Elle découvrit combien il était agréable de plaire mais ne savait pas encore ce que le désir signifiait.

---

11. Je n'ai pas le teint clair, ce n'est pas juste.

Le désir se manifesta un après-midi de juin où il faisait très moite. Samana vivait chez une tante qui était enceinte depuis plusieurs mois. Elle avait plutôt mauvais caractère. Son oncle semblait mécontent. Le soir, elle les entendait se disputer dans les couloirs de la maison. Mais ils étaient bienveillants à son égard et elle se dit que son père avait dû leur rendre un immense service pour qu'ils l'hébergent sans contrepartie. Elle se trompait.

C'était un après-midi lourd et humide. Dans ces cas-là, il vaut mieux rester chez soi, sous les modules d'air conditionné. La tante de Samana était partie à l'hôpital pour subir un énième examen. La grossesse en avait fait une hypocondriaque. Son oncle était à la maison. Samana lisait dans l'escalier parce que c'était l'endroit le plus frais de la maison, un défaut de conception, une négligence d'architecte. Elle était vêtue d'un chemisier bleui à l'*azrak*, la teinture naturelle utilisée dans la province du Sindh. Elle transpirait un peu. Le chemisier allait déteindre sur sa peau.

Son oncle descendit les premières marches. Samana se retourna et le salua. Il s'approcha d'elle. Sans rien dire, il plongea sa main dans son corsage et lui caressa le sein. Sous l'effet de la surprise, Samana fut tétanisée. Son oncle se fit plus insistant. Elle tenta de se dégager. Son oncle la saisit alors par l'épaule et la serra très fort. Elle se mit à hurler. Elle le griffa. « *Kuti* », lui dit-il, et il cracha devant elle. Il remonta dans sa chambre. Samana comprit en cet instant que les hommes ne lui voulaient pas que du bien et une fois encore, le message était venu d'un membre de sa famille.

Dans les jours qui suivirent, elle évita de croiser son oncle. Elle se tut. Son père ne l'aurait pas crue. Il l'aurait sans doute traitée d'affabulatrice et l'aurait comparée à sa mère, cette putain. Elle se disait aussi que si elle parlait, son oncle la renverrait à Dubaï, auprès de son père. Alors Samana garda le secret pour elle.

Elle s'était refusée à son oncle. Il ne le supporta pas. Il avait déjà contacté le père de Samana pour lui annoncer le retour de sa fille. Son enfant allait naître bientôt. Sa femme était fragile. Les excuses ne manquaient pas.

Le père de Samana le prit très mal. Sa voix tonitruait derrière l'écouteur du téléphone. Il accusa sa fille de s'être mal conduite, d'avoir fait preuve d'ingratitude envers son oncle, lui qui s'était montré si généreux.

Son père l'attendait à l'aéroport. Il ne la vit pas arriver. Il ne la reconnut pas au milieu de la foule compacte des *khapias* partis à Dubaï pour faire leurs emplettes. C'est elle qui vint vers lui. Elle lui dit : « Bonsoir papa. » Il resta interloqué. Il avait quitté une adolescente amaigrie. Il retrouvait une femme radieuse sur laquelle les hommes se retournaient. Et elle ressemblait tant à Shaheen.

Samana perçut son émotion. Elle espérait un mot gentil de sa part. Rien. Il lui demanda seulement pourquoi elle avait mis tant de temps à récupérer ses bagages. Dans la voiture, il resta muet. Arrivée à la maison, un repas l'attendait. Ses sœurs lui réservèrent un accueil mitigé. Elles voyaient en Samana une rivale autant qu'une compagne d'infortune. Elles la mirent au courant des nouvelles obsessions de son père. La plus récurrente ne l'étonna pas. Il voulait à tout prix qu'elles se marient.

Pour Aliya et Samana, les plus grandes de la famille, un autre calvaire commençait.

Leur père les menaçait. Il leur interdisait de sortir après 19 h. Il instaura le couvre-feu. Il devenait méfiant quand l'une d'elles sortait pour aller faire des courses. Samana ne comprenait pas. Il fallait qu'elle se marie, mais on ne lui permettait pas de rencontrer qui que ce soit. C'était une impasse. Ce qui l'effrayait le plus, c'était toutes ces histoires qu'on lui avait rapportées. Ces filles que leur père emmenait au nord du Pakistan, et que l'on mariait à un inconnu avec la bénédiction d'un imam complice. Elle en faisait des cauchemars. Son père n'aurait pas de difficultés à trouver un imbécile qui accepterait le marché.

Alors pour elle aussi, cela devint une obsession. Il fallait qu'elle trouve un fiancé. Il y avait un moyen. Elle pouvait consulter des réseaux sociaux sur le web. Ils remplaçaient désormais les entremetteurs familiaux. On rentrait ses données personnelles. On choisissait une photo qui vous mettait en valeur et on indiquait, bien sûr, que l'on était célibataire. Plusieurs de ses amies avaient trouvé un partenaire grâce à internet. Mais il y avait beaucoup d'abus. Les hommes, surtout, se décrivaient plus riches et plus beaux qu'ils ne l'étaient en réalité. Des filles avaient été piégées. Leurs parents le savaient et leur interdisaient de recourir à internet. Elles devaient se cacher pour aller sur la toile.

Pour Aliya et Samana, internet, c'était une fenêtre sur le monde. Elles y respiraient. Pour favoriser une heureuse rencontre, leur père avait recours à des techniques plus traditionnelles. Il faisait confiance à son carnet d'adresses. Quand il avait identifié un possible parti pour l'une de ses filles, il l'appelait et lui annonçait : « Il y a un jeune homme qui vient prendre le thé samedi. Sois présentable ».

Samana haïssait cette cérémonie du thé. L'homme arrivait accompagné de sa mère, qui le laissait une petite demi-heure avec elle. La plupart du temps, ils n'avaient rien à se dire. L'homme la détaillait de la tête aux pieds. Il la faisait parler par politesse et pour prolonger l'entrevue. Il lui posait des questions banales. Il lui demandait si elle comptait travailler, si elle aimait les enfants. Si elle plaisait à l'homme, le père de Samana était recontacté. Samana se demandait par quel miracle elle n'avait pas encore fini entre les mains de l'un de ces idiots. Peut-être que son père se rappelait qu'il avait fait un mariage d'amour et qu'il n'avait obligé personne à l'épouser. Mais le temps était compté.

Près de l'endroit où Samana habitait, un centre commercial avait ouvert. Il appartenait à la chaîne des Arab Malls. Pour les jeunes Indiens et Pakistanais, c'était un lieu de rencontre idéal. Leurs parents n'étaient pas dupes, mais ils savaient le lieu très sûr. C'était un moindre mal et surtout, cela se passait en plein jour. Il n'y avait rien à craindre.

Samana allait à « l'Arab Mall » avec sa sœur Aliya. Elles y faisaient du shopping. Un prétexte. On ne savait jamais. Elles pourraient peut-être faire de nouvelles connaissances. Elles revenaient en général bredouilles de cette pêche miraculeuse.

Un jour pourtant, Aliya rencontra une amie d'école qui était venue au centre commercial avec son frère. Il était grand avec une coupe de cheveux un peu ridicule et un tatouage sur le bras que Samana remarqua tout de suite et qui la dégoûta. Ils allèrent au café le plus proche. La conversation s'engagea. Samana se taisait. Elle laissait Aliya faire son numéro de jeune fille modèle. Visiblement, le frère de son ami lui plaisait et elle voulait marquer les esprits. Il n'y aurait pas d'autres occasions. Il fallait faire vite.

Il s'appelait Humayun et il était un peu arrogant. Samana le trouva insupportable. Aliya estima qu'il était sexy et attendit avec impatience qu'il la recontacte. Mais c'est sa sœur qu'Humayun rappela. Samana en fut stupéfaite. Elle n'avait rien fait pour le séduire et pourtant, il l'avait remarquée. Aliya lui en voulut beaucoup, mais elle accepta, à contrecœur, de l'escorter à son prochain rendez-vous.

Cette fois, la donne avait changé. Ce n'était pas un inconnu que Samana se préparait à rencontrer, c'était un homme qui lui avait signifié son intérêt. Elle était un peu nerveuse. Elle tremblait. Humayun portait une chemise à manches longues. Il avait dissimulé ses tatouages. Il lui fit un sourire charmeur auquel elle répondit.

Dans les mois qui suivirent, ils se fréquentèrent souvent à l'Arab Mall de Karama. Le rituel était toujours le même. La ballade au premier étage, le long des boutiques de fringues. La tasse de *chaï* au rez-de-chaussée du centre commercial, chez l'Indien dont l'accent les faisait toujours rigoler. Puis ils se séparaient en se disant à bientôt. Un week-end pourtant, il y eut un changement. Humayun avait l'air grave. Il l'entraîna dans le hall principal du centre commercial et lui demanda de se mettre à côté d'elle. Il respira profondément et cria en ourdou : « *Muhje tomm say mohabat hey*[12] ».

Ses joues s'empourprèrent. Elle le supplia de parler plus bas, mais une voix intérieure lui demandait de crier encore plus fort, aussi haut et aussi loin qu'il le pouvait. Elle avait du mal à contenir sa joie. Elle avait un prince charmant et désormais, une seule chose comptait, devenir sa femme, pour être libre, pour quitter son père, pour vivre en paix.

Elle annonça à son père qu'elle avait fait la connaissance d'un homme et qu'elle désirait l'épouser. Son père lui posa des tas de questions. Il se renseigna. Il découvrit que le jeune homme venait de Lahore, qu'il n'avait plus de père, qu'il était issu d'une famille modeste et qu'il projetait d'aller étudier à Londres. Cela lui déplut. Il fit part de son mécontentement à sa fille et surtout, il lui apprit qu'Humayun partirait prochainement pour l'Angleterre. Samana avait peine à respirer. Elle se jeta sur son téléphone.

— Pourquoi ne m'as-tu rien dit? demanda-t-elle à Humayun

---

12. Je t'aime.

— J'avais peur de te blesser, je ne voulais pas que tu sois triste, lui répondit Humayun.

— Quand pars-tu ?

— Le mois prochain.

Samana resta silencieuse. Elle devrait désormais survivre loin de celui qu'elle aimait, en espérant qu'il tienne sa promesse, en priant pour qu'il ne courtise pas une autre femme, plus belle et plus riche qu'elle.

Humayun était amoureux. Il ne vivait que dans l'attente d'une prochaine visite à Dubaï. Leurs étreintes étaient de plus en plus fortes. Il l'aimait. Il la désirait. Il aurait donné n'importe quoi pour lui faire l'amour.

Samana, elle aussi, avait envie de lui, mais elle tenait bon. Sa virginité était son bien le plus précieux. Elle le savait. Sa belle-mère l'avait prévenue. La femme a tout à perdre, l'homme tout à gagner.

Samana en était convaincue, elle ne devait pas céder. Il fallait qu'elle reste un mystère. Il fallait qu'elle l'obsède jusqu'au jour de ses noces.

Un jour pourtant, lors d'une de ses visites, Humayun se fit plus insistant. Il lui dit qu'il ne pouvait plus attendre, qu'il l'aimait trop, qu'ils se marieraient de toute façon, que ça n'avait plus d'importance, qu'il souffrait de ne pouvoir la toucher. Il avait l'air ému et sincère. Samana hésita. Elle ne savait que lui répondre. Elle s'était lassée elle aussi.

Ce n'était pas une question de principe, « être vierge le jour du mariage ». Elle avait depuis longtemps renoncé à cette hypocrisie. Combien de ses amies avaient eu recours à des subterfuges ? Il y avait celles qui s'étaient arrangées pour avoir leurs règles le soir des noces, celles qui pratiquaient la sodomie depuis longtemps ou celles qui s'étaient rendues au Liban ou au Canada pour se faire recoudre un hymen.

Non, pour elle, il ne s'agissait pas de sauver les apparences, ni même d'être fidèle aux préceptes de l'islam.

Elle n'avait pas peur de ce que sa religion recommandait. Elle ne craignait pas non plus le jugement des hommes. Depuis que son père avait battu sa mère, elle avait été le témoin de toutes leurs turpitudes, de tous leurs écarts, de tous leurs mensonges. Au nom de l'amour ou pour satisfaire leur passion, ils avaient désobéi, ils avaient enfreint les lois, ils avaient ignoré les Écritures. Elle se moquait de leur jugement. Il s'agissait d'écouter son cœur. Dieu lui pardonnerait sans doute. « Dieu est plein de miséricorde. »

Elle avait surtout peur qu'Humayun ne la désire plus comme avant, qu'il reparte à Londres avec sa virginité comme trophée et l'esprit occupé par d'autres filles.

Ils marchaient tous les deux sur les bords de la crique. Après lui avoir fait sa déclaration, il lui avait demandé si elle aussi en avait envie. Elle lui répondit qu'elle devait y réfléchir. Son indécision l'avait surpris et blessé.

Ils étaient maintenant dans le quartier commerçant qui jouxte Bastakia, près des marchands de tissus. Humayun s'arrêta devant l'entrée d'un hôtel délabré dont on distinguait à peine le nom au milieu des enseignes bariolées des échoppes.

— Tu ne vas pas m'emmener là-dedans ? avait lâché Samana en regardant Humayun d'un air inquiet.

— Pourquoi, c'est pas assez bien pour toi ? avait-il dit sur un ton condescendant.

C'était la première fois qu'il s'adressait à elle de cette manière.

— Je ne suis pas prête, Humayun. Pas ici, pas comme ça. On va se marier bientôt. On peut encore attendre.

— La vérité, c'est que tu ne m'aimes pas, s'emporta Humayun.

— Ce n'est pas cela. Je veux que ce soit différent.

Dans sa tête repassaient les images de l'homme dans la ruelle, de cet inconnu qui l'avait presque entièrement déshabillée. Elle revit aussi la main lourde de son oncle sur sa poitrine. Des larmes coulèrent sur ses joues. Elle examina l'entrée de l'hôtel puis ferma les yeux. Non, ce n'est pas ce qu'elle avait imaginé.

Humayun l'agrippa par le bras.

— Tu me fais mal, lui dit-elle. Où m'emmènes-tu maintenant ?

— Je te ramène chez toi, Samana.

— Non, s'il te plaît, marchons encore un peu.

— Je n'ai pas envie. J'ai des trucs à faire.

Alors qu'ils s'approchaient de la voiture, Humayun s'arrêta un instant. Il s'appuya au capot du véhicule puis il adressa un coup de poing au rétroviseur, qui n'y résista pas. Samana le dévisagea, inquiète. Elle vit soudain la grande silhouette de son père sous les traits courroucés de son fiancé.

Humayun rentra à Londres le surlendemain. Il l'avait revue une fois avant son départ. Ils s'étaient à peine adressés la parole.

Samana ne savait pas quel serait le prix de sa victoire. Elle avait gagné sa virginité, mais lui, elle l'avait sans doute perdu à jamais. Elle l'avait blessé. Il l'avait déçue. Trop de malentendus les séparaient. Quand ils s'appelaient au téléphone, leurs discussions devenaient de plus en plus brèves. Il semblait toujours pressé d'en finir.

Humayun ne parvenait pas à l'oublier cependant. Au fil des mois, il se radoucit, entreprit de la reconquérir, lui promit qu'il l'aimait vraiment et qu'il l'épouserait bientôt.

Le père de Samana finit par accepter l'idée de marier sa fille. Par dépit et par nécessité. Il préférait que sa fille s'en allât, quitte à faire quelques concessions sur l'identité de son gendre. Mais il imposa à Samana ses conditions. Elle financerait elle-même son mariage. Elle devrait contracter un emprunt. Il disait qu'il n'avait pas les moyens. Il lui ferait seulement cadeau de la parure en or qu'elle porterait le jour de ses noces. Pour Samana, ce fut une immense déception. Elle avait depuis longtemps renoncé à croire que son père l'aimait et qu'il la voulait heureuse. Mais elle ne pensait pas qu'il la laisserait tomber, qu'il lui ferait porter la charge de son mariage. En renonçant à l'aider, il la condamnait à faire un « petit mariage ». Ce serait une célébration modeste. La famille et les amis commenteraient abondamment. Ils auraient les yeux levés vers le ciel et de graves soupirs de circonstance.

Le mariage eut lieu en plein mois d'août, le pire moment de l'année. Outre la température, qui atteignait fréquemment les quarante degrés, l'humidité rendait chaque mouvement insupportable. Les carreaux des hôtels se recouvraient d'une buée épaisse qui leur donnait des allures de serres. Personne ne sortait. Les voitures devenaient des chambres froides. Elles ne servaient plus à se déplacer, elles permettaient de se rafraîchir.

Le mariage dura trois jours.

Le premier jour, ce fut la cérémonie du *Mayon*, une sorte de rite initiatique pendant lequel Samana fut entourée de ses amies et de ses sœurs. Elles lui préparèrent une pâte épaisse, faite d'une poudre jaunie. Elles la lui appliquèrent sur le visage avec précaution. Cela lui donna une peau claire, le temps d'un soir. C'était la tradition. Samana ne pouvait s'y soustraire. Elle la détestait cependant. Encore une façon de l'humilier et de bien lui signifier que sa peau était trop foncée, qu'elle n'était pas en conformité avec les critères de beauté définis par sa communauté.

Les autres femmes l'imitèrent ensuite. Elles se recouvrirent le visage de poudre. Elles chantaient. Au centre de la pièce, il y avait une corbeille dans laquelle chaque invité déposa une offrande qui servirait à l'aumône faite aux pauvres de la ville.

Le jour suivant était le plus attendu. C'était la soirée du *mendhi*, la plus joyeuse et la plus colorée des étapes de ce marathon nuptial. Tous les convives attendaient dans la grande salle de l'hôtel. Les mariés se faisaient désirer et la nervosité gagnait les tables. Les enfants jouaient aux éclaireurs entre la salle et l'entrée principale. Les anciens piaffaient. Ils devisaient sur le manque de respect des jeunes générations. Au moment où ils commençaient à médire, les futurs époux firent leur entrée. Ils étaient l'un à côté de l'autre, sous la *dupatta*, une grande pièce d'étoffe orange qui doit les protéger du mauvais sort. Samana était voilée. Elle le resterait jusqu'au moment des vœux. Personne ne devait voir son visage, pas même son mari, à qui la séance de maquillage était interdite. Les invités se pressèrent autour de Samana et d'Humayun. Ils leur jetèrent des pétales de fleurs. Samana suivait les pas de son mari avec hésitation. Le voile violet qui lui recouvrait la tête était garni de piécettes en or qui teintaient bruyamment à chacun de ses mouvements. Elle distinguait à peine la foule, et seul un bruit confus lui parvenait. Elle entendit des rires d'enfants. Cela la rassura. Leurs parents les guidèrent jusqu'à l'estrade qui dominait la salle. Tel un couple princier, c'est de ce promontoire qu'ils présideraient les festivités. Un par un, les invités retrouvèrent les époux pour les congratuler. Les plus intimes eurent le privilège de leur offrir des friandises qu'ils leur portaient directement à la bouche. Samana se plia à la coutume. Son voile lui permit de dissimuler le dégoût que lui inspiraient toutes ces mains, grasses et volontaires, qui violaient son intimité en la nourrissant ainsi, comme un animal. Le défilé des invités était interminable. Samana fatiguait sous le poids de l'or qui lui bardait le visage et le haut du corps. Ses mains avaient été recouvertes de henné. Les dessins, aux motifs floraux, formaient un tatouage complexe et raffiné. Aux poignets, elle portait plusieurs strates de bracelets argentés.

Une musique retentit. C'était le moment le plus fort du mendhi, quand les deux familles se défiaient et révélaient aux convives leurs plus beaux partis. Car le mariage annonçait d'autres mariages. Pour chacun des jeunes gens présents, c'était une opportunité de briller et de se faire remarquer.

Elles avaient préparé cet instant pendant des mois. Une chanson, une danse ou une acrobatie. Ils devenaient les artistes d'une représentation qui pouvait changer leur vie à jamais.

Chaque famille avait une couleur. La famille de Samana s'était vêtue d'orange. Ses sœurs, accompagnées de leurs amies, s'élancèrent les premières devant la scène. Ils avaient choisi la chorégraphie d'un film de Bollywood et le succès fut immédiat. Les convives applaudissaient et s'enthousiasmaient à chaque nouveau pas. La soirée dura jusqu'à tard dans la nuit et on ne savait pas qui des deux familles avait fait la meilleure impression. Peu importe, chacun se préparait à la célébration religieuse qui aurait lieu le lendemain.

Samana ressortit complètement épuisée des cérémonies. Mais tout s'était déroulé comme prévu. Plusieurs familles avaient échangé leurs adresses et on spéculait déjà sur les mariages à venir.

Samana se souvenait aussi de sa nuit de noces.

« Chirurgicale », avait-elle commenté. La fatigue lui avait engourdi le corps et l'esprit. Elle n'eut aucune appréhension quand son mari s'approcha d'elle pour la pénétrer. Elle lui sourit pour l'inviter à s'introduire en elle. Ce qu'il fit avec brusquerie, sans tendresse, parce que c'était son droit et qu'il avait attendu trop longtemps. Elle avait senti le mélange chaud et visqueux qui s'écoulait sur ses cuisses. Elle ressentait une légère douleur dans le bas de son ventre. Mais elle n'avait pas peur. Elle s'était préparée à ce moment nécessaire. À la vue du sang, son mari s'écarta d'elle. Il avait l'air satisfait comme un étudiant qui vient de recevoir son diplôme.

Samana et son mari s'installèrent à Dubaï, non loin de la demeure où vivait son père. Humayun avait un emploi de cadre dans une banque du centre historique de la ville. Il était logique de s'établir à Karama. Cela ne plaisait pas à Samana. Elle aurait voulu vivre loin de sa famille et surtout, loin de ce père qui l'avait laissée s'endetter.

Avec le premier bébé surgirent les premières disputes. Humayun reprochait à sa femme de ne pas lui accorder assez d'attention, de se soucier uniquement de cet enfant adoré qui leur volait leur intimité. Humayun devenait impatient et susceptible. Il s'irritait facilement.

Ce soir-là, il était revenu du travail particulièrement excédé. Son patron lui avait fait des reproches qu'il estimait injustes. Il s'était querellé avec un de ses collègues. Il avait trop attendu le bus et quand il rentra, son enfant criait. Rien ni personne ne semblait pouvoir le calmer. Sa femme l'avait salué brièvement. Elle était tout de suite retournée auprès de sa progéniture que des dents endolories faisaient hurler.

Humayun se refugia dans un coin du salon et s'écroula dans un fauteuil. Sa femme tardait à venir le retrouver. Quand elle vint auprès de lui, il était assoupi. Il lui demanda si le dîner était prêt. Elle lui répondit que non, qu'elle pouvait sortir et lui acheter quelque chose. Il fit un geste de mauvaise humeur et l'invita à rester.

Il commença à lui caresser le cou, puis il entreprit de lui toucher les seins. Elle l'en empêcha. Il éclata.

— Mais bon sang, c'est quoi le problème ?

— Rien mon chéri, lui répondit-elle, je suis fatiguée, c'est tout.

— Tu es fatiguée ? Et moi, je devrais dire quoi ?

— Je ne sais pas. Écoute, on ne va pas se disputer.

Humayun se leva et saisit un vase qu'il projeta contre le mur. L'enfant fut effrayé et ses cris redoublèrent. Samana se précipita auprès de lui, mais Humayun lui interdisait le passage qui menait à la chambre. Samana le força avec détermination. Alors Humayun la gifla, si fort qu'elle trébucha. Elle le fixa avec effroi. Les cris de l'enfant ne lui laissèrent pas le temps de prendre conscience de ce qui venait de se passer. Elle poussa Humayun et se fraya un chemin vers le berceau.

Elle retrouva son mari dans leur chambre à coucher. Il s'était tourné vers le mur. Contrairement à son habitude, il ne lisait pas. Il avait éteint la lumière. Elle en fit de même, mais elle mit un temps infini avant de pouvoir s'endormir. Elle crut deviner, à son souffle irrégulier, que lui non plus, ne trouvait pas le sommeil. Ils auraient pu se parler, s'expliquer, se pardonner.

Quand Samana se réveilla, Humayun était déjà parti au travail. Il était pourtant tôt. Le petit dormait encore.

Quand la maid arriva, elle lui confia son enfant et sortit. Elle se rendit à l'Arab Mall de Karama, là où elle avait rencontré Humayun pour la première fois. Elle erra pendant plusieurs heures entre les étages du centre commercial. Elle vit de jeunes Pakistanais qui se faisaient la cour. Elle se mordit les lèvres.

Sur le chemin de la sortie, elle remarqua de l'animation près d'une grande sphère transparente qui semblait polariser l'attention de tous les passants. Elle s'en approcha. On y parlait de jeu concours, de croisière sur le détroit d'Ormuz, d'expérience fabuleuse et, comme toujours à Dubaï, de première mondiale. Croyant qu'elle attendait son tour, une jeune femme lui tendit un bulletin de participation. Samana eut comme premier réflexe de refuser, puis se ravisa. Elle le remplit et le jeta dans l'urne.

À l'heure qu'il est, Samana n'a pas de nouvelles de son mari. Il avait dû se mettre en route pour Abu Dhabi le jour de la catastrophe. Il avait dû se trouver au mauvais endroit au mauvais moment. Son enfant avait survécu. Son père, lui aussi, était sain et sauf.

Son père, « que le pire des cataclysmes ne parviendrait pas à tuer », avait-elle ajouté, amère.

Chapitre 6

Toni

« *Yalla habibi*[13] *!* » m'avait dit Toni au moment de débuter l'interview, ce que j'avais trouvé quelque peu désinvolte en de telles circonstances. Il avait remarqué mon étonnement et avait tout de suite renchéri.

— Écoute, on ne va pas s'apitoyer sur notre sort. *The show must go on*[14], comme disent les Américains.

— Tu veux vraiment que le show continue, Toni ? lui avais-je rétorqué, choqué par sa nonchalance apparente.

— Ce qui vient de se passer fait partie du show. On est juste à l'entracte, et le deuxième acte promet d'être encore meilleur que le premier.

— Vous autres Libanais, vous êtes des optimistes invétérés. On n'arrivera jamais à vous déprimer, n'est-ce pas ?

— Beyrouth a été presque entièrement rasée par un séisme en 551. Elle s'en est relevée. On sort tout juste de vingt ans de guerre civile et depuis, chaque été, les Syriens nous envoient une vague d'attentats pour décourager les touristes d'aller camper dans la vallée de la *Bekaa*. Nous n'avons pas le temps de nous apitoyer sur notre sort, tu

13. On y va mon ami !

14. Le spectacle doit continuer.

comprends. Nous sommes trop occupés à reconstruire. On repart toujours de zéro.

— Oui mais là, tout de même, ça dépasse l'entendement, ce qui vient d'arriver à Dubaï. Ça va forcément laisser des traces.

— Ça dépend. Pour les pessimistes dans ton genre, une trace, c'est une cicatrice. Pour un gars comme moi, une trace, c'est un sillon. Je vais y semer des graines. Tu sais comment on appelle Beyrouth, ma ville natale ? *La ville qui refuse de disparaître.* On va faire de Dubaï une seconde Beyrouth, tu vas voir.

À Dubaï, les Libanais étaient dans leur jardin. Ils y avaient recréé un microcosme festif et prospère qui en faisait l'une des communautés les plus influentes du pays. Ils occupaient des postes stratégiques dans les grandes entreprises. Ils conseillaient les puissants. Ils divertissaient les foules avec leur inimitable folklore à base de chanteuses midinettes généreusement siliconées. Rien ne se faisait sans eux.

Ils avaient aussi le quasi-monopole de la communication. Toutes les agences de publicité étaient contrôlées par des Libanais, des chrétiens maronites dont les pères avaient des intérêts et des relations dans la région. Toni faisait partie de ceux-là. Il parlait arabe, anglais et français. Il était chrétien, mais il avait vécu aux côtés des musulmans. Il n'indisposait personne. Les Émiratis l'appréciaient parce qu'il parlait leur langue. Le réseau américain auquel appartenait son agence lui faisait confiance parce qu'il n'était pas musulman et qu'il était attaché aux valeurs occidentales. Toni jouait sur les deux tableaux et en tirait tous les bénéfices. Il ne le devait pas qu'à ses talents d'orateur et de commerçant. Il avait des appuis, à commencer par son père, le légendaire Élias.

Élias était le fils d'un petit commerçant de la banlieue Est de Beyrouth, là où vivent les chrétiens. La famille était propriétaire d'une droguerie qui fournissait tous les artisans du quartier en matériel électrique. Il écoulait des stocks de fusibles et d'ampoules. Le magasin tournait gentiment. Ils étaient respectés dans le quartier. Que demander de plus ?

Quand le père de Toni reprit l'affaire, il avait d'autres ambitions. Il ne se satisfaisait pas d'une seule boutique. Il en voulait deux, puis trois, puis quatre et pourquoi pas tout un empire qui s'étendrait jusque dans Beyrouth Ouest.

— Tout le monde a besoin de lumière, chrétiens comme musulmans, disait toujours le père de Toni avec son air jovial.

Il n'avait pas besoin d'études de marché. Il suffisait d'observer et d'avoir un peu de bon sens. Il avait constaté que la plupart de ses concurrents n'ouvraient pas leurs boutiques avant 8 h. Cela obligeait les artisans de la ville à démarrer plus tard leur journée. Ils perdaient tous un temps précieux.

Le père de Toni changea ses heures d'ouverture. À 7 h pile, il y avait quelqu'un derrière le comptoir, pas ce vieux con de Raja, que son père avait embauché à ses débuts et qui était devenu imperméable à la moindre initiative. Celui-là, le père de Toni l'avait viré, et avec tout le respect qu'il lui devait après tant d'années de bons et loyaux services. Non, il avait mis derrière la caisse une brune pétulante qui répondait au nom de Jana. Elle était la sirène de l'aube, plus efficace qu'un café turc. Tout Beyrouth allait retrouver le goût du travail matinal. Il se foutait qu'elle n'y connaisse rien en ampérage. Il ne la payait pas pour ça. Il se chargerait de la vente et des explications techniques. Jana, son truc, ce serait de sourire et de donner aux gars l'envie de revenir. Il fallait que le règlement de la facture soit le meilleur moment de leur journée.

Les clients affluèrent. Le bouche à oreille fonctionna à merveille. On raconte même que des électriciens druzes faisaient des incursions dans le quartier Est rien que pour voir Jana. Mais attention, pour le père de Toni, il était hors de question de compromettre la qualité des produits. Il voulait de la belle marchandise dans ses rayons. « Du top. »

Il ouvrit de nouvelles boutiques dans l'Est de Beyrouth. Il loua un bureau près de Gemmayze. C'était plus pratique pour faire la fête après les longues journées de labeur. Son commerce était florissant, sa famille heureuse. Rien ne semblait pouvoir perturber la glorieuse marche d'Élias vers le succès et la reconnaissance.

Élias était devenu une légende. Tout Beyrouth connaissait l'histoire de ce petit commerçant devenu grand. Jana n'était plus toute jeune, mais avait encore ses fidèles. Les hommes venaient à elle comme s'ils retrouvaient la vieille pute qui les avait dépucelés. Elle savait ce qu'ils voulaient. Ils repartaient contents.

Élias était devenu une marque puissante et organisée. Les caissières portaient toutes la même tenue, les enseignes étaient correctement normées, et on se demandait dans quel nouveau business il se lancerait.

Il avait des idées, mais la guerre civile l'empêcha de concrétiser ses projets. Elle se fit de plus en plus intense, gagnant tous les quartiers, ensanglantant les rues, décimant les familles. Plusieurs de ses échoppes avaient été détruites, mais pour Élias, une seule chose comptait, tenir sa femme et ses enfants à l'abri.

Ils vivaient dans la cave d'un immeuble de Beyrouth Est qu'il avait restaurée et qui lui donnait des allures de bunker de luxe aménagé. Beaucoup de leurs voisins avaient choisi de fuir dans les montagnes. Élias ne pouvait se le permettre.

Il avait une affaire en ville et il pariait sur le retrait rapide des armées étrangères.

Mais les armées étrangères n'étaient pas parties. Au contraire, elles s'étaient partagées chaque parcelle de Beyrouth pour en faire un puzzle mortel.

Le plus dangereux, c'était d'aller faire les courses. Élias l'interdisait à son fils. Seuls sa femme et lui se risquaient à mettre le nez dehors, quand les bombardements cessaient, quand plus rien ne bougeait. Un matin, la mère de Toni partit acheter des fruits chez le maraîcher improvisé qui avait élu domicile dans un salon de coiffure abandonné, près de la station-service. Le père de Toni n'aimait pas cet endroit. Par définition, une station-service est une zone de passage qui attire du monde et des ennuis. Élias avait bien tenté de convaincre le maraîcher d'aller s'installer ailleurs, mais il avait refusé. Il l'avait même engueulé.

« Arrête tes conneries, Élias. Ce n'est pas à toi que je vais faire la leçon. C'est comme ça que tu as fait ton business. *Location, location, location*[15]. » Il avait raison. Outre la révolution des horaires et les charmes de Jana, Élias avait construit son succès sur la qualité de son réseau. Ses boutiques étaient toujours situées à des endroits stratégiques. Il avait du flair. Il devinait où et quand le prochain carrefour allait surgir.

La mère de Toni marcha en direction de la station-service. Elle reconnut la voiture noire qui roulait dans sa direction. Elle appartenait au leader d'une milice chrétienne. La mère de Toni prit peur. Elle eut un mouvement de recul, puis elle se dit qu'il n'y avait rien à craindre, qu'il était des leurs et que ce n'était pas de lui qu'elle devait se méfier. La voiture accosta la pompe à essence. Le chef de la milice sortit entouré de plusieurs gardes du corps qui portaient

15. L'emplacement, encore l'emplacement, toujours l'emplacement.

des gilets pare-balles. La mère de Toni serrait son cabas sur sa poitrine. Cela ne suffit pas. Plusieurs coups de feu retentirent. Deux hommes tombèrent. La mère de Toni entendit le maraîcher lui crier : « Couchez-vous, couchez-vous, nom de Dieu. Ne restez pas là ! » D'autres déflagrations suivirent. Cette fois, ce fut la mère de Toni qui s'affala sur le bitume irisé par l'essence.

Le père de Toni mit du temps à faire le deuil de son épouse. Il aurait dû aller lui-même faire les courses. Il aurait dû changer de quartier.

On n'avait jamais su qui avait tiré. Un musulman, une tête brulée au service du Mossad ou pire, un chrétien membre d'une milice rivale ? Personne n'en savait rien. Qu'importe, c'était monnaie courante à Beyrouth. Un *sniper*, un contrat, une cible, et quelques innocents étendus sur le sol pour rappeler combien cette guerre était absurde.

Il aurait pu haïr cette ville, revendre son affaire et s'enfuir à l'étranger, en France, au Canada ou ailleurs. Il préféra rester. Il avait rencontré sa femme à Beyrouth. Chaque angle de la ville lui rappelait celle qu'il avait perdue. Il ne pouvait l'abandonner. Non, il ne partirait pas. Il ne les laisserait pas détruire le théâtre de leur histoire, la mémoire de leur bonheur assassiné.

Toni avait une quinzaine d'années à cette époque. Il n'avait pas de frères et sœurs. Quand son père travaillait, sa mère s'occupait de lui. Il apprit à vivre sans elle. Il connut la solitude et la détresse. Il changea de rôle. Il grandit trop vite et abandonna une partie de son enfance aux ruines de Beyrouth. Il n'avait pas le choix, il devait aider son père à reconstruire sa vie.

Le père de Toni avait eu une idée. Le principal problème, pour les habitants de Beyrouth, c'était les coupures d'électricité. Il y en avait tout le temps, et au mauvais moment.

Les bougies, pratiques et romantiques, ne permettaient toutefois pas de préparer le dîner ou de prendre un bain chaud.

Il acheta son premier groupe électrogène au milieu des années 1980. Avec le fruit de sa revente, il en acheta d'autres. Toni accompagnait son père quand il allait faire ses démonstrations ou quand il livrait la marchandise. Ils utilisaient une vieille Renault 18 break, si rouillée qu'elle vous transmettait le tétanos rien qu'en la regardant. Ils avaient les moyens de s'acheter une Mercedes, mais ils n'auraient pas été discrets. Tous les pontes de la ville en conduisaient une. C'eût été comme porter un costard et des lunettes noires au milieu d'un troupeau de brebis après la tonte.

« C'est le meilleur moyen de se faire descendre », avait ajouté le père de Toni.

Son carnet d'adresses se remplissait. Sa réussite, il la dut à l'après-vente. Non seulement il fournissait les groupes électrogènes, mais il en garantissait la réparation en un temps record.

« C'est quand ça merde que tu as le plus de chance de fidéliser ton client, avait-il appris à Toni. Si tu lui résous son problème quand il est désespéré, il te sera fidèle pour la vie. »

Ils avaient recruté une véritable armada dans Beyrouth. Des anciens mécanos, toute une bande de bricolos dont la mission était de se tenir prêts quand il y avait une coupure. Ils savaient où les clients habitaient. Ils devaient être prêts à les assister si l'appareil avait une défaillance. Bientôt, on ne put se passer de Toni et de son père. Ils étaient devenus indispensables. Tout le monde avait besoin de courant.

« À part la Croix Rouge, il n'y a que nous qui pouvons circuler librement sans nous faire tirer dessus », répétait le père de Toni avec beaucoup de fierté. Il n'avait pas tort.

Leur break brinquebalant était connu de tous dans le quartier Est. On ne leur posait pas de questions. Mais jamais ils ne s'aventuraient près des lignes de front. Ils auraient constitué une cible idéale et leurs agresseurs les auraient éliminés sans hésitation pour s'emparer d'un tel trésor de guerre. Supprimer celui qui donne la lumière à l'ennemi, c'eût été un coup d'éclat que l'état-major adverse aurait salué.

À la fin de la guerre civile, Élias n'était pas riche, mais il avait de quoi investir dans sa prochaine affaire en Irak. Tel un marchand d'armes, Élias allait là où la guerre se déclarait. Chaque bombardement était la promesse d'une nouvelle vente. À Bagdad, il rencontra des intermédiaires peu scrupuleux qui lui permirent d'écouler ses stocks.

Toni continua ses études à l'université de Beyrouth. Il n'avait pas souhaité reprendre les rênes de l'entreprise familiale. Il voulait faire du marketing ou de la vente. Il sentait qu'il en était capable et que ses années d'apprentissage aux côtés de son père lui avaient donné suffisamment d'expérience. Toni n'était pas un bosseur, mais il était doué. Les années de conflit l'avaient aguerri. Aucune situation ne le déstabilisait. Il trouvait toujours la parade. Ce qui pouvait se révéler extrêmement utile pendant des négociations. « *Quick on his feet, Toni*[16] », disaient ses camarades de classe. Il était persuasif et aucun client ne lui résistait. À l'université, on organisait souvent des cas pratiques. Un vendeur faisait face à un acheteur potentiel et récalcitrant.

À ce petit jeu, Toni gagnait toujours. « Il pourrait vendre des chasse-neige aux Saoudiens », commentaient ses amis. Une fois seulement il échoua. Le rôle de l'acheteur était joué par une Libanaise qui s'appelait Sawsan. Elle avait une

16. Il retombe vite sur ses pattes, le Toni.

coupe à la française et portait un jean très serré qui ne dissimulait rien de ses formes. Cela nuisit considérablement à la concentration de Toni qui, ce jour-là, ne vendit pas ses articles. Toute la classe s'en amusa. Toni, lui, était pris au piège. Il ne se souciait plus de ses études, il ne pensait plus qu'à la courtiser.

Sawsan était issue d'une riche famille qui vivait dans le quartier d'Achrafieh, pas loin de l'ambassade de France.

L'université n'était pour elle qu'un divertissement, une formalité. Son père avait de nombreuses affaires à gérer. Il en confierait une à Sawsan, qui ne demandait pas mieux. Sa famille était riche depuis plusieurs générations. Il y avait les familles pour qui l'argent avait toujours été là et qui n'imaginaient pas qu'il puisse disparaître un jour. Et puis il y avait les familles pour qui l'argent était gagné de haute lutte, qui agissaient dans l'urgence et qui vivaient toujours comme si le monde devait finir demain. La famille de Toni appartenait à cette seconde catégorie. Sawsan reconnaissait en Toni cet appétit de vivre, cette énergie apparemment sans limites. Il l'intriguait, mais elle restait prudente.

Toni, lui, était fasciné par la candeur et l'assurance de Sawsan. Rien ne semblait pouvoir l'affecter. Elle abordait un problème comme une configuration nautique. Ce n'était que du vent après tout, il suffisait de changer la voilure ou de virer de bord. Quand tout le monde voyait un vent contraire, Sawsan, elle, se préparait à filer plus vite.

— On pourrait faire une bonne équipe, toi et moi, lui avait dit un jour Toni.

— Professionnelle, bien sûr, avait répondu Sawsan.

— Professionnelle, bien entendu, avait acquiescé Toni en ne sachant pas si elle l'encourageait à lui faire la cour ou si, de façon définitive, elle le sommait de mettre un terme à ses avances.

Ils en restèrent là. Mais ils prirent l'habitude de se voir et formaient une équipe d'étudiants talentueuse et redoutable.

Ils passèrent avec brio leurs examens. Ils pouvaient songer à leur futur. Sawsan resterait sans doute à Beyrouth. Sa famille avait besoin d'elle.

Toni voulait rentrer dans une agence de communication. Pour un publicitaire en herbe, Dubaï était l'eldorado. Grâce à son père, Toni avait de très bons contacts aux Émirats. Il n'aurait pas de mal à lui trouver une place dans l'un des grands réseaux de communication internationaux.

Une semaine avant son départ, Toni avait invité Sawsan au restaurant. Il était passé la chercher dans sa BMW noire et brillante. La guerre était finie. Il n'avait plus de raisons de se cacher. Il l'emmena dans un petit restaurant perché sur *Broumana*. La route qui serpentait sur les flancs de la montagne était à couper le souffle. À chaque virage, Sawsan se penchait un peu plus vers Toni. Elle ne faisait rien pour empêcher son déséquilibre. Au contraire, elle se laissait bercer.

Toni avait réservé une table sur la terrasse. Ils avaient une vue sur toute la baie. Ils apercevaient, au loin, le port et les minarets de la mosquée qui surgissaient du creux de la vallée. Sawsan lui dit :

— C'est magnifique, n'est-ce pas ?

— C'est magnifique parce que tu es là, Sawsan.

— Tu es un charmeur, Toni, lui dit-elle.

— C'est mal ? demanda-t-il.

— Ça dépend. J'ai toujours trouvé que les marins séducteurs qui partaient au large étaient des salauds.

— Ils embarquent parce qu'ils n'ont pas le choix.

— On a toujours le choix, Toni. Tu peux monter à bord ou tu peux rester à quai. Et pour ça, tu n'as pas besoin d'une fille qui te sourit. Vous êtes tous les mêmes, vous les hommes. Vous avez peur d'être seuls. C'est tout ce qui vous inquiète.

— Sawsan... commença Toni.

Elle l'interrompit en lui prenant la main. Elle ferma les yeux et respira. Il flottait dans l'air un puissant parfum de rose et de conifères. Elle rouvrit les yeux. Toni la dévisageait intensément.

Il était tard. Ils remontèrent dans la voiture. Toni prit la route de la corniche. Il conduisait trop vite. Au lieu de prendre à gauche vers le centre de Beyrouth, il prit à droite vers le nord de la ville. Il accélérait. Sawsan ne disait rien. Elle fixait la route. Ils atteignirent la petite ville balnéaire de Byblos. Toni roula vers le port. Il l'invita à descendre et il lui prit la main. Elle le laissa faire. Ils marchèrent jusqu'à un rocher qui domine la mer.

— Tu me fais le coup de *Titanic* ? lui demanda Sawsan en riant.

Cela blessa Toni, qui trouvait l'endroit romantique. Elle s'excusa et lui serra la main plus fort.

Quand ils furent debout sur le rocher, Toni l'enlaça et l'embrassa. Sawsan se blottit contre lui. Elle répondit à son baiser en lui caressant la nuque. Il fut comme électrisé.

Ils restèrent longtemps ainsi, à s'étreindre, sans dire un mot.

Puis il la raccompagna chez elle, dans le centre ville. Ils passèrent devant de nombreux hôtels. Il y en avait tant sur la côte. Ils jouxtaient les casinos et les restaurants pour touristes. Aurait-elle souhaité qu'il s'arrête ? Aurait-elle voulu aller plus loin ? Voulait-elle qu'il reste à Beyrouth ?

Elle l'avait quitté en l'embrassant une nouvelle fois et lui avait dit : « Tu reviendras me voir n'est-ce pas ? Tu vas t'ennuyer à Dubaï, Toni. »

Il lui promit qu'il ne l'oublierait pas.

Elle lui demanda de stationner à quelques centaines de mètres de la demeure familiale. Elle ne voulait pas qu'on l'aperçoive en compagnie de Toni.

— Tu as honte de moi ? lui demanda Toni.

— Non, mais je ne veux pas faire jaser tout le quartier. Toutes les commères des environs ont juré allégeance à ma mère. Si ce n'était pas cocasse, ce serait insupportable. Quand je vais faire du shopping, je n'ai pas besoin de décrire à ma mère la robe que j'ai achetée. Elle en connaît la couleur avant même que j'ai composé le code de ma carte bancaire. Et puis, je ne veux pas qu'on interprète ce que je vais te faire.

— Me faire quoi ?

Sawsan se rapprocha de lui. Elle glissa sa main sous sa chemise et lui caressa la poitrine. Elle l'embrassa avec passion et se laissa faire quand Toni lui caressa les seins.

Puis Sawsan l'écarta doucement et lui donna un baiser sur le front. Elle sortit de la voiture.

— Au revoir, Toni !

Ce fut tout. Avec une légèreté qui faisait de leur étreinte une parenthèse, elle s'éloigna. Il la vit marcher en direction de sa maison. Il était émerveillé, abasourdi, en colère aussi. Il était sous son emprise. Elle contrôlait tout. Elle avait tout fait pour le rendre dépendant, pour qu'il ne l'oublie jamais, comme un rêve inachevé, comme une cicatrice mal refermée, comme une drogue douce.

« Salope », dit-il à haute voix pour se prouver qu'il était plus fort, pour l'avilir, pour repousser le poison amoureux qui l'envahissait et contre lequel il n'avait pas d'antidote. Il était foutu et il l'avait compris.

— Et tu ne l'as même pas baisée ? lui demanda son ami Habib à brûle-pourpoint.

— Je ne le sentais pas, Habib.

— Tu ne le sentais pas dans ton pantalon, peut-être, tu te fous de moi ?

— Fais pas chier Habib, c'était pas le moment, tu comprends ?

— Non je ne comprends pas, vieux. Ça fait six mois que tu la dragues, tu l'invites à bouffer, tu lui fais le grand numéro des violons avec vue sur la baie, elle est chaude comme de la braise à shisha, tu passes devant des milliards d'hôtels... Et tu ne la sautes même pas ?

— C'est pas ça, Habib.

— Alors c'est quoi, bon sang ?

— Je ne sais pas.

— Oh putain, si tu ne sais pas, c'est dangereux. Ne me dis pas que tu es tombé amoureux de cette nana ! T'es trop jeune pour ça, Toni. T'as encore de belles années devant toi. Le romantisme, ça ne te ressemble pas. Allez, redescends sur terre, il y a plein de gonzesses qui n'attendent que toi.

— Je ne sais plus si j'ai encore envie d'aller à Dubaï, Habib.

— Alors là, arrête tout de suite, c'est pas le moment, tu prends ce bateau et tu regardes pas la fille sur le quai. Ton futur, il est chez les chasseurs aux faucons, pas dans les ruines de notre foutu pays. Il y a plein de pognon à se faire. Joue pas les puceaux éconduits. Bouge-toi, Toni ! »

Au fond de lui, Toni savait qu'Habib avait raison. Il ne devait pas rester à Beyrouth. Il rencontrerait d'autres Sawsan, plus jolies, plus sexy, le genre de filles qui lui demanderaient de descendre à l'hôtel parce qu'elles n'en pourraient plus, parce qu'elles le trouveraient irrésistible.

Toni intégra l'agence Burcam au début de l'automne. Il avait été engagé comme commercial. Son rôle était simple. Il devait gagner des budgets chez les gros annonceurs de la région, vendre les campagnes publicitaires et faire en sorte que les clients aiment l'agence et lui donnent toujours plus d'argent. À ce petit jeu, il excellait. Il avait le contact facile, un bagout auquel personne ne résistait et une technique infaillible pour faire du client son meilleur ami une fois la première facture réglée. Les autres commerciaux le détestaient. « Caricatural et carnassier », commentaient-ils.

Son plus fidèle ennemi s'appelait Rajiv, un Indien trentenaire sorti des plus grandes écoles de Grande-Bretagne et qui détestait son apparente décontraction. Il surnommait Toni « le petit épicier ».

Au début, Toni avait subi quelques revers. Il avait appris, à ses dépens, que la culture *khaliji* n'est pas aussi libérale que celle du *Levant*. Comme le jour où il tenta de vendre à un client une annonce presse sur laquelle figurait une jeune femme dont on devinait facilement l'abondante poitrine. Il n'y avait pas de nudité dans cette publicité, mais la pose du mannequin était trop équivoque. Le client le prit très mal. Dubaï est une ville où les magazines occidentaux, pourtant en vente libre, sont noircis au marqueur, méthodiquement et sans pitié. Le moindre bout de sein, la plus petite paire de fesses sont repassés au feutre. Chaque matin, très tôt, après la prière, des individus accomplissent cette besogne. Il faudrait leur donner un nom, à ces gardiens de la vertu, pensa Toni. « *Nibarreurs* », « *nudilueur* », « *poitrinihiliste* » ou plus simplement « *sexterminateur* », lui avait suggéré un copywriter de l'agence, une espèce de fou qui passait ses journées à inventer des mots qui n'existaient pas. Cette petite mésaventure avec la censure ne démonta pas Toni.

Toni arborait un look de mafieux qui n'avait plus rien à prouver. Costume anthracite avec fines lignes claires, cheveux soigneusement gominés, chaussures noires luisantes, cravate criarde qu'il assumait et, bien sûr, la Mercedes noire que sa maid devait nettoyer tous les matins. Un de ses collègues lui avait fait la remarque un jour.

« Pourquoi tu l'as choisie noire, ta "merco" ? Il y a trop de poussière, trop de sable. Elle va se salir. »

Il lui avait répondu que les hommes de pouvoir avaient toujours des voitures noires et luisantes. La maid l'avait compris. Elle commençait sa journée dès 6 h et quelle que soit la température extérieure, elle s'arc-boutait sur les chromes avec son éponge et son chiffon en daim. Elle connaissait les priorités de son « maître ». Toni ne verrait pas les assiettes sales ou les plantes assoiffées. Mais si, par mégarde, la voiture ne brillait pas ou si ses chemises blanches n'étaient pas méticuleusement repassées, elle serait chassée manu militari.

Toni vivait dans la marina de Dubaï, le quartier des nouveaux riches du Golfe, à deux pas de la zone franche où les agences de publicité s'étaient regroupées. Il habitait le trentième étage d'une tour au sommet de laquelle le promoteur immobilier avait fait construire une piste d'atterrissage pour hélicoptères. Au cas où le gars du penthouse, au dernier étage, congédierait son chauffeur et préfèrerait s'envoler. Mais le vieux Saoudien qui se reposait à Dubaï en charmante compagnie avait le mal de l'air. Il venait en voiture depuis Dammam et son chauffeur était le même depuis vingt ans. La piste n'avait jamais été utilisée, mais ça faisait toujours son petit effet de dire qu'on habitait une tour avec un helipad.

Au fil des mois, Toni avait perfectionné sa technique de drague. Il emmenait manger sa « victime » dans un restaurant de poissons dont il connaissait le propriétaire. Il réservait la meilleure table. Les serveurs le traitaient avec cérémonie. La jeune femme recevait le message haut et fort : Toni était quelqu'un d'important et tout le monde l'aimait.

Puis il l'invitait à fumer la shisha à la pomme dans le café de la marina, au pied de sa tour. Il saluait les gens qu'il connaissait, il faisait le paon, il présentait la jeune femme dont il vantait la beauté. Elle en rougissait et se serrait un peu plus fort contre lui. En quelques minutes, il était dans l'ascenseur, puis au trentième étage, puis dans l'appartement, puis dans le salon, puis sur le sofa.

Toni avait des principes. Il ne se jetait pas immédiatement sur sa proie. Il lui tournait autour, il la reniflait. Puis il l'invitait à le rejoindre près de la vitre. Il lui faisait admirer la vue imprenable sur le Golfe et l'île artificielle en forme de palme. Elle s'attendait à ce qu'il la prenne dans ses bras et l'embrasse avec avidité. Jamais. Toni l'invitait à s'asseoir, lui offrait un nouveau verre et lui faisait croire que le temps ne comptait pas, qu'il la respectait, comme une invitée de marque, comme une marchandise rare. Le manège durait longtemps et plus il durait, plus la proie devenait tendre. Ils échouaient sur le sofa qui faisait face à la grande vitre du salon. Il plongeait ses yeux dans les siens et lui disait avec une voix aussi mielleuse qu'il le pouvait : « Je vais bientôt vous succomber, vous savez. » À peine avait-il livré sa formule magique qu'il collait ses lèvres contre celles de sa proie. Elle s'abandonnait. Elle le suppliait presque.

« Achève-moi », avait dit l'une d'entre elles à un Toni hilare, qui se cachait le visage pour préserver la solennité de l'acte qui se préparait. Il n'avait plus qu'à la porter dans la chambre en espérant que la maid aurait changé les draps comme il l'avait ordonné.

C'était facile. Il y avait beaucoup de femmes esseulées à Dubaï, et peu d'endroits respectables pour les rencontrer.

« C'est comme si tu rassemblais tout le gibier d'une forêt dans une clairière et que tu mettais les chasseurs au milieu... », avait expliqué Toni à un client étranger.

Le lendemain, il retrouvait ses amis libanais dans leur bar favori, le Manara, du nom du phare miniature qui signalait l'entrée de l'établissement. Ils se racontaient leurs derniers exploits, comment ils les avaient choppées, s'ils avaient dû les faire boire, combien de fois ils les avaient baisées au cours de la nuit, si elles avaient crié au moment de l'orgasme ou si elles avaient accepté de se faire sodomiser dès le premier rendez-vous. Chacun en rajoutait, embellissait ses faits d'arme. C'était comme un récit de bataille victorieuse. Autour de la bouteille de whisky qu'ils vidaient rapidement, il n'y avait pas de place pour l'échec. Ni débandade ni drapeau en berne. Les hommes sortaient toujours vainqueurs de leur campagne et surtout, ils ne payaient aux dames que leur dîner. C'était la règle, pas de baise tarifée.

Il était révolu, le temps où ils se rendaient dans les bordels de la banlieue de Beyrouth, l'estrade sur laquelle les filles de l'Est se trémoussaient, le signe de la main pour en inviter une ou deux à leur table, les tournées de vodka citron, les parties de jambes en l'air expéditives et les maux de tête au petit matin. Toni en avait encore la nausée.

Il fut une époque où Beyrouth était le bordel du Moyen-Orient. Les riches koweitiens s'y rendaient en avion privé pour le week-end. Maintenant, le bordel, c'est Dubaï.

Les mois passèrent. Le tableau de chasse de Toni était bien garni, mais son ennui grandissait. Il commençait à se lasser de sa routine de macho urbain. Certes, il précipitait la chute de l'empire britannique et ça l'amusait beaucoup. Toutes ces Anglaises avinées à la sortie des clubs, ces Australiennes athlétiques, ces Sud-Africaines en mal d'aventures, il les connaissait par cœur. Elles n'attendaient que lui et son argent. Lui et son humour irrésistible. Lui et sa Mercedes aux vitres teintées pour qu'on ne le voie pas fricoter à l'intérieur. Le spleen du dragueur à répétition le gagnait, et c'est Sawsan qui lui donna le coup de grâce.

Ce soir-là, il était presque au lit avec une Espagnole fraîchement débarquée à Dubaï. Il l'avait repérée à cause de son accent, quand elle parlait anglais à la collègue de bureau qui l'accompagnait. Elle était accoudée au bar et semblait s'ennuyer. Il pensait qu'elle était britannique, elle aussi, parce qu'elle avait une chevelure rousse. Elle portait un chemisier violet. « Pourquoi diable les rousses portent-elles toujours du violet ? » se demanda Toni.

Il laissa la question en suspens et se plaça auprès de la jeune femme. Il commanda un whisky-glace en prenant bien soin de la bousculer. Il s'excusa et commença son baratin. Il pouvait engager la conversation sur un ton de connivence et de confraternité d'expatriés. Elle était inquiète, elle ne connaissait rien de Dubaï. Toni se chargea de la rassurer. De verre en verre, leur complicité rendit la présence de la collègue de plus en plus incongrue. Elle eut la délicatesse d'insister pour prendre un taxi quand Toni leur proposa de les raccompagner. On était jeudi soir, la veille du week-end.

Toni proposa à la jeune femme un dernier verre à son domicile. Il ne pensait pas qu'elle accepterait. À sa surprise, elle dit oui, avec enthousiasme. Cela motiva Toni. Une Espagnole, ça le changerait des Britanniques, dont le taux d'alcoolémie lui donnait toujours l'impression qu'elles copulaient sous anesthésie. Mais elle, il la sentait consciente, vivante et résolue à en découdre. Elle le suivit jusqu'à son appartement sans faire d'histoires. Elle était légèrement éméchée, totalement désinhibée. Elle lui décocha un sourire aguicheur dès qu'ils furent dans le salon mais Toni, fidèle à ses habitudes, ne brûla pas les étapes et respecta le rituel. Ils se tournaient autour. « J'ai chaud, caliente, caliente... », répétait la petite Ibérique en ricanant. Toni la prit dans ses bras et la transporta jusqu'à la chambre. Le téléphone sonna. D'ordinaire, Toni ne répondait jamais, mais là, il s'excusa auprès de sa partenaire d'un soir et décrocha.

— Allô, Toni ?

Il reconnut la voix de Sawsan, qu'il n'avait pas entendue depuis des mois. Il lui avait communiqué ses coordonnées par e-mail en espérant qu'elle le rappellerait. Mais elle n'avait pas donné de nouvelles. Il l'avait maudite. Il l'avait encore traitée de putain, à haute voix, face au miroir. Et puis trop de boulot, trop de sorties, ses élans romantiques s'étaient brisés sur les plages de Dubaï.

— Allô, Toni, c'est toi ?

— Oui, c'est moi, Sawsan. *Quifac chakbalec*[17] ? Ça me fait plaisir de t'entendre.

— C'est vrai, ce mensonge ?

— Tu m'as manqué, tu sais.

— Tu ne t'es pourtant pas beaucoup manifesté, Toni...

Il voulait lui dire combien il lui en voulait. Il bouillonnait de l'intérieur. Il l'aurait même insultée. Il n'y arrivait pas. Ses paroles étaient douces. Il s'excusait presque. Il était de nouveau soumis. L'Espagnole était presque nue. Toni se déshabilla pour qu'elle ne perde pas patience, mais son corps n'y était pas. La seule vision de ses tétons dressés aurait normalement suffi à lui provoquer une érection. Mais là, plus rien. Plus Sawsan lui parlait, et plus sa verge se recroquevillait. L'Espagnole le remarqua et s'en amusa. Elle s'approcha de Toni et vint lui taquiner le bas du ventre. Toni la repoussa brusquement. L'Espagnole le fusilla du regard, se couvrit de sa chemise et partit dans le salon. Toni en fut soulagé.

— Toni, tu es toujours là ?

— Oui Sawsan, excuse-moi, je pensais que l'on avait frappé à la porte.

17. Salut, comment ça va ?

— Si tu veux, je te rappelle plus tard.

— Non, non, tout va bien.

Il était surpris lui-même du ton qu'il avait employé. Presque une supplique.

— Alors ça y est, tu as fait fortune ? lui demanda-t-elle.

— Disons qu'il y a beaucoup de business. Ça marche bien.

— Tu as un grand appartement ? On me raconte que tout est démesuré à Dubaï, les villas, les voitures, les cocktails et même les lunettes de soleil.

— C'est une autre vie, tu sais. C'est un genre de Far West.

— Et c'est toi le shérif ?

— Non, pas encore. Je ne suis pas le seul cow-boy en ville.

Sawsan se mit à rire. Toni avait oublié son rire, cristallin, magnifique. Un rire qui lui transperça le cœur. Un peu plus loin l'Espagnole tournait bruyamment les pages d'un magazine. Elle maugréait. Toni aurait voulu qu'elle disparaisse à jamais.

— Tu viens bientôt à Dubaï ? demanda Toni.

— Dans six mois, je pense. J'ai promis à mes cousins de leur rendre visite. Et toi, Toni, tu passes à Beyrouth ?

— Tout dépend du boulot.

— J'étais heureuse de te parler, Toni. Tu m'as l'air en forme. J'espère que tu ne m'oublies pas.

— Comment pourrais-je t'ou...

— Allez, salut Toni. Je t'embrasse.

Elle ne lui donna pas le temps de continuer. L'Espagnole commençait à se rhabiller. Toni la laissait faire, le regard perdu dans le vide. Quand elle ferma la porte, il était toujours plongé dans ses pensées. Il se repassait mentalement leur conversation. En avant, en arrière. Ce qu'il aurait dû lui dire. Ce qu'elle avait pu penser. Il décryptait chacune de ses paroles. Une douleur aiguë lui serra le ventre. Elle lui manqua soudainement et intensément. Les fameux papillons qui vous chatouillent l'estomac. Les papillons meurent en quelques jours, se dit-il. La frustration ne durerait pas. Il fit tout pour oublier sa voix. Et pourtant, ses mots ne le quittaient pas. Elle le voulait riche, puissant, flamboyant.

Dans les semaines qui suivirent, Toni changea de vitesse et de ton. Il devint plus entreprenant, plus agressif, « odieux », crut bon de lui préciser une de ses collègues à qui Toni promit un sort funeste. Sawsan avait touché un point sensible. Elle avait raison, il méritait mieux. Directeur commercial, ce n'était qu'un début. Il devait voler plus haut.

Le principal client de l'agence Burcam était un grand promoteur immobilier de Dubaï dont les projets titanesques avaient envahi la ville. Son nouveau projet était encore plus ambitieux que les précédents. Il s'apprêtait à bâtir la plus grande tour du monde. Un nouveau record qui placerait Dubaï au centre de toutes les attentions. Le client avait été catégorique. Le projet était prioritaire et il fallait que Burcam mobilise ses meilleurs éléments.

Le directeur de l'agence Burcam n'hésita pas une seule seconde. Il mit les plus performants sur la compétition. Il savait que Toni et Rajiv ne se supportaient pas, mais ils étaient complémentaires. Il les convoqua et leur parla d'union sacrée.

— Vous allez bosser ensemble et je me fous de savoir si vous approuvez ou non. Vos problèmes d'ego ne m'intéressent pas. Nous avons l'opportunité de remporter le budget le plus prestigieux du moment. Sans parler de vos futurs bonus. Alors mettez-vous au travail. Je veux un concept qui marque les esprits. Ces mecs vont construire la tour la plus haute du monde, alors inutile de vous dire que les idées ne devraient pas manquer.

Rajiv et Toni se dévisagèrent. Ils avaient compris l'enjeu. Ce budget, c'était le Graal : la fortune, la gloire et la promesse d'une belle carrière. Cette quête, ils devraient la mener ensemble. Ils avaient juste à s'assurer que leur compagnon de route trébuche en cours de route, si possible en fin de voyage, tout près du but. Aucun d'entre eux ne souhaitait partager la victoire. Comme un match de boxe dont le ring se limiterait à une frêle embarcation. Il fallait un gagnant, mais si l'un des combattants frappait trop fort, ils tomberaient à l'eau et ils se noieraient.

Rajiv avait une intelligence redoutable et une culture hors du commun. Mais il était un peu timide et peinait à se faire entendre. Toni était superficiel dans ses analyses, mais il avait le don d'hypnotiser son interlocuteur. L'association de ces deux caractères antagonistes serait productive. Le directeur de l'agence en était convaincu.

Rajiv et Toni travaillèrent chacun de leur côté, avec leurs équipes. Ils n'avaient pas souhaité mettre en commun leurs idées. Ils avaient préféré la compétition interne. Le directeur de l'agence leur avait demandé de se réunir pour exposer leurs premières réflexions. Quand une équipe présenterait, l'autre jouerait le rôle du client. Le directeur arbitrait placidement les débats.

Dans la salle de réunion, la tension était palpable. Le directeur de l'agence demanda à Rajiv de commencer son exposé, ce qui agaça profondément Toni. Rajiv prit la parole.

— Nous n'avons aucune chance de gagner si nous nous bornons à vanter la hauteur de l'édifice. En Arabie saoudite ou au Koweït, un autre cheikh, encore plus mégalomane, voudra rivaliser avec Dubaï. Il mettra quelques milliards sur la table. Il construira plus grand et plus haut. On ne va donc pas parler de la taille du bâtiment.

— Et tu vas parler de quoi, alors ? interrompit Toni qui ne tenait déjà plus en place.

Le directeur esquissa un petit sourire de satisfaction. Le match était bel et bien lancé.

— Les plus célèbres monuments du monde ne se distinguent pas par leur démesure. Ils ont une âme, une histoire, comme le Taj Mahal. Ils ont une forme dont tout le monde se souvient, comme la tour Eiffel. Ils symbolisent une époque, comme l'Empire State Building. Il faut que l'on fasse de cette tour un mythe, une icône.

— Alors tu penses à quoi ? coupa Toni.

— Cette tour, ce sera la huitième merveille du monde. Nous allons l'inscrire dans l'Histoire. C'est le monument dont tout le monde parlera dans cent ans, parce qu'il représente la fierté arabe, l'accès au progrès, un défi humain hors du commun. Ils érigent une tour ? Nous allons bâtir une légende.

— Et les clients qui veulent acheter des appartements dans la tour, tu leur dis quoi ?

— Je leur dis qu'ils vont avoir la chance d'habiter dans la huitième merveille du monde. Personne ne vit dans la pyramide de Gizeh ou sur la Grande Muraille de Chine. Ce sont des musées à ciel ouvert. La première semaine, on lance une campagne de *teasing*. Aux endroits de plus grande circulation, on mettra de grandes affiches représentant les monuments les plus légendaires de l'histoire. On interpellera les gens, on leur demandera s'il est possible d'imaginer plus grand, plus beau, plus incroyable. La deuxième semaine, ce sera la révélation. On dévoile les images de synthèse de la tour et on invite les acheteurs potentiels à faire partie de la légende.

Le directeur de l'agence avait l'air satisfait. Il demanda à Toni de donner son avis. Toni ne se fit pas prier.

— Je pense qu'au mieux, on vole un peu trop haut et

qu'au pire, on passe complètement à côté. On fait de la tour un monument du passé, à ranger près des vieilleries internationales qui figurent sur les dépliants touristiques. C'est pas Dubaï, ça. Dubaï, c'est du rêve, du miracle, de l'impossible devenu réalité. Et la tour en est le meilleur exemple.

— Merci, Toni, dit le directeur de l'agence.

Il se tourna vers Rajiv et lui demanda s'il voulait ajouter quelque chose. Rajiv fit signe que non.

— Toni, c'est à toi. Qu'est-ce que tu nous présentes ?

— Je vous présente la plus grande tour du monde, les amis. Ce n'est pas plus compliqué que ça. La fierté arabe, elle est vivante, elle est réelle et elle mesure plus de huit cents mètres. C'est ce que tout le Golfe attend depuis cinquante ans. Personne n'a fait mieux depuis Nasser. Et depuis Ben Laden, j'allais dire...

— Les tours, Ben Laden, il les détruit, il ne les construit pas. Comment oses-tu faire ce genre de parallèle... dit sèchement Rajiv.

Le directeur de l'agence relaya les propos de son commercial et demanda à Toni de modérer ses propos. La fierté arabe, ce n'est pas le *djihad*. Toni ne se laissa pas démonter.

— Sérieusement, cette tour, c'est la revanche du monde arabe, ni plus ni moins. Ils vont donner une leçon au monde entier. La campagne, il faut la mener sur le terrain de la fierté et du futur. Si on dit aux acquéreurs potentiels qu'ils achètent une parcelle de la grandeur de l'Orient, ils vont se jeter dessus. Ils vont s'arracher les appartements.

Pas de teasing, pas d'artifice. On crée des panneaux publicitaires qui représentent Dubaï et une maquette de tour gigantesque qui dépasse des panneaux. Et bien sûr, on l'éclaire la nuit. On en met une dizaine dans Dubaï.

Toni était surexcité. Avec son brio habituel, il avait captivé son audience et chacun, dans la salle, imaginait déjà les répliques de la tour, brillant de tous leurs feux.

Rajiv prit la parole calmement.

— Il y a juste une chose qui me chagrine, Toni.

— Ah oui, quoi ? demanda Toni sur un ton agressif et déterminé.

— La sourate Muhammad.

— Qu'est-ce qu'elle dit, la sourate Muhammad ?

— Tu devrais le savoir, Toni.

Le directeur de l'agence demanda à Rajiv de s'expliquer.

— Dans la sourate Muhammad, il y a une cinquantaine de signes qui font des prédictions sur le passé, le présent et le futur. Le onzième signe dit : « Nus, destitués, les bergers se défieront en construisant de hauts bâtiments. » Je te laisse imaginer comment cela peut être interprété. Ton idée, Toni, c'est la tour de Babel. Tu défies Allah. Il y aura bien un religieux qui s'en rendra compte et un imbécile de journaliste pour faire le lien fallacieux entre onzième signe et le onze septembre. On court à la catastrophe. Tu connais notre client, il est cultivé, intelligent et de surcroît religieux. Il ne le laissera pas passer.

Le directeur de l'agence semblait embarrassé. L'enthousiasme de Toni était communicatif et il sentait que le client pouvait se laisser séduire. Mais Rajiv avait raison, cela pouvait leur coûter cher. Il n'y avait pas un murmure dans la salle de réunion. Tout le monde attendait le verdict du directeur de l'agence. Il ne tarda pas à tomber.

— On présentera les deux concepts.

— Mais...

Toni tenta d'intervenir. Le directeur de l'agence donna son explication.

— Vos deux projets ont en commun la fierté arabe. C'est un angle d'attaque intéressant et ce sera le point de départ de notre exposé. On verra comment le client réagira, et on rebondira.

Toni se demande encore aujourd'hui si le directeur croyait vraiment ce qu'il disait ou s'il avait ménagé les susceptibilités de chacun pour que son équipe soit prête le jour venu.

Le client les accueillit dans ses appartements privés. Il n'avait pas souhaité les recevoir dans ses bureaux. Il avait préféré sa résidence secondaire, une gigantesque villa d'inspiration andalouse qui jouxtait l'une des rares oasis du nord de la ville. Une demeure fastueuse, un décor de palais et autant de serviteurs que d'invités pour les accueillir. À leur arrivée, l'un d'entre eux leur proposa aussitôt une boisson chaude. Ils étaient quatre pour représenter l'agence Burcam. Ils étaient venus avec la Land Rover blanche du directeur. Ils ne s'étaient pas dit un mot dans la voiture. Ils connaissaient l'importance de cette présentation. Le directeur semblait serein. Il n'avait plus rien à prouver. Il serait à la retraite d'ici deux ans. L'issue de la compétition n'y changerait rien.

Rajiv et Toni étaient nerveux. Ils jouaient leur carrière, leur avenir. Toni se rongeait les ongles. Rajiv tripotait son téléphone mobile et regardait fixement l'étendue grise et sale du désert par la fenêtre.

On les conduisit dans un salon que les assistants obséquieux du client avaient transformé en salle de projection. La décoration intérieure était sobre, contrairement à ce qu'on pouvait voir dans la plupart des demeures locales. Son passage en Europe avait dû modeler ses goûts et l'avait éloigné de la grandiloquence tapageuse qui prévalait dans la région. Un grand écran sortit du plafond. Toni et Rajiv s'empressèrent d'installer le matériel dans un ballet harmonieux et parfaitement réglé qui les surprit eux-mêmes. Le client se faisait attendre. Il agissait toujours de la sorte. C'était son habitude de rendre ses invités nerveux. Il pouvait mieux les contrôler. On racontait qu'il faisait abaisser l'air conditionné. La pièce devenait plus chaude. Des gouttes de sueur perlaient aux fronts des invités qui redoutaient l'apparition de taches embarrassantes au creux de leurs aisselles et sur leur poitrine. Ils commençaient à s'agiter et ne faisaient qu'accentuer leur inconfort. Quand l'un d'entre eux demandait à un assistant d'ajuster la température ambiante, le client faisait alors son entrée et donnait l'ordre de rafraîchir la pièce en s'excusant.

Le client avait la réputation d'un homme brillant et arrogant. Il parlait sans filtre. C'était le privilège des gens qui avaient réussi et que le pouvoir autorisait à toutes les impertinences. Mais il restait courtois. Sa rudesse de ton et la brutalité de ses critiques ne lui faisaient jamais oublier le respect qu'il devait à ses invités. Il engagea la conversation.

« Je n'ai pas beaucoup de temps, comme vous pouvez vous en douter, et je suis certain que je ne vais pas regretter d'avoir quitté prématurément mes camarades de jeu. »

Il faisait allusion à la partie de polo qu'il avait abandonnée dans la matinée. En réalité, il ne serait jamais parti avant la fin du match. À Dubaï, les chevaux passent avant tout, avant les hommes, avant le business. Il avait dû s'absenter parce qu'une douleur lancinante l'empêchait de chevaucher sa monture. Plutôt que de subir l'affront d'une piètre performance, il avait préféré déclarer forfait. Les commerciaux de Burcam ne le savaient pas. Ils étaient convaincus que le client avait bouleversé son agenda pour eux. Ce fut une pression supplémentaire. Rajiv paraissait le plus tendu en ces circonstances. Le client continua.

« J'attends beaucoup de votre présentation. Je vous écoute. »

Le directeur de l'agence prit la parole. Il commença par remercier le client de les avoir invités à participer à la compétition. Il parla d'honneur, de fierté et d'une collaboration qu'il voulait longue et fructueuse. Le client semblait impatient, mais il se taisait. Il se tapotait les mains avec agacement. S'il avait pu appuyer lui-même sur le clavier pour faire avancer la présentation, il n'aurait pas hésité.

Le directeur de l'agence expliqua qu'ils avaient deux concepts à lui proposer. Il présenta Toni, qui se lança dans son exposé avec emphase et conviction. Il fit l'éloge de la plus grande tour du monde, parla de vision, de la puissance du faucon et fit de grands gestes quand sur l'écran apparut une vue du Dubaï du dernier étage. On aurait dit une photo prise d'un avion. Elle donnait toute la mesure de l'immensité et de la beauté de l'édifice. On ne pouvait dire si le client était impressionné par le premier concept. Il restait impassible. Il attendit quelques secondes, puis demanda sèchement :

« Et le second concept ? »

Toni se rassit et tenta de masquer sa frustration. Rajiv se leva pour présenter à son tour.

Alors que Rajiv faisait défiler les images des plus grandes merveilles du monde, le regard du client s'illuminait. Il revoyait tous ces monuments qu'il avait admirés quand il était étudiant en Europe. La tour de Londres, le Colisée, il en avait gardé un souvenir ému. Il s'était senti complexé devant tant de beauté et d'histoire, mais il s'était juré d'offrir un jour à son pays quelque chose d'encore plus impressionnant. Il avait fait part de ses desseins à son meilleur ami qui l'avait trouvé très ambitieux et très sûr de lui à cette époque. Le client ne changea pas. Plus il avait de pouvoir et plus il voyait grand. Il fallait avoir un ego disproportionné et un esprit très revanchard pour planter une tour d'un kilomètre au milieu du désert. Dans d'autres régions du monde, on se serait interrogé. La presse aurait posé une question très basique : pourquoi ? Le client avait répondu « pourquoi pas ? » et partant de cet adage désarmant, il avait mis à exécution son rêve de jeune premier.

On lui avait mille fois prédit la chute : du cours de la bourse, des premières fondations et, enfin, de ce fils de bédouin qui avait eu l'audace de vouloir faire de Dubaï le centre du monde. Mais il avait tenu bon. Son projet voyait le jour. Chaque étage qui s'élevait donnait tort à ses détracteurs. Il avait donné aux architectes des instructions très claires.

« Je veux un building qu'un enfant pourrait dessiner. N'importe qui peut griffonner les contours de la tour Eiffel ou de l'opéra de Sydney. Je veux un design dont tout le monde se souviendra. La hauteur s'accommodera des formes et pas l'inverse. C'est une tour qui doit marquer les esprits par son élégance, par sa candeur et non par sa taille. »

Il avait fait référence à l'univers de la mode. « C'est comme si vous complimentiez un mannequin sur sa taille. Ça n'a pas de sens. C'est la moindre des choses. Vous comprenez ? Les mannequins les plus célèbres ont quelque chose en plus, comme les stars de cinéma des années 1950. Elles n'étaient pas les plus grandes ou les plus belles, mais elles fascinaient. Voilà, c'est ça. Dessinez-moi une tour qui fascine. »

Aussi, quand le client découvrit le second concept présenté par Rajiv, il n'eut plus aucun doute. C'était la voie à suivre, la voie du mythe, de la légende vivante. Il en était convaincu.

Il ne manifesta pas son enthousiasme. Au contraire, il garda le silence. Un silence que l'équipe de Burcam trouva interminable et oppressant. Avec sobriété et retenue, il s'adressa aux équipes.

« Je tiens à vous remercier pour votre travail. Pour ne rien vous cacher, je m'attendais à quelque chose de plus créatif. Néanmoins, je pense que le second concept est prometteur. Il vous faudra retravailler pour me convaincre, cependant. Pouvez-vous me donner une idée plus précise de votre stratégie de vente auprès de nos clients arabes ? Comment exactement allez-vous les approcher ? »

La question ne s'adressait à personne en particulier. Le concept de Rajiv avait été choisi. Celui de Toni n'avait même pas été débattu, mais quand le client parla de stratégie de vente, Toni comprit qu'il avait une chance de se remettre dans le sens de la marche. Le Graal était proche, et ce fut le moment qu'il choisit pour faire un croche-pied à Rajiv dans l'escalier menant au butin.

Sans l'ombre d'une hésitation, Toni reparla du second concept, le fit reluire, lui donna toute la patine qui manquait à la version de Rajiv. Il ajouta quelques apartés en arabe, fit étalage de sa connaissance du pays, démontra avec brio que le concept allait fonctionner auprès des investisseurs locaux et voilà, c'était fait, le hold-up parfait avait eu lieu. Le client ne s'adressait plus qu'à lui. Il ignorait totalement le pauvre Rajiv, qui ne pouvait qu'assister, impuissant et contrit, au triomphe de son collègue libanais. Le directeur de l'agence ne broncha pas et acquiesça quand le client demanda à ce que Toni s'occupe du budget. Pour un si gros contrat, ce sont les dollars que l'on compte, pas les victimes.

Ils quittèrent la villa du client, raccompagnés par la garde rapprochée qui veillait sur lui en permanence. L'équipe de Burcam eut beaucoup d'égards pour ces hommes avec lesquels il faudrait souvent composer. Le succès d'une présentation pouvait dépendre de leur humeur, de leur attention, de leur sollicitude, de leur volonté ou non de leur donner accès au client ou de le conforter dans ses choix.

Dans la Land Rover qui les ramenait à Dubaï, l'atmosphère était pesante. De façon inattendue, c'est Rajiv, d'ordinaire effacé, qui parla le premier.

— Je te félicite, Toni. Tu as brillamment dérobé mon idée.

— *Notre* idée Rajiv. On forme une équipe, toi et moi.

— Je connais ton esprit d'équipe Toni, il se situe tout près de ton nombril.

— Qu'aurais-tu fait à ma place, Rajiv ?

— J'aurais laissé mon collègue répondre au client pour éviter de lui piquer son concept. Ce n'est pas plus compliqué !

— Ton problème, Rajiv, c'est que tu ne sais pas présenter. On s'emmerde quand tu présentes, tu comprends ? Tu as failli l'endormir, le client. Heureusement qu'il a l'œil perçant et les oreilles fines.

— Et tu te sens comment maintenant ? Fier de toi, épanoui ?

— Je me sens comme un mec qui a été déterminant dans l'acquisition du plus gros budget de l'année.

— Parce que ce concept, c'est le tien ? La matière première, l'essence du projet, c'est toi qui l'as trouvée, peut-être ?

— On s'en fout, Rajiv, on ne règle pas un contentieux de droits d'auteur...

— C'est parce que ça t'arrange. Tu n'as aucune éthique, aucune règle, aucune valeur, aucun principe. Les gens ont raison, tu n'es qu'un arriviste. Ce sont des mecs comme toi qui vont faire perdre son âme à cette ville. Vous, les Libanais, vous êtes comme les cafards, vous allez où la merde brille et vous vous nourrissez avec.

Rajiv avait été trop loin. Il en avait conscience. Il avait touché à l'honneur de Toni. Il avait insulté ses concitoyens.

Le directeur de l'agence avait compris lui aussi, et il bénissait Rajiv de ne pas avoir parlé de la mère de Toni ou d'un membre quelconque de sa famille. La conversation aurait tourné au pugilat. Toni lui vola dans les plumes.

— Tu n'es rien, Rajiv. Et tu n'auras rien, crois-moi, je vais m'occuper de toi. Je vais te rendre la vie impossible.

— Tu me menaces, Toni ? Tu vas encore me parler de tes amis haut placés. Mais tu sais quoi, Toni ? Ça m'est égal. Il faudra un jour qu'ils nous rendent des comptes, tes amis émiratis. Ils iront s'asseoir à la table des négociations et ils ne seront pas en position de force, crois-moi. Ce jour-là ne sera pas un jour heureux pour les mecs comme toi, Toni. La fierté arabe va en prendre un coup.

Le directeur de l'agence se décida à intervenir. Cela devenait trop tendu. Le mal était fait. Rajiv s'était suicidé professionnellement. Il n'avait plus qu'à abréger l'agonie. Il leur demanda de se taire.

Dans les jours qui suivirent, Rajiv démissionna. Ce ne fut pas une surprise. Avec son départ, l'agence Burcam perdait l'un de ses meilleurs éléments, mais l'événement passa presque inaperçu, au moment où toute l'agence célébrait le gain du nouveau budget « officiellement » remporté par Toni. Il avait maintenant un boulevard devant lui. Il n'avait plus qu'à s'installer à la place du conducteur.

Le client semblait content. Avec Toni, le courant passait bien. Il faut dire que Toni savait comment le rendre « heureux ». À l'école de la débrouille, à Beyrouth, il avait appris à se procurer n'importe quoi et n'importe quand. Les femmes, c'est ce qu'il y avait de plus facile.

Le client avait une autre passion, la pêche au gros. Ils partaient sur un quadrimoteur qui comptait plus d'hommes d'équipage que de pêcheurs à son bord. Le client et ses amis attendaient que les marins préparent le matériel, fixent les appâts et commencent le travail d'approche. Quand un barracuda avait mordu à l'hameçon, un des hommes se chargeait de fatiguer la bête pour que le client puisse le ramener tranquillement sur le pont du bateau.

Une fois, la pêche avait mal tourné. Ils avaient piqué un petit requin qui s'était débattu. L'animal avait happé la jambe de l'un des marins qui saignait beaucoup. Un morceau de son mollet était resté dans la gueule du squale. Le bateau fonça vers Dubaï. Le client avait appelé ses amis de la police qui escortèrent le malheureux jusqu'à l'hôpital. Pas assez vite sans doute, le marin fut amputé, ce qui contraria fortement le client. Pour se faire pardonner, il lui fit cadeau d'une magnifique Bentley gris métallisé. Toni lui fit remarquer qu'il ne pourrait pas la conduire. Alors le client engagea un chauffeur pour que l'infortuné n'ait plus à se soucier de rien.

Les affaires marchaient bien. Le boom de l'immobilier enrichissait tous les secteurs de l'économie. Dans le sillage de la plus grande tour du monde, d'autres budgets tombèrent dans l'escarcelle de l'agence Burcam. Toni avait gagné la confiance du client, et son pari. Il fut promu directeur de l'agence. Il reçut le titre et le « package » qui va avec : un salaire confortable, des bonus récurrents et une grande villa dans le quartier huppé de Jumeirah. Son père était fier de lui et de sa réussite. Mais Toni pensait surtout à Sawsan. Il n'avait qu'une hâte, c'était de l'accueillir à Dubaï dans son nouveau costume de manager.

Elle serait impressionnée. Elle succomberait au charme de la réussite. Toni changea de voiture. Il acheta un Hummer rutilant, une grosse cylindrée dérivée des véhicules blindés légers de l'armée américaine. Sa maid le détestait, ce Hummer. Elle devait se lever plus tôt pour l'astiquer. À l'avant de la voiture, en haut du tableau de bord, Toni laissait toujours un exemplaire du Coran. C'était très efficace. Il n'avait jamais de contravention quand il ne payait pas le parking. Et quand il laissait son véhicule au valet de l'hôtel, il s'arrangeait toujours pour que la musique soit le dernier succès de Bollywood. Ça lui donnait un capital de sympathie illimité auprès des grooms qui avaient la responsabilité de garer son joujou. « Ils sont vraiment trop cons ces Indiens », se disait-il à chaque fois qu'il les voyait hocher la tête.

Toni avait ses habitudes. Il fréquentait assidûment un spa pour hommes qui faisait de lui un parfait métrosexuel, selon la terminologie européenne. Manucure, pédicure, et un massage du corps qu'une jeune Thaïlandaise lui prodiguait avec complaisance. Il passait ensuite chez le coiffeur qui lui affûtait le bouc et lui gominait ses cheveux noirs pour leur donner cet aspect inimitable et brillant d'un vieux disque trente-trois tours.

Sawsan lui avait téléphoné. Elle serait à Dubaï dans deux jours. Il s'y prépara frénétiquement. La maid avait tellement frotté le Hummer qu'il en perdait sa peinture.

Sawsan arriva à Dubaï sur le vol du soir.

« Toni, comment vas-tu ? Ça me fait plaisir de te voir. »

Elle l'embrassa délicatement sur les joues. Il eut du mal à contenir son émotion. Elle le comprit. De nouveau, elle le contrôlait, elle le dominait. Toni l'invita à le suivre jusqu'au parking. Sawsan s'amusa de sa nouvelle monture.

« Monsieur a pris du grade, à ce que je vois. »

Toni la conduisit à son hôtel, un cinq étoiles dont toutes les chambres donnaient sur la mer. Ils s'étaient donnés rendez-vous pour le lendemain. Sawsan avait accepté son invitation à diner.

Elle fut impressionnée, à n'en pas douter. La vue était spectaculaire. Les mets étaient délicieux. Cela ressemblait à une soirée parfaite et Toni avait l'expression d'un soldat qui s'apprêtait à recevoir une médaille.

— Toni, il faut que je te dise quelque chose, dit soudainement Sawsan avec un air un peu grave qui affola Toni.

— Qu'y a-t-il, Sawsan ?

— Toni, je vais me marier.

Toni comprit qu'il ne s'agissait pas de lui et pour ne pas sombrer totalement, pour tenter de garder sa dignité, il demanda mécaniquement plus de détails.

— Tu te maries avec qui ?

— Avec Joe, le fils des amis de parents, tu sais, les armateurs.

Toni perdait pied. Il lâcha :

— Tu l'aimes, ce Joe ?

— Bien sûr, Toni, sinon je ne l'épouserais pas. Ça fait maintenant un an que je le fréquente, peu après que tu as quitté Beyrouth.

— Et moi ? dit Toni avec un désarroi évident.

— Toni, je t'aime bien mais je ne t'aime pas. Tu devrais le savoir. Sinon je t'aurais demandé de me conduire à l'hôtel le soir où nous nous sommes embrassés, la veille de ton départ. J'ai beaucoup d'affection pour toi, Toni, mais je ne serai pas ta femme, je suis désolée.

Toni raccompagna sagement Sawsan à son hôtel. Elle le salua avec tendresse. Il ne répondit pas. Elle ferma la portière. Il démarra en trombe. Il frappa à plusieurs reprises sur le volant. Il se frotta nerveusement les tempes. « Salope, salope », répétait-il. Il ne s'en rendait pas compte mais son Hummer allait de plus en plus vite et flirtait dangereusement avec le rail de sécurité. Plusieurs automobilistes lui avaient fait des appels de phare, mais il n'y avait pas prêté attention. Il roulait toujours plus vite.

Sur la cheikh Zayed road, il se fit flasher trois ou quatre fois, mais il en fallait plus pour le freiner. Son regard se voilait. Il fermait les yeux à intervalles réguliers. Le Hummer se rapprochait d'un embranchement qui donnait la direction de l'aéroport. Sur le terre-plein, était juchée une gigantesque maquette en carton de Demosh, le personnage ridicule qui signifiait le début des soldes à Dubaï. Tout le monde le détestait, ce Demosh. Il avait l'air idiot et plus que les bonnes affaires, il annonçait les températures caniculaires.

Toni arriva beaucoup trop rapidement aux abords du carrefour. Il prit son virage à quatre-vingt-dix degrés. Le Hummer commença à pencher vers la gauche et quand Toni eut le réflexe de le redresser, il était trop tard. Le véhicule fit une embardée, se coucha sur le côté et alla percuter de plein fouet l'imposant Demosh qui, sous l'effet de l'impact, fut décapité.

Un Demosh sans tête, avec à ses pieds un Hummer que le choc avait réduit en accordéon, cela impressionna beaucoup les lecteurs du principal quotidien national. Dans les pages intérieures des journaux, il y avait beaucoup de reportages sur les carnages des marchés irakiens ou sur les nouvelles victimes des affrontements meurtriers dans la bande de Gaza. La routine. Alors qu'un Demosh sans tête, ce n'était pas commun et ça méritait les gros titres.

Toni n'avait heureusement pas bu ce soir-là. S'il avait eu quelques grammes dans le sang, il aurait été bon pour la prison. Grâce aux appuis du client, il obtint du journal que l'on change la couleur de son véhicule. Mais le client ne put rien pour ses deux jambes fracturées en de multiples endroits. Le haut de son corps n'avait pas été touché grâce aux airbags. Ses membres inférieurs, en revanche, avaient participé à l'absorption du choc.

Toni dut rester à l'hôpital pendant quelques jours, le temps de se faire opérer et de lui ajuster ses nombreuses broches et emplâtres. Il eut beaucoup de visiteurs. Ses copains lui avaient apporté des cadeaux et de quoi lui remonter le moral.

L'un d'entre eux était un billet pour le grand jeu de l'Arab Cruise qui devait se tenir avant la fin de l'année.

Ils lui avaient promis que s'il était tiré au sort, il pourrait monter à bord sans ses béquilles.

« Je me sens très motivé, les gars. Je vais me rétablir vite », avait-il commenté avec ironie. Mais l'idée l'avait amusé.

Sawsan avait tenté de le voir dès qu'elle avait appris l'accident. Mais Toni dormait encore quand elle était passée. Elle lui avait laissé un mot qu'elle avait confié à l'infirmière.

« Toni. J'ai eu si peur. Je suis si contente que tu t'en sois sorti. J'espère que tu te rétabliras vite. Je dois repartir pour Beyrouth demain. Je t'appellerai de là-bas. Je t'embrasse. »

« Va te faire foutre », avait commenté Toni en lisant le billet.

Il fallait qu'il l'oublie à tout prix et qu'il l'éloigne de ses pensées. C'était trop douloureux. Alors il reprit sa vie de golden boy. Plus d'argent, plus de filles, plus de whisky et surtout ne pas se poser de questions. Une jolie fuite en avant, une grande course vers le néant dont Dubaï constituait le cadre parfait. Jamais on ne lui renvoyait son image de flambeur. Ils étaient tous comme lui, ses alter ego. Ils étaient venus pour la frime et pour la flambe.

La chance lui avait souri. Il avait été tiré au sort et c'est avec amusement qu'il avait rejoint les heureux élus de l'Arab Cruise. Il avait été choqué par l'ampleur du cataclysme, comme tout le monde, mais tel un chat, il était retombé très vite sur ses pattes. Les uns priaient ou se lamentaient. Les autres pansaient leurs plaies, ou consolaient leur proches.

Toni, lui, faisait comme si rien n'avait changé. La catastrophe n'était qu'une péripétie, un triste moment qu'il laissait derrière lui. Il serait le premier à reprendre la route. Il reconstruirait, comme à Beyrouth. Il les aiderait à repartir de zéro.

Chapitre 7

Sharon

Je pris rendez-vous avec Sharon quelques semaines après le drame. Je retrouvai une femme abattue, qui tentait vainement de faire le deuil de sa fille disparue. Rien ne parvenait à la consoler. Sans la présence de son mari et de son fils, qui avaient survécu, elle aurait sombré, m'avait-elle confié.

« Je n'y arrive plus de toute façon. Je suis sèche d'avoir trop versé de larmes. Et le pire, c'est qu'ils n'ont pas encore retrouvé son corps. Je veux pouvoir enterrer ma fille. »

Elles étaient nombreuses dans son cas, des mères de famille à la dérive, qui attendaient un coup de téléphone de la police pour enfin savoir et oublier cet insoutenable qualificatif, « disparue ».

Elle tint à me prévenir.

— Je ne sais pas si j'y arriverai. Il faudra être patient avec moi.

— J'ai tout mon temps et nous prendrons autant de rendez-vous qu'il le faudra. Êtes-vous sûre de vouloir me raconter votre histoire ?

— Oui, cela va m'aider à faire mon deuil. Et vous, pourquoi faites-vous cela ?

— Comme vous, Sharon, j'ai perdu des êtres chers dans la catastrophe. Comme vous, j'ai été sauvé. Je me sens coupable d'être en vie. Recueillir votre témoignage, ça m'aide à comprendre, s'il y a quelque chose à comprendre.

— Je vois.

— On y va ?

— On y va.

— On commence par quoi ?

— Par l'Iowa.

A priori, rien ne destinait Sharon à vivre au Moyen-Orient. Elle avait grandi dans l'Amérique profonde, en plein Middle West. Ses parents avaient acheté à crédit une ferme de porcs située à plus de quinze kilomètres de la petite ville de Marshalltown, dont personne ne connaissait le nom à part les amateurs de cinéma, qui savaient que la légendaire Jean Seberg y était née. Heureusement pour Sharon et ses cheveux blonds, ses camarades de classe étaient trop ignorants pour s'intéresser à l'histoire de l'icône du septième art, à sa vie sulfureuse auprès des militants de la cause noire et des écrivains provocateurs. Ils préféraient les chanteuses de country. Tant mieux pour elle, ils ne feraient jamais le rapprochement.

La famille de Sharon vivait donc dans cette ferme isolée du reste du monde. Autour d'eux, des champs de maïs à perte de vue et après, d'autres champs de céréales. Le quotidien était rythmé par l'élevage des cochons.

Dès leur plus jeune âge, Sharon et ses frères et sœurs connaissaient tous les rudiments du métier d'éleveur, de l'accouchement de la truie à la castration précoce des petits porcs pour qu'ils engraissent plus vite. Il est des corvées que leur père réservait aux garçons, comme l'insémination artificielle. Il fallait d'abord stimuler le verrat que l'on plaçait sur un cheval d'arçon, bien en vue des truies en chaleur. Le fermier posait alors ses mains sur les flancs de l'animal et le caressait vigoureusement. Sharon n'avait pas le droit de le faire, et elle se demandait encore pourquoi.

Elle était certaine que des mains de femme obtiendraient de meilleurs résultats.

La vie des cochons n'avait plus de secret pour elle. Elles les avaient vus se battre, se manger entre eux ou copuler bruyamment dans la boue. Rien ne lui avait échappé. À un âge où les parents hésitent à faire l'éducation sexuelle de leurs enfants, Sharon avait vu les organes grossir, les bêtes se chevaucher, le liquide séminal se répandre et le sang gicler quand quelque chose se passait mal. Son père, un jour qu'il avait trop bu, lui avait dit que les hommes étaient semblables aux cochons. Elle ne l'avait jamais oublié.

À l'école, les filles d'éleveurs partageaient les mêmes histoires de cochons et s'en amusaient beaucoup. Elles en devenaient un peu trop mûres pour leur âge et les jeux du « docteur » commençaient beaucoup plus tôt qu'en ville, au grand bonheur des garçons, qui se prêtaient volontiers à ces expériences érotiques. Sharon n'était pas la dernière à y prendre part et elle avait du succès auprès de ses camarades. Elle était la plus grande, avec ses cheveux d'or et ses pommettes toujours roses. Elle intimidait un peu. Alors elle faisait toujours le premier pas. Elle avait un petit copain qui s'appelait Tom. Petit copain n'était pas le bon terme. Il était grand lui aussi, et il devenait cramoisi au moindre compliment, ce qui lui avait valu le surnom d'« Allumette ».

Sharon le trouvait craquant et lui pardonnait sa gaucherie, qui le rendait différent des autres garçons, si prévisibles et si machos. Elle ne finirait pas dans les bras du meilleur joueur de l'équipe de football. Elle se l'était jurée.

Elle avait quinze ans quand elle l'avait fait la première fois. Après le collège, Tom l'avait raccompagnée chez elle. Souvent, sa mère les attendait et leur offrait à boire, une limonade hyperacide qui leur retournait la langue et leur plissait la bouche.

Ce jour-là, il n'y avait personne à la maison. Sa mère avait laissé un mot. Elle était partie en ville avec son mari et ses fils. Elle lui demandait d'être sage et de s'occuper de la ferme en leur absence. Sharon était contente que Tom soit avec elle. Il fallait qu'elle inspecte la grange où se trouvaient les portées les plus récentes. Il y avait toujours un cochon mort ou malade. Il fallait faire vite et le sortir. Mais rien de tout cela n'arriva.

Ils traversèrent la cour. Ils firent quelques pas. Tom attrapa l'avant-bras de Sharon et la regarda fixement, avec des yeux étranges. Ce n'était pas son habitude. Il ne lui laissa pas le temps de réaliser ce qui se passait et l'embrassa sur la bouche, un gros smack, sec et appuyé, qui la fit trébucher. À partir de là, Sharon prit les commandes. Elle lui saisit la main et l'emmena dans la pièce la plus proche, où les truies étaient fécondées.

Il y avait un petit lit de camp où son père dormait parfois, quand il travaillait tard ou qu'une des bêtes lui donnait du souci. Elle invita Tom à s'asseoir sur le lit dont le cadre en métal se mit à craquer. Elle s'agenouilla à ses pieds et lui descendit la braguette. Le sang montait à la tête de Tom qui regarda furtivement autour de lui pour vérifier si quelqu'un les observait, mais il ne vit que les cochons qui couinaient et se heurtaient maladroitement dans leur enclos comme des autos tamponneuses. Le comportement des animaux lui parut anormal. C'était comme s'ils sentaient ce qui allait se passer et qu'ils désapprouvaient. Sharon prit le pénis de Tom entre ses mains et le caressa de haut en bas, avec tendresse et diligence. Elle ne le regardait pas. Elle s'appliquait en humectant ses lèvres avec sa langue. Quand le pénis de Tom fut dur, elle stoppa brutalement son mouvement. Elle se leva et jeta au loin son soutien gorge. Elle enleva ensuite sa culotte.

Elle était maintenant nue. Elle alla vers Tom et le déshabilla complètement. Ils se regardèrent, comme pour marquer l'instant. Les cochons faisaient de plus en plus de bruit. Leurs bousculades s'intensifiaient. Sharon s'allongea sur le lit en fer qui grinça. Elle écarta les jambes et Tom découvrit ses poils pubiens, d'une blondeur de paille. Il sembla étonné. Sharon l'attira brusquement à elle. Elle le plaqua entre ses jambes. Il était en sueur. Il tenta de la pénétrer, mais il rencontra de la résistance. Sharon sourit et invita Tom à continuer, ce qui lui donna confiance. Il insista.

Sharon poussa un cri qui fit grogner les porcs, de plus en plus agités. Tom était en elle et s'activait maladroitement. Sharon avait les lèvres crispées. Elle poussait de petits gémissements aigus qui excitaient Tom. Il comprit qu'il allait venir en elle. Il battit en retraite, mais Sharon le retint. Tom sentait qu'il ne résisterait plus longtemps. Sharon le comprit. Elle balança sa tête en arrière et le repoussa avec ses mains. Alors il se retira et éjacula sur le sol. Il se recroquevilla près du lit et n'osa plus la regarder. Il semblait gêné. Il s'excusa auprès de Sharon, qui lui caressa la tête avec affection.

— Tout va bien, lui dit-elle.

— Tu as du sang sur les cuisses, remarqua Tom avec inquiétude.

— Ça veut dire que je suis devenue une femme, Tom.

— Ah bon, fit-il.

— Je croyais que tu connaissais tout de la nature.

Sharon et Tom se rhabillèrent. Ils allèrent dans la cuisine et se préparèrent une limonade très sucrée qu'ils burent d'un trait, comme s'ils revenaient d'une longue course. Sharon lui fit un clin d'œil.

Voilà comment elle avait perdu sa virginité, avec un fils de fermier et les cochons pour témoins. C'est une histoire qu'elle ne raconta jamais à son mari, à Dubaï. Le cochon n'était pas très aimé des musulmans. Son mari avait accepté le fait qu'elle n'ait plus sa virginité. Inutile de le provoquer en lui précisant qu'elle l'avait perdue au milieu des animaux prohibés.

Sharon avait fait ses études à l'université de l'Iowa. Elle fit un parcours sans faute qui lui donna l'opportunité de se diplômer en communication et de connaître quelques garçons. Sharon commençait à se lasser des grands espaces verts et des foires régionales. Elle voulait voir du pays. La compagnie aérienne Midwing recherchait des hôtesses. Avec sa grande taille, sa jolie frimousse et son aisance naturelle, elle n'eut pas de difficultés à convaincre l'agence de recrutement. Elle fut engagée sur les lignes intérieures. Elle assurait la liaison entre les principales villes de la côte est des États-Unis. Ses escapades n'étaient pas très palpitantes, à l'exception de New York qu'elle adorait.

On l'appréciait pour son efficacité et sa discrétion. Elle n'était pas comme les autres hôtesses qui se disputaient les faveurs des nouveaux stewards pour les plaquer ensuite entre deux plateaux repas. Ses histoires de fesses ne perturbaient jamais le travail de l'équipage. Elle ne se plaignait pas non plus des cadences effrénées ou du standing insuffisant des hôtels où elle descendait entre deux vols. « Une employée modèle », raillaient ses camarades de vol. Sharon se moquait de leurs sarcasmes et attendait patiemment qu'on la déroute pour se créer de nouveaux horizons.

L'occasion se présenta. Elle dut remplacer au pied levé une collègue partie en congé maternité. Elle servait sur les longs-courriers, entre New York et l'Asie. C'était une époque bénie. Elle vivait dans un petit appartement, fréquentait un jeune banquier, pour l'hygiène, et prolongeait ses escales asiatiques dès qu'elle le pouvait. Elle connut Singapour, Kuala Lumpur, Manille et Hong Kong. Elle s'émerveilla. Elle entra dans le cercle fermé des Américains qui, passeport en poche, ont compris que la connaissance approfondie des cinquante États de l'Union n'est pas une fin en soi.

Elle accumulait les heures de vol mais ne gagnait pas bien sa vie. La concurrence que se livraient les compagnies aériennes avait des répercussions sur les coûts. Les salaires étaient gelés.

« C'est la faute d'AirEmir », lui avait dit son chef. Ils ne paient pas leur kérosène. Ils nous prennent des parts de marché en Asie. Nous n'avons aucune chance de nous en sortir.

Sharon était patriote, mais pragmatique. Elle contacta la compagnie AirEmir. Ils recrutaient massivement, et des femmes de son expérience étaient des perles rares. Ils lui firent une offre qu'elle ne pouvait refuser. Ils augmentaient son salaire, payaient son logement et la faisaient démarrer en première classe entre Dubaï et l'Asie. Un rêve éveillé. Elle donna son préavis à sa propriétaire, quitta son petit ami et s'envola pour Dubaï. Elle en savait peu sur la capitale économique des Émirats. On lui avait dit que c'était une oasis de liberté au Moyen-Orient, que les mosquées n'étaient pas loin des bars d'hôtels, que les femmes en hijab croisaient les filles en mini jupes.

À son arrivée, elle comprit tout de suite que son physique ne laisserait personne indifférent. Au mieux, on la prendrait pour une femme au foyer mariée à un diplomate scandinave. Au pire, on la cataloguerait comme prostituée de luxe fraîchement débarquée d'Ukraine. La discrétion était de mise. Elle rallongea sa garde-robe et choisit des rouges à lèvres les moins rouges possible.

Le briefing d'AirEmir était sans équivoque. On ne touche pas aux passagers. Il y avait eu beaucoup d'histoires dans le passé. Des hôtesses qui cherchaient à se caser avec des hommes riches et qui en avaient oublié la rigueur du service. On lui avait rapporté l'anecdote de cette Chinoise que le chef de cabine avait surprise avec la main d'un passager posée sur le tatouage de dragon qui louvoyait jusque dans le bas de ses reins. L'incident avait fait grand bruit et depuis, les hôtesses devaient se tenir à carreau.

« C'est une question de bon sens, mesdemoiselles. À vous d'apprécier la frontière qui sépare l'amabilité du flirt », avait précisé l'instructeur.

Sharon séduisait. Sa beauté conduisait les passagers les plus effrontés à lui faire des avances qu'elle repoussait avec humour.

Il y eut une exception à la règle, cependant : le vol AirEmir Dubaï-Singapour sur lequel elle servait pour la première fois. L'avion décollait tôt le matin et il n'y avait que trois passagers en première dont un Émirati, que les collègues de Sharon avaient trouvé très sexy.

Il était dans sa rangée. C'est elle qui s'occuperait de lui. Elle s'approcha et lui proposa une boisson. Il refusa avec des yeux rieurs qui la firent immédiatement chavirer. Elle revint en courant auprès de ses collègues.

— Nom de Dieu, c'est Paul Newman en gandourah, il fallait que ça tombe sur moi, les filles !

— Bah, vas-y, Sharon.

— Vas-y quoi ? Je fais mon boulot, c'est tout.

— Ouais, on connaît la chanson. Le règlement, c'est toujours pour les autres. Il s'appelle comment, notre canon du jour ?

Sharon consulta la liste des passagers.

— Il s'appelle Omar Al Tamani.

Elle était intriguée, elle ne pouvait le nier. Il avait du charme et ses manières laissaient penser qu'il avait de l'éducation et l'expérience de la culture occidentale. Les Émiratis qu'elles avaient rencontrés jusque-là étaient timides. Rares étaient ceux qui avaient osé lui adresser la parole.

Sharon descendit la rangée jusqu'au siège 3D. Elle se posta près de lui.

— Est-ce que vous avez fait votre choix, M. Al Tamani ?

— Oui.

— Je vous écoute.

— Je vais prendre les mezzeh et ensuite l'agneau.

— Souhaitez-vous un verre de vin pour accompagner votre repas ?

La question était délicate. Sharon ne savait jamais si le passager allait l'insulter ou non. Elle ne devait jamais se fier aux apparences. Un homme en *dishdasha*, à la barbe épaisse, lui avait un jour reproché de ne pas lui avoir proposé d'alcool. Un autre, vêtu d'une paire de jeans et d'une chemise ouverte, l'avait apostrophée parce qu'elle lui avait suggéré un verre de champagne avant le décollage.

Sharon attendait sa réponse tandis qu'il consultait le menu.

— Non merci. Juste de l'eau gazeuse.

— Avec une rondelle de citron ?

— Ni rondelle de citron ni glaçons, répondit-il immédiatement en anticipant la question de Sharon.

Pas de doute, se dit-elle, c'est un habitué des longs-courriers.

Elle repartit vers l'avant de l'avion, accueillie par le regard interrogateur de ses collègues.

— Tu lui as parlé ? demanda l'une d'elles.

— Non, répondit Sharon.

— Laisse tomber le repas. Le bon moment, c'est quand tu lui donneras les cartes d'immigration.

Deux heures avant l'atterrissage, Sharon distribua les cartes d'immigration.

« Merci », dit l'homme. Et il lui demanda : « Vous avez quelque chose pour écrire ?

« Oui, bien sûr », et elle lui tendit le stylo gravé aux couleurs de la compagnie.

Rien ne l'obligeait à poser la question suivante. Une rencontre tient souvent à un détail, à une fraction de seconde, à cet instant de distraction qui fit oublier à Sharon le règlement.

— Vous allez souvent à Singapour ?

Sharon, à peine avait-elle posé la question, se rendit compte qu'elle avait fait un pas de trop et qu'il lui était impossible de revenir en arrière.

— Oui, assez souvent. Je ne vous avais jamais vue auparavant, répondit-il tranquillement.

— C'est la première fois que je sers sur cette destination, dit-elle.

— Pas la dernière, j'espère, ajouta-t-il.

— Je l'espère aussi.

— Je vous ferai signe quand je n'aurai plus besoin du stylo.

— Vous pouvez le garder, dit-elle, un œil sur la montre de marque qu'il portait à son poignet et qui faisait du stylo un objet insignifiant et sans valeur.

— Je le garderai parce que c'est vous qui me l'avez donné.

Il avait manifesté plus que de la gratitude. Il lui avait signifié qu'elle lui plaisait. Il n'en ferait pas plus. Elle le savait. S'il avait été libanais, il l'aurait déjà invitée à dîner dans le meilleur restaurant de Singapour. Mais il était émirati. On en resterait là.

L'homme s'endormit.

Peu avant l'atterrissage, Sharon vint récupérer sa couverture. Il ne dit pas un mot. L'avion ne bougeait plus. Avec calme, l'homme saisit ses effets personnels dans le range-bagages et attendit que la porte s'ouvrît. Sharon se tenait à ses côtés.

« Je vous souhaite un bon séjour », dit-elle.

« Merci », dit l'homme. Il sembla hésiter quelques secondes puis il se retourna. « Voici ma carte de visite », dit-il sans commentaire. Sharon la saisit, puis le regarda s'engouffrer sur la passerelle de débarquement.

De longs mois passèrent. Elle n'appela pas Omar Al Tamani. Elle avait repensé à lui et puis, au fil des semaines, elle avait fait de leur rencontre une anecdote attendrissante et futile, une parmi d'autres dans la vie d'une hôtesse de l'air.

Elle le revit à l'aéroport. Il venait de s'enregistrer sur le vol du matin pour Singapour. Il était en train de passer le contrôle des passeports avec sa carte magnétique. Elle était dans la file de droite, celle réservée aux membres d'équipage. Ils se regardèrent. Il lui fit un signe de la tête, mais il n'osa pas s'adresser à elle quand ils furent dans l'ascenseur qui conduisait à la porte d'embarquement. Elle avait enregistré les coordonnées d'Omar dans son téléphone portable. Elle lui envoya un message texte sans équivoque.

« On se parle dans l'avion, d'accord ? »

« D'accord », lui répondit Omar.

Le vol pour Singapour était plein cette fois-ci. Elle ne put lui parler autant qu'elle l'aurait souhaité. Elle eut juste le temps de comprendre que c'était un homme d'une trentaine d'années, issu d'une famille fortunée installée à Dubaï depuis longtemps. Il avait suivi des études de droit dans le Michigan, non loin de son Middle-West chéri. Ils promirent de se retrouver à Dubaï.

Ils se voyaient le week-end, quand l'emploi du temps de Sharon le permettait, entre deux vols vers l'Asie. Omar passait la prendre devant chez elle. Ils allaient dans un hôtel discret, plus loin dans les terres. Ils y prenaient le thé. Il refusait de lui donner rendez-vous dans un restaurant connu ou dans un lieu public de Dubaï.

— Cela pourrait être mal interprété, lui expliqua-t-il.

— Je comprends, commenta Sharon, que la clandestinité ne gênait pas, bien au contraire.

Elle prenait goût à leur escapade hebdomadaire. Elle apprit à mieux le connaître. Sa famille possédait plusieurs affaires à Dubaï. Il gérait l'une d'entre elles. L'argent ne lui manquait pas et il semblait tout dévoué au business familial, ce qui la rassura.

Elle se souvint d'une conversation qu'elle avait eue avec une de ses amies hôtesses, Charlene, une fille de Hong-Kong.

— Fais gaffe de ne pas tomber sur un proxénète, ma belle...

— Un quoi ?

— J'ai bien dit un proxénète. Tu n'es pas au courant ?

— Je ne saisis pas, non.

— Le parrainage, tu connais ? C'est la loi selon laquelle chaque entreprise étrangère implantée aux Émirats arabes unis doit trouver un parrain local pour exister. Elles sont détenues à 51 % par un Émirati.

— Intéressant, mais en quoi ça concerne mon flirt avec Omar ?

— Chaque année, Dubaï accueille des tas de travailleurs venus du monde entier, de tous les corps de métier, y compris le plus vieux d'entre eux. Tu me suis toujours ?

— À peu près. Mais je croyais qu'il suffisait aux prostituées de ressortir du territoire pour se procurer un nouveau visa de touriste dès qu'il était périmé ?

— Possible, mais pas très pratique. Il y a plus simple.

— C'est-à-dire ?

— Une société fictive basée dans l'un des sept Émirats, avec pour employées une dizaine de jeunes femmes...

— Tu insinues qu'Omar s'occuperait de ce genre d'affaires ? coupa Sharon.

— Je ne pense pas, non. Il est issu d'une famille riche et respectable. Il perdrait la face, sa réputation et ses parts de marché. Mais bon, je voulais te prévenir.

Sharon n'en parla jamais à Omar. À quoi bon ? Si elle lui posait la question, il le prendrait mal et il ne voudrait plus la revoir. Dans l'hypothèse où elle découvrirait quelque chose, c'est elle qui le laisserait tomber, avant même que leur relation devînt plus intime.

Elle n'en était pas là. Pour le moment, leur liaison se limitait à d'innocents entretiens autour d'une tasse de darjeeling. Quant à Omar, il ne manifestait pas le désir d'aller plus loin. Il ne modifiait pas son comportement à son égard et s'il avait des intentions plus sérieuses, il était impossible à Sharon de les deviner.

Sharon s'attachait à lui, c'était indéniable, mais elle ne souhaitait pas s'engager. Elle appréciait sa compagnie, elle aimait leurs discussions, mais elle refusait d'imaginer autre chose qu'une amitié un peu originale.

Un samedi pourtant, leur entrevue prit un tour particulier. Omar l'avait invitée à dîner à Abu Dhabi. Sharon hésitait. Il y avait deux heures de route jusqu'à la capitale des Émirats Arabes Unis, et puis un dîner, ce n'était pas pareil. Ils passeraient toute la soirée ensemble.

Elle ne doutait pas de son intégrité. Elle n'imaginait pas qu'il pût lui sauter dessus à la première occasion. Mais ils franchissaient un cap. Elle en avait conscience et cela l'effrayait un peu. Elle finit tout de même par accepter son invitation.

Il passa la prendre avec une de ses voitures, une Maserati gris métallisé tout cuir et tout chrome. Sharon s'installa sur le siège avant. Omar était vêtu d'une gandourah blanche immaculée. Il sentait l'homme fraîchement rasé. Ni parfum de marque ni cette fragrance écœurante d'oud dont les locaux abusent.

Sharon avait choisi un tailleur. Elle portait un pantalon. Elle avait de belles jambes mais il eût été inconvenant de les lui montrer en ces circonstances. Omar appuya sur la pédale d'accélérateur. La berline italienne démarra et Sharon se sentit étrangement sereine.

L'autoroute qui joignait les deux villes était monotone. Elle rappelait à Sharon l'autoroute qui traversait le Nebraska, quand elle allait rendre visite à ses cousins de Denver. De grandes étendues fades et mornes, le vent rasant qui dessine des arabesques de sable sur l'asphalte, des stations-service isolées autour desquelles des myriades de camions s'agglutinent, et le voyage qui s'éternise. Omar parlait peu. Il attendait certainement d'être à Abu Dhabi pour engager la conversation. Cela ne déplaisait pas à Sharon. Elle aimait ce silence et elle savait qu'elle n'était pas impolie en l'entretenant.

Elle vit une sorte de palais qui jouxtait la mer. De l'autoroute, on ne distinguait que le toit. Il semblait magnifique.

— À qui appartient ce palais ? demanda Sharon.

— À un cheikh, répondit Omar.

Quelques kilomètres plus loin, une oasis de verdure qui se jetait dans la mer trahissait la présence d'une autre demeure d'exception.

— Et ce palais-là, il appartient à qui ? demanda encore Sharon.

— À un autre cheikh, répondit Omar amusé.

Ils arrivèrent enfin à Abu Dhabi, la ville la plus riche du monde, dédale de presqu'îles et de marécages que les souverains transformaient en Miami du Moyen-Orient.

Omar avait choisi un petit restaurant où l'on servait de la cuisine orientale. Sharon fut ravie et elle eut, une nouvelle fois, la confirmation que son prétendant avait du goût et de l'assurance. S'il avait voulu l'impressionner, il aurait jeté son dévolu sur un restaurant à la mode, avec un chef étoilé en cuisine.

Il n'y avait que quelques tables dehors. Peu de gens devaient connaître cet endroit.

— Le restaurant appartient à l'un de mes meilleurs amis, se contenta d'ajouter Omar.

— Un ami qui vous connaît bien et en qui vous avez confiance, ajouta Sharon, qui avait été frappée par sa paranoïa.

— Oui, un très bon ami, fit Omar.

La serveuse, probablement une jeune Marocaine, leur apporta le premier plat. On ne leur avait pas proposé de menu. On leur avait juste demandé ce qu'ils voulaient boire. Omar avait commandé un verre d'eau glacée. Sharon ne prit pas d'alcool.

— Sharon, vous pouvez prendre du vin si vous le souhaitez.

— Non merci, je n'en ai pas très envie, dit-elle avec sincérité.

— Vous ne m'offusquerez pas, vous savez.

— Non, vraiment, je préfère un jus de fruit ou quelque chose comme ca. Vous ne buvez donc jamais, Omar ? demanda Sharon, qui l'avait connu sobre sur le vol d'AirEmir.

— Rarement. Il m'arrive d'accompagner mes collègues européens quand je suis à l'étranger, mais c'est toujours lors d'un repas et je ne bois qu'en petite quantité.

— Vous ne suivez donc pas le Coran à la lettre, se risqua Sharon.

— Si, bien sûr, je suis fidèle aux écritures du prophète, que la paix soit avec lui.

— N'interdit-il pas aux croyants de boire ?

— C'est une question d'interprétation, Sharon, comme toujours. Que dit exactement la sourate de la table ?

— Je ne sais pas. Pardonnez-moi, je n'ai jamais lu le Coran.

— Eh bien, elle dit ceci : *Ô vous qui croyez ! Les boissons alcoolisées, les jeux de hasard, les bétyles et les flèches divinatoires ne sont autre chose qu'une souillure diabolique. Fuyez-les ! Vous n'en serez que plus heureux !*

— C'est assez explicite, tout de même.

— Les Écritures préviennent simplement les fidèles que les excès de boisson peuvent les conduire à des actes condamnables. C'est une recommandation, si vous préférez, dit Omar calmement.

— Et donc, vous préférez ne pas boire trop souvent.

— Il fait trop chaud dans ce pays. Je n'y prends aucun plaisir. J'attends d'être au Paradis.

— Pardon ?

— C'est ce que le Coran nous promet, un vin rare qui sera généreusement distribué à chacun.

Sharon était de plus en plus intriguée par cet homme que rien ne semblait déstabiliser.

La serveuse vint débarrasser la table. Omar ne prêtait pas attention à elle. Il regardait Sharon.

Leur conversation leur fit aborder des sujets plus personnels. Ils parlèrent de leurs enfances respectives et de leurs vies d'expatriés.

— Au fond, l'Iowa n'est pas très différent des Émirats, si vous y regardez de plus près, commença Omar.

— Un peu plus vert, tout de même... précisa Sharon.

— Je vous l'accorde. Mais ce sont les mêmes étendues infinies, le même sentiment d'isolement et d'impuissance face à la terre. Vous ne pouviez compter que sur votre famille et sur vos voisins. Pas une âme pendant des kilomètres. Juste vous, les champs et le ciel.

Sharon fut touchée par cette description. Omar avait raison. Cette solitude, elle l'avait souvent éprouvée quand elle prenait le volant du tracteur et roulait sur des chemins dont elle ne voyait jamais la fin. Plus d'une fois, elle s'était arrêtée en plein champ. Elle avait écouté la brise sur la plaine. Elle l'enveloppait. Elle l'effrayait aussi. Sharon versa une larme sans s'en apercevoir. Omar le remarqua.

— Vous allez bien, Sharon ?

— N'y faites pas attention, Omar. Vous avez réveillé en moi quelques souvenirs.

— Je suis désolé.

— Ne le soyez pas. Je me disais qu'au fond, nous, les fermiers du Middle West, nous étions un peu comme ces nomades qui mènent leur troupeaux d'*oued* en *oued*.

— Pourquoi pleuriez-vous, Sharon ?

— Je crois que l'Amérique commence à me manquer.

— Il est peut-être temps d'y passer quelques vacances en famille.

Sharon l'interrogea à son tour.

— Et vous, Omar, Dubaï ne vous manquait pas quand vous étiez dans le Michigan ?

— Au début pas du tout. Je me sentais libre. J'avais l'impression que je pouvais faire tout ce que je voulais et que personne ne me poserait de questions. Avec le temps, je me rendis compte qu'effectivement, personne ne me posait de questions, en d'autres termes, que personne ne s'intéressait à moi.

— Vous n'aviez pas d'amis ?

— Je ne pense pas qu'on puisse leur donner ce nom. Je les intriguais, c'est tout. Ils ne comprenaient pas d'où je venais et encore moins ce que je venais faire aux États-Unis.

— Mes compatriotes n'ont jamais été très doués en histoire et géographie, commenta Sharon.

— Je ne vais pas vous contredire. L'un d'entre eux, un certain Jason, m'avait demandé si nous avions des réfrigérateurs en Arabie…

— Je suis désolée…

— Pour rien ne vous cacher, je les ai trouvés un peu superficiels, les habitants de votre pays. Ils me voyaient une fois et ils me donnaient immédiatement un surnom, « Om ». Je n'ai jamais su si c'était une marque de familiarité ou s'ils n'arrivaient pas à se rappeler de mon prénom.

— Malheureusement, je crois que la seconde proposition est la bonne.

Ils se mirent à rire tous les deux.

Cette soirée avait changé leurs rapports. Ils ne s'étaient rien dit d'ambigu ou d'équivoque. C'était beaucoup plus fort que cela.

Sharon se laissait faire. Le lendemain de leur soirée, elle voulut le rappeler ou lui envoyer un message.

— Ça y est, tu as contracté le virus, lui dit Charlene.

— Arrête, je te dis.

— Tu veux l'appeler, oui ou non ?

— J'en meurs d'envie.

— Alors vas-y.

— Tu sais ce que ça signifie ?

— Oui ma belle, que tu es tombée amoureuse d'un Arabe !

Sharon rougit. Elle rentra chez elle, s'allongea sur le sofa, saisit son portable, prit une profonde respiration puis écrivit à Omar le message suivant : *I miss you*[18].

Elle l'avait fait. À peine le message fut-il envoyé qu'un petit vent de panique la parcourut. Et s'il le prenait mal ? Et s'il croyait qu'elle était une femme légère qu'une soirée suffisait à séduire ?

18. Vous me manquez.

Plusieurs jours passèrent. Omar ne réagissait pas à son message. Sharon n'y tenait plus. Elle composa le numéro d'Omar.

— Allô, fit-il avec une voix qui ne trahissait aucune émotion.

— C'est Sharon.

— Bonjour, Sharon, fit Omar avec une voix posée, un peu grave.

— Avez-vous reçu mon message ?

— Oui, dit-il.

De longues secondes de silence s'écoulèrent, interminables et cruelles. Il restait muet. Sharon le relança.

— Et... avez-vous aimé mon message ? dit elle avec hésitation.

De nouveau le silence et l'angoisse. Omar finit par lui répondre.

— C'est le plus beau message qu'on m'ait jamais envoyé.

Et il raccrocha.

— Tu as décroché le gros lot, ma belle. Un bel Arabe, riche, éduqué et qui t'aime...

— C'est peut-être lui qui va rapporter un beau trophée à la maison, répondit Sharon à son amie Charlene venue la trouver à Dubaï.

— Non, je suis sûre qu'il est raide dingue de toi. Il ne m'a pas l'air d'être le genre d'homme à se vanter d'avoir conquis la femme occidentale devant ses amis. Et puis tu sais, épouser une femme qui n'est pas émiratie, ce n'est pas forcément bien vu dans cette société, surtout en ce moment.

— Ah oui, j'avais oublié, l'émiratisation...

— Le gouvernement récompense les Émiratis qui se marient entre eux. On leur réserve les meilleures villas et ils reçoivent une prime au moment du mariage, confirma Charlene.

— Ça ne gênera pas Omar ?

— Non, rassure-toi, c'est une somme qui ne devrait pas le dissuader de te prendre pour épouse. Quelques dizaines de milliers de dirhams, ce n'est rien pour un homme comme lui. Mais il sera jugé par ses pairs. Tu devras faire preuve de prudence et de discrétion. Il faudra que tu caches tes jolis cheveux blonds.

— Tu crois qu'il me fera porter l'abaya ?

— Tu aurais peut-être ton mot à dire, non ?

Sharon resta pensive. Tout était allé très vite depuis le coup de téléphone. Dans le restaurant d'Abu Dhabi, Omar lui avait demandé sa main en lui tendant un magnifique solitaire de six carats qu'il avait fait sertir chez un joailler indien de sa connaissance.

Elle avait dit oui. Ils s'étaient dit combien ils s'aimaient. Ils s'étaient longuement tenu la main.

Ils n'avaient pas encore abordé les préparatifs du mariage. Ils n'avaient pas évoqué les détails de leur vie commune.

Sharon était amoureuse, mais elle ne voulait rien précipiter. Elle se délectait des nombreux messages qu'il lui envoyait, de leurs rencontres furtives à l'aéroport, des baisers timides et délicieux qu'ils échangeaient derrière les vitres teintées de la voiture. Ils avaient décidé de vivre ensemble et pourtant, il lui semblait qu'ils étaient toujours en train de flirter, comme deux adolescents, comme s'ils savaient l'un et l'autre qu'ils étaient en train de vivre les meilleurs moments de leur histoire, car une fois mariés, tout se compliquerait et leur passion se fissurerait sous les assauts du quotidien. Alors, ils prolongeaient ces instants rares. Ils s'aimaient au jour le jour.

Sharon savourait ce semblant d'innocence. On ne lui avait jamais fait la cour. Malgré son expérience précoce des rapports charnels, elle n'avait jamais connu avant Omar la douceur de l'attente, l'inquiétude de ne pas être aimée, la montée du désir.

Cette conversation avec Charlene l'avait ramenée brutalement à la réalité de sa condition de femme en terre étrangère. Elle allait épouser un homme qu'elle connaissait à peine et qui pouvait exiger d'elle qu'elle se couvre de la tête au pied. Un léger frisson lui parcourut la nuque. Il fallait qu'elle en parle à Omar.

— Sharon, tu n'es pas obligée de te convertir à l'islam, lui avait expliqué Omar. Tu sais ce que dit notre prophète, la paix soit avec lui. Il dit qu'une femme qui a la religion du livre est digne d'être épousée. Tu peux être fidèle à la foi catholique si tu le désires.

— Et ta famille ? Que dira-t-elle ? reprit Sharon.

— Je ne sais pas, mais je pense qu'elle s'inquiètera pour nos futurs enfants.

— Elle voudra savoir s'ils seront chrétiens ou musulmans, n'est-ce pas ?

— Oui, c'est cela.

— Et toi, tu en penses quoi ?

— Je pense que le plus important c'est qu'ils croient en un dieu unique...

Omar semblait un peu gêné. Sharon le remarqua et l'invita à continuer.

— Il n'y a que deux églises à Dubaï, et la plus proche est à cinquante kilomètres du centre.

— Tu m'imagines mal emmener nos enfants à la messe au milieu des dunes, dit Sharon en souriant.

— J'imagine mal, en effet.

— Je pense que nous aurons d'autres occasions de parler d'œcuménisme mais, dis-moi, quelle est pour toi la différence fondamentale entre nos deux religions ?

— Il nous faudrait plusieurs jours pour en parler...

— Nous aurons toute la vie, interrompit Sharon avec enthousiasme.

— Je vais tenter de résumer. Les musulmans ne croient pas que Dieu s'est fait homme. Il n'y a qu'un seul dieu.

— Vous ne respectez donc pas la personnalité du Christ ?

— Si, bien sûr, *Eissa* est un prophète très important dans l'islam, de même que Moïse ou Abraham. Mais nous ne croyons pas qu'il fut Dieu sur terre.

— Il faut que je réfléchisse, Omar.

— Prends ton temps, c'est une décision importante. Si tu veux, tu peux parler à ma sœur Faïza. Elle te dira tout ce que tu voudras savoir. C'est plus facile entre femmes.

Cette discussion avec Omar l'avait rassurée. Elle avait la confirmation qu'il n'était pas un esprit obtus et que seul leur bonheur commun lui importait. Elle n'avait pas été surprise quand il lui avait proposé de rencontrer sa sœur. Si Omar était un homme sensé et curieux, le milieu où il avait grandi lui imposait une certaine pudeur. Il préférait confier à une femme de sa famille la responsabilité d'aborder des sujets plus délicats.

Sharon téléphona à Faïza, qui semblait ravie de la rencontrer.

Elles se donnèrent rendez-vous au café d'un Arab Mall. Sharon ne savait pas à quoi s'attendre. Omar, par respect, ne lui avait pas montré de photo de sa sœur. Il la disait extravertie et très bavarde. Elle lui enverrait certainement un sms pour la localiser.

Avec un petit quart d'heure de retard, Sharon reçut un message qui lui disait : « *Hello sister-in*[19] ! » Sharon fut étonnée par tant de familiarité. Faïza ne manquait pas de

19. Salut ma belle's !

prestance et son maquillage était assez discret. Son abaya était légèrement entrouverte. On apercevait un jean de marque et une ceinture en argent, brillante, qui lui serrait la taille.

— *Salaam,* dit spontanément Faïza.

— Hello, dit Sharon, je suis contente de te connaître. Je ne te prendrai pas trop de ton temps, rassure-toi.

— J'ai tout l'après-midi, Sharon. Nous avons tant de choses à nous dire. Tu peux me poser toutes les questions que tu veux. Mon frère a été catégorique. Alors, on commence par quoi ?

— Je ne sais pas, euh... est-ce que je devrai porter le voile ?

— C'est tout ? s'étonna Faïza. Je m'attendais à des questions plus croustillantes.

— C'est une question importante tout de même, dit Sharon, qui ne s'attendait pas à autant d'audace de la part d'une jeune Émirati.

— Sharon, il est écrit dans le Coran qu'une bonne épouse ne peut dévoiler sa beauté qu'à son mari ou aux membres de sa propre famille. Les cheveux, les épaules, la poitrine et les jambes, à partir d'une certaine hauteur, doivent rester cachés. Après, il appartient à mon frère de décider comment tu devras te couvrir. Je sais que beaucoup de femmes converties n'acceptent pas de cacher leurs cheveux. Elles portent juste une abaya qui ne révèle rien de leurs formes.

— Cela me convient assez, dit Sharon.

— Ce sera encore plus aguichant, dit Faïza.

— Que veux-tu dire ?

— Imagine ! Tes beaux cheveux blonds qui descendent en cascade sur ton abaya noire. On ne verra que toi dans les centres commerciaux.

— Donc le contraire du but recherché ? demanda Sharon.

— Oh, tu ne seras pas la première. Entre les filles qui portent des tuniques moulantes et celles qui entrouvrent leur abaya pour qu'on devine leur chemisier, tu seras *halal*, crois-moi. Mais tu ne veux pas que l'on parle de sexe, Sharon ?

— Pardon ? dit Sharon qui, décidément, trouvait sa belle-sœur bien effrontée.

— Oui, je suis sûre que tu as plein de questions à me poser.

— Euh, je ne sais pas trop... j'imagine que c'est comme partout ?

— Tu sais le sexe, c'est très important dans la vie d'un couple marié. C'est sacré. J'en connais qui prient avant le coït. La relation sexuelle, d'après le Coran, est un avant-goût du paradis... précisa Faïza.

— Vraiment ?

— Bien sûr. Il y a même une *hadith* qui mentionne les différentes positions. Ce n'est pas quelque chose de tabou pour les musulmans.

— Du moment que les partenaires sexuels sont mariés, n'est-ce pas ?

— *Haram !* Jamais en dehors du couple, s'empressa d'ajouter Faïza.

Sharon s'en voulait un peu d'avoir fait ce commentaire. Elle espérait que Faïza n'en dirait rien à son frère. Mais elle semblait une fille bien.

« Tu as sans doute d'autres soucis à me confier, Sharon. Ce ne doit pas être facile pour toi. Tu viens d'un monde si différent du nôtre... »

Sharon lui coupa la parole.

— Tu as raison, Faïza, mais au fond, un homme est un homme et je suppose que tous les mariages se ressemblent.

— C'est vrai. Tu sais ce que me disait ma mère avant que je me marie ?

— Non.

— Avec ton mari, sois un ange toute la journée et déchaîne-toi la nuit tombée.

Sharon se mit à rire de bon cœur, puis retrouva un visage grave.

— J'ai besoin de ton avis, Faïza.

— Je t'écoute, dit-elle avec attention.

— Crois-tu que je devrais me convertir à l'islam ?

— Tu sais que tu n'es pas obligée de le faire, mais...

— Mais ?

— Mais si tu as des enfants, ils seront musulmans. L'islam rythme le jour et la nuit. Il te sera difficile de partager leur vie quotidienne si tu n'es pas convertie. Les fêtes, le ramadan, la prière cinq fois par jour, comment feras-tu ?

— Je n'avais pas vu les choses comme cela.

— Tu verras, c'est beaucoup moins contraignant que tu ne le penses. Tu aimeras ton nouveau style de vie, ajouta-t-elle en lui faisant un clin d'œil.

Elle était inquiète. Elle avait choisi de se convertir et elle ne savait pas en quoi cela consistait. Elle imaginait un rituel complexe et solennel, avec des centaines d'yeux pour l'observer tandis qu'elle réciterait un texte sacré.

Ce fut beaucoup plus simple en réalité. Un cheikh lui murmura quelques mots à l'oreille. Il lui demanda de prononcer sa profession de foi, la *shahada*, par laquelle elle reconnut qu'il n'y avait qu'un Dieu unique, Allah. Elle promit ensuite de se conformer aux quatre autres piliers de l'islam : la prière cinq fois par jour, l'aumône, le jeûne du ramadan et le *hajj*, le pèlerinage à la Mecque.

Comme lui expliqua Faïza, tout dépendait d'elle. Elle ne serait jugée que par Dieu. Il saurait lire au fond de son cœur.

C'était à elle de prier quotidiennement, à elle de donner aux pauvres, à elle de faire abstinence, à elle de se rendre en Terre Sainte quand elle s'y sentirait prête. Cela plut à Sharon.

Elle se souvint des sermons vindicatifs du prêtre, dans la petite église de Marshalltown, des remontrances de son père quand elle manquait l'office du dimanche, du persiflage des voisines, de l'hypocrisie d'une communauté qui s'autoflagellait par crainte de l'inconnu.

Elle se souvenait encore de toutes ces femmes qui se succédaient au confessionnal pour déverser leur fardeau de culpabilité et s'absoudre de leurs turpitudes, le plus souvent fantasmées, parce que le quotidien était trop morne, parce qu'elles préféraient s'inventer une vie, aussi mauvaise fût-elle. Le prêtre les accueillait bien volontiers, conscient de ce pouvoir terrestre qu'il ne devait pas à Dieu, mais au privilège de tout connaître des bassesses de ses ouailles.

Sharon n'allait pas à confesse. Elle était seule responsable de ses actes et ce n'est qu'à Dieu qu'elle rendrait des comptes.

L'islam avait fait de Jésus un prophète, mais pas un Dieu sur terre. Il ne pouvait y avoir d'intermédiaire entre Dieu et l'homme. Cela aussi plut à Sharon.

Sharon devint une véritable *Amérati*, une de ces Américaines qui ont choisi d'embrasser le mode de vie oriental. Omar ne l'avait pas obligée à porter le *hijab*. Il lui avait juste demandé de couvrir ses cheveux quand ils s'affichaient en public, quand ils allaient déjeuner chez sa famille le vendredi ou quand elle l'accompagnait à des cérémonies officielles. C'était une marque de respect. Elle s'en accommoda parfaitement. Le voile ne la gênait pas. Il agissait comme une protection et comme un accessoire de mode dont elle jouait habilement pour dissimuler ou mettre en évidence la beauté de son visage.

Sharon fut un peu déroutée par la cérémonie du mariage. La famille d'Omar avait réservé deux grandes salles, au dernier étage d'un hôtel de luxe. Les hommes et les femmes formaient deux groupes distincts. Les couples mariés arrivaient dans le hall de l'hôtel et se saluaient au pied de l'ascenseur. Ils ne se verraient plus de la soirée.

Omar lui avait décrit la cérémonie du mariage du côté des hommes. La famille du marié recevait les invités les uns après les autres. Les Émiratis, pour se saluer, se frottaient le nez.

— Tu sais d'où vient cette coutume ? lui avait demandé Omar.

— Non, avait répondu Sharon.

— Aux temps les plus reculés, nos ancêtres se reniflaient quand ils se rencontraient. Ils pouvaient ainsi déterminer si les nomades qu'ils croisaient sur leur route venaient du désert, de la mer ou d'une région étrangère dont ils ne reconnaissaient pas l'odeur.

Chaque invité, donc, était reçu par la délégation masculine de la famille. On lui servait du thé, du café, des dattes, puis il était conduit dans la salle de réception où il attendait, comme les autres, que le dernier invité arrivât pour se servir au buffet.

Dans les familles les plus aisées, il y avait quelquefois un orchestre. Canne sur l'épaule, les hommes formaient une rangée, toute blanche, qui oscillait avec la musique. Ils balançaient leurs cannes de haut en bas, ils remuaient leurs mentons comme pour acquiescer, ils marmonnaient des chants bédouins.

Le rythme s'accélérait, leurs pas se faisaient plus rapides, presque frénétiques. À tout moment la rangée pouvait tomber, comme un précaire alignement de dominos. Les hommes semblaient s'amuser de ce fragile équilibre. Les danseurs les plus téméraires imposaient aux convives des changements de rythme inopinés qui les faisaient vaciller, tels des marcheurs malhabiles au milieu d'un pont suspendu.

Quand leurs voix s'éteignaient ou que le chef de famille montrait des signes d'impatience, les invités quittaient la cérémonie. Ils partaient retrouver leurs épouses qui les attendaient patiemment à l'entrée de l'hôtel.

Faïza avait prévenu Sharon. La réception, du côté féminin, serait spectaculaire. Les femmes émiratis, qui vivaient camouflées sous leurs abayas la plupart du temps, profitaient des mariages pour donner libre cours à leur fantaisie. La sobriété de leur uniforme habituel contrastait avec la débauche de couleurs et de formes qui définissait leur robe d'un soir.

— Tu vas beaucoup rire, avait ajouté Faïza.

— Pourquoi ?

— Parce qu'elles n'ont aucune retenue. Rien n'est trop beau ni trop gros pour attirer l'attention. Elles se livrent une compétition farouche, et la victoire ne revient pas forcement à la plus élégante, mais à la plus remarquée.

Faïza n'avait pas menti. Quand Sharon fit ses premiers pas dans le grand salon, elle fut prise dans un tourbillon de lumière et de bruits. Les femmes se pressaient à sa rencontre en criant « *Mabrouk*[20] ». Sharon ne reconnaissait pas leurs visages noyés sous le maquillage. Elle devinait à peine leur identité sous les motifs sauvages qui maculaient leurs robes plissées. Zèbres, léopards, girafes, antilopes, hippopotames, aucune créature ne manquait à l'appel de cette jungle haute couture où la démesure était de rigueur. Les parures de bijoux brillaient de tous leurs carats, les paupières peinaient sous le poids du mascara, les cheveux ondulaient dans d'improbables volutes, les chevilles se tordaient dans leurs

20. Félicitations !

minces écrins de cuir et les mains semblaient salies par le henné.

Sharon avait dû user de toute sa diplomatie pour ne pas leur ressembler, pour garder un peu de son identité. Faïza lui avait conseillé une robe rouge écarlate que la blancheur de sa peau et la blondeur de ses cheveux faisaient ressortir sous les lustres dorés parés de cristal scintillant.

Au regard émerveillé et jaloux des autres femmes, Sharon comprit qu'elle était la reine de la soirée. Une étoffe pourpre avait suffi à les tenir en respect.

Les unes après les autres, elles venaient la saluer, avec déférence et cet air de défi qui la mettait en garde. Elle avait épousé un Émirati, certes, mais elle restait une étrangère. Puis elles repartaient vers le buffet, toutes griffes dehors, leurs museaux dressés vers les pyramides de choux à la crème et les orgues de sucres d'orge.

Entre la signature du contrat de mariage et la cérémonie, il s'était écoulé une semaine exactement. S'ils l'avaient voulu, Omar et Sharon auraient pu consommer leur union dès le premier soir. Faïza le lui avait déconseillé. Il fallait faire durer le désir. Et puis, il y avait le risque de passer pour une fille facile, même si leur mariage avait été officialisé.

Ils attendirent la fin de la fête, un peu après minuit, pour se retrouver dans un hôtel six étoiles qu'Omar avait réservé. Leur chambre était somptueuse. Un lit à baldaquin trônait au milieu de la pièce. La salle de bains était occupée par une immense vasque recouverte de carrés de céramique dorée. Partout des roses, du jasmin et un parfum persistant d'oud et d'encens qui conférait aux lieux un caractère sacré.

Ils étaient au milieu de la pièce. Ils n'osaient plus bouger.

Le décor grandiose et solennel, l'inquiétude de l'inconnu mêlée à l'impatience de se découvrir, tout les intimidait.

Sharon se dirigea vers la salle de bains et demanda à Omar de l'attendre. Elle réapparut dans une chemise de soie fine à travers laquelle il n'était pas difficile de deviner ses formes. Cela n'échappa pas au regard d'Omar, qui retrouva ses esprits et se rappela qu'il était un homme. Il s'excusa lui aussi.

Quand il revint, Sharon était déjà sous les draps, entièrement nue. Omar en fut un peu déstabilisé. Il portait une chemise de nuit un peu ridicule.

— Déshabille-toi, lui proposa Sharon.

— Pourquoi es-tu déjà nue ? demanda Omar intrigué.

— Et pourquoi pas ? commenta Sharon amusée.

— Vous autres chrétiens, vous avez un rapport étrange avec le corps. La nudité ne semble jamais vous gêner. C'est pourtant la plus grande forme d'intimité.

— N'est-ce pas un moment très intime ? Et ne suis-je pas musulmane ?

— Ce n'est pas ce que je voulais dire... mais je pense que vous devriez faire plus attention. Il est vrai que votre prophète est toujours représenté à moitié nu. Il ne donne pas le bon exemple...

— Je n'avais jamais vu Jésus sous cet angle-là.

— Menteuse, dit Omar en souriant.

Sharon l'attira à lui.

Faïza avait raison. L'islam n'était pas si contraignant qu'elle l'imaginait. Elle appréciait la prière et sa gestuelle. Prendre la direction de la *Qibla*, procéder aux ablutions, se prosterner. Le rituel de la prière était complexe, mais il invitait à prendre du recul, à s'interroger sur ses actes, à se détacher du monde temporel. Elle y trouvait de la sérénité, un moment de recueillement qui lui donnait le sentiment de se purifier.

Sharon appréhendait son premier ramadan.

Elle découvrit que cette parenthèse d'un mois permettait à chacun de se retrouver, de se ressourcer, par la prière ou par le partage de l'*iftar*, le repas familial qui se finit tard dans la nuit. Le ramadan était un mois d'exception, de réflexion, une trêve qui invitait aux retrouvailles et au pardon. Le jeûne et l'abstinence, c'était une question d'habitude.

Elle avait peu de vices de toute façon. Elle ne fumait pas. Elle buvait très peu d'alcool ou de café, et elle préférait faire l'amour la nuit tombée. Pour les musulmans habitués à la caféine, c'était plus difficile. Ils avaient de fortes migraines. Ils s'endormaient au volant, provoquaient des accidents. Alors la première semaine, par prudence, Sharon sortait peu.

Sharon comprit que l'islam, lui aussi, avait ses imposteurs. Les « mauvais musulmans », comme les appelait sévèrement son mari, inversaient le jour et la nuit. Une fois le soleil couché, ils commençaient leur « journée » par un repas copieux. Ils le prolongeaient par une nuit de plaisirs et ne voyaient jamais le soleil – car ils dormaient.

D'autres encore s'arrangeaient pour voyager pendant le mois du ramadan. Ils se rendaient dans des contrées plus clémentes, où il faisait plus froid, où la soif était plus supportable, où ils pourraient, comme l'autorisait le Coran, se sustenter pendant leur déplacement.

Il fallut peu de temps à Sharon pour tomber enceinte. Bien entendu, cela plut à la famille d'Omar qui attendait avec impatience ce premier enfant, qui se devait d'être un fils. Ils durent patienter. Sharon donna naissance à une petite Mariam dont la beauté réduisit au silence les tantes les plus perplexes. L'une d'entre elles, emportée par son enthousiasme, avoua même que le métissage avait du bon, sous le regard courroucé du chef du famille.

Omar se révéla un père doux et attentionné pour Mariam. Il lui donnait ce qu'il avait de plus précieux : du temps. Il la laissait jouer avec sa *keffiah* ou monter sur son dos. Il la regardait dormir pendant des heures. Il la promenait le long de la mer et lui racontait des histoires d'anges et de *djinns* qu'elle ne comprenait pas encore, mais qu'elle appréciait si l'on en croyait les hurlements qu'elle poussait quand il osait mettre un terme à son récit.

Mariam était une petite fille vive et intelligente. Elle n'eut jamais de problèmes de santé. Une fois seulement, elle ressentit une forte fièvre. Ses parents l'emportèrent d'urgence à l'hôpital américain, qui leur fit un diagnostic erroné, mais une facture en bonne et due forme.

Les médicaments prescrits ne firent aucun effet et la fièvre reprit de plus belle. Mariam tremblait, agonisait, ses parents désespéraient.

Ils décidèrent d'aller à l'hôpital iranien, dont la réputation était excellente. Le docteur Xordad comprit rapidement qu'il s'agissait d'une roséole. Ses conclusions étaient justes et le traitement qu'il donna à Mariam fit rapidement son effet. Depuis ce jour, Sharon ne fréquenta plus que l'hôpital iranien. Un nouveau sujet de curiosité pour sa famille, qui, depuis les attentats du World Trade Centre, avait décidément bien des difficultés à comprendre ce qui la retenait à Dubaï.

La maladie de Mariam fut une rude épreuve pour le jeune couple. Mais elle les rapprocha. Pour la première fois, ils évoquèrent le futur de Mariam et l'éducation qu'ils souhaitaient lui donner. D'un commun accord, ils décidèrent de l'élever dans la culture khaliji jusqu'à sa majorité. Quand elle serait en âge de faire des études supérieures, ils l'enverraient dans une université américaine, pas trop loin de ses grands-parents maternels s'ils étaient encore de ce monde.

Mariam était sa fille aînée car Sharon eut aussi un fils, Yusuf. Mariam fascinait Sharon. Elle savait déjà parler et

Sharon s'émerveillait de la facilité avec laquelle elle passait d'une langue à l'autre. Elle s'accommodait aisément du changement des usages et des cultures.

Jeune adolescente, elle ne faisait pas de ses origines mixtes un prétexte à provocations. Au contraire. Elle réussissait à repousser les frontières de l'acceptable sans jamais blesser la communauté dans laquelle elle vivait. Quand Sharon peinait à communiquer en arabe, que le mal du pays la rendait mélancolique ou qu'un nouveau malentendu l'opposait à sa belle-famille, elle regardait sa fille. Le doute se dissipait.

Sharon avait deux grandes amies. Deux amies qui, comme elle, avaient choisi de vivre à Dubaï. Deux amies aux destins tourmentés qui lui permirent de mesurer combien elle avait de la chance de vivre avec un homme tel qu'Omar.

La première, Rose, était une Anglaise originaire de Liverpool que Sharon avait rencontrée dans la queue d'un supermarché. Elles avaient saisi le même magazine people devant les caisses. Elles en avaient beaucoup ri. Elles avaient ensuite papoté et c'est ainsi que leur amitié était née, en tête de gondole.

Rose avait suivi son mari, un ingénieur en travaux publics attiré par l'eldorado de Dubaï. Elle vivait dans les quartiers huppés d'expatriés et portait fièrement les couleurs de la communauté des *Jumeirah Jane*. Rose avait deux enfants en bas âge dont elle s'occupait peu. La maid faisait tout et lui laissait le temps de s'ennuyer, en attendant que son mari revienne des chantiers. Son mari n'était venu à Dubaï que pour l'argent. Il se désintéressait du pays pour lequel il travaillait. Un chantier était un chantier. Il y avait juste quelques degrés Celsius de plus.

Pour le reste, il se comportait comme s'il vivait encore à Liverpool. Il rejoignait ses copains au pub des hôtels pour aller voir les matchs, buvait des litres de bière et discutait bagnole dès qu'il en avait l'occasion. Il s'était acheté une Corvette rouge dès son premier bonus et Rose sentait qu'il devenait de plus en plus nostalgique. Elle l'avait surpris une fois au car-wash. Il était dans sa voiture pendant que les brosses géantes et bleues briquaient la carrosserie. Il chantait du Rolling Stones à tue-tête. Il avait dit à Rose que le car-wash lui rappelait la pluie et qu'il aimait ça. Il avait l'air sincère.

Et puis il y avait ce regard qu'il lançait aux jeunes Asiatiques qu'il croisait dans les allés des centres commerciaux. Il en oubliait qu'elle marchait à ses côtés. Il les dévorait des yeux.

S'il avait été seul, il se serait retourné sur leur passage. Rose se savait en sursis. Dubaï était le cimetière marin des mariages britanniques. Combien de citoyens de Sa Gracieuse Majesté avaient abandonné leur femme pour convoler avec des « petites asiats' » ? Dans certains quartiers de Dubaï, c'en était devenu caricatural. Il y avait tellement de couples mixtes qu'on se serait cru dans un bordel sorti du film *La Canonnière du Yang Tsé*. Mais son mari n'avait rien du héros incarné par Steve McQueen. Il se laissait aller. Il prenait du ventre. Sa vie n'était rythmée que par le calendrier du championnat de football national. Rose était inquiète. Elle avait peur pour son couple et se rappelait la prémonition d'une amie qu'elle avait laissée en Angleterre : « Tu verras, au soleil, tu vas rendre le sourire à ton spleen. »

Rose aimait beaucoup Sharon. Sa vie de famille l'intriguait. Elle suivait chaque étape de son existence comme si elle annonçait une catastrophe imminente. Au fond, elle ne croyait pas à l'union de Sharon et d'Omar. Ils étaient trop différents l'un de l'autre. Ça ne pourrait pas marcher. Ou peut-être était-elle jalouse que des personnes si dissemblables puissent vivre en harmonie ? Leur bonheur parfait jetait une ombre sur son mariage périssant.

L'autre amie de Sharon s'appelait Melanie, une compatriote qui avait rencontré son mari, Wahid, à l'université de New York. Quand ils furent diplômés, ils décidèrent de rentrer à Dubaï. Ils s'étaient mariés civilement. Melanie ne s'était pas convertie. Elle avait promis à sa grand-mère, qu'elle adorait, de rester chrétienne. Cela ne posait pas de problème à Wahid qui n'était pas un musulman très pratiquant et se contentait d'observer les commandements du Prophète au moment du ramadan, une fois par an.

Melanie tomba enceinte au bout de quelques mois de mariage. Elle donna naissance à une petite fille. C'est là que tout bascula. Déjà, lors de la grossesse, Melanie avait observé la métamorphose de son époux. Wahid se montrait impatient, irritable. Il avait l'habitude de sortir le soir, après le dîner, pour aller fumer le narguilé et jouer au *Tarneeb* avec ses amis. Melanie le voyait au petit matin et si elle lui demandait comment s'était passée sa soirée, il lui grommelait quelques mots incompréhensibles avant de se jeter sur le café qu'elle lui avait préparé. Ils devenaient deux étrangers sous le même toit. Elle avait essayé de lui parler, mais il préférait la compagnie de ses amis. Melanie commençait à craquer. Elle confiait ses malheurs à sa maid, qui l'écoutait volontiers. Rheggie, une Philippine qui avait la cinquantaine, connaissait les Arabes. Elle parlait leur langue.

— Madame, je pense qu'il vous trompe.

— Qu'est-ce qui vous fait dire ça, Rheggie ? demanda Melanie, un peu choquée par le propos assuré de sa maid.

— Une conversation que j'ai entendue. Il parlait avec un ami. Votre mari disait qu'il s'ennuyait avec vous, que les femmes, c'était toujours pareil, qu'elles vous gâtaient quand elles se mariaient et qu'au premier enfant, elle grossissaient et vous délaissaient. Pardonnez-moi cette question, Madame, mais est-ce que vous et Monsieur vous...

— Est-ce que nous faisons l'amour, tu veux dire ?

— Oui, Madame, confirma Rheggie sans se démonter.

— Il ne me touche plus beaucoup. Je crois qu'il ne me désire plus. Quand je lui fais comprendre que j'aimerais faire l'amour, il me dit qu'il est fatigué.

— Ce n'est pas bon signe, ça, Madame...

— Je sais, Rheggie...

Après cette conversation avec sa maid, Melanie fut sur le qui-vive. Elle surveilla son mari, autant que ses journées avec sa fille le lui permettaient. Elle ne trouva rien d'anormal, jusqu'au jour où il partit en voyage d'affaires, soi-disant en Syrie. Il n'était pas à Damas en réalité. Il était au Maroc, en bonne compagnie. Quelques-uns de ses amis étaient venus avec lui, et il était clair qu'il n'était pas à Casablanca pour signer de nouveaux contrats.

— Ah, les Marocaines... avait commenté Rheggie.

— Que veux-tu dire ? avait demandé Melanie, un peu inquiète.

— J'ai entendu tant d'histoires, précisa Rheggie. On dit que beaucoup d'Émiratis ont une seconde femme au Maroc. Une double vie. On dit aussi qu'elles pratiquent la magie noire, qu'elles ensorcèlent les hommes, qu'elles détruisent les familles. Les femmes locales les détestent. Elles les assimilent toutes à des prostituées.

— Ce n'est pas le cas ? observa Melanie avec nervosité.

— Disons que c'est souvent le cas à Dubaï. Les hommes les adorent parce qu'elles sont différentes des autres prostituées. Elles ne partent pas juste après. Elles restent jusqu'au matin, vous comprenez ?

— Comme le ferait une gentille épouse, une femme légitime, n'est-ce pas ?

— Oui, c'est ça.

— Comment sais-tu toutes ces choses, Rheggie ?

— Je vis à Dubaï depuis trente ans, Madame. J'ai été la

maid d'une dizaine de familles et rappelez-vous, on parle entre maids, ajouta-t-elle.

Cela n'amusait pas Melanie qui imaginait son mari entre les bras d'une fille pulpeuse et plus jeune qu'elle.

Wahid rentra quelques jours plus tard. Melanie lui reprocha de lui avoir menti et le somma de lui avouer la vérité. Il refusa et se referma sur lui-même, ne s'adressant à elle que pour la saluer à son retour du travail. Depuis ce jour, ils vivaient une lente agonie. Leur couple s'étiolait. Seule la présence de leur fille les retenait et les obligeait à mimer quelques rares instants de fausse complicité pendant lesquels ils jouaient au papa et à la maman, à contrecœur. Leur fille était trop petite pour deviner leur mascarade.

« Divorce ! » lui avait dit Rose sans hésiter et avec une véhémence telle qu'on eût cru que c'était elle la victime réclamant justice.

Rose, Sharon et Melanie s'étaient données rendez-vous au Ladies' Lounge, un cercle très privé fréquenté uniquement par les femmes les plus riches de Dubaï. Sharon y avait sa carte de membre et elle y invitait souvent ses deux amies. L'endroit était magnifique. Une plage exclusivement réservée aux femmes, un spa et des petits salons qui permettaient à ces dames de se confier leurs derniers secrets autour d'une montagne de pâtisseries. Sharon avait découvert que l'abaya ne cachait pas que des trésors de beauté orientale. Beaucoup de ces femmes avaient de l'embonpoint. À la ville, elles cachaient leur obésité sous les plis de leur tunique. À la plage, leurs excès s'étalaient sans retenue. Sharon avait compris pourquoi la gent masculine y était bannie. Les femmes refusaient qu'on les voie telles qu'elles étaient, grasses et complexées. En ces circonstances, la sourate des Murailles faisait bien les choses. Une Italienne, qui s'était mariée à un local et qui, elle aussi, avait de coupables rondeurs, lui avait fait part de son désarroi : « Sous mon abaya, à Dubaï, je suis l'une des plus minces, et quand je rentre à Milan, j'ose à peine sortir, ils me regardent tous comme si j'étais un monstre de cirque. »

— Mais bon sang, divorce ! avait répété Rose, qui s'emportait.

— Il ne voudra pas, dit Melanie. C'est une question de fierté. Il ne veut pas perdre la face devant sa famille. Ils lui ont reproché de m'avoir épousée, rappelle-toi. Il fera tout pour sauver les apparences.

— C'est plutôt votre couple qu'il devrait tenter de sauver », reprit Rose.

— Ça lui est égal. Il pourrait vivre ainsi pendant des années. Il voit ses amis, il baise ici et là avec des putes... Et Melanie éclata en sanglots. Sharon adressa à Rose un regard réprobateur et prit la parole.

— Tu as tenté de lui parler ?

— Il ne m'écoute pas, il dit que je ne pense qu'à moi, que je le néglige, que l'avenir de notre fille ne m'intéresse pas.

Sharon savait que la situation de Melanie était inextricable. Pour les hommes, il était facile de divorcer. Dans le Coran, il était même dit qu'un homme pouvait quitter son épouse s'il n'était pas satisfait de ses performances sexuelles.

La plupart du temps, les maris jaloux ou mécontents mettaient leurs femmes sur écoute ou les faisaient suivre. Au moindre doute, même injustifié, ils les dénonçaient et cela suffisait pour les répudier. Sharon en avait vu plus d'une se faire quitter pour une tasse de café prise avec un collègue de bureau dans le salon d'un hôtel. À Dubaï, il n'y a que des hôtels. Si deux personnes de sexes opposés bien intentionnées veulent se rencontrer dans un endroit agréable, ils iront dans le hall d'un hôtel. Cela ne veut pas dire qu'ils prendront une chambre.

Pour certains locaux, cependant, un capuccino avec un ami, c'était la preuve accablante d'un adultère. Sharon savait que son mari n'était pas comme ça. Ce genre d'histoires le consternait. Néanmoins, elle évitait les hôtels et préférait les lieux publics.

Il était donc assez facile à un homme de demander le divorce. Pour les femmes, c'était plus compliqué. Elles devaient prouver qu'elles subissaient des violences conjugales. Mais la police se montrait complaisante envers les maris. Un œil au beurre noir n'était pas une preuve à charge. Alors, elles poussaient leurs maris violents à la faute et risquaient de se faire tabasser à mort pour obtenir gain de cause.

Il y avait plus grave. Melanie était sponsorisée par son mari car elle ne travaillait pas. Si Wahid le décidait, il pouvait interdire à Melanie et sa fille de sortir du territoire. Elle serait prise au piège. Le mieux qu'elle puisse espérer, c'était qu'il accepte le divorce et l'autorise à voir sa fille. Après tout, elle l'avait lu dans le Coran. Elle s'en souvenait, c'était au tout début, dans la sourate des femmes, et une telle ouverture d'esprit l'avait surprise. La sourate disait : « Si les époux préfèrent se séparer, Dieu, dans Sa généreuse bonté, assurera à chacun d'entre eux un meilleur destin, car Dieu est plein de largesses et Sa sagesse est infinie. » Sharon était songeuse. Le divorce était envisageable, certes, mais que faire de l'orgueil de cet homme ?

— Je pense que tu devrais lui parler, insista Sharon.

— Je vais essayer, promit Melanie.

Les trois amies se retrouvèrent la semaine suivante, au Ladies' Lounge. La vie de Rose et de Melanie devenait mouvementée.

Rose avait décidé de tromper son mari.

— Ce n'est pas quelque chose que tu peux décider sur commande, s'était exclamée Sharon.

— Non, en effet. Je me suis inscrite à un cours de *kitesurf*. Le prof est sud-africain et super bien gaulé. Tu devrais voir ses pectoraux.

— Il est marié ?

— Je m'en fous.

— Tu sais ce qu'il en coûte d'être pris en flagrant délit d'adultère à Dubaï ?

— Non.

— Deux ans de prison au minimum. Réfléchis. Pense à tes enfants.

— J'y pense tout le temps, figure-toi. Je pense à leur poivrot de père, à l'image qu'il leur donne.

— Eh bien imagine ce qui se passerait s'il était le seul à pouvoir s'occuper d'eux.

Rose s'était tue. La remontrance de Sharon avait fait son effet.

À l'autre bout de la table, Melanie ne disait mot. Elle regardait fixement le fond de sa tasse de thé.

— Melanie ?

— Je lui ai parlé, dit Melanie, presque indistinctement.

— Quoi ? Tu lui as parlé ? Mais c'est génial !

— J'ai dit que je lui avais parlé. Je n'ai pas dit qu'il avait écouté. Je lui ai dit que j'envisageais de divorcer. Il s'est mis dans une colère noire. Il m'a giflée, devant la petite. Il m'a aussi frappée, sur le ventre.

Melanie montra à ses amies son abdomen bleui.

— Je n'irai pas à l'aquagym aujourd'hui les filles, dit-elle avec un ricanement forcé.

Rose bouillait intérieurement et s'apprêtait à faire scandale. Sharon le sentit. Elle lui posa la main sur le genou et reprit le fil de la conversation.

— Il n'a pas dit un mot ?

— Il a juste dit qu'il allait interdire à ma fille de sortir du territoire, qu'elle ne reverrait plus les États-Unis... par mesure de précaution. Il a dit aussi qu'il allait me mettre un *ban*.

— Putain... soupira Rose.

— Que vas-tu faire ? demanda Sharon, très inquiète.

— Je vais m'enfuir, dit Melanie sans hésiter. Et je me débrouillerai ensuite pour récupérer ma fille.

— T'enfuir ? Tu seras bloquée à l'aéroport s'il t'a mis un *ban*.

— Qui t'a parlé d'avion ? Je partirai par la mer.

— Ah oui, et comment ?

— Je trouverai un bateau de commerce qui va vers l'Inde. Ça ne doit pas être difficile de se cacher dans les cales. Il ne doit pas y avoir autant de contrôles que ça.

— Oui, mais s'ils te prennent...

— C'est une éventualité.

— Tu m'effraies, Melanie. Je ne crois pas que tu mesures le danger que vous encourez, toi et ta fille.

— Et tu as une autre solution ?

Sharon se tut. Il fallait le reconnaître, Melanie était en fâcheuse posture. Un silence s'installa.

— Et si on allait faire du shopping ? proposa Rose de manière incongrue, ça nous changerait les idées.

Sharon la regarda stupéfaite. Rose avait toujours le chic pour agir à contretemps, mais en y réfléchissant bien, ce n'était pas une si mauvaise idée.

Les trois femmes prirent la direction du centre commercial le plus proche, l'Arab Mall. Sharon aperçut la grande urne transparente à l'entrée du mall et se rappela du jeu, de la croisière sur le détroit d'Ormuz. Pourvu que Melanie ne le voie pas, pensa Sharon.

Melanie ne l'avait pas vu mais Rose avait joué les éclaireuses.

— Venez voir, les filles, j'ai trouvé le moyen de faire sortir Melanie des Émirats !

— Ce n'est pas vrai, commenta Sharon.

— On s'inscrit ? demanda Rose.

— Arrête ! dit Sharon.

Melanie, avec la démarche de quelqu'un qui veut délibérément faire une grosse bêtise, se dirigera vers l'urne. Elle saisit le bulletin et le remplit avec précipitation. Elle se tourna vers ses deux amies.

— Alors ? Qu'est ce que vous attendez ?

C'est ainsi que Sharon avait participé, elle aussi, au jeu concours. Et elle avait été tirée au sort. Son mari ne s'y était pas opposé. Il connaissait bien Khalid Al Firas.

— J'ai gagné au jeu et j'ai perdu ma fille, dit elle le visage baigné de larmes. Pourquoi elle ? implora-t-elle.

— Je ne sais pas, Sharon. Je n'ai pas d'explication. Je suis désolé.

Chapitre 8

Saeed

L'officier de police qui enquêtait sur les événements de la croisière avait accepté de me communiquer la déposition de Saeed. Ils l'avaient arrêté dès que le bateau était arrivé à quai.

À terre, il régnait pourtant une grande confusion. Les gens couraient partout. Les sirènes d'ambulance hurlaient. Les hélicoptères survolaient le littoral tel un essaim de mouches que l'odeur de pourriture rendait frénétique.

Dès les premières lignes du rapport, je compris que Saeed n'avait rien voulu cacher. C'était une confession que j'avais entre les mains. Il était remonté très loin dans son histoire personnelle, juste après l'adolescence, et le policier qui l'avait interrogé ne l'avait pas interrompu.

Walid avait fait le reste. Walid était le meilleur ami de Saeed à Riyad. La police l'avait contacté pour les besoins de l'enquête. Il avait accepté de me parler. Son témoignage me permit de recoller les morceaux de la jeunesse de Saeed qui, à défaut de me donner la solution du puzzle, pouvait expliquer les choix qui l'avaient conduit à passer à l'acte et devenir un protagoniste singulier du drame qui s'était joué sur le détroit.

Saeed n'avait pas donné beaucoup de détails sur sa jeunesse à Riyad. Il l'avait qualifiée d'ennuyeuse et de conventionnelle. Il avait vécu dans un monde clos. Son père travaillait pour la compagnie pétrolière nationale. Il n'était jamais à la maison.

L'Arabie saoudite, dans les années 1970, se délectait de la nouvelle puissance qu'elle devait à l'or noir. Le précieux hydrocarbure jaillissait sans effort du gigantesque puits de *Ghawar*. À un coût d'extraction de seulement huit dollars le baril, le royaume saoudien accumula une immense fortune quand les prix du pétrole se mirent à grimper, au désarroi des nations occidentales devenues dépendantes. Le père de Saeed, ingénieur sur les chantiers pétrolifères, était entré à la compagnie comme on entrait en religion. Il lui donnait tout. Il lui devait tout. Il faisait deux allers-retours par mois entre la capitale et *Dhahran*, à l'est du pays. Il se souciait peu de voir son fils grandir.

Sa femme et Anita, la vieille maid malaisienne qu'ils avaient engagée à la naissance de Saeed, l'avaient élevé malgré l'autorité défaillante du père.

Quand il rentrait, il était fatigué et il demandait à ce qu'on le laissât tranquille. Saeed n'osait pas adresser la parole à cet homme que sa présence, même discrète, semblait exaspérer. C'est seulement au moment de la prière que Saeed se rapprochait physiquement de son père. Il aimait ces rares moments d'intimité. Son père ne lui disait rien, mais le simple fait de partager la prière comblait Saeed. Pour son père, c'était la routine. Il récitait les versets du Coran et il se prosternait comme il le faisait quotidiennement aux côtés des frères musulmans du chantier pétrolifère, foule anonyme et recueillie des fidèles.

Saeed n'intéressait pas son père. Il avait longtemps entretenu l'illusion qu'il changerait, qu'il y aurait moins de voyages et qu'en devenant un homme, il finirait par gagner son respect, ou du moins son attention.

Mais il y eut encore et toujours plus de pétrole en Arabie saoudite. Ingénieur expérimenté, son père fut happé par les responsabilités. Le pétrole saoudien finançait l'expansion des villes nouvelles, mais aussi la construction des mosquées de l'islam wahhabite. C'était le sang du royaume de Saud. Ses sujets devenaient des vampires assoiffés de dollars, mais terrorisés à l'idée qu'Allah puisse condamner leur cupidité. Les uns s'accommodaient de ces contradictions en multipliant leur *zakât*, les autres exploraient les chemins de l'hypocrisie en préparant leur prochain périple en Terre Sainte. Ils s'y purifieraient. Ils y chercheraient le pardon de Dieu. Ils en repartiraient le cœur pur et la raison en sommeil pour quelques mois.

Saeed se résignait à ne plus voir son père. Il devenait solitaire et sortait peu. Il ne tolérait que la présence rassurante de sa mère, qu'il avait décrite à l'officier de police comme une personne affectueuse et curieuse.

Il abhorrait l'école. Il n'y comptait que très peu d'amis, qu'il voyait rarement en dehors du cadre éducatif.

Il n'y avait que deux femmes dans sa vie, sa mère et la vieille maid, Anita, au sourire émacié. Elles faisaient partie d'un décor immuable. Elles étaient les gardiennes bienveillantes et passives d'un univers asexué. Quelquefois, il accompagnait sa mère et la maid au centre commercial de Riyad. Ils y voyaient d'autres femmes couvertes de noir, dont seul l'excès de rimmel sur les yeux pouvait intriguer.

Saeed atteint tardivement l'âge de la puberté, et personne ne lui donna d'explication. Son corps se transformait. Il eut son premier orgasme inconsciemment, alors qu'il rêvait. Il laissa à la maid le soin de faire disparaître les traces de ce qu'il considéra, dans son ignorance, comme une faute.

L'éveil des sens fut brutal. Il passa un après-midi chez son ami, Walid, dont les parents s'étaient absentés pour la journée. Il avait dit à Saeed qu'il avait quelque chose d'exceptionnel à lui montrer. Son père avait acheté une parabole. Grâce au satellite, ils avaient accès à des milliers de chaînes de télévision.

Walid choisit le canal 37 du bouquet satellite, le bien nommé Firetouch. Les images prirent Saeed au dépourvu. Il n'osait se tourner vers son ami qui ricanait comme s'il regardait un film comique. Sur l'écran, une femme blonde aux seins siliconés s'était approchée d'un homme et lui caressait la verge avec insistance. Saeed sentit qu'il bandait. Il en fut gêné. Son ami continuait à s'amuser. La femme ouvrit les jambes. Saeed vit sa vulve béante et l'homme qui se glissait en elle. La scène était longue. Il vit la femme changer de position avec dextérité, exposer ses orifices, pousser des cris d'animal et recevoir enfin le liquide séminal sur son visage, comme le feu d'artifice d'un spectacle mécaniquement réglé. Tout semblait si normal sur l'écran de télévision.

C'était la première fois qu'il était exposé à l'acte sexuel. Il n'avait jamais pris connaissance de la nudité de la femme avant de la voir ainsi manipulée.

Il eut beaucoup de difficultés à dissimuler son trouble et se prit d'un rire forcé pour signifier à son ami qu'il partageait son délire.

— Ça t'a plu ? lui demanda-t-il.

— J'ai vu mieux, répondit Saeed qui, après ce mensonge, risquait d'avoir à se justifier.

— Tu veux en voir d'autres ?

— Euh, ouais, mais pas aujourd'hui. Il faut que je rentre.

— Ok, si tu veux, je t'en enregistre.

— D'accord, dit Saeed.

Il venait de perdre son innocence. Il ne verrait plus les femmes comme avant. La machine à fantasmes était en marche et il ne pourrait plus l'enrayer. Les spectres noirs du centre commercial n'étaient plus d'informes inconnues mais l'incarnation du désir inassouvi.

Quelques semaines plus tard, Saeed reçut de Walid sa première cassette. Elle coïncida avec l'achat d'un magnétoscope. Il accumula de plus en plus de cassettes. Il devint esclave de son onanisme.

Il s'était créé son petit rituel, vers la fin du jour, si possible avant la prière de maghrib. Il apprit à jouer avec son organe sexuel, à se faire jouir. Il comprit ce qui l'excitait le plus, ce qui l'amenait le plus vite au plaisir. Il adorait les scènes où l'homme surprenait la femme et qu'elle feignait de ne pas vouloir se donner.

— Walid, tu as déjà baisé ?

— Euh... non, répondit-il avec beaucoup de naturel.

— Moi non plus, anticipa Saeed.

— J'ai un ami qui l'a fait avec une fille des Philippines. Il m'a dit que c'était super et que la fille était gentille, dit Walid.

— C'était qui, la fille ?

— Une copine de sa maid je crois.

— Tu vas le faire quand, toi ?

— Je ne sais pas. Quand j'irai avec mon cousin à Dubaï. Il s'y rend régulièrement. Il a des « copines » là-bas. Il a dit qu'il me les présenterait.

— Tu n'as pas peur ?

— Non. Ça doit être comme dans les films, non ?

— Tu as raison, oui. Comme dans les films.

Saeed ne se mêlait jamais aux femmes de son âge, à l'exception de ses cousines, au moment du ramadan. Dans la rue, les femmes portaient toutes le niqab. Il risquerait gros s'il s'en approchait délibérément. Et puis il vivait à Riyadh. La brigade des mœurs était aux aguets.

Saeed grandissait, sa curiosité aussi. Ses séances de masturbation quotidienne commençaient à le lasser et il se demandait quand se présenterait l'occasion de rencontrer une vraie femme. Une femme qui voudrait de lui, qui réagirait à ses caresses et qui le ferait se sentir homme, dans toute sa virilité.

Il fréquentait de plus en plus une bande d'amis que lui avait présentée Walid. Ils étaient drôles et un peu excentriques. Ils trompaient leur ennui en s'inventant des défis aussi stupides que spectaculaires et surtout, ils flirtaient avec les interdits.

Ils lui firent découvrir la sensation de l'ivresse. Au début, il avait dit *haram* et puis ensuite, il y avait goûté, comme tout le monde. Son premier contact avec l'alcool, il le dut à Chanel N°5. Les Saoudiens achetaient de grande quantité de parfums au duty free, qu'ils buvaient ensuite entre amis. Ça rend pompette et ça fait vomir.

Saeed passa brillamment son rite d'initiation avec la célèbre fragrance, mais il fut si malade qu'il se jura de ne plus jamais y toucher. Il se dit aussi que le prophète n'avait pas complètement tort.

Une autre fois cependant, ses amis insistèrent pour qu'il goûte le *saadiq*, une gnôle de pommes de terre frelatée que les jeunes se passaient sous le manteau. Cette fois, il ne fut pas malade et il dut admettre que l'impression d'ivresse n'était pas si désagréable.

Les amis de Walid étaient un peu fous. Ils l'effrayaient et ils le fascinaient. Ils repoussaient toujours plus loin les frontières de l'illicite.

Leur dernier exploit? Une course de « glissandales » filmée puis diffusée clandestinement.

Les sandales traditionnelles remplaçaient les rollers. Les concurrents s'accrochaient à la portière d'un 4X4 et se laissaient glisser sur plusieurs kilomètres. Plus la voiture allait vite, plus les sensations étaient fortes, mais plus la probabilité de passer sous les roues du véhicule était élevée. Un acolyte filmait la course à la manière des cinéastes que les *snowboarders* engagent pour immortaliser leurs sauts périlleux dans la poudreuse. Sans image, pas d'exploit. Leur prouesse avait enthousiasmé la jeunesse du Golfe et agacé les autorités saoudiennes pour qui ces rodéos urbains donnaient l'impression que tout était permis sur les routes du royaume.

« Plus les règles sont strictes, plus c'est excitant de les outrepasser », lui avait expliqué le meneur du groupe, Fouad, un adolescent grand et sec qui semblait toujours sur ses gardes, à l'affût d'un danger quelconque.

Il avait raison de se méfier. Un jour ou l'autre, il serait découvert. Ce qui le sauvait, c'était sa modestie. Il avait à cœur de filmer ses raids mais il ne recherchait pas la popularité. Il s'en désintéressait. Il aimait son rôle de héros masqué. S'il était identifié, c'était fini. Il n'y aurait plus de jeux. Alors il avait demandé à ses amis d'être vigilants, de ne pas donner d'indices.

Leurs visages n'apparaissaient jamais sur les vidéos. On n'y distinguait qu'un ballet de silhouettes blanches et floues dans un halo de poussière fine et grise. Impossible d'identifier les intrépides patineurs. Quant aux plaques d'immatriculation des voitures, elles avaient été maquillées, ce qui ne fut pas non plus du goût des autorités.

Saeed n'avait pas participé à cette expédition. Il avait eu peur. Il avait décliné l'invitation de Walid en prétextant qu'il devait aller faire des courses avec sa mère.

Walid lui pardonna volontiers. Les courses avec la mère, c'était sacré. Tous ces jeunes gens chérissaient leur mère plus que tout au monde, au risque de mépriser les autres femmes et de compromettre leur premier rapport amoureux.

Non, Walid ne lui en avait pas voulu. Il l'avait même invité à l'enterrement de vie de garçon de son cousin le samedi suivant.

Saeed ne savait pas à quoi s'attendre. Il n'avait jamais assisté à un enterrement de vie de garçon. Walid passa le prendre chez lui et ils prirent la direction des quartiers riches.

Le cousin habitait dans une grande villa blanche et carrée sur le toit de laquelle se dressaient, éparses, des antennes et des paraboles de télévision. Le portail, massif et doré, s'entrouvrit. Un jeune Philippin les accueillit et leur indiqua l'entrée d'un jardin au fond duquel une grande piscine turquoise faisait tache.

Hormis le jeune gardien, il n'y avait pas de personnel. Walid lui expliqua que toutes les maids avaient été congédiées pour l'occasion. « On reste entre mecs », dit-il avec une expression étrange.

Ils rejoignirent un groupe d'une quinzaine de jeunes gens. Ils entouraient le futur marié, qui riait aux éclats et se prêtait volontiers aux plaisanteries de ses amis. Saeed était un peu intimidé. Walid le mit à l'aise et le présenta à chacun.

Le serviteur apporta des grandes carafes rouges à la vue desquelles les invités s'animèrent.

— C'est quoi ? demanda Saeed.

— C'est du Johnny ! répondit Walid.

Walid servit Saeed et l'invita à prendre une bonne rasade du mystérieux breuvage. Saeed humecta prudemment ses lèvres et devina, à l'amertume du liquide, qu'il s'agissait d'alcool. Le goût était proche du saadiq, peut-être un peu plus parfumé.

— Vas-y, lui dit Walid, attaque, c'est du vrai celui-là, du Johnny mon gars ! Tu n'en boiras pas souvent, crois-moi, alors profite.

Saeed s'exécuta et sentit monter en lui l'ivresse.

Le serviteur distribua ensuite des shishas qu'il disposa près des divans. Les invités passaient commande au pauvre serviteur qui fut vite dépassé par le nombre des requêtes. Ils le taquinèrent. Un des invités lui pinça les fesses en s'esclaffant. Cela n'échappa pas à Saeed, qui les observait avec inquiétude.

Un tube du moment résonna depuis le living-room, comme un signal. Ils se levèrent les uns après les autres et se mirent à danser sur la mélopée entraînante, saturée de violons et de tambourins. Ils faisaient des petits pas de côté, se dandinaient maladroitement. Saeed se demandait ce qui tenait de la chorégraphie répétée. Il lui semblait que chacun des danseurs pouvait s'affaisser à tout moment, poussé par un voisin blagueur ou trompé par les effets pernicieux du « Johnny ».

La petite troupe se dirigeait joyeusement vers la piscine et se lança dans une ronde improvisée autour de l'eau turquoise. Walid invita Saeed à les rejoindre. Il ne put refuser.

La musique était de plus en plus forte. Les danseurs s'agitaient. L'un d'entre eux se déshabilla complètement. Il était nu sous sa *qamiss*. Il se plaça au bord de la piscine, ses organes génitaux exposés sans pudeur. Il battit les mains sur son torse comme le ferait un Tarzan de cinéma, puis il sauta dans l'eau en veillant à bien éclabousser l'assistance. Ils l'imitèrent un à un. Ils ne portaient pas de sous-vêtements.

Saeed interrogea du regard Walid, qui lui fit signe ne pas s'inquiéter.

— Fais comme eux, Saeed, jette-toi !

— Je ne sais pas Walid, je n'aime pas ça.

— Allez, courage mon vieux, enlève-moi tout ça et viens te baigner.

— Je porte des sous-vêtements...

— C'est ça qui te contrarie, Saeed ? dit Walid en partant dans un grand éclat de rire. Ils ne feront même pas attention, ils sont trop bourrés. Vas-y, mets toi derrière moi, déshabille-toi, je te cache.

Saeed s'exécuta et se jeta dans la piscine aussi vite qu'il le put. Il ne voulait pas qu'on le voie. C'était la première fois qu'il se montrait nu.

Ils étaient maintenant tous dans l'eau et formaient un cercle autour du futur marié, qui semblait attendre un événement important.

Un des invités s'approcha du bord et passa à Walid trois gros savons jaunes. Le plus intrépide des jeunes gens s'approcha de l'hôte et lui passa le savon sur tout le corps. Il alla sous l'eau pour mieux lui masser les jambes, les fesses et le sexe. Ils firent tous de même. À chaque nouveau passage, les invités poussaient des cris de victoire. Le moment de l'immersion était silencieux. Ils inspectaient le visage de l'hôte pour y surprendre un rictus, pour y déceler une émotion et peut-être du plaisir. Ils attendaient que le plongeur remontât pour manifester leur joie en s'aspergeant bruyamment.

Ce fut le tour de Saeed. Ils le regardaient tous. Il hésitait à faire le moindre geste. On le poussa vers le centre du bassin. On l'encourageait comme s'il s'apprêtait à tirer un penalty décisif. Il ne pouvait plus reculer. Il savonna consciencieusement le cousin de Walid, sans lever la tête, pour ne pas croiser son regard. Il entendit que les hommes scandaient son nom pour l'inciter à plonger. Il s'exécuta. Il ferma les yeux tout en continuant à frotter. Il toucha la verge érigée. Il entendit le brouhaha de satisfaction qui venait de la surface. Il se décida à remonter. Quand il sortit la tête de l'eau, il fut accueilli par des applaudissements. C'était fini. Il se sentait nauséeux. Le whisky, l'odeur du chlore et le souvenir confus du membre viril tendu l'écœuraient. Il sortit de la piscine, se mit à l'écart pour reprendre son souffle, pour tenter de donner un sens à ce qu'il venait de faire. Il avait enfin touché un corps, mais le corps d'un homme.

Il vomit.

— Tu trouves ça normal, toi ?

Saeed était furieux. Il en voulait à Walid de l'avoir invité à cette soirée.

— Tu n'as pas aimé, Saeed ? demanda Walid amusé.

— Je croyais qu'aux enterrements de vie de garçon, on invitait des femmes, figure-toi…

— Tu veux dire des putes, Saeed ?

— Je ne sais pas, moi, des femmes, putes ou pas putes.

— On a bien rigolé, quand même ?

— Franchement ? Non !

— Allez, Saeed, arrête, si tu veux, tu viendras avec moi quand j'irai à Dubaï…

— Non, je n'irai pas à Dubaï avec toi Walid. Je ne sais pas qui tu seras capable de me faire savonner…

— Ah, je comprends… Pourtant mon cousin m'a dit que c'était toi le plus doué… ajouta Walid avec un sourire malicieux.

— *Khalas !* dit Saeed. Je me tire.

Saeed quitta son ami. Il ne le vit pas pendant plusieurs mois. La soirée chez le cousin l'avait perturbé. Non pas parce qu'il avait touché un homme nu, mais parce que cette cérémonie, étrange et sensuelle, lui avait procuré des émotions nouvelles. Il décida de ne plus sortir. Il restait reclus à la maison et partageait son temps entre la lecture du Coran et le visionnage de ses cassettes, dont il connaissait chaque scène dans le moindre détail. Il s'ennuyait. Il se lassait de sa propre existence. Il devenait indifférent à tout, et à chacun. Il perdait aussi l'appétit. Sa mère s'en aperçut et l'obligea à voir un médecin.

Il patientait dans la salle d'attente. Il sentait que sa mère l'observait attentivement, comme si elle tentait de déceler les causes de son mal dans les contours de son profil. On appela son nom. Il entra dans le bureau du docteur, un homme barbu et ventru qui lui posa des questions insipides. Le docteur, lui aussi, semblait s'ennuyer. Il ne regardait pas Saeed quand il répondait aux questions. Il fixait la feuille du registre comme s'il pouvait y trouver des indices. Soudain le docteur sembla se réveiller. Il releva brusquement la tête et demanda à Saeed de se déshabiller. Saeed le regarda, hésita puis quitta le bureau du docteur d'un pas pressé qu'il ralentit seulement pour donner à sa mère le temps de le rattraper.

— Qu'a dit le docteur ? C'est grave ?

— Je n'en sais rien.

— Comment ça, tu n'en sais rien ? »

— Il ne m'a pas examiné. Je ne lui pas laissé ce plaisir, dit Saeed en regardant sa mère, qui l'avait retenu par le poignet.

— Qu'est ce qui ne va pas, Saeed ?

— Tout va bien maman, ne t'inquiète pas. Je suis juste un peu fatigué, dit-il pour la rassurer et mettre un terme à leur conversation.

Sa mère ne sembla pas convaincue, mais elle n'insista pas.

Saeed ne sortait plus de sa chambre. Il faisait ses prières quotidiennes avec une application névrotique, comme si la perfection de ses gestes pouvait le rapprocher du dieu qu'il invoquait. Il pesait chaque mot. Il inspirait avec gravité. Il s'adressait à Dieu avec ferveur et ne laissait rien l'en distraire. Il maigrissait. Il devenait pâle.

Sa mère avait appelé Walid pour l'aider à sortir Saeed de sa torpeur. Walid avait accepté. Saeed l'avait reçu sans enthousiasme. Il lui servit du thé et des dattes comme le recommandait la tradition.

— Saeed, ça va durer longtemps ?

— Durer longtemps quoi ?

— Mais regarde-toi. Tu n'es que l'ombre de toi même. Je ne te juge pas, mon ami. Je respecte ton choix mais je ne pense pas que ce soit le bon.

— Et pourquoi ?

— Parce que seuls les loosers deviennent religieux, Saeed. Tu le sais aussi bien que moi. Réfléchis...

— Je médite, Walid, je ne deviens pas religieux. J'ai besoin de temps.

— Saeed ! Réveille-toi. Tu as la vie devant toi. Écoute, je suis désolé pour l'autre soir, je ne pensais pas que tu le prendrais mal...

— Ne reparle pas de ça, Walid, interrompit Saeed.

Walid était parti. Saeed se prit la tête entre les mains. Il régnait en lui une grande confusion. Il n'était pas attiré par les hommes. Il en était convaincu. Ses rêves étaient peuplés de femmes et ses désirs se nourrissaient de leurs poses languissantes. Non, il y avait autre chose. Cette parenthèse de luxure avait ouvert une brèche dans son existence monocorde. La promesse du plaisir l'obsédait. Les cassettes vidéo ne parvenaient plus à le combler. Ses fantasmes devenaient trop complexes, trop exigeants, trop personnels. Ces scènes-là, personne ne pouvait les tourner à sa place. Il voulait en être l'acteur principal et le réalisateur.

La soirée chez le cousin de Walid l'avait précipité dans une réalité bien plus forte que ses pensées les plus secrètes. Par la prière et la lecture, il tentait d'échapper à sa condition d'homme sexué. En vain. La méditation lui offrait un sursis, pas la sérénité.

Après vingt ans de bons et loyaux services, la vieille maid, Anita, avait choisi de rentrer chez elle, en Malaisie. Pendant toutes ces années, elle avait consciencieusement envoyé de l'argent aux membres de sa famille, sans savoir ce qu'ils en faisaient, sans avoir les moyens de vérifier s'ils lui disaient la vérité.

Ils lui avaient juré que son fils unique, resté au pays, se portait bien, que grâce à ses subsides, il faisait de bonnes études et qu'il vivait dignement. Ils l'avaient remerciée d'avoir financé la nouvelle toiture de la maison qui lui appartenait, et où ils habitaient tous, grands et petits.

Il était temps qu'elle s'occupât des siens avec l'angoisse, une fois rentrée, qu'ils la traitent comme une étrangère et qu'ils lui aient tous menti.

Combien de ces femmes avaient vécu dans l'illusion que leurs proches les attendaient avec impatience ? Combien d'entre elles avaient sombré dans le désespoir parce qu'un frère sans scrupule avait dilapidé leurs économies ? Combien d'entre elles étaient revenues sur leur pas, l'âme à la dérive, parce que leurs enfants ne les avaient pas reconnues ?

Elle n'en avait cure. Elle voulait retourner au pays, comme un oiseau migrateur que l'instinct oblige à reprendre l'air.

La mère de Saeed était contrariée. Pendant toutes ces années, elle avait fait semblant d'ignorer qu'Anita avait une famille, un pays natal et qu'un jour, elle s'en irait pour de bon.

Ce jour était venu.

— C'est nous, ta vraie famille, tu le sais.

— Je le sais, Madame.

— Nous t'avons toujours bien traitée, n'est-ce pas ?

— Oui, Madame, dit Anita en sanglotant.

La mère de Saeed disait vrai. Elle avait eu de la chance. Beaucoup de ses amies, maids elles aussi, avaient été réduites à l'état d'esclave domestique. Elles travaillaient douze heures par jour, sept jours sur sept. Elles s'occupaient d'enfants sans éducation qui les tyrannisaient et dont les caprices pouvaient les renvoyer à la frontière. Parfois même, elles subissaient les assauts des maris, qui ne touchaient plus leurs épouses ou qui n'avaient pas les moyens de prendre une seconde femme, comme l'y autorisait le Coran.

Ces jeunes maids portaient un masque de cire et de tristesse sur leur visage. Elles avaient trente ans et elles en paraissaient cinquante. Trop de nuits sans sommeil, trop d'angoisses, trop de brimades accumulées. Leur teint s'était terni. Leur sourire s'était éteint.

La mère de Saeed insistait.

— Que feras-tu là-bas ?

— Tu vas travailler ? Comment vas-tu vivre ?

— Mon fils va s'occuper de moi, Madame.

Les mots de la maid étaient hésitants. Elle n'était pas convaincue. Elle espérait. Son fils l'accueillerait à l'aéroport de Kuala Lumpur. Il la prendrait dans ses bras. Il aurait acheté une jolie voiture avec l'argent qu'elle lui avait fait parvenir pour ses dix-huit ans. Il la conduirait à sa maison. Toute la famille l'attendrait et la recevrait avec entrain. Le soir venu, elle aurait sa chambre à elle, et chacun d'entre eux viendrait l'embrasser avant qu'elle s'endorme.

Il fallait que cela se passe exactement comme elle l'avait prévu. Elle s'accrochait à ce rêve, pour donner un sens à son existence, pour expliquer toutes ces années de sacrifice.

— Tu es donc décidée ?

— Oui, Madame, je regrette.

La mère de Saeed n'eut pas de difficultés à trouver des candidates à son remplacement. La vieille maid avait toujours vanté la clémence et la générosité de ses maîtres. Ses amies lui enviaient sa place tout en se lamentant du traitement que leurs employeurs leur réservaient. Aussi, quand ils apprirent son retour au pays, elles se firent toutes recommander auprès de la mère de Saeed. En vain.

Elle voulait une femme jeune, travailleuse et dont le sourire ne s'était pas encore figé en grimace obéissante et résignée.

Tout ce que la communauté malaisienne comptait de jeunes femmes avait défilé devant elle. Alors qu'elle désespérait, son ancienne maid lui présenta une de ses nièces, Surya. Elle cherchait du travail, mais elle n'était pas sûre de vouloir être maid. Cela avait plu à la mère de Saeed.

Surya tint toutes ses promesses. Elle était discrète et ne s'épargnait pas à la tâche. Elle parlait un arabe hésitant mais elle comprenait très bien ce qu'on attendait d'elle.

Saeed ne l'avait pas tout de suite remarquée. Avec dédain, il avait entraperçu les allées et venues des candidates, mais n'avait jamais pris le temps de participer aux interrogatoires que sa mère menait tambour battant. C'était son affaire, une affaire de femme.

Saeed était descendu à la cuisine plus tôt qu'à l'accoutumée. Sa mère devait être en train de prier. Il pensait être seul et commença à préparer sa collation, faite de miel et de fromage salé.

— Vous voulez du café, monsieur ?

Saeed ne l'avait pas vue. Il sursauta.

— Euh... oui. Juste du café.

Elle ne le regardait pas. Elle s'affairait dans l'évier et Saeed ne distinguait que les ondulations de sa tunique grise. Elle ne lui avait pas encore montré son visage.

Saeed se décida à l'interroger.

— Tu es la nouvelle maid ?

— Oui, monsieur, dit-elle en esquissant un mouvement de la tête, mais sans se retourner.

— Quel est ton nom ?

— Je m'appelle Surya, dit-elle en lui faisant face.

Saeed vit enfin son visage. Il était d'une beauté qui le prit de court. Il ne sut plus quoi dire. Il balbutia quelques paroles de bienvenue maladroites. Elle le remercia et se remit tout de suite au travail.

Pourquoi sa mère avait-elle choisi une fille aussi jolie ? Elle avait dû céder à la lassitude, après des semaines de recherche aussi exténuantes qu'infructueuses.

— Tu as fait connaissance avec Surya ? demanda sa mère en entrant dans la cuisine.

— Oui, maman, répondit Saeed d'une voix neutre.

Il se leva de table, l'embrassa sur le front et lui expliqua qu'il avait du travail. Il remonta dans sa chambre.

Le visage de Surya ne le quittait plus. Il essayait de se souvenir de chacun de ses traits, de ses lèvres, de ses joues, de son nez, de la base de son cou. Quel idiot ! Il aurait dû la regarder plus longtemps. Il lui faudrait attendre l'heure du déjeuner pour la revoir sans que sa mère décèle un changement dans ses habitudes.

Alors il attendait. Il consultait sa montre. Il se rongeait les sangs. C'est une situation absurde, pensa-t-il. Qu'est-ce qui m'arrive ?

Vint l'heure du repas, enfin.

Saeed la regardait le plus discrètement possible, mais il était concentré et contracté. Il ne voulait rien perdre de ce nouveau spectacle.

Saeed retrouvait l'appétit. Du moins il participait à tous les repas et mangeait volontiers. Sa mère s'en réjouit sans connaître les causes de son rétablissement.

Surya vivait dans une petite pièce qui, comme dans la plupart des villas, prolongeait le garage. Il y avait tout juste la place d'y mettre un lit et une commode. Une douche et un lavabo complétaient cet intérieur d'une extrême modestie, mais plus confortable que la chambre qu'elle partageait avec ses frères et sœurs dans l'appartement familial de la banlieue de Kuala Lumpur.

Tard le soir, vers 22 h, Surya quittait la villa et retrouvait son logement. Saeed l'épiait depuis la fenêtre de sa chambre, qui donnait sur la cour de l'entrée. Il ne la quittait plus des yeux.

Surya ne pouvait deviner la présence de Saeed derrière les carreaux opaques qui réfléchissaient la lumière crue du soleil. Elle ne s'intéressait pas à lui. Elle le trouvait étrange. Elle n'était pas à l'aise en sa compagnie mais comme il avait toujours été courtois, elle ne se posait pas trop de questions.

Surya s'accordait peu de distractions. Seuls les bavardages nocturnes avec les maids des villas voisines venaient rompre la monotonie. Elles se racontaient leurs journées et Surya pouvait, à chacun de leur récit, mesurer la chance qu'elle avait eu de ne pas tomber dans une famille de tortionnaires.

Saeed avait remarqué que le petit soupirail de la salle de douche de Surya pouvait être visible depuis le toit du bâtiment qui jouxtait la villa. Un soir, il avait vu la lumière qui venait de la douche de la *house maid*. Il l'avait entendue chanter et le son de sa voix se confondait avec le bruit de l'eau. Curieux, il avait décidé de monter sur le toit du bâtiment. Il s'était approché sans faire de bruit avant de gravir les marches de l'escabeau que le jardinier utilisait pour tailler les buissons épineux des bougainvillées. Et il l'avait vue. Nue.

Il avait vu l'eau ruisseler sur son corps et le bout de ses seins se dresser au contact du liquide froid. Il l'avait vue rincer ses cheveux noirs qu'elle dissimulait pendant le jour. Il avait vu son petit corps frileux se réfugier dans un linge blanc.

Elle l'avait vu.

Elle cessa de bouger. Elle ne savait s'il fallait crier ou se taire à jamais. Elle s'immobilisa et le fixa. Ils restèrent ainsi à se regarder pendant de longues secondes. L'excitation le gagnait, mais il n'osait faire le moindre mouvement. La peur s'empara d'elle et la paralysa. Elle songea à prendre la fuite, mais elle se souvint de ce qu'elle était : pas grand-chose aux yeux de Saeed, rien du tout au regard de la loi.

Il porta son index à sa bouche et lui commanda de ne rien dire. Elle inclina légèrement sa tête et attendit qu'il partît enfin. Quand elle ne le vit plus, elle se rhabilla. Son corps était encore mouillé. Elle sortit hâtivement, retrouva les autres maids avec un air de bête traquée dont elles se gaussèrent.

Il alla dans sa chambre, se repassa mentalement les images de la nudité, puis se crispa dans un spasme suivi de remords. Il se doucha, se parfuma et alla prier. Il fut l'un des derniers à quitter la mosquée.

Ce n'était pas la fin. C'était le début. Il y eut d'autres soirs. Il l'observait, il cherchait de nouveaux détails à ce tableau vivant. Elle ne voulait pas lever les yeux. Elle se cachait comme elle pouvait, ne laissant apparents que le haut de ses reins et son dos dénudé.

Lui pensait qu'elle recherchait sa présence, qu'elle s'était habituée à leurs rencontres tacites et silencieuses. Il croyait que naissait une attirance mutuelle. Il se berça d'illusions. Il l'imagina douce et docile, songea qu'elle voulait de lui, qu'elle le trouvait beau. Chaque jour, son désir grandissait. Chaque jour, il espérait qu'elle s'unirait à lui avec fougue, comme dans les films pornographiques qu'il regardait avec Walid, quand les actrices se livraient sans retenue. Comme sur l'écran, il suffisait de se sourire et de se déshabiller.

Il n'était pas obligé de demander, il aurait pu tout prendre, sans avoir à se justifier. C'était la maid, après tout. Il ne lui devait rien. Elle faisait partie du décor. C'était presque un objet.

Presque. L'objet n'était pas inanimé.

Il s'obligea à ne plus aller la voir en cachette. Trop tard. Plus il s'interdisait de prendre position sur le toit, plus l'image de son corps ruisselant l'obsédait.

Sa mère était invitée chez des amies. Saeed était seul. Il sortit de la villa. Il se posta dans la cour. Il entendit, comme chaque jour à la même heure, le bruit de l'eau dans la douche et la voix suave de Surya qui fredonnait une chanson dont il ne comprenait pas les paroles.

Il s'approcha de la house maid. Il saisit la poignée de la porte qui n'était pas condamnée. Lentement, il la fit pivoter. Surya continuait de chanter. Il s'immisça dans son quotidien. Il trébucha sur une boîte de fer qui contenait des photos de famille. À même le sol, les vêtements de Surya se disputaient l'espace pourtant limité. Il fut surpris par tant de désordre, par tant d'insouciance. Sur son lit défait, il vit les sous-vêtements qu'elle avait négligemment jetés.

Il était proche d'elle maintenant. Dans le miroir de la salle de bains, il vit son dos et ses petites fesses rondes, blanches, magnifiques dans la lumière pourtant blafarde de l'horrible néon qui lui servait d'éclairage.

Sans réfléchir, il se déshabilla lui aussi. Il vint se placer derrière elle et il la contempla. Surya sentit sa présence. Elle se retourna vers le jeune homme et sa virilité ainsi découverte. Elle s'apprêtait à crier, mais il lui mit sa main sur la bouche et l'incita à rester silencieuse. L'eau coulait doucement dans un bruit qui pouvait rappeler le murmure apaisant d'une fontaine mais qui, en ces circonstances, faisait davantage penser à l'insupportable rumeur qui précède un sacrifice.

Il lui saisit les hanches. Elle ne se débattait pas. Elle tremblait.

Il lui faisait face. Il l'embrassa avec sa langue. Son sexe lui touchait le ventre, au-dessus du mont pubien. Ses yeux le fixaient avec le courage d'un animal blessé qui se sent condamné à une mort certaine. Il n'aima pas ce regard qui le défiait. La colère monta en lui, tout comme son désir qui rendait chacun de ses gestes brusques et maladroits. Il la força à s'allonger sur le carrelage mouillé, face contre terre. Elle s'exécuta. Il s'étendit sur elle. Il plaça sa verge sur ses fesses et lui imprima un léger mouvement de balancier. Elle gémissait de peur.

Soudain, il fut en elle. Il fut submergé par les sensations que lui procurait cet antre chaud et humide. Comme dans les films, il accéléra le va-et-vient de son corps. Il ne voyait pas le visage de Surya défiguré par l'effroi. Il n'entendait pas les mots qu'elle susurrait pour appeler à l'aide. Il se sentait proche de l'orgasme. Il donna un violent coup de rein qui leur arracha un cri. Elle se mit alors à répéter les mêmes mots, infinie litanie de son agonie. Occupé à jouir, il ne l'écoutait pas. Elle répétait. Il prêta cette fois l'oreille et il comprit. En arabe, elle disait : « *Stuferallah, stuferallah, stuferallah...*[21] »

Elle le provoquait. Son joli visage était devenu un masque de haine et de mépris. *Stuferallah, stuferallah, stuferallah...* Ces paroles lui devenaient insupportables, elles lui martelaient le crâne.

Il saisit le verre qui était sur le lavabo et la frappa derrière la tête. Le visage de Surya heurta lourdement le carrelage. Elle ne bougeait plus. Un filet de sang s'écoula de sa tempe et vint s'unir au courant d'eau qui fuyait vers la bonde.

Il contempla le corps sans vie de Surya. Il pensa à fermer le robinet, mais il se ravisa. Il fallait que l'eau fasse disparaître le sang. Il fallait que le doux ruissellement

---

21. Mon Dieu, pardonne-moi.

donne l'illusion de l'éternel recommencement, de la vie qui continue.

Il se rhabilla hâtivement et abandonna la scène du crime. Il se fit couler un bain, mais le bruit de l'eau lui fut insupportable. Il se contenta de mouiller des serviettes et se les passa sur le corps. Il s'enduit de parfum et sortit de la maison sans adresser un regard à la maid. Il marchait vite et sans but précis. Il rentra avant sa mère, qui le trouva au milieu de la cour, en larmes.

— Que se passe-t-il, Saeed ?

Saeed ne répondit pas. Il se contenta de montrer du doigt la maid. Elle se dirigea vers le bruit de l'eau. Saeed entendit un cri étouffé, puis des pas, précipités, qui revenaient vers lui.

— Qui a fait cela, Saeed ?

Saeed se taisait. Elle lui répéta la question.

— Qui a fait cela, Saeed ?

— C'est moi, maman, dit-il, presque imperceptiblement.

— Quoi ? Non, ce ne peut pas être toi. Qu'est-ce que tu racontes ?

Saeed tomba à genoux devant sa mère et lui raconta tout, doucement, cliniquement, sans oublier le moindre détail.

Il s'attendait à ce que sa mère paniquât, à ce qu'elle courût chercher du secours. Elle lui posa la main sur la tête et lui dit :

— Rentre à la maison. Je vais appeler ton père. Il va s'en occuper.

Tout était allé très vite. Sa mère avait suivi les instructions de son mari. Elle était retournée dans la chambre de la maid. Elle avait cautérisé la plaie sur le crâne de la jeune fille pour que le sang ne s'écoule plus. Elle avait tout nettoyé dans la salle de bains, mais elle avait laissé la petite pièce en désordre. Elle avait ensuite abandonné le corps là où il se trouvait.

Son mari avait dû quitter une réunion importante pour faire la route depuis Dharan. Il était d'une humeur massacrante, mais déterminé à ne pas salir l'honneur de sa famille et compromettre sa carrière au service du royaume.

Les choses étaient simples. Surya s'était enfuie, comme le font des centaines de maids chaque année. Il irait à la police et dénoncerait sa fuite. Il mettrait un avis de recherche dans les journaux. Il ferait disparaître le corps dans le désert. Sa femme irait voir les amies de Surya et s'étonnerait de sa disparition.

Quant à son fils... Il monta dans sa chambre et le trouva prostré près de son lit, dans la posture de celui qui attend le châtiment. Son père, armé d'une canne, l'obligea à lui présenter son dos et se mit à le battre. Les coups pleuvaient, par dizaines. Saeed geignait. Quand le père fut fatigué, il cessa de le frapper. L'échine de Saeed était zébrée de marques violacées. Il s'était replié sur lui-même et souhaitait que la mort le délivre.

— Je veux mourir, répéta-t-il plusieurs fois devant son père.

— Si j'avais voulu que tu meures, Saeed, je t'aurais dénoncé aux autorités. Ta peine sera plus lente et tes souffrances plus grandes. Tu iras chercher la mort au service de Dieu.

Saeed se redressa. Il ne comprenait pas. Sa mère lui expliqua le projet de son père.

— Tu vas partir en Afghanistan, Saeed.

— Quoi ?

— Tu vas participer au djihad. Tu vas rejoindre tes frères musulmans qui se battent contre les Russes.

— Pourquoi, maman ?

— Il faut que tu te fasses oublier pendant un temps, tu comprends. Ton père dit que cela te fera du bien, que tu t'y purifieras l'esprit.

— Il veut que je me fasse tuer.

— Ne dis pas de bêtises, Saeed.

L'Arabie saoudite avait déjà fourni de gros contingents de djihadistes aux moudjahidins afghans qui tentaient de résister aux troupes de l'Armée Rouge. Entre conviction religieuse et goût de l'aventure, ils étaient partis par milliers, encouragés par leur famille, bénis par les Wahhabites et financés par les caisses du royaume.

Walid redoutait que son ami devienne religieux et le voilà qui devenait soldat. Saeed partit une semaine plus tard. Son père était déjà loin et l'avait salué d'un « Que Dieu soit avec toi », sur un ton qui aurait mieux convenu à un étranger rencontré sur une route déserte. Qu'importe, il avait toujours été un étranger pour son père.

Sa mère pleura longuement sur la route qui les emmenait à l'aéroport. Elle ne cessait de répéter que tout était de sa faute, qu'il reviendrait bientôt et que le voyage lui serait bénéfique. Il ne croyait pas un mot de ce qu'elle lui racontait et se collait à la vitre du véhicule pour échapper à ses jérémiades.

Ils arrivèrent à l'aéroport. Saeed prit ses bagages. Il vit plusieurs femmes asiatiques et son estomac se comprima. Sa mère comprit son embarras et le tira par le bras.

Il y avait plusieurs familles qui faisaient la queue à l'enregistrement. Les mères se lamentaient. Les pères paraissaient heureux et ne cessaient de tapoter l'épaule de leur fils. Ce rassemblement ressemblait plus à la troupe d'un camp scout qu'à un contingent de l'armée djihadiste.

— Va-t-en maman, s'il te plaît.

— Mon fils...

— S'il te plaît.

Sa mère s'éloigna enfin.

L'avion atterrit à Karachi. À cette époque, la métropole pakistanaise était devenue un véritable camp retranché. On trouvait des stocks d'armes à chaque coin de rue. Tout l'arsenal de la résistance y transitait, du couteau suisse aux missiles Stinger.

Ils n'y passèrent qu'une nuit.

Dès le lendemain matin, des camions de l'armée régulière les emmenèrent de Karachi à Peshawar, jusque dans la province tribale pachtoune, au pied de la Khyber Pass, là où l'aventure commençait vraiment.

Saeed s'attendait à recevoir une instruction militaire. Le maniement de la Kalachnikov, les rudiments du camouflage, les techniques de survie, il n'y connaissait rien et il se demandait qui lui apprendrait. Mais jusqu'à la frontière afghane, personne ne lui parla de guerre. Tout comme à l'aéroport, il s'interrogea sur la nature réelle de cette expédition.

Un religieux, le mollah Jamal, accompagnait leur convoi. Il fut leur guide quand ils visitèrent les *madrasas* du nord du Pakistan. Il leur parlait du prophète. Il leur transmettait sa parole. Il faisait l'éloge de ces jeunes guerriers de l'*Oumma* qui, avant eux, avaient foulé les terres de la vallée d'Arghandab.

Saeed n'avait toujours pas de chef pour le commander, mais il avait un leader spirituel dont il se sentit proche.

Le mollah Jamal avait décelé la détresse de Saeed, une angoisse profonde qui le rendait attentif à ses enseignements. Il l'avait pris sous son aile et en fit son auditeur le plus fidèle. Saeed aimait la douceur et la sagesse de cet homme placide qui lui faisait oublier l'indifférence et la dureté de son père.

Il ne le quittait plus. Il vivait au rythme de ses pas. Il agissait au son de sa voix. Le zèle de Saeed n'avait pas échappé à ses compagnons de route. Ils l'avaient surnommé *kheb al mollah*. Saeed savait qu'ils le méprisaient, qu'ils lui reprochaient de ne pas s'intéresser au combat. Ils étaient galvanisés par les exploits des moudjahidins. Ils rêvaient de faits d'armes glorieux qui rempliraient leur famille d'orgueil. Ils ne voyaient jamais les blessés revenir du front. Ils n'entendaient jamais leurs gémissements. Ils n'écoutaient que les récits fiévreux de leurs chefs.

Saeed, lui, savait. Il avait accompagné le mollah Jamal à l'infirmerie. Il avait vu les hommes défigurés par les éclats d'obus, brûlés à un degré tel que leur peau semblait calcinée comme une écorce d'arbre après l'incendie. Il avait séché leurs larmes de souffrance et d'incompréhension alors que le mollah Jamal les réconfortait. Ils se tordaient de douleur. Ils jetaient des regards terrorisés vers ce membre qu'il ne voyait plus, vers la plaie béante au fond duquel luisait un os. Ils palissaient. Ils suppliaient. Ils en appelaient à Dieu.

Le mollah Jamal savait trouver les mots justes. Il leur rendait leur fierté. Il décrivait la joie de leurs proches venus les accueillir en héros, en dignes combattants du djihad. Il leur chantonnait des versets du Coran, les versets qu'ils récitaient depuis leur enfance ; ceux-là même qui parlaient de sacrifices, de noble cause et de salut éternel. Cela ne leur rendait pas leur sourire, mais ça les calmait, au grand soulagement des infirmiers qui manquaient de morphine et de patience après des semaines d'affrontement.

Ce fut un choc pour Saeed. Du djihad en Afghanistan, on ne voyait à la télévision que les tanks russes enlisés et les hélicoptères enfumés qui tournoyaient comme des insectes aveuglés par la lumière. On ne leur avait pas montré le prix de chaque victoire, le sang des jeunes recrues. Il s'étalait maintenant devant lui, rouge et brillant, comme un avertissement.

Le mollah Jamal avait mis les supérieurs de Saeed dans la confidence. Il avait plaidé pour le jeune homme, pour sa réserve et sa sensibilité. Cela ne ferait pas de lui un féroce soldat, mais on pouvait compter sur sa discrétion. Il serait plus utile derrière les lignes de front, auprès des mourants, dans la prière. Pour que Saeed ne soit pas rejeté par le groupe, il avait été invité à participer aux simulacres de bataille. S'il voulait gagner la confiance de ses camarades, Saeed devait lui aussi jouer à la guerre. Il avait été affecté à la recharge du mortier. Un rôle pénible et délicat qui exigeait de lui vitesse et précision. Une seconde d'inattention pouvait suffire à le rendre sourd ou borgne.

— Je ne pourrai pas t'épargner le combat, Saeed, tu en es conscient ? lui dit le mollah Jamal.

— Je ne l'évite pas, répondit Saeed.

— Je ferai tout pour te garder à mes côtés. J'ai passé un accord avec le commandant. Il faudra seulement que tu ailles au front une fois ou deux, pas plus, en espérant que les combats ne soient pas trop violents, Inch'Allah.

— Inch'Allah.

Ils partirent en mission la semaine suivante, avec des sacs à dos alourdis par les munitions. Ils cheminaient les uns derrière les autres sur les pentes de la montagne vers une destination que seul le commandant connaissait. Ils firent halte. Ils se tinrent en embuscade. L'attente dura des heures. Puis finalement, au loin, ils entendirent le grincement des chenilles. Le commandant demanda aux hommes de se tenir prêts et de ne faire feu qu'à son signal. Sa main s'abaissa enfin. Saeed chargea le mortier qui, dans un sifflement strident, envoya son projectile mortel. Il y eut des cris, puis un silence suivi de plusieurs vrombissements. Les obus ennemis tombèrent à quelques mètres d'eux et les recouvrirent de poussière. Un des hommes avait été touché. Il saignait beaucoup. La riposte des Russes se poursuivait. Un déluge de fer qui les contraignit à battre en retraite.

Ils étaient tous très choqués. Leur première sortie n'avait pas été une balade de reconnaissance, mais une escarmouche sanglante au cours de laquelle deux hommes avaient été broyés. Ils avaient vu la chair s'éparpiller et maculer la roche de taches noires et pourpres, comme une toile abstraite. Leur regard ne serait plus le même. Ils avaient frôlé la mort. Ils l'avaient sentie. Elle n'était plus une idée, mais une ombre vivante qui pouvait les emporter à tout moment.

Pour Saeed, ce fut la première et la dernière fois. Fidèle à sa promesse, le mollah Jamal le garda auprès de lui. Saeed passa ses derniers mois de campagne à l'infirmerie.

La victoire du camp djihadiste était imminente. Le dieu russe avait abondamment saigné : ce n'était donc pas un dieu. Il n'impressionnait plus les milliers de combattants qui le harcelaient dans les montagnes avec une ferveur contre laquelle il demeurait impuissant.

— Tu reviendras ? lui avait demandé le mollah Jamal au moment du départ.

— Je ne sais pas. Il faut que je réfléchisse.

— Tu reviendras, lui dit le mollah en lui prenant le bras.

Saeed s'attendait à un retour triomphal, mais à l'aéroport, seul son ami Walid et sa mère l'accueillirent. Saeed effaça de son visage l'amertume qui assombrissait ses traits.

— Mon fils.

— Maman.

— Tu as maigri, Saeed. C'est effrayant, dit Walid.

— Vraiment ? répondit Saeed ennuyé.

— Tu n'es pas blessé ? lui demanda sa mère.

— Où est papa ? reprit-il sans se soucier de la question de sa mère.

— Il a été retenu à Ghawar, tu sais bien, le travail…

— Oui, je sais, le travail.

— Allez, viens Saeed, ta mère t'a préparé un *silig*. Ne nous fais pas croire que tu as bien mangé en Afghanistan !

La vie reprenait son cours d'autrefois, comme s'il n'était jamais parti, comme s'il n'avait pas côtoyé la mort, comme s'il n'avait pas été témoin de la souffrance. Le monde tournait autour d'un axe immobile et cet axe se trouvait à Riyad.

Il avait eu grand peine à fouler de nouveau le sol de cette maison qui avait abrité son crime. Chaque matin, il ouvrait la fenêtre et il contemplait la chambre de la maid. Le film de sa mort se projetait devant lui comme un voile. Il lui obscurcissait la vue.

Ses parents avaient fait repeindre les murs. Une maid, plus vieille, plus insignifiante, avait pris la place de la défunte. À quoi bon, Saeed avait tué et ni son dévouement à la cause du djihad ni le pèlerinage à la Mecque ne pourraient l'absoudre. Il avait commis un grave péché, *Al Kaba'er,* le péché qui ne peut pas être pardonné.

Le mollah Jamal ne savait rien de son forfait, mais un soir, comme s'il avait deviné la nature de son tourment, il lui avait dit :

— Il est dit dans le Coran que Dieu peut pardonner toutes les fautes. Dieu ne juge pas seulement tes actions, il regarde au fond de ton cœur. Même les plus grands péchés peuvent être pardonnés et pour ceux qui les ont commis, ils deviennent « *Rhamane Rahime* ».

Depuis qu'il avait entendu les paroles réconfortantes du mollah, Saeed vivait dans l'espérance.

Mais le souvenir de la petite Malaisienne hantait la villa familiale.

Saeed ne pourrait pas rester. Il fallait qu'il reparte en Afghanistan. Pourtant, la guerre finissait. Les Russes et leur empire déliquescent avaient abandonné Kaboul et, bientôt, les guerres tribales feraient rage. Les amis d'hier se disputeraient chaque sentier. Le pays tout entier replongerait dans le chaos.

Saeed n'en avait pas conscience quand, deux ans après son retour, il reçut la lettre du mollah Jamal. Il lui demandait de revenir. Il avait besoin de lui.

Saeed prit l'avion pour Karachi.

Le mollah Jamal l'accueillit comme un fils et le conduisit dans le baraquement principal où un repas frugal l'attendait.

— Je suis content que tu sois revenu avec nous, Saeed.

— Ma place est ici, mollah Jamal, avec les djihadistes, contre les Russes.

— Tu ne lis pas les journaux, Saeed ?

— Vous m'avez dit de me méfier de la presse et des mensonges qu'elle colporte...

— C'est vrai, dit le mollah Jamal, un peu gêné.

— Que dit la presse ?

— Les Russes ont quitté l'Afghanistan, Saeed. Nous avons gagné.

— Alors pourquoi m'avez-vous demandé de revenir, mollah Jamal ?

— Parce que le djihad ne fait que commencer. Nous devons agrandir les frontières de l'Oumma. Il est encore des pays impies que nous devons libérer, Saeed. Nous avons besoin d'hommes de foi et de courage tels que toi.

— Je ne suis pas sûr...

Saeed n'eut pas le temps de terminer. Le mollah Jamal s'adressa à nouveau à lui. Son ton de voix s'était durci. Il était plus grave, plus solennel.

— Chacun d'entre nous a commis des fautes, Saeed. Je te l'ai dit. Dieu sait lire au fond des cœurs. Il pardonnera aux hommes qui lui ont été fidèles.

Saeed s'interrogea. Le mollah Jamal connaissait-il son crime ? Savait-il qu'il avait tué cette pauvre fille ? Il prit peur.

— Je suis ici avec vous, mollah Jamal.

— C'est bien. Suis-moi.

Il lui présenta ses nouveaux camarades. Il ne reconnut aucun des hommes qui avaient combattu avec lui autrefois. Où étaient-ils ? Étaient-ils rentrés chez eux ? Avaient-ils été tués ?

Ces hommes venaient de partout, du Maghreb, de l'Égypte, du Yémen, du Soudan. Saeed reconnut l'accent d'un Américain, à la longue barbe noire, qui se faisait appeler Khalil. Ce n'étaient pas de pauvres gars recrutés dans les madrasas des pays limitrophes. Ils avaient de l'instruction. Ils étaient venus de leur plein gré.

Dès le lendemain, Saeed fut convié aux premières assemblées de « formation ». Le mollah Jamal leur lut plusieurs passages du Coran en guise d'introduction et Saeed fut marqué par le caractère belliqueux des écrits qu'il avait choisis. Il n'était plus question d'espoir et de pardon. Le mollah Jamal s'entretint longuement avec eux. Il ponctua son discours par un dernier verset coranique : « ... Préparez, contre eux, ce que vous pouvez réunir d'armements et de chevaux en alerte, pour épouvanter l'ennemi d'Allah, le vôtre, et outre ceux-là, d'autres que vous ne connaissez pas, mais qu'Allah connaît. »

Dans les semaines qui suivirent, Saeed reçut ce qu'il décrivit à la police comme un parfait entraînement paramilitaire. Là résidait le paradoxe. Il était venu la première fois en Afghanistan pour faire la guerre et il avait récité des prières. Il était revenu en Afghanistan pour suivre un guide spirituel et on lui apprenait à tuer à l'arme blanche.

Les pensionnaires du camp paramilitaire d'Asadabad étaient formés à la lutte armée urbaine. Leurs cibles étaient civiles, leur champ de bataille était la ville. Pour un observateur étranger, ces jeunes hommes étaient de futurs terroristes. Pour le mollah Jamal, ils étaient des combattants de la liberté, les vaillants soldats d'une cause supérieure.

Le doute s'emparait de Saeed.

Certes, il priait. Il se recueillait. Il échangeait avec le mollah Jamal. Comme autrefois, ils étudiaient les hadiths. Mais que penser de ces longues heures au cours desquelles on leur enseignait les nouvelles missions du djihadiste moderne : kidnapper les ennemis, répandre la rumeur, détruire les lieux de divertissement et d'immoralité ou faire sauter les ambassades ? Au nom d'Allah ? Mais contre qui ?

Saeed l'avoua cependant. Il y avait quelque chose d'excitant dans ces séances de briefing. Ils se prenaient tous pour des agents secrets.

« Installez-vous toujours au rez-de-chaussée. Il vous sera plus facile de fuir. »

« Ne changez pas brutalement vos habitudes. »

« Habillez-vous comme eux. Adoptez leur code vestimentaire. Ayez une allure qui ne trahisse pas votre appartenance religieuse. »

« Ne cachez jamais explosifs et détonateurs au même endroit. »

« Sous la torture, plus vous donnerez d'informations, et plus ils vous feront souffrir. »

Saeed se souvenait de chacun de ces conseils.

Au bout de ces douze semaines de « stage », Saeed savait recruter un indic', écrire des messages codés, immobiliser un otage récalcitrant, déclencher une explosion et, le plus important de tous – mais il ne le savait pas encore –, transférer des fonds en toute sécurité.

Il se demandait bien ce qu'il allait pouvoir faire de toutes ces connaissances. Il interrogea le mollah Jamal.

— Et maintenant ?

— Tu peux rentrer chez toi. Que la paix soit avec toi.

— Rentrer chez moi, dit Saeed stupéfait.

— Tu as assez appris avec nous.

— Et le nouveau djihad ? Je croyais que vous aviez besoin de moi ?

— Tu n'es pas prêt, lui répondit le mollah Jamal.

— Pas prêt ? répéta Saeed vexé et déçu.

— Ne te laisse pas envahir par la colère, Saeed. Tu as fait ce que j'attendais de toi. Va en paix.

Saeed était de retour à Riyad. Cette fois, il n'y avait personne à l'aéroport. Son départ impromptu avait profondément attristé sa mère. Quand elle le vit descendre du taxi cependant, elle se jeta dans ses bras.

— Où étais-tu, mon fils ? dit-elle.

— Maman...

Il se tut. Son père, en retrait, le regardait, les bras croisés, l'air sévère.

— Alors, ça te plaît, l'Afghanistan ?

— Euh, oui papa, répondit Saeed.

— Nous en reparlerons plus tard.

Le repas familial fut bref. Avec l'aide de sa maid, la mère de Saeed leur servit à manger. Le père de Saeed attendit que la table fut débarrassée pour lui parler.

— Que veux-tu faire dans la vie, Saeed ?

— Je ne sais pas, papa.

— Ce n'est pas une réponse. Tu dois bien avoir une idée.

Saeed regarda son père droit dans les yeux. Il n'y perçut aucune hostilité, mais une lueur de sincérité qui l'amadoua. Il répondit au hasard mais avec assurance, comme si sa réponse lui permettrait d'éviter une discussion plus approfondie.

— Je veux travailler dans la banque, dit Saeed.

— Très bien, répondit le père de Saeed, qui semblait satisfait.

L'entretien était clos. Son père s'était levé et les avait salués, lui et sa mère. Le lendemain, Saeed apprenait qu'il avait un poste d'attaché commercial à la banque privée Medrar, à Dubaï.

— Dubaï ! Saeed, tu te rends compte ? dit Walid.

— Non.

— On va faire la fête, Saeed. Je connais les adresses. Tu vas voir, Dubaï, c'est un paradis pour des gars comme nous, insista Walid avec entrain.

Saeed était dubitatif. Il avait tout lu et tout entendu sur Dubaï. Métropole arabe du futur pour les uns. Aberration urbaine, cité de débauche et de luxure pour les autres. Une certitude : Dubaï ne laissait personne indifférent.

Dubaï profitait de l'instabilité régionale en réinjectant des fonds de toutes natures et de toutes provenances dans ses projets immobiliers. Fleuron financier de la ville-État, la banque privée Medrar devait gérer d'énormes flux d'argent venus de tous les États du Golfe et du Levant. Et sans poser de questions.

Saeed avait pour clients des Iraniens, des Irakiens et, bien sûr, des Saoudiens, avec lesquels il entretenait des liens particuliers. Ils aimaient Saeed pour sa discrétion et son efficacité.

Saeed gravit les échelons du succès et fut rapidement à la tête des plus grands comptes internationaux de la banque. C'est à cette époque qu'il rencontra Khalid Al Firas, venu chez Medrar pour diversifier ses placements.

Al Firas devint l'un de ses rares amis, car Saeed menait une existence taciturne et sédentaire. Comme à Riyad, il se réfugiait dans le travail et la prière, loin des bars et des boîtes de nuit que les riches Saoudiens fréquentaient assidûment. Saeed n'était pas dupe. Il croisait ses compatriotes dans les halls des grands hôtels. Ils avaient l'haleine chargée et les jeunes femmes qui les accompagnaient étaient trop court vêtues pour être leurs sœurs ou leurs cousines.

S'il le pouvait, Saeed évitait les palaces cinq étoiles, mais ses clients, des hommes d'affaires étrangers, préféraient lui donner rendez-vous dans les salons privés de ces établissements. Ils enchaînaient les entretiens sans avoir à se déplacer et ils pouvaient se rafraîchir dans leur chambre quand bon leur semblait. C'était dans les lobbies des hôtels de Dubaï que les plus gros contrats se discutaient, du rachat d'un immeuble parisien à la vente de l'arme nucléaire à la Corée du Nord. Ils faisaient tous confiance à la banque privée Medrar, qui avait aussi bonne réputation qu'une banque suisse. Le secret bancaire y était garanti et c'est sur la confidentialité des transactions qu'elle prospéra.

Après les événements du 11 septembre, cependant, les affaires se compliquèrent. Le département du trésor américain exigea des établissements financiers du Golfe qu'ils soient plus coopératifs. Il avait enregistré de vastes mouvements de fonds suspects entre le Pakistan, l'Arabie saoudite et Dubaï. Un nom revenait constamment, celui de la banque Medrar. Les autorités américaines demandaient des comptes et ce n'était pas le recyclage du cash de la résine afghane qui les intéressait. Ils voulaient savoir comment les auteurs de l'attentat avaient réussi à se financer.

L'étau se resserrait autour de la banque Medrar, qui s'était pourtant montrée conciliante par le passé. Guerre du Golfe ou du Liban, opérations de contre-espionnage en Iran, elle avait servi tous les intérêts de l'Oncle Sam dans la région.

C'est le directeur de la banque, Ahmed Al Shuruq, qui reçut l'émissaire américain Harry Blackarth.

— Les temps ont changé, Ahmed.

— Ce sont peut-être les Américains qui ont changé, répondit Ahmed sans se démonter.

— Saviez-vous que les auteurs de l'attentat avaient placé leurs économies dans vos coffres ?

— Je ne peux pas répondre à cette question, Harry, vous le savez bien. L'argent n'a pas d'odeur.

— Il a l'odeur du sang depuis septembre dernier.

— Parlez-en à vos supérieurs qui nous ont sollicités pour leurs petits arrangements macabres au Liban.

— Écoutez, Ahmed, évitons de faire de la politique. Nous voulons simplement le nom des responsables. Notre gouvernement respecte les Émirats arabes unis. Nous ne pensons pas que vous soyez mêlés à ces regrettables agissements. On m'a dit qu'un Saoudien travaillait pour vous.

— Oui, Saeed, c'est un homme très bien.

— Avez-vous confiance en lui ?

Ahmed fixa Harry dans les yeux. Ils se turent. Ils s'étaient compris.

Saeed fut rétrogradé au rang d'employé de banque. Il perdit ses responsabilités, et son honneur.

Le directeur de la banque avait tenté de lui donner des explications, mais Saeed lui avait épargné cette pénible tâche en lui signifiant qu'il acceptait sa décision. Pour être exact, il comprenait pourquoi il avait été démis de ses fonctions. Il fallait un bouc émissaire aux Américains, et il était celui-là. Ce qu'il ne comprenait pas, c'était que le chef de la banque Medrar ait pu le trahir de la sorte. Ils avaient toujours travaillé en parfaite transparence. Ahmed Al Shuruq, un homme très religieux lui aussi, avait une vision quasi mystique de sa profession.

« Il faut que nos clients aient foi en nous. Tout repose sur la confiance », répétait-il sans cesse. Il en avait fait son slogan. Sous le nom de la banque Medrar, un mot, qui selon lui, résumait tout : « *trust* ».

Les autres employés de la banque s'attendaient à ce que Saeed démissionne et qu'il reparte en Arabie saoudite. Il n'en fit rien.

Il avait d'autres projets.

Le mollah Jamal contacta Saeed à la même époque. On ne sait rien de leur entrevue, mais pour les enquêteurs, cela ne faisait aucun doute, c'était à la suite de l'appel du mollah Jamal que Saeed avait basculé.

Saeed était déterminé à frapper Dubaï, ville de tous les vices, paravent de la honte en terre d'islam.

Les expatriés qualifiaient Dubaï de ville libérale, de modèle du monde arabe. Pour Saeed, tout n'était que mensonge et hypocrisie. L'ancienne capitale de la « côte des pirates » avait vendu son âme à la cause du commerce mondial. Telle une vilaine gangrène, le style de vie occidental gagnait les nouvelles générations, et pour satisfaire les besoins de la population immigrée, Dubaï avait ouvert les bars d'hôtels et toléré la prostitution, à condition qu'elle soit discrète.

En surface, tout était lisse et propre. Le muezzin invitait les fidèles à la prière et les hommes rentraient chez eux en bons pères de famille. En coulisse, les musulmans de toute la région venaient s'encanailler dans les vapeurs d'un Dom Pérignon commandé au *room service*.

L'Arabie saoudite, l'État voisin de Sharjah ou l'Iran fermaient les yeux. Dubaï était un mal nécessaire. Entre ses murs se rassemblaient les impurs. Les États du Golfe y trouvaient leur compte, tant que leurs brebis égarées étaient parquées aux Émirats, tant que le virus occidental ne sortait pas de Dubaï. Mais il fallait éviter à tout prix la contagion.

Saeed avait décidé d'éradiquer le mal à la source.

Il se souvenait des leçons qu'il avait reçues en Afghanistan. Il fallait s'attaquer à des symboles qui, une fois touchés, lui garantiraient la une des journaux du monde entier. Les symboles ne manquaient pas à Dubaï. Ils s'y bousculaient. Ils s'y disputaient les bords de mer et les autoroutes. Ce n'était pas un plan d'urbanisme qui avait façonné la ville, mais la promesse de figurer dans les pages du Guinness des records.

Saeed ne changea rien à ses habitudes, pour ne pas attirer l'attention, pour se faire oublier de ses collègues, surpris de le voir ainsi résigné. Saeed, en apparence, continuait à mener une existence routinière. Il arrivait au bureau à 9 h, en repartait à 17 h et se rendait à la mosquée dès qu'il le pouvait. Personne ne pouvait imaginer qu'il préparait un attentat et que Dubaï en serait la cible.

Saeed était en phase de brainstorming. Le week-end, il prenait sa voiture et sillonnait la ville pour y repérer des sites potentiels. Il devint vite paranoïaque. Il se croyait suivi et pour le vérifier, il appliquait à la lettre les recommandations des instructeurs : faire plusieurs *u-turns* de suite, entrer dans un parking et en ressortir immédiatement, ralentir de façon intempestive et redémarrer brusquement, surtout si le trafic était fluide.

Il n'avait rien remarqué d'anormal. Alors, il poursuivait ses rondes. Sur un petit carnet, il avait établi la liste des lieux les plus propices. Il voulait provoquer un maximum de dégâts, mais il n'avait aucune intention de faire des victimes. Il ne voulait tuer personne parce qu'il avait déjà tué et que son crime le tourmentait, telle une douleur lancinante.

Par conséquent, il avait éliminé de sa liste les endroits trop fréquentés comme les parcs, les restaurants ou les shopping-malls qui, pour la plupart, appartenaient à son ami Al Firas – une des rares personnes à l'avoir soutenu au jour de sa disgrâce.

Il s'étonna de la fragilité de Dubaï, de la porosité de son système de sécurité. La famille régnante se serait-elle entendue avec les plus grands terroristes de la planète ? Dubaï était-elle donc intouchable parce que tous les intérêts – y compris les plus inavouables – y convergeaient ? Mais il y aurait toujours des organisations isolées qui n'obéissaient à personne. Comme la sienne. Contrairement à ce que les autorités policières avaient pu croire, Saeed avait agi sans le soutien logistique du mollah Jamal. Le religieux lui avait réveillé la conscience, mais il n'avait jamais été le commanditaire de ses actes.

Saeed parcourait les noms et les notes qu'il avait rassemblés sur son calepin.

• Palm Jumeirah : île artificielle en forme de palme. La plupart des villas ont été réglées en liquide par des mafieux russes. Faire sauter le tunnel qui mène à l'hôtel Atlantis. Spectaculaire. La palme sera coupée en son sommet.

• Burj Al Arab : l'hôtel en forme de voile, fierté du monde arabe et haut lieu de la prostitution de luxe. Faire sauter la passerelle qui joint l'hôtel au rivage.

• Le métro de Dubaï : station World Trade Centre, à quelques pas du bâtiment historique qui matérialise la réussite fulgurante de Dubaï. Ils ont eu la judicieuse idée de la construire au-dessus d'une station-service. Grande explosion à prévoir. Impact maximal. Mais risque de faire de nombreuses victimes.

• Dubai Financial Center : devant l'arche où défilent les cotations boursières des plus grandes sociétés du Golfe. Faibles dégâts matériels.

• Ski Dubaï : aberration écologique. Faire sauter les piliers de la pente artificielle. Zone très résidentielle et très fréquentée.

• Dubaï tower : la plus grande tour du monde. Un édifice d'une immense prétention qui défie les Écritures. Une bombe de faible puissance, placée en son sommet, suffirait à marquer les esprits.

Et la liste se poursuivait tel un guide touristique.

Saeed ne manquait pas d'imagination. Il avait aussi

pensé à perpétrer le premier acte de terrorisme vert. Il avait lu que, de l'Espagne au Maroc, la larve du *Paysandisia Archon* avait dévasté des palmeraies entières. Il lui suffirait d'introduire quelques larves chez certains spécimens et en quelques mois, les dattiers et autres espèces chères aux bédouins auraient été décimés. Mais le palmier était un symbole de prospérité et de longévité dans l'islam. Saeed abandonna l'idée.

Il prenait son temps. Le temps avait toujours été l'allié des partisans de l'action violente et ciblée. Qu'ils soient juifs, comme les *Zélotes* en lutte contre l'Empire romain, ou Perses, comme les *Assassins* décidés à déstabiliser l'Empire ottoman, ils s'armaient de patience et ne frappaient qu'au moment opportun.

Saeed savait aussi qu'il lui était préférable d'attendre. Après l'affront qu'il avait subi, les autorités de Dubaï l'avaient sans doute mis sur écoute et fait surveiller, même s'il n'en avait jamais eu la preuve. Il fallait qu'il ait une conduite exemplaire. Un signe lui serait donné.

Saeed avait patienté près de deux ans. Il se penchait sur la liste qu'il avait méticuleusement dressée. Il n'hésitait plus. Ce serait la Dubaï tower. Elle répondait à tous les critères qu'il avait retenus : fort contenu symbolique, envergure mondiale, peu de chance de tuer parce qu'elle était toujours en construction, et qu'il agirait de nuit.

Il lui fallait trouver un complice pour monter les charges explosives au sommet. Il pensa immédiatement à Hazrat, son fidèle chauffeur pakistanais qu'il connaissait depuis l'Afghanistan. Quand Hazrat avait été chassé de son pays, Saeed l'avait accueilli et lui avait fourni cet emploi d'homme à tout faire. Hazrat n'avait que Saeed pour maître après Dieu.

Les explosifs, il était facile de les fabriquer artisanalement. C'est ce qui avait le plus fasciné Saeed quand il assistait aux démonstrations des apprentis chimistes du camp d'entraînement d'Asadabad.

On n'imagine pas à quel point les expatriés anglais ou sud-coréens sont bavards lorsqu'ils ont bu. Saeed savait quel hôtel fréquentaient les ingénieurs qui travaillaient sur la tour. Il s'y rendit une à deux fois par semaine pendant six mois. Il devint un habitué et, au prix de quelques bières, qui lui seraient pardonnées une fois sa mission accomplie, il sut que la sécurité du site était minimale. Elle était assurée par une petite brigade de vigiles issus du sous-continent indien.

Il n'avait pas choisi la date volontairement, un vendredi 8, par une nuit étouffante. Les chroniqueurs et les journalistes se chargeraient de donner du sens au hasard et ils s'appesantiraient sur le huit, symbole de l'infini, chiffre préféré du promoteur et qui, pour l'occasion, serait synonyme de chaos.

Saeed avait vu son honneur sali par ceux qu'il considérait comme des hommes de confiance. Il allait enfin pouvoir se venger, servir son Dieu et, par une action d'éclat, nourrir l'espoir d'un pardon.

Avec Hazrat, ils n'eurent aucune difficultés à rejoindre la base de la tour. Ils garèrent leur pick-up sur le parking du chantier. Il était poussiéreux pour feindre un véhicule de travaux publics. Saeed avait l'allure d'un responsable en visite et Hazrat d'un ouvrier anonyme réquisitionné pour l'occasion. Hazrat avait mis du temps à se procurer le badge type qui donnait accès au site. Ils avaient fabriqué deux faux que le vigile du premier barrage entreprit de contrôler. Saeed apostropha le jeune Indien qui était de service et qui s'empressa d'ouvrir la barrière. Ils croisèrent d'autres ouvriers qui les saluèrent distraitement. Ils n'attiraient pas l'attention, ils faisaient partie du staff.

Les choses se compliquèrent au pied de l'ascenseur de service qui devait les emmener au cent onzième étage. Il y avait un attroupement à l'entrée. De plus en plus d'hommes se regroupaient autour d'un ingénieur qui hurlait ses ordres à tort et à travers. Il s'était passé quelque chose d'inhabituel, un accident du travail, un incident technique majeur, ils ne le surent jamais. Ils abandonnèrent les lieux d'un pas pressé.

Saeed vécut très mal cet échec, mais pour lui, cela ne faisait aucun doute, c'était un signe. Ce n'était pas le jour. Allah en avait décidé autrement.

Il lui fallait trouver une autre idée. Il parcourut sa petite liste avec un air dubitatif. Il la repoussa et saisit le journal du jour sans conviction. Il feuilleta les pages du quotidien qui recrachait sans filtre les dépêches mal écrites des agences de presse. Il s'apprêtait à le refermer quand il vit la publicité du jeu de l'Arab Mall, la croisière sur le détroit d'Ormuz, des hommes et des femmes de toutes nationalités tirées au sort. Ça va faire un beau tapage médiatique, se dit-il. Il se figea. C'était tellement évident.

Le lendemain, il appela son ami Khalid Al Firas qui lui répondit chaleureusement.

— *Salam aleykoum*, Saeed, que Dieu soit avec toi. Comment vas-tu ?

— *Malaykoum Salam*, je vais bien, Khalid.

— Que puis-je faire pour toi, mon ami ?

— Je suis simplement curieux, Khalid ; cette croisière sur le détroit d'Ormuz, qu'est-ce que c'est ?

— Une brillante idée, répondit Khalid, même si quelquefois, je pense qu'elle m'apportera plus d'ennuis que de notoriété.

Saeed n'eut pas de difficultés à convaincre Khalid de le prendre à bord du *Safineh*. Il ferait partie du voyage. Il pouvait commencer à planifier son action.

Après la catastrophe, Khalid, lui aussi, dut témoigner, et c'est au sujet de Saeed qu'il fut le plus inquiété. On ne remettait en question ni l'itinéraire qu'il avait choisi ni le dispositif de sécurité qu'il avait mis en place, mais on s'étonnait de son amitié avec un apprenti terroriste, un Saoudien, qui plus est tombé en disgrâce pour faute professionnelle. Khalid dut se justifier. Il parla d'amitié, de code de l'honneur, mais il craignait toujours qu'une fouine de la police découvrît les manipulations financières complexes que Saeed avait pilotées et qui lui avaient permis de monter ses affaires les plus brillantes.

Saeed hésitait. En prenant le *Safineh* pour cible, il trahissait son ami Khalid. Il fallait faire les choses en douceur, sans rien détruire, en prenant quelques personnes en otage par exemple. Oui, c'était la meilleure solution. Khalid, les hommes d'équipage émiratis et lui-même resteraient à bord. Les pirates ne kidnapperaient que les gagnants du jeu. Il suffirait ensuite de revendiquer l'enlèvement en mettant bien l'accent sur la décadence dont Dubaï et ses expatriés étaient le symbole. Tant que les otages seraient vivants et qu'il faudrait des jours et des semaines pour les libérer, la popularité d'Al Firas grimperait. Il n'aurait qu'à se montrer actif et tout faire pour libérer les malheureux captifs.

Il y aurait une fin heureuse. Le monde ne retiendrait que les visages soulagés des otages rendus à leur famille, le sourire triomphant du médiateur Al Firas et la nouvelle menace de ce groupe terroriste aux méthodes pacifiques dont le message fort et sincère avait été si populaire chez les frères de l'Oumma.

La date du départ approchait. Saeed s'y préparait. Il n'avait plus le temps désormais. Il le redoutait. Il devait recruter un bateau qui, partant de Ras Al Kaymah, rejoindrait le *Safineh* au milieu du détroit pour l'arraisonner. Au nord des Émirats, la contrebande avec l'Iran et le sultanat d'Oman était florissante. Des convoyeurs expérimentés traversaient le détroit en speed-boat au nez et à la barbe des gardes côtes qui les laissaient faire tant qu'ils leur donnaient des renseignements éventuels sur des embarcations plus suspectes.

Le *Safineh* s'éloignait lentement de la rive. Le speed-boat affrété par Saeed avait quitté Ras Al Kaymah un peu plus tôt. À 15 h précises, il serait au contact du yacht de luxe.

Il est 14 h 50. Le capitaine du *Safineh* découvre le sillage laissé par une embarcation qui se dirige tout droit vers eux à vive allure. Il est fébrile. Il étudie la ligne d'horizon, vers les côtes iraniennes.

Saeed sent qu'une nouvelle fois, le destin a trouvé une parade. Il ne cache pas sa nervosité. Sa tête oscille entre son bateau, qui arrive, et le visage convulsé du capitaine, qui donne des ordres précipités à son second.

Chapitre 9

Ghamzeh

Ghamzeh était l'invitée de marque du *Safineh*. Khalid Al Firas m'en avait parlé avec enthousiasme. Nous devions travailler ensemble sur la prochaine campagne du groupe.

— J'avais l'intention de mieux vous connaître, mais pas dans ces circonstances, m'excusai-je.

— Je m'en doute.

— Vous avez dû être beaucoup sollicitée ces derniers temps, n'est-ce pas ?

— Voire menacée, me répondit Ghamzeh.

— Menacée, et pourquoi ?

— Mes idées, ma nationalité, ma religion, mon corps même, les raisons de me haïr ne manquent pas. La plupart me reprochent d'avoir été à bord du *Safineh*.

— Ghamzeh, pourquoi vous en voudrait-on autant ? Vous n'êtes en rien responsable de ce qui s'est passé. Vous n'êtes qu'un témoin.

— Un témoin qui n'aurait jamais dû survivre. Je gagnais bien ma vie, j'avais une relative célébrité. Je ne méritais pas d'en réchapper.

— C'est entre les mains d'Allah, si j'ose dire.

— Que mes détracteurs vous entendent !

Ghamzeh se mit à pleurer.

— Vous avez peur ? Vous craignez que votre carrière soit compromise ?

— Ma carrière ? Si vous saviez comme cela m'est égal désormais. Je pleure pour ma meilleure amie. Elle est morte. Oui, c'était entre les mains d'Allah. Elle a disparu et je suis encore là, vous comprenez ?

— Je comprends.

— Même ceux de mon peuple voudraient me voir morte.

— Pourquoi ?

— J'aurais fait une martyre magnifique.

— Et les Émiratis ?

— Ils m'évitent, évidemment.

— Si nous commencions depuis le début ?

Ghamzeh était originaire de la ville de Qom, à cent-trente kilomètres de Téhéran. Comme Nadjaf en Irak, Qom est l'un des principaux centres de pèlerinage de l'islam chiite. Par centaines de milliers, les croyants, en majorité des femmes, se pressent sur la tombe de Massoumeh, la sœur de l'imam Reza. Elles forment un vœu, *estekhareh*, qu'elles attachent à la grille d'entrée du mausolée. Un vœu pour que leur situation économique s'améliore, pour que leur enfant guérisse, pour réussir un examen... pour qu'un garçon leur adresse la parole. La ville du désert est aussi la ville des morts. Les chiites veulent se faire enterrer près de Massoumeh. Cela augmenterait, dit-on, les chances d'aller dans l'Au-delà.

Qom est devenu un vaste cimetière gardé par un puissant clergé qui veille à l'ordre public et au strict respect de la charia. Pas de parcs pour flâner. Ni cinéma ni café, mais des séminaires, des universités, des mosquées, tout un arsenal religieux consacré à l'enseignement et à la pratique de l'islam chiite.

Ghamzeh passa toute son enfance à Qom et elle en gardait de bons souvenirs. Ce fut différent après la mort de son père.

La révolution islamique avait donné plus de libertés aux femmes. Alors que le shah d'Iran les avait confinées au foyer, l'imam Khomeiny les avaient laissées participer à la vie publique. Autrefois cantonnées à la sphère privée, les Iraniennes jouissaient d'une relative indépendance de parole dans les assemblées religieuses qui leur servaient de prétextes pour socialiser. Mais le patriarcat dominait toujours la société. Les inégalités entre les sexes étaient flagrantes. République islamique ou non, l'homme continuait à dicter sa loi au détriment des femmes.

Le père de Ghamzeh se croyait trop vieux pour partir en guerre. Sa famille en était soulagée. Elle était persuadée que le conflit qui opposait l'Iran à l'Irak ne durerait que quelques années. L'armée régulière suffirait. Mais comme au temps des tranchées européennes, les deux belligérants s'annihilèrent dans des combats meurtriers qui exigeaient toujours plus de soldats. Le père de Ghamzeh fut mobilisé sur la ligne de front de Bassorah. Ghamzeh et sa famille ne le revirent jamais. Il mourut au premier assaut adverse. Son nom vint s'ajouter à la longue liste des martyrs de la guerre, les *Chahids,* dont les portraits ornés de tulipes et de versets du Coran sont exhibés sur les murs du pays.

La mère de Ghamzeh, Malileh, n'oublierait jamais la voix de l'officiel qui lui annonça la triste nouvelle : « Félicitations, votre mari est tombé en martyr. »

Félicitations ? De ne plus avoir son mari auprès d'elle ? De porter à elle seule le fardeau du deuil, de continuer à sourire à son enfant qui demande où est son père ?

Malileh aurait pu quitter l'ombre de son mari défunt. Elle aurait pu chercher un autre homme et reconstruire une vie de famille autour de sa fille unique. Elle n'en fit rien. Elle s'enferma dans le culte d'un héros absent dont elle n'avait plus que des souvenirs et la parcelle soixante-dix-sept du cimetière qu'elle visitait chaque semaine. Ghamzeh l'y accompagnait. Elles se frayaient un passage entre les caveaux fleuris de drapeaux. Elles nettoyaient le tombeau du père, arrosaient les rosiers nains qui l'entouraient, récitaient quelques prières et pleuraient beaucoup. De l'eau et des larmes, à l'infini.

Certes, Malileh avait un statut à part. Elle était veuve de martyr. Elle incarnait le sacré. Une femme rencontrée au marché lui dit qu'elle avait de la chance car son mari, lui, était mort d'une cirrhose du foie. Son portrait n'était pas affiché dans le hall de l'immeuble. Il n'aurait pas cet honneur.

Malileh vieillissait et ne prêtait guère attention aux hommes qui s'intéressaient à elle. Elle portait un tchador. Ça l'arrangeait bien, puisqu'elle avait renoncé à séduire. Mais le vêtement noir ne pouvait dissimuler ses yeux, qu'elle avait bleus et brillants. Ils furent plusieurs à lui proposer de l'aider à porter ses sacs, de l'accompagner jusqu'à l'entrée du cimetière. Mais toujours, elle repoussa leurs avances.

Un voisin, proche de la famille, avait été plus entreprenant. Il lui avait proposé le *sighe*, le mariage temporaire que le clergé chiite tolérait. Elle en avait été outrée. Elle avait reproché au pauvre homme de lui manquer de respect, de la traiter comme une femme de mauvaise vie. Il est vrai que les hommes abusaient du sighe pour s'offrir des prostituées ou officialiser leur relation adultérine. Le voisin, contrit, n'avait pourtant rien fait d'illicite. Il avait suivi les recommandations des autorités islamiques qui, en ces temps de guerre et de privations, encourageaient les veuves à reprendre un mari.

Ghamzeh ressemblait à sa mère parce qu'elle aussi avait les yeux bleus, le même regard intense, intimidant. Belle ? Elle n'en avait pas encore conscience. Beaucoup plus tard, après sa puberté, elle remarqua un changement dans la façon dont les hommes l'abordaient. Elle ne laissait personne indifférent parce qu'elle était différente. Une différence de taille.

Son tchador tombait mal sur ses épaules et lui donnait une allure gauche. On eût dit un mât au sommet duquel flottait une bannière informe, rabattue par le vent et la pluie, un chapiteau flétri par une forte bourrasque. Son corps refusait cet accoutrement. Mais elle n'avait pas le choix. Elle devint, elle aussi, une « femme à un œil ».

Depuis qu'elle avait eu ses premières règles, sa mère s'intéressait beaucoup plus à ce qu'elle portait et aux personnes qu'elle fréquentait. Elle lui répétait sans cesse : « Tu ne dois pas t'épiler les sourcils. Tu ne dois pas te mettre de rouge à lèvres. Tu n'as pas le droit d'écouter de la musique. » À ce chapelet d'interdictions s'ajoutait la diatribe contre les garçons que sa mère décrivait comme la pire des menaces.

— Les garçons ne s'intéressent qu'à une chose, Ghamzeh.

— À quoi, maman ?

— Ils veulent te prendre ton *namous,* et je ne le permettrai pas.

C'est une amie d'école, Naimeh, qui avait satisfait sa curiosité. Naimeh avait des frères et sœurs plus âgés. Elle partagea avec Ghamzeh ce qu'elle savait de la « chose ». Elle lui parla aussi de Téhéran, où l'une de ses sœurs habitait.

— Elles ne portent pas toutes le tchador à Téhéran, tu sais. Elles portent aussi le hijab.

— Et les mollahs ne disent rien ?

— Non. Ma sœur m'a dit aussi qu'ils écoutent de la

musique « à la Los Angeles » et qu'il y a des cafés où l'on peut se réunir et manger des hamburgers.

— Et les mollahs ne disent rien ?

— Il paraît que non.

Le laxisme des clercs de Téhéran étonnait Ghamzeh. À Qom, ils étaient omniprésents et rien ne leur échappait. Le moindre écart était sévèrement puni. Une jeune fille qui s'était maquillée avait été battue. Ghamzeh n'aimait pas les ayatollahs de Qom. Elle les trouvait vaniteux et arrogants. Ils prêchaient la frugalité mais ils roulaient dans de superbes voitures. Et puis, ils la regardaient avec un air qui lui déplaisait.

— Maman, on ira à Téhéran ?

— Quoi ? À Téhéran ? Jamais !

— Pourquoi ?

— Qui t'a parlé de Téhéran ?

— Naimeh. Elle a dit que là-bas, les femmes ne portent pas le tchador...

Sa mère l'interrompit, furibonde.

— Ce sont des bêtises. Écoute-moi bien, Téhéran est une ville de dépravés.

Plus Ghamzeh grandissait, plus sa mère devenait intransigeante. Elle prenait son rôle de femme de martyr très au sérieux : « une catastrophe », avait commenté son oncle Akbari, qui avait vécu à Téhéran dans sa jeunesse.

Malileh se plaisait à sermonner tous les membres de la famille. À ses yeux, ils étaient tous des hérétiques promis aux châtiments les plus cruels. Seul Akbari réussissait à lui tenir tête.

— Ma fille ne mettra jamais les pieds à Téhéran, tu entends, Akbari.

— Écoute, ma chère sœur, avec tout mon respect, ce n'est pas toi qui en décideras. Tu connais le système. L'université, c'est un tirage au sort. Il y a une forte probabilité pour que Ghamzeh soit inscrite à l'université de la capitale.

— Je ne pourrais m'y résoudre. J'en mourrais. Ma petite fille...

Malileh se mit à pleurer.

— Pourquoi as-tu si peur de Téhéran ? Y es-tu jamais allée ?

— Haram !

— Que reproches-tu aux habitants de Téhéran ? Qu'ont-ils fait de mal ?

— Ils vivent dans la débauche, dit Malileh.

— Dans la débauche ? reprit Akbari. Parce que les femmes ont un *fokol* qui dépasse de leur foulard ? Parce qu'elles écoutent de la musique occidentale en prenant le thé ? Parce qu'elles se font refaire le nez ?

Malileh avait pris un air horrifié. Elle fit mine de se boucher les oreilles pour ne pas entendre ce que disait son frère.

Attablé, le reste de la famille se divertissait à les voir se disputer. Ghamzeh se faisait discrète. Elle était au centre de la discussion et pouvait envenimer les débats si elle intervenait. Akbari s'échauffa encore.

— Je suis sûr que de temps en temps, elles ne dédaignent pas un petit verre de porto.

— Comment oses-tu, mon frère ?

— Écoute, Malileh, tu le sais aussi bien que moi, le peuple persan a une histoire millénaire qui a précédé l'arrivée du prophète – la paix soit avec lui.

— Et alors ?

— Et alors, on ne va pas tout oublier. Nous sommes un peuple joyeux, optimiste. Nous aimons la danse et la boisson. L'interdiction de boire de l'alcool, c'est pour les Arabes, pas pour nous.

— Haram, répéta Malileh.

Son frère poursuivait, emporté par l'enthousiasme du conteur.

— Nous avons inventé les plus belles histoires d'amour, tu ne peux pas le nier. *Leila et Majnoun, Fahrad et Shirine,* Shéhérazade et *Les Mille et une nuits,* le monde entier nous les envie, nous les copie...

— Tu parles comme un mazdéen, haram ! Tu ne seras jamais un bon musulman, mon frère. Tu blasphèmes beaucoup trop.

— Ton mari serait d'accord avec moi, Malileh. L'odieuse hiérarchie cléricale a remplacé le dictateur. Pour les gens comme nous, c'est égal, à Téhéran comme à Qom. Et toi, tu crois à leurs salades.

Akbari se tut. En évoquant le nom du martyr de la famille, il avait été trop loin. L'assistance demeurait silencieuse. Malileh s'était pris la tête entre les mains et pleurait à chaudes larmes. Ghamzeh se leva pour aller la réconforter. Akbari s'excusa auprès de sa sœur, mais elle le repoussa doucement.

Ghamzeh embellissait et sa mère le mesurait au nombre croissant d'individus qui rôdaient près de la demeure familiale. Le tchador formait un fragile rempart entre le corps de sa fille et la concupiscence des hommes. Malileh le savait et redoutait le tirage au sort de l'université. Si sa fille était envoyée à Téhéran, sa silhouette magnifique serait visible de tous. Elle serait en danger.

Alors elle redoublait d'efforts. Elle se levait la nuit pour prier, pour demander à Dieu d'épargner son enfant et de la garder à Qom auprès d'elle. Encore des vœux, toujours des vœux et les interminables monologues sur la tombe de son époux, des jérémiades confuses auxquelles répondaient les voix sourdes et désespérées des autres veuves, accroupies devant le marbre.

La lettre arriva enfin. Malileh ne l'avait pas ouverte. Elle attendait que sa fille rentrât de l'école. Elle tremblait.

À l'expression paniquée de sa mère, Ghamzeh comprit qu'elle était en possession du courrier fatidique.

— Tu l'as ouverte ? demanda Ghamzeh.

— Je n'ai pas pu, répondit sa mère.

— Maman, arrête, ce n'est pas un avis de décès...

— C'est pareil, interrompit Malileh.

— Bon, je l'ouvre, dit Ghamzeh.

Elle se saisit d'un petit couteau aiguisé que sa mère utilisait pour cuisiner et fit glisser la lame sous le pli. Elle en retira la courte lettre à laquelle une ribambelle de tampons donnait un caractère officiel. Elle ne prit pas la peine de tout lire. À la fin du paragraphe, le nom de la ville de Téhéran s'inscrivait en caractères gras. Elle sourit, involontairement. Sa mère lui subtilisa la lettre, en lut rapidement le contenu, la toisa avec sévérité, puis la gifla sèchement.

Ghamzeh ne sut trop comment réagir. Elle baissa la tête, puis se décida à sortir de la maison.

— Où vas-tu ? lui demanda sa mère.

Ghamzeh ne lui répondit pas. Elle revint quelques heures plus tard. Sa mère n'avait pas bougé de la cuisine. Elle regardait fiévreusement le portrait de son mari comme on implore une image sacrée.

— Ils m'ont pris mon mari et maintenant, ils me prennent ma petite fille.

— Pourquoi m'as-tu giflée, maman ?

— Parce que tu es heureuse de partir. Je l'ai vu dans ton regard.

— Ce n'est pas cela, mais...

— Ghamzeh, ma fille, tu es adulte. Mais j'ai peur, tu comprends ?

— Pourquoi ?

— Parce que tu es belle, si belle que je ne trouve pas les

mots pour le dire à ton père, sous sa maudite tombe. Il serait le plus heureux des hommes s'il te voyait aujourd'hui.

— Tout ira bien, maman.

— Que Dieu t'entende et qu'il te protège, mon enfant!

Imitant d'autres jeunes filles de son lycée, Ghamzeh monta dans le bus qui les emmenait à l'université de Téhéran. La famille était venue la saluer. Malileh s'affaissait au bras de son frère, comme si elle revivait l'enterrement de son mari. On s'était employé à la consoler, à la rassurer. Après tout, ce n'était pas n'importe quelle université, c'était la « mère des universités », la plus ancienne et la plus grande d'Iran.

On lui avait raconté que la révolution islamique était partie de l'université de Téhéran, quand l'armée du shah avait tiré sur les étudiants dissidents. Vingt ans plus tard, d'autres étudiants avaient manifesté pour la démocratie, mais on avait préféré lui cacher cet épisode tragique, car plusieurs jeunes avaient perdu la vie dans les affrontements. On lui avait expliqué que le clergé était tout-puissant, que les ayatollahs contrôlaient les esprits dans les facultés. Malileh avait fini par céder et s'était résolue à laisser partir sa fille.

La chaîne des Alborz surplombait la ville et Ghamzeh admirait les nuages morcelés qui s'en disputaient les sommets.

Ils étaient tout près de Téhéran. La circulation se densifiait. De la fenêtre du bus, elle observait les voitures en contrebas. Elle espionnait les passagères. Elles ne portaient pas de tchadors, mais des fichus fantaisie qui laissaient échapper quelques mèches décolorées. Elle les voyait rire et bouger le buste au son de l'autoradio. Ghamzeh comprit qu'elle avait rejoint un autre monde.

Le bus arriva enfin.

Le pensionnat rassure les familles. Il préserve leurs filles des multiples périls de la ville. Pour Malileh, ce fut un soulagement de savoir que les sorties de Ghamzeh seraient scrupuleusement encadrées. Elle n'avait pas de proches parents à Téhéran. Elle devait s'en remettre au règlement de la « mère des universités ».

Ghamzeh partageait sa chambre avec une fille qui s'appelait Nima. Elle était de Téhéran. Ses parents l'avaient placée au pensionnat par commodité. Nima avait cinq frères et sœurs, beaucoup plus jeunes qu'elle. Elle avait cessé depuis longtemps d'être l'objet de toutes les attentions et ne s'en plaignait pas. Sans tutelle parentale, elle se sentait libre et l'univers carcéral de l'université ne la décourageait pas.

— Tu verras, tu t'y feras, dit-elle à Ghamzeh en guise d'introduction.

— À quoi ? interrogea Ghamzeh.

— À cette prison, ma belle princesse.

— Pourquoi m'appelles-tu comme cela ?

— Parce que c'est vrai. Tu es belle comme une princesse. Une fois que tu te seras débarrassée de ce truc informe, j'en connais plus d'un qui voudra te connaître.

— Mais qui voudrait me connaître ?

— Mais d'où débarques-tu, ma belle ? reprit Nima avec un air consterné.

— De Qom, répondit Ghamzeh.

— J'aurais dû m'en douter. Ils t'ont mise sous cloche et puis un jour, le bon génie des universités t'a fait sortir. Ne t'inquiète pas, je vais m'occuper de toi. Comment t'appelles-tu ?

— Ghamzeh.

— Eh bien, Ghamzeh, c'est une aventure pleine de rebondissements qui commence. Ne te fais pas de soucis. Je t'aiderai à déjouer tous les pièges de cette fac et crois-moi, ils sont nombreux ! On commence tout de suite. Règle de base : planquer les baladeurs, les DVD et les téléphones portables. Tu en as ?

— Non, répondit Ghamzeh presque gênée.

— Bon, ça simplifie le problème. Et du maquillage, tu en as ?

— Juste un peu de rouge à lèvres.

— Planque-le, on ne sait jamais, avec les blattes.

— Les blattes ?

— Ouais, les blattes, les surveillantes, on les appelle comme ça parce que ce sont de vraies fouille-merde, elles se nourrissent de nos secrets... Il te suffira de faire semblant de leur être soumise. Ça les tranquillisera. Elles ne se méfieront plus. Avec moi, tu es entre de bonnes mains. Tu auras tout ce que tu veux, la musique, le chocolat et même des jolis garçons si on devient copines.

Nima fascinait Ghamzeh. Elle avait l'air si sûre d'elle malgré son physique insignifiant. « Ni laide ni jolie », comme elle s'était décrite. « Mais j'ai l'arme absolue », avait-elle proclamé en bombant sa poitrine. « Ils n'y résistent pas. Toi, tu n'en as pas besoin. Un seul battement de tes cils les balayera tous. Mais il faudra que tu te débarrasses de tes vieilles fripes. »

Ghamzeh s'était facilement adaptée à son nouvel environnement. Elle était habituée à vivre dans des espaces restreints, privée de liberté. Elle ne sortait pas souvent à Qom. Par comparaison, l'université de Téhéran avait tout d'un terrain de jeu.

— Il faut que je te présente mon petit copain de la fac, Aslan.

— Tu as un copain ?

— Bien sûr. On se voit une ou deux fois par mois, pendant le week-end, quand mon père m'autorise à sortir de l'université.

— Il est comment, ton père ?

— Occupé. C'est ma chance. Il signe sans poser de questions. Je lui donne des explications bidon. Il croit que je sors de l'université pour aller acheter des bouquins ou faire des excursions avec les gens de la fac. Il ne vérifie jamais. Et puis, c'est vrai après tout, je fais des excursions avec des gens de la fac...

Nima se mit a rire.

— Et vous... osa demander Ghamzeh.

— Tu me demandes si mon namous n'est plus qu'un souvenir ? dit Nima avec espièglerie.

— Tu n'es pas obligée de...

— Pas de secrets entre nous, Ghamzeh. Je peux tout te raconter. Tu es mon amie.

Ghamzeh essaya de ne pas se laisser distraire par cette déclaration. Elle ne connaissait Nima que depuis deux trimestres et voilà qu'elle la considérait comme une amie. Ghamzeh contenait sa joie. Sa voix devint plus enjouée.

— Mais comment ça s'est passé ?

— Le plus simplement du monde. Toute la petite famille était partie à la montagne, à la station de Shemshak. En théorie, je devais être en sortie pédagogique. En pratique, je suis allée à la maison avec Aslan. On s'est embrassés et puis, on n'a pas résisté, on l'a fait, c'est tout.

— Et tes parents, ils vont dire quoi ?

— Rien, vu qu'ils ne le savent pas. Mon futur mari en revanche, il va falloir qu'il soit terriblement progressiste... Ou étranger, ajouta Nima avec une désinvolture qui déconcerta Ghamzeh.

— Je t'envie. Tu n'as peur de rien, lâcha-t-elle.

— Cent pour cent persane, ma belle ! dit Nima en prenant la pose d'une reine immortalisée par un portrait officiel.

— Tu vas l'épouser ? relança Ghamzeh.

— Pour l'instant, c'est le cadet de mes soucis. Du moment que je le vois de temps en temps et qu'il me câline. Après, on verra. Et toi ma princesse, je suppose que...

Ghamzeh l'interrompit.

— Tu supposes bien. Je n'ai jamais embrassé personne.

— Il faudrait d'abord que tu trouves un mec d'un mètre quatre-vingt-cinq.

Elles s'esclaffèrent.

On frappa à la porte. Une gardienne du dortoir entra et leur demanda pourquoi elles étaient de si bonne humeur, comme si le fait d'être heureuse était passible de sanctions. Nima lui répondit qu'elle venait d'avoir une très bonne en note en théologie et que cette nouvelle les remplissait d'allégresse. La gardienne n'en crut pas un mot et repartit avec un soupir de dédain.

Les mois passèrent et grâce aux astuces de Nima, Ghamzeh vécut confortablement sur le campus. Nima fut sa conseillère et sa confidente. Ensemble, elles parlaient de leur futur, de ce qu'elles feraient quand elles seraient diplômées. Ghamzeh était indécise. Elle étudiait les sciences humaines et ne savait que faire de ce bagage. Nima, en revanche, avait choisi sa voie. Elle serait créatrice de mode. Sa mère, qui avait des dons de couturière, lui avait transmis son talent. La curiosité et l'audace de Nima avaient fait le reste. Quand elle avait une permission du week-end et qu'elle ne voyait pas Aslan, elle se cloîtrait dans la petite pièce de la demeure familiale qui lui servait d'atelier. Au milieu des étoffes et des tissus, elle dessinait des patrons et se rêvait grande prêtresse de la mode orientale.

— As-tu déjà créé des vêtements ?

— Bien sûr, répondit Nima.

— Tu me montreras ?

— Pour cela, il faudra que l'on te donne la permission

de sortir. Je suppose que c'est ton oncle, en l'absence de ton père, qui devra signer l'autorisation.

— Je ne sais pas s'il acceptera.

— Compte tenu de ce que tu m'as raconté sur lui, il n'opposera pas de résistance, dit-elle, amusée.

Akbari fut accommodant en effet. Il promit de ne rien dire à sa mère.

Ghamzeh se souvenait de ses premiers pas hors du campus. Le hasard voulut que ce week-end de fugue tolérée tombât en plein *Norouz*. L'effervescence était perceptible. Les habitants de Téhéran s'apprêtaient à faire la nouba, comme si les milices *bassidjis* n'existaient pas, comme si la révolution islamique était restée révolutionnaire, pour changer d'ère, pour se dire que tout est encore possible. Les gens se souriaient avec un air complice et entendu. C'est dans cette atmosphère de liesse que Ghamzeh fit connaissance avec le monde extérieur.

Le père de Nima vint les chercher à la sortie de l'établissement, devant les grandes portes gardées par les sbires de l'ordre islamique qui les dévisagèrent avec un air qui semblait dire « on vous surveille » ou « votre joie n'est que de courte durée ». Le père de Nima eut du mal à dissimuler son trouble quand il découvrit Ghamzeh. Ses coups d'œil répétés dans le rétroviseur confirmèrent à Nima ce qu'elle savait depuis longtemps : Ghamzeh était irrésistible.

La famille de Nima vivait près de la place Vanak, dans un quartier qui jouxtait les rues les plus commerçantes et les plus animées.

— Je vais te montrer, lui dit Nima, enthousiaste.

Après le déjeuner, Nima et Ghamzeh firent du lèche-vitrines sur la Vali-Asr. Ghamzeh se rendit vite compte que son environnement n'était plus celui de Qom. Les vitrines des magasins étaient plus colorées. L'uniformité du tchador avait fait place à l'imagination des passantes. Elles faisaient du maquillage une peinture de guerre et de leur coiffure un panache provoquant. Elles livraient bataille à la morosité. Elles défiaient, autant qu'elles le pouvaient, la vigilance des patrouilles de la guidance islamique, toujours à l'affût, prêtes à punir les insolentes.

— Tu vois toutes ces femmes, Ghamzeh ? Ce sont mes futures clientes. Grâce à moi, elles vont être belles à damner un mollah.

— Nima, tu vas trop loin.

— Ne fais pas ta bigote, chérie. Regarde-toi. Tu crois que c'est charitable de priver les hommes de ta beauté ?

— Je te rappelle que nous ne sommes pas censées nous habiller dans le but de séduire notre prochain. Tu connais les versets du Coran.

— Je les connais. Tout est une question d'interprétation, Ghamzeh. Dans un monde d'hypocrites, il faut faire usage de la ruse. Je dissimulerai au grand jour. Je révélerai en toute discrétion.

— Je ne te suis pas, Nima.

— Je vais initier une mode qui mettra en valeur la sensualité des femmes sans jamais les exposer aux foudres des censeurs.

— Et tu vas faire comment ?

— Regarde cette femme, là-bas.

Une jeune Iranienne déambulait avec assurance sur le trottoir opposé. Elle portait un jean au plus près du corps et elle avait revêtu un pull blanc qui lui collait au buste. Sur sa tête, un fichu en soie qui rappelait la couleur de son jean. Elle avait mis un peu de rouge sur ses lèvres et ses grands yeux noirs étaient fortement soulignés par le mascara.

— Tu vois de quoi je veux parler, Ghamzeh. Cette femme a respecté le Coran à la lettre et pourtant, les hommes la regardent. C'est une question d'interprétation, je te dis.

— Tu es redoutable, Nima.

— Tu me flattes. Allez viens, je t'emmène boire un thé chez Anahita.

— Anahita, l'ancienne déesse de l'eau ?

— Tout à fait. Ça m'étonne qu'ils ne l'aient pas encore interdit, ce café, avec un nom pareil. Le propriétaire doit être un copain de l'ayatollah du coin.

Les deux jeunes femmes hâtèrent leur pas. Ghamzeh était tout émoustillée par ces découvertes.

Elles longèrent le parc Mellat. La nuit commençait à tomber. Ghamzeh remarqua les hommes qui se pressaient à l'entrée du parc. Pour une fois, ils ne la dévisageaient pas. Ils marchaient tels des zombies, droit devant eux, en regardant le sol.

— Ce sont des drogués, dit Nima.

— Vraiment ?

— Il y en a partout dans le parc. C'est là qu'ils vont pour se procurer leur dose ou se piquer. Tu ne le savais pas ? Nous détenons un record du monde. Pas celui du plus gros Produit Intérieur Brut, celui de la plus grosse population de camés. Opium, héroïne, crack, tout y passe, au grand bonheur de nos chers voisins Afghans.

— Tu l'as déjà fait ?

— Non, pas ça, non. Nima se mit à rire et elle ajouta : je n'ai tout de même pas tous les vices.

Le café Anahita était en vue. La façade était sobre. On aurait dit un entrepôt. Elles entrèrent et suivirent un petit couloir sombre et vide qui débouchait sur un vestibule aux murs bleus et décrépis. Une jeune femme les accueillit et les invita à rejoindre l'une des tables restées libres. Il y avait un léger fond musical, une voix d'homme que Ghamzeh ne reconnaissait pas.

— C'est Ameretat, un chanteur qui cartonne à Los Angeles, dit Nima.

— Ils ne disent rien ?

— Qui ? Les *bassidjis* ? Ils sont probablement parmi nous. Ça pullule. Ils viennent ici pour se rincer l'œil.

— Ils ne sont pas supposés chasser les provocatrices ?

— Oui, quand ils sont dehors, deux rues plus loin. Du moins ils essaient...

— C'est pourtant facile.

— Pourquoi crois-tu qu'il y ait tant de couloirs et de vestibules dans cet endroit ? Pour laisser aux femmes le temps de se « défaire une beauté ».

— C'est-à-dire ? interrogea Ghamzeh.

— Tu verras, mon amie Saba te montrera. Tiens, la voilà justement.

Saba s'était fait remarquer dès son arrivée. La mèche de cheveux qui s'échappait de son voile noir était d'une blondeur platine. Elle portait un chandail rose bonbon avec une tête de mort à paillettes entre les deux seins, qu'un soutien-gorge faisait ressortir. Elle portait un jean étroit, tenu par une ceinture dorée. Ses chaussures, à talons vertigineusement hauts, étaient roses, elles aussi. Elle avait dû les enfiler juste avant d'entrer dans la salle principale du café.

— Saba, je te présente Ghamzeh.

— Bonjour, Ghamzeh. Nima ne m'avait pas menti, tu es belle à mourir. En revanche, côté fringues...

Nima fusilla son amie du regard et lui glissa un « Tais-toi » que Ghamzeh entendit.

— Il y a quelque chose qui ne va pas ? demanda Ghamzeh en feignant d'ignorer le sujet de leur aparté.

— Non, rien, dit Nima, un peu gênée. Saba me disait qu'elle rêvait de te voir porter mes créations.

Les trois femmes prirent le thé puis, après avoir mieux fait connaissance, elles décidèrent d'aller chez Nima pour y découvrir sa nouvelle collection. Ghamzeh put observer la mutation dont Nima lui avait parlé. Saba avait laissé à l'entrée une sorte de manteau informe qu'elle revêtit hâtivement. Elle se rendit aux toilettes. Elle en ressortit avec des escarpins aux pieds. Elle avait gommé le rouge à lèvres de sa bouche. Sa mèche dorée avait disparu sous son hijab. Son expression, elle aussi, avait changé. Elle n'était plus l'allumeuse sulfureuse que le regard des hommes embrase.

— Impressionnante, la transformation, dit Ghamzeh à son amie.

— Une grande actrice, la Saba, je te l'avais dit.

De retour dans la maison familiale, Nima entraîna ses deux amies dans son atelier improvisé. Elle l'avait aménagé sous les combles. La lumière manquait et l'hiver, on s'y pelait de froid. Les murs étaient recouverts de pages de magazines de mode que Nima avaient consciencieusement découpées et sélectionnées.

— Où les as-tu eus, tous ces journaux ? demanda Ghamzeh.

— À Dubaï ! Maman y va régulièrement pour agrandir sa garde-robe. Elle m'en ramène à chaque fois.

Saba feuilletait les patrons qui jonchaient la grande table de travail.

— J'aime beaucoup celui-là, dit Saba en désignant l'un des modèles dessinés par Nima.

— Tu as du goût, chérie. Tu veux l'essayer ? ajouta Nima.

Saba lui fit un clin d'œil et se déshabilla promptement. Ses vêtements s'empilaient sur la chaise design. Sans aucune pudeur, elle s'exposait au regard de Ghamzeh avec des expressions enjouées qui la mettaient mal à l'aise.

Les dessous de Saba étaient affriolants. Un porte-jarretelles noir lui soulignait les cuisses. Sa culotte était assez transparente pour qu'on y devine son pubis. Un soutien-gorge de dentelle noire dessinait des arabesques autour de ses aréoles, larges et brunes. C'était la première fois que Ghamzeh voyait de la lingerie féminine, si suggestive, si sensuelle. Nima ne portait pas de dessous aussi coquins. Quant à sa mère, elle avait depuis longtemps renoncé à mettre son corps en valeur.

Nima remarqua son étonnement.

— Et elle a mis tout cet attirail rien que pour nous, commenta-t-elle.

Saba prit les habits que Nima lui tendait et les enfila avec assurance, sans cacher son excitation.

— Alors, comment me trouvez-vous ? demanda-t-elle à l'assistance.

— Tu es magnifique, dit Gahmzeh, bouche bée, dans un élan de sincérité qui ravit Nima.

— Et si, toi aussi, tu essayais quelque chose ? proposa Nima à Ghamzeh.

— Je ne sais pas, Nima.

— Tu veux dire que tu n'oses pas, ajouta Nima.

— Je n'ai jamais fait ça...

— Oh là là, on ne te demande pas de dire adieu à ton namous, Ghamzeh, juste d'essayer quelques fringues.

Saba se mit à rire, Ghamzeh à rougir un peu.

Ghamzeh hésita puis, devant l'insistance de ses amies, elle se décida à franchir le pas.

— Bon, très bien, finit par soupirer Ghamzeh.

Nima ne manifesta pas sa joie, de peur que son amie ne change d'avis. Elle ouvrit un grand placard dans lequel elle avait rangé les premiers modèles de sa collection. Elle attrapa un ensemble bleu et blanc qu'elle tendit à Ghamzeh. Du regard, elle chercha un endroit pour se changer, un paravent, une pièce annexe, une porte, un recoin, en vain. Elle ne pouvait plus reculer.

Lentement, elle retira ses vêtements. Les deux amies s'obligeaient à ne pas la regarder, pour ne pas l'intimider, mais elles remarquèrent ses dessous démodés, sa pilosité, la maladresse de ses gestes. Décidément la jeune fille de Qom avait besoin de conseils.

Ghamzeh avait enfilé un pantalon de soie blanche, étroit, qui rendait ses jambes interminables. Sur le haut du corps, une fine tunique lui enserrait la taille et s'ouvrait légèrement près du cou, assez pour qu'on devine sa poitrine. Elle n'était ni coiffée ni maquillée, et pourtant elle illuminait la pièce de sa beauté. Un diamant brut, éclatant, prometteur, bientôt convoité.

Nima et Saba ne savaient pas quoi dire. Elles se regardaient, interdites.

— Qu'est-ce que tu es canon, *mashallah*[22] !

— Merci, répondit Ghamzeh.

— Il faut fêter ça, ajouta aussitôt Nima en se saisissant de trois verres et d'une bouteille de Martini.

Après avoir rempli les verres, elle cria :

— Je porte un toast à la future top model *made in Persia* !

Ghamzeh porta prudemment le liquide à sa bouche et se rendit compte que c'était de l'alcool. Avant même qu'elle ait eu le temps d'en faire la remarque, Nima intervint.

— Je t'ai dit que je n'avais pas tous les vices, pas tous...

— Où l'as-tu eu ?

— Le Martini ? Facile, je fais comme tout le monde. J'ai des potes arméniens, de bons chrétiens qui m'achètent la marchandise à des prix scandaleux mais bon, il faut me comprendre, ce serait un peu délicat d'en demander à maman quand elle passe au duty free de Dubaï.

Ghamzeh humecta ses lèvres et fit une grimace de désapprobation.

— Cul sec ! encouragea Saba.

Ghamzeh ferma les yeux et avala son Martini d'un trait.

---

22. Que Dieu me pardonne.

Au bout de quelques minutes, elle sentit que la tête lui tournait et préféra s'asseoir.

Il y eut d'autres après-midis dans le petit atelier.

Ghamzeh essayait les créations de Nima. Elle était devenue le mannequin officieux de son amie. Ensemble, elles rêvaient de défilés, de séances photos, de couvertures de magazine et de gloire internationale.

Le train-train de l'université leur devenait insupportable. Elles attendaient avec impatience le terme de l'année scolaire, pour se diplômer, pour s'échapper.

La fin des cours n'inquiétait pas Nima. Ghamzeh, elle, paniquait. Elle se voyait contrainte de retourner à Qom, auprès de sa mère.

— Qu'est-ce que tu vas faire, une fois diplômée ? lui demanda Nima, un soir où son amie déprimait.

— Je ne sais pas, répondit gravement Ghamzeh.

— Pourquoi ne viens-tu pas avec moi ?

— Où ça ?

— À Dubaï !

— À Dubaï ? Pour quoi faire ? Et puis, d'ou te vient cette idée ? Tu ne m'en as jamais parlé, dit Ghamzeh agacée.

— Je t'en parle maintenant.

— Et pourquoi pas avant ?

— Je n'étais pas prête. Je voulais que mon projet soit mûr avant de t'en toucher un mot, expliqua Nima.

Elles se turent. Ghamzeh reprit le fil de la conversation.

— Alors, c'est quoi cette histoire de Dubaï ?

— J'ai un ami à Téhéran. Il s'appelle Arya. Ses parents sont riches. Ils ont investi beaucoup d'argent à Dubaï, dans des maisons, des appartements, des commerces... Ils ont revendu au bon moment. Ils ont mis un beau pactole de côté.

— Et quel rapport avec toi ? demanda Ghamzeh, se faisant plus pressante.

— Arya gère les affaires de son père à Dubaï. Je lui ai parlé de ma ligne de vêtements. Il a beaucoup aimé. Il m'a proposé de venir m'installer à Dubaï. Il va financer ma première collection.

— Tes parents sont d'accord ? demanda Ghamzeh.

— A priori, oui. Ma mère était une bonne couturière à ses heures perdues. C'est ma première fan.

— Et ton père ?

— Il a mollement protesté. Ma mère s'est chargée de le convaincre. Je te l'ai dit, au fond, je crois qu'il s'en fout. Il m'a dit que je pouvais occuper l'appartement que nous avions acheté sur la marina de Dubaï. Il est content que je l'occupe.

— Et tu vas partir toute seule ? demanda Ghamzeh, intriguée par les révélations de sa meilleure amie.

— Pas si tu m'accompagnes, reprit Nima.

— Tu es folle. Jamais ma famille ne me laissera quitter l'Iran.

— Tu n'as pas de la famille à Dubaï chez qui loger ? Ta mère serait d'accord, insista Nima.

Ghamzeh réfléchit. Ses yeux s'éclairèrent.

— Il y a l'oncle Sahand.

— Qui est-ce ?

— C'est le frère de mon défunt père. Il est parti d'Iran après la révolution islamique. Je ne l'ai jamais rencontré. Mon père en parlait avec admiration. Il travaille pour une famille de *bastaki*.

— Eh bien voilà. Tu n'as plus qu'à appeler le bon vieil oncle Sahand !

— Ah oui ? Et je lui dis quoi ? Que je me suis rappelé qu'il existait ?

— Envoie-lui ta photo, ça suffira.

— C'est malin. Et je ferai quoi, moi, à Dubaï ? La mannequin de Nima Couture ?

— Par exemple.

— Arrête de plaisanter, Nima.

— Tu n'as qu'à dire à ta mère que tu souhaites poursuivre tes études à l'université de Dubaï. Fais travailler ton imagination.

— Mais je ne sais pas si j'ai envie d'y aller, moi, à Dubaï...

— Alors notre conversation est finie, coupa Nima.

Un nouveau silence sépara les deux amies.

Ghamzeh se tapotait nerveusement les genoux. Elle se sentait incapable de se décider. Le mannequinat n'est pas un métier. Et Dubaï ? À chaque fois que les filles de l'université en parlaient, leurs sourcils se soulevaient, comme s'il s'agissait d'un détail intime. Elle était intriguée, c'est vrai. Et puis il y avait son amie Nima, qu'elle ne voulait pas décevoir.

— Pourquoi ne m'as-tu jamais présenté Arya ? demanda soudain Ghamzeh à son amie.

— J'y crois pas, lâcha Nima, mi-agacée, mi-amusée.

— Hein, pourquoi ? Il n'est pas beau, ton ami businessman ? insista Ghamzeh.

— Pas vraiment beau non, répondit Nima, songeuse.

— Tu es sortie avec lui ?

— Ghamzeh, ça suffit maintenant. Si tu veux, je te le présenterai le week-end prochain. Il y a une petite fête chez Saba. Il est invité. Tu diras à ton oncle que tu as une sortie pédagogique. Voilà, tu es contente ?

Ghamzeh n'avait pas eu souvent l'occasion de sortir en soirée depuis son arrivée à Téhéran. Elle avait été invitée à quelques dîners chez Nima. Elle avait gentiment flirté avec l'un des ses cousins, rien de sérieux, mais elle s'était volontiers prêtée au jeu.

Ghamzeh avait revêtu une création de Nima pour l'occasion, une longue tunique cintrée, blanche, qui s'entrouvrait au niveau de la taille et découvrait un pantalon noir de jais.

— N'est-ce pas indécent ? avait demandé Ghamzeh.

— Indécent ? Non. Provocant ? Un petit peu, mais on est là pour ça, non ? Rappelle-toi, tu es ma créature, mon expérience », répondit-elle avec une voix censée imiter un professeur pris de démence.

Elles entrèrent dans l'appartement de Saba. Il était tard. Il y avait déjà beaucoup de monde. La musique R&B couvrait les voix. La fumée de cigarette formait un brouillard jauni au-dessous du plafond.

— Arya est là, dit Nima avec une expression étrange.

Il les aperçut tout de suite et le regard qu'il adressa à Ghamzeh pouvait laisser penser qu'il viendrait à leur rencontre.

Nima était agitée. Arya s'approcha d'elle.

— Je suis content de te voir, Nima. Tu ne me présentes pas à ton amie ? dit-il brutalement et sans se préoccuper de ce que Nima pouvait ressentir.

— Je m'appelle Ghamzeh...

— Et vous êtes magnifique. Si c'est une création de Nima, je signe toute de suite », interrompit Arya.

Le visage de Nima s'illumina. Elle voulait dire quelques mots. Elle n'en eut pas le temps. Elle fut emportée par un groupe d'amis éméchés.

— Je ne sais pas si je vais réussir à vous parler, dit Arya.

— Et pourquoi donc ?

— Parce que vous êtes trop belle, je n'arrive pas à vous regarder en face, expliqua Arya.

Ghamzeh s'empourpra. Ils restèrent ensemble toute la soirée. Personne n'osa les déranger, pas même Nima, qui les surveillait du regard et devinait l'issue de leur flirt.

— Je la raccompagne, dit Arya au moment de les saluer.

Nima voulut s'interposer. Ghamzeh l'en empêcha et lui dit en aparté :

— Ne t'inquiète pas, Nima, je sais ce que je fais.

— Tu es sûre, Ghamzeh ? Il va t'emmener chez lui. Il te fera des avances. Il te demandera de coucher avec lui. Tu y as pensé ?

— Je te dis que tout va bien, répéta-t-elle doucement.

Nima ne revit Ghamzeh que le lendemain matin. Elle n'avait pas dormi du reste de la nuit. Elle s'en voulait. Elle n'aurait jamais dû laisser sa copine voir Arya. Que dirait la famille de Ghamzeh si elle apprenait qu'elle avait passé la nuit avec un homme ?

La porte d'entrée claqua. Nima se précipita à la rencontre de son amie, qui souriait.

— Tu vas bien ? demanda-t-elle, essoufflée.

— Très bien, merci ; qu'est-ce qui t'arrive, tu as une tête épouvantable ?

— Ne me dis pas que tu l'as fait ! hurla Nima.

— Eh si, répondit Ghamzeh, toute guillerette.

— Comme ça... ?

— Comme toi, Nima. On s'est embrassés et... on n'a pas pu résister.

— Il... Il ne t'a pas fait mal ? demanda Nima, hésitante.

— Un peu. Il est si gentil. Il est si charmant...

— Vraiment ?

— Il m'a dit des choses magnifiques, tu sais. Je crois qu'il est fou de moi.

— Je n'en doute pas, commenta Nima avec une pointe de sarcasme.

— Il me plaît. Il m'a conseillé d'aller à Dubaï, lui aussi. Il m'a dit qu'il avait des contacts, qu'il me ferait rencontrer des photographes de mode...

— Il est très convaincant, je sais.

— Tu n'as pas l'air heureuse, Nima. Tu devrais me féliciter. Je t'en veux un peu, tu sais, tu aurais dû me le présenter avant, cet Arya.

Ghamzeh ne revoyait pas Arya aussi souvent qu'elle le souhaitait. Il faisait beaucoup d'allers-retours entre Téhéran et Dubaï, pour ses affaires.

— L'attente est le meilleur des aphrodisiaques, avait commenté Nima.

— Tu as raison, chérie. Quand je le revois, je suis dans un état...

— Il te traite bien, j'espère ?

— Pourquoi ? Tu en doutes ? C'est ton ami, non ?

— Je demande, c'est tout.

— Il est adorable. Mon sixième sens me dit qu'il va bientôt m'offrir quelque chose. Il prépare un truc.

— Non, crois-moi, il ne te fera pas de cadeau, murmura Nima.

— Qu'as-tu dit ?

— Je disais qu'il allait sûrement te faire un cadeau, mentit Nima, rassurée que son amie n'ait pas compris le sens de ses paroles.

Arya avait encouragé Ghamzeh à venir vivre à Dubaï, mais il s'était montré moins insistant qu'à leur première rencontre.

Il avait tenu ses promesses. Il avait participé au financement de la première collection de Nima, dont les parents, quant à eux, avaient payé le premier bail du show-room, sur Al Wasl road.

Ghamzeh avait trouvé une spécialisation en ressources humaines à l'université de Dubaï. Elle avait appelé son oncle Sahand, qui s'était montré très chaleureux. Il lui avait donné sa parole. Il parlerait à sa mère. Il réussirait à la convaincre. Il avait même ajouté qu'il pourrait lui trouver un poste de responsable des ressources humaines une fois ses études terminées.

Ghamzeh avait appelé sa mère une semaine après. Comme elle pouvait s'y attendre, Malileh était farouchement opposée à son départ aux Émirats, mais l'insistance des hommes de la famille l'avait réduite au silence.

— Tu m'appelleras souvent ?

— Oui, maman.

— Tu fais attention à ton namous, hein ?

— Euh... oui maman, répondit Ghamzeh avec embarras.

Ghamzeh habitait chez Sahand, qui possédait une grande villa spacieuse, dans une résidence chic, en bordure du désert. Elle utilisait le chauffeur de son oncle quand il était disponible, ou elle appelait une compagnie de taxis privée dont seuls quelques privilégiés avaient le numéro.

Elle était quelquefois invitée dans l'appartement de Nima. D'autres fois, elle était aussi invitée dans l'appartement de Nima, du moins c'était le mensonge qu'elle donnait à son oncle pour passer la nuit avec Arya.

Ghamzeh vivait un véritable conte de fées. Arya la traitait comme une sultane. Il l'emmenait dans les plus beaux hôtels, il la présentait à ses amis influents, il lui donnait carte blanche dans les plus belles boutiques de la ville.

Calée dans le siège avant de la Lamborghini noire, alanguie sur le pont avant d'un yacht, Ghamzeh rêvait les yeux ouverts, insouciante, émerveillée, hébétée par tant de luxe.

Ghamzeh n'eut pas de difficulté à intégrer la principale agence de mannequins de Dubaï, Fairouz. Les filles de l'agence étaient des Ukrainiennes, des Tchèques, des Russes et quelques Nord-Africaines dont la réputation n'avait pas encore été souillée par la rumeur.

Ghamzeh se lia d'amitié avec la seule Européenne de cette élite, Samantha, une Anglaise originaire de Manchester qu'une chevelure rouge et des taches de rousseur avaient rendue célèbre. Samantha lui apprit tout ce qu'elle devait savoir de ce milieu.

— Tu as un copain ? demanda-t-elle aussitôt.

— Oui.

— Un régulier ?

— Oui.

— Riche ?

— Plutôt, oui.

— Alors, tu es sauvée, ajouta Samantha.

— Pourquoi dis-tu ça ?

— Tu vois la jolie blonde, là, qui discute avec le mec de l'agence ? Ça fait trois ans qu'elle essaie de ferrer un gros poisson, un mec riche, un milliardaire local, mignon si possible, mais c'est plus difficile à trouver. C'est son obsession. Elle est passée entre les bras de tous les magnats du Golfe, mais ils ne l'ont jamais gardée plus d'un week-end. Résultat, tout le monde la traite de pute et crois-moi, c'est le mieux qu'elle puisse espérer, une ou deux passes hebdomadaires à quatre mille dollars la nuit, c'est déjà pas mal. Tout ça, c'est de la faute de Sylvia.

— C'est qui, Sylvia ?

— Un mannequin bulgare, l'une des premières à s'être installée à Dubaï. Un fils de cheikh était tombé amoureux d'elle et l'avait épousée au bout de quelques mois. Ils sont toujours ensemble. Maintenant, elles croient toutes qu'elles auront la chance de séduire un de ces types.

— Ça peut encore arriver, non ?

— Ce n'est plus possible. Les gars se méfient et les familles veillent. Ils sont tous rentrés dans le rang. Ils n'épousent que leurs cousines ou les filles des amis de leur père.

— Que veux-tu dire ? demanda Ghamzeh, que toutes ces révélations laissaient perplexe.

— Quand le marché de la mode a explosé à Dubaï, les filles expérimentées étaient rares. On se les arrachait. Depuis quelques années, elles viennent du monde entier, et on ne leur demande pas leur CV. Il suffit qu'elles soient grandes et conciliantes.

— Mais ce sont des mannequins, n'est-ce pas ?

— Des hôtesses, des mannequins, des courtisanes, des putes... Franchement je n'arrive plus à faire la différence. Tu sais, c'est dur de refuser quelques milliers de dollars quand tu viens de la banlieue d'Astana, surtout si le mec a des manières.

Ghamzeh était abasourdie.

— Ne fais pas cette tête. Tu connais la règle ?

— Non.

— Ne jamais tomber amoureuse. C'est beaucoup trop dangereux, tu peux devenir aveugle.

— Je ne comprends pas.

— Je vais te raconter une histoire. Quand j'ai commencé à Dubaï, j'avais une amie serbe, Zora. Elle avait gagné un jeu de télé-réalité dans son pays. Elle avait acquis une petite notoriété, posé dans les magazines et s'était faite repérer par un cheikh en voyage d'affaires. Il l'avait rencontrée à une réception, il lui avait fait du baratin et il l'avait invitée sur son yacht pendant les vacances d'été. Elle avait craqué et accepté son invitation. Ils avaient passé une semaine sur le bateau. Il lui avait fait son numéro. Elle était conquise. Au moment de partir, il lui avait dit qu'elle était la plus belle, qu'il ne pouvait se passer d'elle et qu'elle devait venir à Dubaï pour vivre avec lui. Elle avait débarqué à Dubaï l'été suivant. Il lui avait offert un gigantesque appartement sur la palme, il lui donnait beaucoup d'argent de poche et il lui promettait qu'elle ferait une carrière fantastique mais pour ça, il fallait qu'il s'occupe des formalités. Alors il lui a pris son passeport.

— Son passeport ? demanda Ghamzeh, qui se décomposait.

— Oui, son passeport. Elle, crédule, ne se méfia pas.

Elle lui confia ses papiers et continua à faire la tournée des palaces en sa compagnie. Un jour, plus rien.

— Comment ça, « plus rien » ? reprit Ghamzeh, qui tremblait légèrement.

— Il ne l'a plus contactée.

— Jamais ?

— Non. Il est revenu au bout de six mois. Il lui avait envoyé un chauffeur qui l'avait conduite à l'une de ses résidences secondaires, paumée dans un désert du sud du pays. Il l'a baisée toute la nuit et, au petit matin, le chauffeur l'a raccompagnée chez elle, comme si de rien n'était.

— Comme si de rien n'était... répéta Ghamzeh, le regard perdu.

— Elle est son esclave sexuelle, tu comprends. Il l'appelle quand bon lui chante. Il la fait surveiller. Il la ferait arrêter si elle tentait de s'enfuir. Elle est piégée dans sa cage dorée. Mais le soleil brille...

De la sueur perlait au cou de Ghamzeh. Elle se frotta les yeux, laissant des marques de maquillage sur son visage. Elle respirait péniblement.

— Ghamzeh, ça ne va pas ? Qu'est-ce que tu as ? s'inquiéta Samantha.

— Le cheikh lui avait demandé de venir à Dubaï, n'est-ce pas ?

Samantha comprit pourquoi Ghamzeh avait paniqué.

— Oh là, doucement ma jolie. Il t'a pris ton passeport, ton prince charmant ?

— Non.

— Alors, cesse de te faire du souci. Tu es libre, tu as un copain, une maison, une famille, un avenir, alors calme-toi. Tu es magnifique, tu as tout pour toi, Ghamzeh, tu vas faire un malheur à Dubaï. On se voit demain au casting, OK ?

— OK, dit Ghamzeh.

Toutes les filles de l'agence avaient été convoquées par l'agence de publicité qui travaillait pour une grande compagnie locale, un conglomérat familial qui importait des franchises de luxe, américaines, italiennes ou françaises. Ils lançaient une campagne de relations publiques et ils avaient besoin d'une nouvelle image pour leur groupe. Ils cherchaient la créature hybride, « celle qui fera fantasmer les expatriés, rendra fous les locaux et rassurera les mères de familles », avait commenté le chef du casting.

— Comme d'habitude... Ils finiront par sélectionner une Indienne au teint clair. Je suis *out,* avait commenté Samantha

— Avec mes yeux bleus, je n'ai aucune chance, avait renchéri Ghamzeh.

— Pas sûr, ma belle. C'est la folie des verres de contact en ce moment. Tu peux passer pour une Émirati qui se colore les pupilles.

Le casting était ennuyeux. On lui avait demandé de porter l'abaya, de sourire exagérément, de prendre des poses de femme affairée, et puis au revoir. Une semaine après, l'agence de publicité l'avait rappelée. Ghamzeh avait été choisie par la marque.

Ghamzeh était heureuse et soucieuse à la fois. Que diraient les membres de sa famille si les photos leur parvenaient ? Ils sauraient qu'elle avait menti. Il faudrait qu'elle prenne les devants, qu'elle parle à son oncle Sahand.

Nima lui fit une crise de jalousie sans précédent.

— Tu me salues encore ? Je suis flattée.

— Nima, je ne te comprends pas. Je sors avec Arya, et tu n'es pas contente. Je décroche mon premier contrat, et tu n'es pas contente. Je te croyais mon amie.

— Je le suis. Et toi, est-ce que tu l'es encore ?

— Évidemment.

— Tu es toujours mon mannequin fétiche ? dit elle en esquissant un sourire gêné.

— Mais bien sûr, idiote !

Ghamzeh enlaça Nima et la rassura.

— Je te le promets, je serai avec toi au défilé. Comment as-tu pu en douter ?

— Excuse-moi, je suis nerveuse. C'est ma première collection.

— Et moi mon premier défilé de mode, qu'est-ce que tu crois ? J'appréhende, moi aussi.

— Il y a un problème, cependant.

— Lequel ? demanda Ghamzeh.

— Il faut que tu te trouves un autre nom. Ghamzeh, ça ne sonne pas bien pour un mannequin de ta classe.

— J'ai une idée, répondit-elle.

— Vas-y.

— Anahita.

La semaine de la mode automne-hiver de Dubaï avait lieu en avril, juste avant les grosses chaleurs de l'été. Depuis son arrivée aux Émirats, Nima avait travaillé jour et nuit. Ghamzeh allait souvent à l'atelier et se prêtait à tous les caprices de son amie créatrice. Elle lui pardonnait volontiers ses colères, ses angoisses et ses crises de larmes intempestives. Elle n'oubliait pas ce qu'elle lui devait, son amant, sa carrière, presque tout.

Nima avait lancé sa collection sous son propre nom. Ses créations flirtaient avec l'interdit. Comme elle l'avait prédit quelques années plus tôt, Nima naviguait dans les eaux troubles de l'ambiguïté, presque à « contre-Coran ». Elle avait pris les Écritures à revers sans jamais les trahir. La femme Nima se voilait, se couvrait, se masquait, non pour se cacher ou se protéger, mais bien au contraire, pour faire naître un désir nourri de mystère.

Les jambes de la femme Nima étaient parées de motifs, des lianes entremêlées qui remontaient jusqu'en haut des cuisses, fantaisies florales pour les uns, serpents lubriques pour les autres, ce qui ferait sans doute scandale vu l'aversion des musulmans pour les reptiles. Les gardiens des textes ne pourraient être catégoriques. Pas un centimètre de peau n'apparaissait.

Au-dessus des collants, la femme Nima portait un short, de cuir ou de soie, vert de préférence, la couleur de l'islam ou du dollar. Les journalistes choisiraient.

La femme Nima portait une courte veste qui s'ouvrait sur la poitrine en formant un V plongeant. Sous la veste, une chemise de couleur claire qui rappelait la nacre. La veste était sombre, la chemise lumineuse. Le contraste, saisissant, hypnotisait.

La femme Nima portait un hijab, d'une couleur qui rappelait le ton de la chemise. Il couvrait ses cheveux sans masquer les contours du visage. Il dessinait un V, lui aussi, à la base du cou. On le qualifierait d'occidental, parce qu'il rappelait les foulards portés par les Parisiennes dans les années 1950.

Nima avait compris le grand dilemme de la femme musulmane, son désarroi aussi. Elle révérait Dieu, elle voulait être respectée, elle abhorrait la conversation des hommes quand elle n'avait d'autre but que de la posséder, mais elle était femme, avant tout. Qu'elle soit discrète, voilée, coquette, effrontée, peu importe, elle voulait d'abord se plaire et se sentir belle.

La commission avait passé en revue la collection. À la grande surprise de Nima, elle n'avait pas émis de veto. Le show pouvait commencer.

Ghamzeh était nerveuse, moins par crainte de trébucher sur le podium que de décevoir Arya et Nima.

Les invités arrivaient dans le hall de l'hôtel où se tenait le défilé. Toute la jet-set de Dubaï s'y était donné rendez-vous.

Les femmes des riches Émiratis portaient de longues abayas noires qui dissimulaient leurs pieds et donnaient l'impression qu'elles se déplaçaient en lévitation. À l'endroit des manches, à l'échancrure du col, quelquefois dans le dos, un sillage de paillettes scintillait. Leur bouche était parfois maquillée, de rose et mat pour les plus réservées, de rouge et brillant pour les plus téméraires.

Leurs maris, vêtus d'une gandourah blanche immaculée, les accompagnaient. Ils restaient à leurs côtés tout en esquissant un regard furtif vers les autres femmes qui portaient des jupes courtes et des couleurs vives, aux limites de la décence.

Une voix mielleuse résonna. Le spectacle pouvait commencer. Ghamzeh écarta le rideau qui la séparait du podium et jeta un œil dans la salle. Les Émiratis s'étaient réfugiés sur la partie gauche de la scène pour former un clavier de piano, touches de blanc et de noir, au milieu duquel elle reconnut Arya, en grande discussion avec un homme d'affaires local.

— Dis donc, le portemanteau, bouge-toi, tu commences dans dix minutes, interpella une voix d'homme efféminée derrière son dos.

— Comment vous m'avez appelée ? dit Ghamzeh en se retournant.

— Oh, pardon Anahita, je ne vous avais pas reconnue.

— Ce n'est pas grave, répondit Ghamzeh, qui comprit à cet instant le traitement de faveur qu'on lui réservait.

Une musique se fit entendre, mélange dissonant de rythme techno et de mélodies orientales. Ghamzeh s'élança la première.

Au bout du podium, les photographes l'attendaient comme un peloton d'exécution. Ils déclenchèrent leurs flashes quand elle fut à portée d'objectif. Elle entrevit Arya qui glissait un commentaire dans l'oreille de son voisin, sans doute pressé de lui confirmer qu'elle lui appartenait.

Les mannequins se succédaient. Les applaudissements crépitaient. Les femmes émiratis s'agitaient, ne sachant s'il fallait s'offusquer ou s'enflammer. Ghamzeh présentait le dernier modèle. Le verdict allait tomber.

Elle fit demi-tour, récolta une dernière salve de flashes et s'immobilisa. Il y eut quelques secondes d'hésitation, un léger flottement, puis une femme, au premier rang, se leva et cria « bravo ». Elle provoqua une véritable ovation parmi les spectateurs qui n'attendaient que ce signal pour féliciter la créatrice. Nima, intimidée, rejoignit Ghamzeh, qui la prit par la main. Elle salua plusieurs fois avant de se réfugier dans les coulisses.

— Bravo Nima, lui dit Ghmazeh quand elle la retrouva.

— Merci, répondit-elle en laissant échapper les larmes du soulagement.

Arya se précipita vers elles.

— Dépêche-toi, Nima, il y a une journaliste étrangère qui t'attend. Elle a beaucoup insisté pour te voir.

Nima soupira. Elle était épuisée, vidée. Elle avait peur de ne pas trouver les mots justes.

— Félicitations... commença la journaliste.

— Merci.

— Pourquoi faites-vous ce métier, Nima ?

— Ma mère adorait la couture. C'était sa passion. J'étais fascinée par ses créations. Je pense que j'ai voulu l'imiter.

— Il n'y a pas d'autres raisons ?

Nima hésita puis elle ajouta : « Dans mon pays, vous savez, les femmes ont peu d'opportunités de se faire belle et de se mettre en valeur. Je viens à leur rescousse, si j'ose dire... »

— Ne craignez-vous pas d'indisposer les censeurs ? reprit la journaliste.

— Je ne pense pas, non. Mes tenues sont tout à fait convenables. Pourquoi s'offusqueraient-ils ?

— Parce que vous donnez une image très indépendante et très dominatrice de la femme, vous savez.

— Vraiment ? Je veux simplement que la femme puisse se sentir libre.

Cette petite phrase se retrouva dans l'un des plus grands journaux de mode. Titré « Les libres persanes », l'article d'un magazine prestigieux était illustré d'une magnifique photo de Ghamzeh, cambrée, mains sur les hanches, posant devant les photographes avec cet air de défier le monde entier. Les réactions ne se firent pas attendre.

— Je n'ai rien fait de mal, dit Nima.

— Au contraire, répondit Arya, la collection est un succès, nos carnets de commande sont remplis. Mais tu as été trop loin, Nima.

— Ma collection a été approuvée par la commission, je ne choque personne.

— Il ne s'agit pas de cela.

— Alors, que veux-tu ? demanda Nima, énervée.

— Ta petite phrase sur la femme libre. Ils n'ont pas aimé, en Iran.

— Les Iraniens n'ont pas changé. Que les femmes veuillent les charmer, ça ne les gêne pas, au contraire, ça flatte leur virilité. Mais que les femmes veuillent s'affranchir de leur désir, ça les dérange, ça les fait paniquer, comme des enfants qui craignent que leur mère ne les abandonne.

Arya préféra s'éclipser. Il salua précipitamment Nima, qui haussa les épaules.

— Tu peux t'en aller, toi, tu es le pire de tous.

Pour Ghamzeh, ce fut encore plus compliqué. Les images du défilé avaient été reprises par tous les médias iraniens. Pour les réformistes, Nima était le symbole d'une nouvelle génération de femmes, plus émancipées, sûres de leurs choix et prêtes à les assumer. Pour les conservateurs,

Nima représentait une menace, d'autant plus dangereuse qu'elle venait de l'extérieur et qu'elle serait plus difficile à endiguer.

Si les oncles de Ghamzeh furent indulgents, sa mère, elle, ne décolérait pas.

— Tu m'as menti, Ghamzeh.

— Je n'avais pas le choix, maman. Le mensonge, c'est fait pour les gens qui ne peuvent entendre la vérité. Comment aurais-tu réagi si je t'avais tout avoué ?

— Tu m'as déshonorée aussi...

— C'est surtout ça qui te préoccupe, n'est-ce pas ? Le regard des voisins, les racontars, ta réputation...

— Et ça te semble peu ? As-tu seulement idée de ce que je vais endurer dans les prochains mois par ta faute ?

— Je suis désolée. Je ne voulais pas que ça finisse comme cela. Nima et moi ne pouvions prédire le succès de la collection...

— Et cette fille de Téhéran... Elle est responsable de ce malheur. Je l'avais dit à ton oncle. Il ne fallait pas te laisser partir de Qom.

— Tu sais bien que c'était impossible. Pourquoi ne viens-tu pas me rejoindre à Dubaï, maman ?

Malileh ne répondit pas. Elle pleurait silencieusement.

— Je veux que tu me laisses maintenant.

Et elle raccrocha.

La machine médiatique s'était emballée. Il y eut encore plus d'interviews, plus de controverses et plus de louanges. Nima était aux anges, Arya se gargarisait du succès et Dubaï se félicitait de ce nouveau vacarme. Une fois de plus, les yeux du monde étaient posés sur la cité extravagante.

Ghamzeh, ou plutôt Anahita, devint l'un des mannequins les plus recherchés du Golfe. Les contrats s'accumulaient. Elle gagnait assez d'argent pour emménager dans son propre appartement, mais elle préférait rester chez son oncle. On ne l'importunerait pas. Samantha lui avait raconté qu'un mannequin russe avait élu domicile dans un hôtel *shariah compliant* de la ville pour qu'on la laissât tranquille. Personne ne l'abordait.

La villa de l'oncle était son refuge, sans être sa prison. Depuis le défilé, Arya l'invitait à sortir de plus en plus souvent. Il adorait parader à son bras.

— Tu es sa bête de compagnie, avait dit Nima, agacée.

— Et toi, tu es jalouse, avait répondu Ghamzeh en plaisantant.

— Méfie-toi, c'est tout.

— Le mec de l'agence Fairouz, Eissa, il m'a appelée hier. Il était dans tous ses états. Je ne l'avais jamais entendu comme ça.

— Qu'est-ce qu'il voulait ? demanda Nima.

— Un cheikh organise une grande soirée sur une de ses îles privées, sur le détroit d'Ormuz. Il y aura plein de gens connus paraît-il, des acteurs de Bollywood, des princes, des ambassadeurs... Il veut que je vienne avec d'autres filles de l'agence.

— Ils vont te payer ?

— Très bien, même, dix mille dollars.

— Je ne pense pas que je pourrai m'offrir Anahita pour ma prochaine collection. C'est au-dessus de mes moyens.

— Nima, arrête, s'il te plaît.

— Si j'étais toi, je ne dirais rien à Arya. Il le prendrait mal. D'abord parce qu'il s'offensera s'il n'est pas invité. Ensuite, parce qu'il n'apprécierait pas que tu participes à ce genre de fête.

— Que veux-tu dire, Nima ?

— Ne sois pas stupide, Ghamzeh. À dix mille dollars la

soirée, ils ne vont pas seulement te demander de tenir une coupe de champagne.

— Tu exagères.

— Tu es incroyable, petite fille craintive de Qom. Tu fais la timide, la méfiante et puis, sur un coup de tête, tu te jettes dans la gueule du loup.

— C'est sur un coup de tête que je t'ai suivie à Dubaï, Nima…

— C'est moi que tu as suivie, pas un apprenti proxénète.

— Eissa a dit que cette soirée pouvait booster ma carrière, qu'il y aurait des gens très influents à Dubaï…

— Je t'aurai prévenue, coupa Nima.

Ghamzeh appela Samantha qui lui confirma les inquiétudes de Nima.

— Et si un type influent te demande de passer la nuit avec lui, tu feras quoi ? commenta Samantha.

— Je refuse…

— Et tu crois que c'est si simple ? Tu veux un conseil ? N'en parle pas à ton chéri.

Eissa l'avait rappelée. Il lui avait donné rendez-vous le lendemain matin, au bar du grand hôtel qui domine l'île artificielle.

Ghamzeh n'était pas seule. Une dizaine de filles patientaient, un verre à la main. Ghamzeh reconnut des mannequins russes et brésiliens qu'elles avaient croisés dans les castings. Il n'y aurait pas de compétition aujourd'hui. Elles seraient toutes prises.

Eissa arriva, portable sur l'oreille, cheveux gominés, ceinturon massif et les yeux cernés par le stress.

— On y va les filles. Le bus vous attend.

— Le bus ? s'étonna Ghamzeh.

— Pas pour toi, Anahita, tu restes avec moi. On attend quelqu'un. On prendra la limousine.

Les filles regardèrent Ghamzeh avec dédain et se dirigèrent vers le bus. L'invité mystère se présenta quelques minutes plus tard. Un très bel homme, plutôt jeune, originaire d'Iran lui aussi. À la montre qu'il portait au poignet, Ghamzeh comprit qu'il était riche. Il s'appelait Sattar. Il parlait doucement. Il était poli. Ghamzeh en fut rassurée.

— On va prendre ma voiture, dit Sattar.

Une Maybach noire stationnait devant l'entrée de l'hôtel. Un grand Kenyan leur ouvrit la portière de la berline. Eissa était monté devant, à côté du chauffeur.

— Pourquoi ce traitement de faveur? demanda Gahmzeh, un peu inquiète.

— Vous êtes une célébrité, Anahita. Personne n'avait provoqué un tel chaos en Iran depuis les dernières secousses sismiques.

« Que faites-vous dans la vie ? lui demanda Ghamzeh.

— Import-export... De pétrole. C'est répétitif, mais lucratif. Je ne me plains pas.

L'homme se tut. Ghamzeh choisit de l'imiter.

Le véhicule prenait la direction de l'aéroport où les attendait un hélicoptère. L'appareil décolla. Ghamzeh, nez contre la vitre, admirait les rivages de la ville artificielle, ses îles en forme de palmier ou de planisphère, sa tour immense qui perçait l'horizon. Ils survolaient maintenant le détroit d'Ormuz. Le jour tombait, la lumière était magnifique. Ici et là, des lumières rouges signalaient la présence d'un pétrolier ou d'une plateforme off-shore quand une grande flamme orange s'y distinguait.

L'île était en vue, minuscule, comme un éclat d'archipel. Un ponton de bois reliait la piste d'atterrissage à la demeure principale que le propriétaire avait conçu dans un style marocain. Sattar prit le bras de Ghamzeh et l'accompagna jusqu'à l'entrée de la propriété. D'autres bateaux arrivaient.

Elle entendit des rires et la musique d'un orchestre traditionnel qui jouait du oud.

La salle principale était grandiose. Le plafond, immense, était recouvert de malachite. Les murs alternaient les miroirs et des portraits dynastiques, au-dessous desquels des portes étriquées conduisaient à des boudoirs ou des antichambres. Au centre de la pièce, il y avait une fontaine entourée d'une grande vasque recouverte de pétales de rose. Il incombait à de jeunes femmes asiatiques de les renouveler quand ils étaient flétris.

Ils traversèrent la pièce arrondie pour se joindre aux invités. Ghamzeh reconnut quelques personnalités du monde du spectacle et de hauts personnages, en tenue traditionnelle, dont les visages lui étaient familiers.

À son arrivée, tous les regards se posèrent sur elle. Un homme se détacha de la foule pour venir l'accueillir.

— Je peux enfin faire votre connaissance, Anahita. Votre renommée vous a précédée. C'est un honneur de vous avoir parmi nous. Je m'appelle Selim.

— Ravie.

— Suivez-moi, je vais vous présenter à mes amis.

Ghamzeh fit le tour de l'assistance au milieu duquel virevoltaient les mannequins. À l'une d'entre elles, elle demanda :

— Où le bus vous a-t-il emmenées, à l'aéroport ?

— D'abord à l'hôpital.

— À l'hôpital, pour quoi faire ?

— Test H.I.V., répondit la jeune femme.

Ghamzeh fit la grimace. Une douleur lui contracta l'abdomen, l'angoisse d'être au fond d'un piège sans issue. Il était tard dans la nuit. Les mannequins disparaissaient en compagnie des hommes. Ghamzeh était toujours avec Selim, qui lui souriait en permanence, comme pour la rassurer. Après qu'il eut salué un autre couple d'amis, il lui prit le bras et lui dit :

— Il est temps de mieux vous connaître, ma chère Anahita.

Ils quittèrent les lieux par une porte dérobée. Ils empruntèrent un petit escalier de marbre. À chaque marche, Ghamzeh se sentait prête à vomir. Où étaient passés Eissa et le type à la Maybach, ce Sattar ? Qui pouvait-elle appeler ? Nima l'avait mise en garde. Arya l'insulterait. Son oncle serait furieux. *Maman, ma pauvre maman*, pensa-t-elle.

Ce n'était pas exactement une chambre à coucher, mais une sorte de majlis rempli de divans.

— Asseyons-nous là, dit Selim. Anahita, je veux tout savoir de vous.

— Très bien, dit-elle, hésitante.

— Et il ne t'a pas touchée ? avait demandé Nima le lendemain.

— Non, jamais. Il a voulu que je parle de moi, toute la nuit.

— Il ne t'a pas fait d'avances ?

— Non.

— Tu as eu de la chance, ma petite Shéhérazade... ironisa Nima.

— Ce n'est pas de la chance, Nima, dit Ghamzeh avec une voix enrouée par l'émotion.

— Alors, c'est quoi ?

— Le lendemain matin, j'ai repris l'hélicoptère avec les autres filles. Ils nous ont payé nos dix mille dollars en liquide et ils nous ont remerciées. À l'aéroport, il y avait plusieurs voitures qui attendaient les filles.

— Et alors ?

— J'ai reconnu Arya dans l'une des voitures. Je crois qu'il était au volant. Plusieurs filles sont montées à l'arrière.

— Tu en es certaine ?

— Tout s'explique, Nima. Voilà pourquoi Selim ne m'a pas touchée. Arya connaissait tous ces gens. Il avait juste cédé au caprice de ce Selim. Il pouvait seulement regarder, c'était leur accord. J'imagine que je devrais remercier Arya de ne pas avoir joué les maquereaux. J'aurais pu être violée.

— Que vas-tu faire ?

— Je ne sais pas, Nima. Je vais avoir besoin d'être seule pour quelques mois. Je vais reprendre mon travail normalement, en espérant que ma carrière ne dépendait pas seulement des relations d'Arya...

— C'est impossible. Ton succès, tu ne le dois qu'à toi-même. Je parlerai à Arya, ne t'en fais pas...

— Tu ne diras rien, tu entends. Il ne m'a pas vue.

Les mois passaient et Ghamzeh ne voyait Arya que très rarement, ce qui n'avait pas l'air de le contrarier. Elle était toujours aussi sollicitée. Elle avait accepté la proposition du groupe Al Firas. Elle serait l'égérie de la marque pour une durée de cinq ans, et tout naturellement, elle fut conviée à bord du *Safineh*.

Y avait-il meilleure façon de l'introniser comme icône du groupe ?

Chapitre 10

Safa

Un 9 janvier, 12 h

Le *Safineh* avait quitté le port. Les passagers firent leurs adieux à la foule massée sur les bords de la crique, tout près du quartier historique de Bastakia. Discrètement, je pris leurs visages en photo, j'immortalisai leurs expressions, sereine ou inquiète, comme l'écriraient plus tard les journaux. Il est si facile de faire mentir un regard.

Nous n'étions pas seuls. D'autres embarcations nous suivaient à distance, comme au départ d'une grande régate. Le *Safineh* fit retentir sa sirène pour les saluer.

Nous nous éloignions des côtes et le *skyline* de Dubaï nous apparut dans toute sa splendeur.

— Quand même... dis-je à Christophe.

— Quand même, acquiesça-t-il.

Les bateaux avaient changé de taille. Nous croisions des pétroliers qui s'apprêtaient à franchir le détroit d'Ormuz. Je comprenais pourquoi Khalid Al Firas avait eu tant de difficultés à recueillir les autorisations nécessaires. Ces tankers étaient si vulnérables, à la merci d'une frêle embarcation bourrée d'explosifs. Il y avait eu des précédents.

Khalid fut un hôte merveilleux. Il prenait le temps de parler avec chacun des invités. Je le vis revenir vers moi avec une mine radieuse.

— Ils sont épatants, nos gagnants.

— Vous en doutiez ?

— On ne sait jamais. Ils sont intéressants, et ils ont un point commun.

— Ah bon, lequel ? lui demandai-je, intrigué.

— Ils sont à Dubaï depuis longtemps. Ce ne sont pas des nouveaux arrivants. Ils connaissent cette ville.

— Parfait. Je suis sûr que c'est leur première croisière sur le détroit. Ce sera pour eux une expérience nouvelle. Nous sommes au moins assurés de ne pas les ennuyer.

— Et c'est tout ce qui m'importe, ajouta Khalid.

Un homme d'équipage s'approcha de lui pour lui annoncer que le déjeuner allait être servi. Khalid invita les passagers à le rejoindre. Une grande table avait été dressée sur le pont du bateau. Khalid prit la parole.

« Mes chers amis, c'est un honneur de vous avoir à mes côtés. Je voudrais d'abord vous féliciter. Vous êtes les grands gagnants d'un concours auquel plus de vingt mille personnes ont participé. Vous êtes les heureux élus en quelque sorte et, comme je le disais à mon ami le photographe, je vous trouve formidables. Le détroit d'Ormuz signifie beaucoup pour moi. Mon père, Mohammed, y a fait ses premières traversées, il y a quarante ans. C'est à son courage et à sa détermination que la famille Al Firas doit son incroyable succès. Le *Safineh* faisait partie de la flotte commerciale qu'il dirigeait. Sur ce pont avant, il m'enseignait la navigation. Je dois beaucoup à mon père et vous l'aurez compris, cette croisière lui rend hommage. Je ne veux pas vous importuner avec de longs discours. Je sais que vous avez faim. Je voulais juste ajouter quelques mots sur Dubaï. N'est-il pas extraordinaire, ce petit port de commerce que les voyageurs négligeaient au siècle passé ? Regardez ce qu'il est devenu : une métropole du futur ! Il me faut, devant vous, remercier solennellement Son Altesse et son père, avant lui. Sans leur confiance, ma famille n'aurait jamais pu bâtir son empire. Sans leur incroyable intuition, jamais Dubaï ne serait devenue ce qu'elle est aujourd'hui. J'espère que ce voyage vous sera agréable. Je prendrai le temps cet après-midi de mieux vous connaître. Que Dieu soit avec vous. »

Les convives applaudirent. Khalid Al Firas sécha une larme au coin de son œil. Personne ne pouvait mesurer le chemin parcouru par sa famille, les épreuves endurées, les sacrifices consentis pour que ses rêves d'entrepreneur s'accomplissent.

Les serviteurs placèrent de grands plats en argent au centre de la table. Khalid Al Firas avait souhaité que le repas soit entièrement d'inspiration émiratie. Il y avait du hammour et du *kabsa* en grande quantité. On apporta du thé et des jus de fruit frais.

Les invités se régalaient. Les conversations allaient bon train. Seul Saeed, le Saoudien, qui avait refusé que je le photographie, ne semblait pas dans son assiette et faisait de gros efforts pour répondre aux sollicitations de Khalid.

Le repas s'achevait. On proposa aux passagers du café. Les hommes se regroupèrent à l'arrière du bateau pour y fumer la shisha. C'est le moment que je choisis pour m'accorder une pause.

Un 9 janvier, 13 h 30

— Ce n'est pas possible, s'écria l'ingénieur iranien Farzan qui avait enregistré la secousse sismique.

— 8,9 sur l'échelle de Richter, c'est énorme. On n'a jamais vu un truc pareil. Je ne comprends pas, reprit-il.

— Il y a déjà eu des tremblements de terre dans la région, corrigea son adjoint.

— Oui, mais pas de cette intensité, répliqua l'ingénieur.

L'épicentre se trouvait au cœur de la petite ville de Lengeh. Elle avait été complètement rasée. Un danger encore plus grand guettait les populations. L'ingénieur Farzan suait à grosses gouttes.

— Il va y avoir un tsunami.

— Quoi ? interrogea son collègue, incrédule.

— Il va y avoir un tsunami, je te dis.

— Tu m'as toujours expliqué que c'était impossible, que les eaux du détroit n'étaient pas assez profondes...

— Une magnitude de 8,9, tu te rends compte ? Il va y avoir une onde de choc, avec ou sans profondeur. Appelle immédiatement les types de la sécurité côtière. Il faut que l'on sache.

Les gardes-côtes iraniens furent les premiers à observer le phénomène, trois ou quatre vagues parties du littoral et qui fonçaient droit vers le large. L'ingénieur Farzan les interrogea.

— Elles ressemblaient à quoi, ces vagues ?

— À des barres, pas très hautes, deux mètres au grand maximum, répondit le responsable de la sécurité.

— Elles allaient vite ?

— Très vite, je n'avais jamais vu ça. Elles avancent à la vitesse d'un cheval au galop sur la mer.

— Vous avez une idée du point d'impact ? Quelle direction les vagues prenaient-elles ?

— Les Émirats arabes unis.

— Plus précisément ?

— Dubaï, je crois.

— Il faut immédiatement avertir les autorités.

Il fallait agir vite. Les médias ne tarderaient pas à communiquer la nouvelle. Un séisme avait détruit les côtes du sud de l'Iran, un tsunami était sur le point d'infliger le même sort à celles des Émirats.

Les messageries Blackberry iraient plus vite que les vagues. On ne pourrait cacher plus longtemps la vérité. En un temps record, toute la population de Dubaï serait au courant du péril qui la menaçait. Ce serait la panique générale, la ruée vers le désert. Il y aurait des embouteillages monstres. Les véhicules ne pourraient plus avancer. Ils seraient la proie de l'eau.

Au QG de crise de Dubaï, les plus hautes instances tentaient de garder leur calme. Ils firent l'inventaire macabre des sites les plus exposés. Le chef de police commença ses explications.

— Le tsunami fera des dégâts majeurs à l'usine d'aluminium et sur le port. Un méthanier y est encore stationné...

— Qu'il prenne immédiatement la mer, ordonna le cheikh. Il y sera moins vulnérable. S'il reste à quais, il va se faire fracasser sur les docks.

— Et l'usine ? lui demanda le chef de la police.

— Envoyez-y les pompiers. On arrête tout. Stoppez toutes les usines des environs...

— La ville n'aura plus d'électricité.

— C'est préférable. Et les zones résidentielles ? demanda le cheikh.

— Ce sont Dubai Marina et les villas côtières de Jumeirah qui nous préoccupent. Elles vont recevoir les vagues de plein fouet. Le premier impact sera terrible.

— Envoyez-y toutes les brigades de police disponibles, ordonna le cheikh.

Les forces de l'ordre invitèrent les habitants des villas côtières à évacuer les zones sensibles, à proximité du rivage. Dans les quartiers résidentiels de JBR, les gens se réfugiaient dans la partie supérieure des tours. Toutes les radios et les télévisions avaient été réquisitionnées. Elles diffusaient le même message en arabe et en anglais : « Ne paniquez pas, ce n'est qu'une marée de forte puissance. Rejoignez la tour la plus proche. Si vous êtes à bord de votre véhicule, roulez en direction de Nad Al Sheba. Ne prenez pas la direction de Sharjah et d'Abu Dhabi. Que Dieu vous bénisse. »

Il fallait éviter d'employer le mot tsunami. Au terme du douzième message consécutif, l'électricité avait été coupée.

Avant 2004, un tsunami était un fantasme de surfeur, un phénomène naturel qui appartenait au passé et dont personne ne mesurait l'ampleur. La catastrophe asiatique avait tout bouleversé. Les images des cahutes thaïlandaises arrachées par la houle avaient marqué les esprits. On savait désormais que le tsunami n'était pas une improbable déferlante de dix mètres. Il suffisait d'une petite vague lancée à toute vitesse. Comme celle qui se dirigeait vers Dubaï.

Le capitaine du *Safineh* avait reçu le message avant tout le monde, sur le bateau. Il avait murmuré quelques mots à l'oreille de Khalid, qui prit un air grave. Je vis sa main gauche trembler nerveusement. Je m'approchai de lui.

— Quelque chose ne va pas, Khalid ?

— En effet.

— Dites-moi.

— Il y a eu un tremblement de terre sur les côtes iraniennes, pas très loin d'ici, à deux heures de navigation. La secousse a provoqué un tsunami, trois ou quatre vagues, fulgurantes paraît-il. Elles devraient nous atteindre dans une heure environ. J'ai besoin de toi. Il faut que tu m'aides à rassurer les passagers. Tu les réconfortes, tu leur dis que tout ira bien. Tu leur dis aussi que les autorités ont tout prévu, que les habitants ont été mis à l'abri, que leurs proches sont hors de danger.

— Vous pouvez compter sur moi, lui répondis-je sans poser plus de questions.

Khalid était monté dans la cabine du capitaine du *Safineh*. Il avait empoigné une paire de jumelles et scrutait l'horizon.

Je retrouvai les passagers à l'avant du bateau. Aucun d'entre eux n'avait reçu de messages. Si loin des côtes, les téléphones mobiles ne recevaient aucun signal. Je m'approchai. Il fallait que je sois le plus factuel possible.

— Puis-je avoir votre attention ? Merci. Il y a eu un tremblement de terre dans la région de Bandar Abbas. Nous n'avons pas beaucoup de détails, mais nous savons qu'une vague de forte puissance est en train de franchir le détroit...

— Un tsunami ? s'exclama Toni.

— Pas exactement, une marée de forte amplitude, si vous préférez.

— Elle va nous couler, n'est-ce pas ? demanda Christophe.

— Non, rassurez-vous. Le bateau sera juste un peu secoué, répondis-je en essayant de ne pas trahir mon angoisse.

Les invités s'étaient jetés sur leur téléphone portable. Je vis Sharon et Samana désespérer parce qu'elles n'obtenaient pas la communication. J'intervins à nouveau.

— Le signal est très faible au milieu du détroit. Nous vous tiendrons informés dès que nous le pourrons. Khalid Al Firas vous demande de ne pas vous affoler. Les autorités ont tout mis en œuvre pour protéger vos proches. L'alerte a été donnée à temps.

Les passagers s'agitaient. Ils essayaient de nouveau de joindre famille ou amis. Christophe et Ghamzeh restaient prostrés à la balustrade et regardaient l'écume s'échapper de l'étrave, sans dire un mot. Saeed restait étonnamment paisible, concentré. Il égrenait son chapelet et récitait des prières en silence. Samana était à terre, repliée sur elle-même, comme résignée. Je retrouvai Khalid dans la cabine du capitaine.

— Khalid, je crois que vous devriez leur parler. Ils sont au plus mal.

— J'y vais.

— Quelles sont les dernières nouvelles ?

— La première vague va nous heurter dans une heure environ. D'après le capitaine, nous ne subirons aucun dommage. Si nous faisons face à la vague, la coque ne sera pas retournée. Il faut espérer que les vagues ne soient pas trop rapprochées et que nous ayons le temps de faire les manœuvres nécessaires pour repositionner le bateau.

— Je comprends.

L'heure qui suivit fut insupportable. Nous faisions de notre mieux pour tranquilliser les passagers, mais la plupart d'entre eux était à cran. Ils voulaient savoir ce qui se passait sur le continent.

Je n'avais pas le temps de gamberger. J'étais trop occupé à leur parler, à les réconforter.

— Sharon, ne vous inquiétez pas.

— Ma fille est au parc aquatique avec sa classe.

— Atlantis ? lui demandai-je.

— Non, celui qui est à côté du Burj Al Arab.

— Eh bien, ne vous faites pas de mauvais sang. Elle sera mise à l'abri avant l'arrivée de la vague, lui répondis-je sans conviction.

Je me demandais ce qui était pire. Recevoir la foudre par surprise ou préparer son arrivée avec l'espoir d'en réchapper ? Nous étions dans la situation d'un navire de guerre qui venait de localiser un tir de torpille ennemi sur son radar. Accrochés à nos bouées de sauvetage, nous étions ces marins tétanisés dans l'attente de l'impact et persuadés de ne pas en réchapper.

Un 9 janvier, 14 h 40

Le capitaine du *Safineh* aperçut la première vague. Il appela discrètement Kalid à ses côtés.

— Regardez, lui dit-il.

— Elle ne semble pas très haute.

— Oui, mais elle va vite, dit le capitaine sans chercher à dissimuler son appréhension.

Saeed n'avait pas bougé. Lui aussi fixait le large, mais ce n'était pas la vague qu'il surveillait. Il y avait un speed boat qui venait à notre rencontre. La première vague était juste derrière lui et son pilote semblait ne pas s'en soucier.

Le capitaine l'avait vu lui aussi.

— Il va se faire retourner. Il s'est mis en travers, hurla-t-il.

La vague percuta le speed boat qui fut pris dans un bouillonnement d'écume et ne réapparut plus.

— *Rahmah Allah*[23]... dit Khalid.

Je remarquai Saeed qui était resté à l'avant du bateau, aux premières loges pour contempler le drame. Il s'était caché le visage. Il avait laissé choir son chapelet.

— Demandez à M. Saeed de rejoindre les autres passagers à l'intérieur. Il ne peut pas rester sur le pont, avait ordonné le capitaine.

Un marin de l'équipage était parti le chercher, mais il refusait de bouger.

— J'y vais, dit Khalid.

La vague approchait. Il fallait faire vite. Khalid avait trouvé les mots justes. Saeed avait consenti à nous rejoindre.

Il ne restait plus que quelques minutes avant la collision. Nous étions serrés les uns contre les autres. Ghamzeh avait pris la main de Sharon. Samana s'agrippait à son gilet de sauvetage. Christophe s'exerçait à respirer comme s'il

23. Puisse Allah avoir pitié de lui.

était convaincu d'avoir à rester longtemps sous l'eau. Toni me regardait droit dans les yeux pour se donner du courage.

— Accrochez-vous, vociféra le capitaine.

Nous entendîmes un vacarme assourdissant, un bruit d'immenses chutes d'eau.

La vague entra brutalement au contact du gaillard d'avant. Nous fûmes tous projetés contre les parois de la cabine. Le *Safineh* vibra un instant, puis retrouva son cap.

— Rien de cassé ? demandai-je, m'étonnant des paroles que j'avais choisies pour m'enquérir de la santé des autres passagers. Dans des situations inhabituelles, le cerveau doit plonger dans la mémoire pour y trouver la formule adéquate. J'avais trop vu de films catastrophe. Ça devait venir de là.

Les passagers étaient sains et saufs. Seul Christophe avait une légère plaie sur le front. Il avait pris un truc en pleine figure.

— Sortez tous les objets inutiles de la cabine. Il va y avoir d'autres secousses, annonçai-je.

— D'autres secousses ? demanda Sharon, implorant presque.

— Oui, on ne sait pas encore combien, deux ou trois autres. Aidez-moi à vider la cabine.

Auprès du capitaine, Khalid interrogeait l'horizon pour évaluer le temps qu'il nous restait avant la prochaine vague.

— Cinq minutes, avait précisé le capitaine.

Nous étions de nouveau réunis dans la cabine. Nous nous accrochions à ce que nous pouvions, décidés cette fois-ci à ne pas nous faire catapulter.

La deuxième vague fut moins violente, mais elle était toujours précédée de cet affreux grondement qui nous glaçait le sang.

Il y eut une troisième vague, puis une quatrième. Certains d'entre nous allaient craquer. Il fallait que ça s'arrête.

Un silence irréel suivit la quatrième vague. Nous sortîmes sur le pont, hésitants, pas tout à fait rassurés. Sharon était restée dans la cabine et refusait de bouger.

Khalid se plaça au milieu de nous.

— Nous sommes sortis indemnes de cette épreuve par la grâce de Dieu. Les autorités de Dubaï nous ont contactés pour savoir si nous étions sains et saufs. Ils nous ont aussi demandé de leur raconter ce qui s'était passé. Ils m'ont juré qu'elles prenaient toutes les dispositions nécessaires pour protéger la population...

— Savez-vous si mon mari est en vie ? demanda Sharon, qui s'était approchée du petit groupe

— Je n'en sais rien. Il faut vous armer de patience. Remerciez Dieu d'être en vie et priez pour vos proches.

— Où va-t-on ? demanda le capitaine.

— On met le cap sur Dubaï. D'après mes calculs, la première vague atteindra la ville dans une heure et demie.

Un 9 janvier, 16 h 30

En moins de deux heures, le tsunami avait balayé le détroit. Les autorités des pays limitrophes craignaient pour les super tankers stationnés dans la zone, mais leur grande taille leur avait permis d'amortir le choc. Ils s'étaient positionnés à trois miles les uns des autres. Il n'y eut pas de carambolage à déplorer.

Des embarcations plus modestes avaient chaviré. Comme le speed boat affrété par Saeed, ils n'avaient pas su manœuvrer quand il le fallait. Ils avaient été retournés, puis traînés dans la houle sur plusieurs miles.

À Dubaï, malgré les appels au calme, les habitants avaient sauté dans leurs voitures et tentaient vainement d'atteindre le désert. Les principales artères étaient congestionnées. La ville était survolée par des dizaines d'hélicoptères qui jouaient le rôle de vigies, entre le large et les premières dunes. La cheikh Zayed road était totalement paralysée par le trafic. Au quartier général de la police, on prédisait le pire, là où l'autoroute était la plus proche de la mer. Si le courant était trop fort, elle se transformerait en un fleuve en furie, emportant tout sur son passage. L'heure avançait, les rumeurs les plus folles couraient. La vague était toute proche. Il ne restait, paraît-il, que quelques minutes. Les gens sortaient de leurs véhicules et couraient en direction du désert.

Quelques milliers de personnes s'étaient regroupés au sommet de Jebel Ali, le petit mont qui dominait la banlieue Sud de Dubaï. Ils se savaient en sécurité. L'eau ne monterait pas aussi haut. Ils ne voulaient pas rester dans les tours. Elles s'écrouleraient. Ils n'avaient pas confiance.

À JBR, les résidents avaient le nez collé aux vitres et guettaient l'arrivée de la première vague. Dans les quartiers de Jumeirah, la grande majorité des habitants avaient quitté les lieux. Il y restait des malades, des anciens ou des maids accompagnés d'enfants qui n'avaient pas été prévenus ou secourus par les parents. Sur la Beach road, la « rue bistouri » renommée ainsi en raison du grand nombre de cliniques et de cabinets de chirurgie esthétique qui la bordait, beaucoup de médecins avaient choisi de rester sur le toit de leur villa. Ceux qui sont morts ont été oubliés. Ceux qui ont survécu sont devenus des héros parce qu'ils purent donner les premiers soins aux blessés.

L'aéroport était suffisamment loin de la mer d'après le QG de crise. Par précaution, tous les avions avaient été parqués en bout de piste. Les Airbus A380, joyaux de la flotte nationale, avaient décollé pour rallier Mascate, en Oman. Les vols prévus à l'heure du drame avaient tous été détournés.

La première vague avançait à vive allure. Elle était survolée par plusieurs hélicoptères de la police qui filmaient sa progression pour permettre au QG de crise de réagir en temps réel. Aucun autre appareil n'avait été autorisé à voler. Conformément aux ordres donnés, l'électricité avait été coupée. Pas de courant, pas de radio, pas de télévision. Les hôpitaux avaient des groupes électrogènes autonomes. Leur personnel se tenait prêt.

La première vague pointa à l'horizon, droite et grise, comme pour le souligner. Au sommet des tours de verre, les spectateurs incrédules semblaient déçus, à défaut d'être soulagés. Ils avaient imaginé des vagues monstrueuses. Ils ne distinguaient qu'un flot moutonnant d'écume. C'est à l'approche de The World que les pilotes d'hélicoptères purent apprécier la puissance de l'onde. En quelques minutes, elle recouvrit l'île artificielle qui faisait la fierté de ses concepteurs. Un groupe d'îles, pour être exact. Chacune d'entre elles avait la forme d'un pays. Les plus grandes célébrités de la planète avaient fait l'acquisition de l'Argentine ou de l'Australie, à grand renfort de coups médiatiques.

La « villa témoin » explosa littéralement au moment du choc. The World fut englouti. Il n'en restait rien.

Terratum Magazine (Nouvelle-Zélande)

Courrier des lecteurs, trois jours après la catastrophe.

La nature a repris ses droits. Depuis sa création, Dubaï a sacrifié l'environnement sur l'autel de sa renommée. Avec ses îles artificielles, ses immenses polders, Dubaï gagnait sur la mer. Aujourd'hui, c'est la mer qui a gagné. La bataille fut rude et on ne peut que déplorer le nombre des victimes. Mais en tant que militant du Parti Radical de l'Environnement, je ne peux que me réjouir de ce retournement de situation et j'y vois le signe d'un juste retour des choses. Dubaï n'est que le commencement d'une ère nouvelle. Les catastrophes naturelles vont se multiplier. La nature, trop longtemps meurtrie, va se rebeller. Soyez prêts. L'homme s'est cru invincible. Il pensait la nature soumise. Elle était son esclave. Il en faisait ce qu'il voulait. Ce fut là sa plus grave erreur. Non, ce ne sera pas l'apocalypse, mais une passation de pouvoir. L'homme est déchu. Il lui faudra réapprendre l'humilité pour retrouver son humanité. Il devra désormais respecter celle qui l'a vu naître et qui l'a comblé depuis la nuit des temps.

Un peu plus loin, le long de la côte, la vague progressait en direction de la Palm Jumeirah, au sommet de laquelle trônait l'hôtel Atlantis et son immense porte d'inspiration marocaine. La vague s'y engouffra violemment, prit de la vitesse et se précipita dans le tunnel qui reliait l'établissement au reste de l'île artificielle. Elle y emporta les derniers véhicules qui cherchaient à déserter les lieux. Vu des airs, le spectacle était terrifiant. Comme le rapporta l'un des pilotes, on eût dit un château de sable harcelé par la marée. C'était irréel. L'eau se faufilait dans les rues, comblait les interstices, faisait naître d'innombrables rivières qui, sortant de leurs lits, inondaient les habitations. Il y eut un reflux. L'eau retourna dans le tunnel, en fragilisa les parois. L'ouvrage ne tiendrait pas longtemps. Il avait été bâti à la hâte, pour respecter la date d'inauguration. La deuxième vague pénétra de nouveau la porte d'Atlantis dont les statues de tucs, représentant des monstres marins, chutaient une à une. Elles se joignaient au cortège de curiosités charriées par le courant. Beaucoup de gens étaient morts parce qu'ils avaient eu la tête heurtée par l'un de ces objets insolites et mouvants.

Un grand boulevard traversait l'île de part en part. Les vagues s'y glissèrent comme une balle dans le canon d'un fusil, prête à surgir. L'eau déboula sur le littoral, rattrapa les attardés, prit tous les méandres que lui offraient le maillage routier, semblant chercher de plus grands espaces à conquérir.

Le QG de crise était sur le qui-vive. Atlantis n'avait pas encore succombé, mais combien de temps lui restait-il, perché ainsi sur son ridicule piédestal, que les vagues avaient rendu meuble et précaire ? Tous les yeux étaient rivés sur JBR, la barre d'immeubles rose et sale qui longeait la côte au-delà de la Dubai Marina. On disait l'ouvrage bâclé. On savait les fondations insuffisantes. Ce serait le moment de vérité pour ces HLM avec vue sur la mer. Le rez-de-chaussée des immeubles de JBR, occupé par les restaurants et les magasins, avait été barricadé par les gérants. Ils espéraient sauver leurs biens. Ils ne firent que retarder l'inéluctable. Les vagues se fracassèrent contre leurs digues de fortune. Les résidents de JBR ne pouvaient que constater les dégâts. Ils assistaient, anxieux, à la montée des eaux. Planqués dans les derniers étages, ils seraient indemnes. L'eau ne monterait pas aussi haut. Ils avaient raison, la menace ne viendrait pas des vagues. C'est le trop-plein d'eau stagnante qui pouvait fragiliser les édifices. Les quelques ingénieurs des travaux publics restés dans les tours avec leurs familles le savaient. Ils n'étaient pas tranquilles et songeaient à sortir. Mais pour aller où ? Les issues étaient bloquées. L'eau occupait le premier étage et sur le toit, il faudrait attendre l'arrivée d'un hélicoptère de la protection civile pour espérer se sortir de ce guêpier. Aussi longtemps que les immeubles étaient dans l'eau, ils seraient en état de siège.

Après avoir avalé The World, la vague chargée de sable se déversa sur le quartier de Jumeirah. Telle la première ligne d'une rangée de soldats, les villas les plus proches de la mer tombèrent les unes après les autres. La mer les traversait de part en part, les visitait, les vidait de leur contenu pour mieux les combler. Le courant d'eau grossissait d'objets familiers, de sofas, d'écrans plats de télévision, de tableaux et de quelques cadavres dont les visages étaient déformés par le remous.

Les vagues se succédaient dans les rues de Jumeirah. Elles se jouaient des obstacles, elles devenaient torrents entre les maisons, elles faisaient du quartier une Venise morbide et noire de boue.

***Orient Zeitung* (Allemagne)**

Édito, quatre jours après la catastrophe.

Dubaï a toujours su profiter des guerres qui ont frappé la région. La ville des Émirats s'est construite au son lointain du canon. Elle fut le refuge des avoirs du Moyen-Orient qui se recyclaient dans ses projets pharaoniques. Au prix du compromis, au risque d'amitiés peu recommandables, Dubaï s'est mue en une enclave de prospérité où la politique n'avait pas sa place et où la religion se faisait discrète. Coupable indulgence ? Admirable tolérance ? Il n'en demeure pas moins que la ville est devenue un modèle de croissance et d'audace. Ce 9 janvier, Dubaï a reçu la plus grande des corrections. Parti des côtes iraniennes, le tsunami a rayé de la carte les fleurons de ce mirage oriental. Il n'a pas seulement détruit les édifices, il a brisé les symboles de puissance. Dubaï s'en relèvera-t-elle ? J'en suis convaincu. L'histoire a montré le rôle joué par les guerres. Elles régénèrent. Elles rétablissent les équilibres. Avec le tsunami, Dubaï a trouvé sa guerre. Les investissements vont affluer. L'effort de reconstruction dopera de nouveau l'économie du pays. Dubaï redeviendra cette oasis de liberté et de richesse au cœur d'un Moyen-Orient qui ne parvient pas à trouver la paix.

Atlantis s'était effondré à son tour, mais le QG de crise s'en était désintéressé. Le réalisateur de ce film catastrophe avait changé de priorité. Sur les écrans de contrôle, la vague tenait en joue sa prochaine cible, le Burj Al Arab, symbole entre les symboles, l'hôtel six étoiles célèbre pour la beauté de ses lignes. On le comparait au spi gonflé d'un bateau de course. Sa voilure de métal et de verre était bombée, tournant le dos à la mer. Le « beignet » de béton fiché au sommet de l'hôtel abritait le bar suspendu au-dessus des eaux. Les clients de l'hôtel ne cachaient par leur appréhension quand ils y entraient pour la première fois. Le barman s'amusait de leur anxiété. Il avait tenu à rester à son poste de travail. Les hommes de la sécurité avaient bien tenté de l'en dissuader, mais il leur avait rappelé les instructions, « monter en haut des tours », « ne pas céder à la panique ». À l'exemple du capitaine du *Titanic,* il avait choisi de faire face. Il était seul contre la vitre, au premier rang d'un spectacle grandiose et terrifiant. Plus la vague se rapprochait de l'hôtel, plus il réalisait la folie de son geste.

La première vague se fracassa contre l'hôtel et en fit exploser la grande paroi de verre qui se dispersa en mille éclats. Le barman se protégea le visage, par réflexe. Le bâtiment avait tremblé. Il avait eu l'impression que le sol se dérobait sous ses pieds. Il avait peur.

Il vit la deuxième vague arriver. Le Burj Al Arab avait perdu son manteau de verre. Il était nu. L'eau se précipita à l'intérieur. La vitre de l'aquarium géant se brisa sous la violence de l'impact. Les poissons exotiques furent pris au piège des vortex que le courant provoquait. Le tsunami poursuivait son travail de sape. Le Burj Al Arab se transformait en un gigantesque tambour de machine à laver.

Le barman en était sûr. Le « bar suspendu » s'était décroché. Il n'osait plus bouger de peur d'être précipité dans le vide. Il entendait les armatures grincer, comme pour annoncer la chute. Il releva la tête. Il vit la troisième vague arriver. Le Burj Al Arab avait depuis longtemps perdu sa dignité. On lui voyait les entrailles, faites de débris et d'eaux tourmentées. Le barman avait raison. Sa capsule était en train de basculer. Il n'en avait pas conscience. Il s'accrocha au bar quand la troisième vague toucha l'hôtel. Le choc fut moins violent, mais il comprenait pourquoi. Il n'y avait plus d'obstacle. L'eau pénétrait l'hôtel sans rencontrer la moindre résistance. Il avait capitulé. De ce monument moderne, il ne restait plus qu'un squelette de métal.

Le barman se savait perdu. De son instable perchoir, il contemplait le panorama du littoral dévasté. Les plages avaient disparu. Sur plusieurs kilomètres à l'intérieur des terres, Dubaï n'était qu'un champ de ruines inondées. Il ne se préoccupait plus de la quatrième vague. Machinalement, il regarda la mer en contrebas. Le niveau des eaux était monté. La vague secoua l'hôtel une dernière fois. Les armatures qui attelaient le bar se rompirent. L'excroissance architecturale céda et tomba à pic dans l'eau marron et bouillonnante. L'hôtel vacillait, mais il tenait encore debout.

Radikal (États-Unis)

Édito, cinq jours après la catastrophe.

L'arroseur arrosé. Comment pourrait-on nier les liens d'amitié entre les Émirats arabes unis et les plus grands terroristes de la planète ? La piste du financement d'Al Qaida conduit toujours à Dubaï. Le petit Émirat s'est toujours gardé de faire entendre sa voix sur la scène internationale. Il a toujours préféré œuvrer dans l'ombre de ses voisins, l'Iran ou l'Arabie saoudite. Il a été complice de leur politique. Dubaï se veut l'ami des États-Unis mais Dubaï protège aussi les ennemis de l'Amérique. Le jeu de dupes vient de s'achever. Il lui faudra panser ses plaies, et réfléchir. Après le 11 septembre, toute la population du Golfe installée aux USA avait rapatrié ses biens vers Dubaï. Le malheur des uns fait toujours le bonheur des autres. Dubaï n'était en rien responsable des attentats du World Trade Centre. Mais Dubaï en profita, indirectement. Notre Seigneur fait respecter la justice. Notre Seigneur combat le mal, où qu'il soit. Ne peut-on voir, dans cette catastrophe, l'œuvre de notre Seigneur ?

Comme prévu, les vagues avaient fait beaucoup de dégâts sur le port et près de l'usine de désalinisation. Il y avait eu quelques explosions. Des feux s'était déclenchés un peu partout, mais la mer les avait éteints, fort heureusement. C'est la pollution que les autorités redoutaient le plus. L'eau avait attaqué les installations pétrochimiques et l'on craignait que les dérivés du pétrole ne se déversent sur la côte.

Il n'y avait pas de répit. Le QG de crise parait au plus pressé. Tous les hélicoptères mobilisés survolaient les premières zones sinistrées. Il fallait récupérer les habitants blottis sur les toits des immeubles qui menaçaient de s'écrouler. À JBR, les vagues avaient tout ratissé. Les résidents attendaient, anxieux, la fin du jour. Un autre calvaire allait commencer.

Le QG de crise n'avait qu'une obsession : la cheikh Zayed road. Si la mer franchissait l'autoroute, ce serait la catastrophe. Si elle y stoppait sa course, la ville pourrait enfin respirer. Ils furent rassurés. Les vagues s'étaient essoufflées à proximité de la célèbre artère, non sans y faire leurs dernières victimes. Il y avait encore beaucoup de voitures bloquées sur l'autoroute. Cédant au désespoir, persuadés de mourir noyés dans leur véhicule, leurs occupants sortaient précipitamment et se faisaient traîner par un courant affaibli mais vicieux.

Le métro aérien, fierté de la ville, longeait l'autoroute. Les forces de l'ordre avaient fermé les accès et demandé aux derniers voyageurs de quitter les stations. Quelques milliers d'entre eux leur avaient désobéi, avec plus ou moins de réussite. La station de Dubai Marina était trop proche de la mer. Elle n'y résista pas. On avait souvent comparé les stations du métro de Dubaï à de gros scarabées dorés. Les équipes du QG de crise purent vérifier la pertinence de cette analogie. La station était ballottée par les courants, tel un gros insecte maladroit.

Les voyageurs réfugiés dans les autres stations avaient eu la bonne intuition. L'eau n'arriva pas jusqu'à eux. Les stations devinrent des plateformes d'observation du haut desquelles ils assistèrent, impuissants, à la déroute des automobilistes surpris par la montée des eaux.

***Dubai Express* (Émirats arabes unis)**

Courrier des lecteurs, huit jours après la catastrophe.

Je suis choqué et révolté par l'acharnement médiatique dont la ville de Dubaï est la proie. N'ont-ils donc aucune pudeur ? Ne peuvent-ils nous laisser en paix, enterrer nos morts et prier nos disparus ? Qu'ils le veuillent ou non, Dubaï est unique au monde. Leur détermination à faire de Dubaï une anomalie de l'histoire contemporaine me rassure. Leur haine et leur jalousie nous apportent la preuve de ce que nous savions déjà : Dubaï les dérangeait, Dubaï les agaçait, par sa réussite, par son insatiable goût du progrès et de la modernité. Mon arrière-grand-père est un immigré venu d'Iran. Il s'était parfaitement intégré à la population locale. Je suis fier d'être un Émirati et un descendant de la Perse. Ma famille sait ce qu'elle doit à ce pays et à ses bienfaiteurs. J'ai lu les diffamations dont Al Firas avait fait l'objet. On a même dit qu'il était un agent de l'Iran chiite, que l'anagramme de son nom signifiait « Al farsi », l'Iranien, que c'était sans doute un signe. Ont-ils perdu la tête ? Nos deux pays sont amis. Nos familles se respectent depuis toujours. Nos ennemis ont intérêt à voir nos deux nations se déchirer. Mais cela n'arrivera pas. Nous reconstruirons. Nous ferons revivre l'espoir. Ce même espoir qui conduisit mon grand-père sur les rivages de Dubaï, il y a cent ans.

Un 9 janvier, 18h15

Le *Safineh* faisait route en direction de Dubaï. Plus nous nous rapprochions des côtes et plus les chances d'obtenir un signal téléphonique se faisaient grandes. Bientôt, tous les passagers de la croisière pourraient rentrer en contact avec leurs proches – ou pas.

— On ne peut pas les empêcher d'appeler, m'avait fait remarquer Khalid.

— C'est bien ce qui m'inquiète. A-t-on des nouvelles du QG ?

— Oui, bien sûr.

— Et alors ? demandai-je avec hésitation.

— Les quartiers de Jumeirah et de JBR ont été ravagés. The World et la palme ont été entièrement submergés par les eaux. Il paraît que les usines sont détruites, que le port est inutilisable...

— Tout a disparu, alors ?

— Non. Bizarrement, le Burj Al Arab a tenu. Il plie mais ne rompt pas. Le vieux quartier de Deira a mieux résisté que prévu. Les vagues ont suivi la crique. Elle les a canalisées jusqu'à l'entrée du désert, à Dubaï Festival City.

— Et à Dubaï Festival City ?

— Il y a eu beaucoup de dégâts matériels. Les eaux sont sorties du lit de la crique en furie. Elles ont dévasté le centre commercial et les hôtels des alentours.

— Mon Dieu.

— L'eau se retire petit à petit, mais Dubaï ressemble à une terre inondée après la mousson. Il faudra des mois pour s'en relever, ajouta Khalid, abattu.

— Vous ont-ils communiqué le nombre des victimes ?

— Ce ne sont que des approximations. Ils parlent de dix mille morts.

— Ce n'est pas possible... Vous avez des nouvelles de votre famille ?

— Ils sont à l'abri dans ma propriété d'Al Warqa. Je ne sais rien pour tes amis, je suis désolé...

— Je sais, Khalid, je sais. Il faudra être patient. Tôt ou tard nous saurons.

Le jour commençait à décliner. Tous les passagers s'étaient rassemblés à l'avant du bateau. Ils sondaient le skyline de Dubaï pour y déceler quelque chose d'anormal. La silhouette de la ville n'avait pas changé. La Dubaï Tower pointait fièrement vers le ciel. Ils avaient tous imaginé le pire, une destruction massive, et la vue de la tour géante, indemne, les rassura un peu. Ils étaient encore trop loin. Ils ne pouvaient comprendre.

— Regardez ! cria Ghamzeh.

Il y avait un gros objet qui flottait à quelques encablures du bateau. Khalid demanda au capitaine de s'en approcher. C'était un fauteuil club, en cuir. Il était déchiré sur sa partie supérieure. Sa présence incongrue nous angoissa. Le capitaine saisit ses jumelles. Il appela Khalid à ses cotés.

— Regardez vous-même, dit-il à Khalid.

— Mon Dieu...

Les objets recouvraient la mer par centaines. Le reflux les avait tirés vers le large. Il les avait entraînés avec lui, comme des trophées. Le spectacle était surréaliste. Tels de petits blocs de glace après la fonte d'une banquise, les restes du cataclysme étaient éparpillés sur la mer. Il n'y avait pas moyen de les éviter. Il faudrait passer à travers.

Du haut de la cabine, Khalid comprit à quel point ces témoignages du drame pouvaient traumatiser les passagers. Il ordonna à tout le monde de se mettre à l'abri à l'intérieur du bateau. Le *Safineh* se frayait un chemin parmi ces fragments de vie et les abandonnait dans son sillage. Les passagers ne virent pas les lits, les peluches, les appareils ménagers, les livres, tous ces mauvais présages, ces indices de mort et de destruction. Un des marins avait couru vers la balustrade pour aller vomir. Il avait vu le cadavre d'un enfant défiguré qui flottait entre les débris.

Les passagers du *Safineh* cachaient mal leur anxiété. Certains se rongeaient les ongles, d'autres consultaient sans cesse leur écran de portable dans l'espoir de capter un signal. Toni demanda à sortir sur le pont, prétextant qu'il se sentait mal et qu'il avait besoin d'air. Sa curiosité était trop forte et elle fut satisfaite. Je le vis se prendre la tête à deux mains, accablé par le paysage de désolation qui s'offrait a lui. Il découvrait avec stupeur le littoral mutilé. Le *Safineh* stoppa les machines. La sécurité avait ordonné à tous les navires en mer de ne pas rejoindre le port et de stationner à quelques miles de la côte.

— Pourquoi ne peut-on pas appeler ? me demanda Sharon, de plus en plus agitée.

— Les bornes de relais téléphoniques ont dû être touchées. C'est la seule explication que je puisse vous donner. Ou alors...

— Alors quoi ?

— Ils ont coupé l'électricité par mesure de précaution.

C'est alors qu'un murmure sourd et mélodieux s'éleva de tous les quartiers de la ville. Les haut-parleurs des mosquées ne fonctionnaient pas. C'étaient les voix de centaines de religieux qui acclamaient Dieu et invitaient les fidèles à la prière. Le vent, venu du désert, transportait leurs voix jusqu'à nous. Leurs chants nous touchèrent au plus profond de notre être. Je n'avais jamais ressenti une pareille émotion. Même sur les terrasses de la vieille ville de Jeddah, quand les muezzins entonnaient leur mélopée sacrée, je n'avais connu ce sentiment mêlé de plénitude et de tristesse. Saeed s'agenouilla aussi bas qu'il le put. Je croyais qu'il remerciait Dieu d'être vivant. J'étais loin d'imaginer qu'il lui demandait pardon.

Je regardais Khalid à l'avant du bateau. Lui aussi semblait prier. Se souvenait-il de nos discussions, de mes allusions à l'arche de Noé ? Nous avions échappé à ce déluge alors qu'autour de nous, la mer était jonchée de corps et de débris. Nous avions survécu, oui. Fallait-il s'en réjouir ? Le méritions-nous et pourquoi ?

Il nous fallut attendre des heures avant l'arrivée d'un bateau de la police côtière qui nous escorta vers la crique ou du moins, ce qu'on pouvait en deviner. Il y avait beaucoup de dhows et d'*abras* échoués contre les petits immeubles. Du quartier historique de Bastakia, on ne distinguait que le haut des traditionnelles tours à vent. Le nettoyage avait déjà commencé. À bord de leurs embarcations, des volontaires repêchaient tout ce qui flottait avec la terreur de tomber sur un noyé. Dans le ciel, les hélicoptères poursuivaient leur ballet à la recherche des rescapés restés sur les toits.

Khalid annonça aux passagers qu'ils devraient passer la nuit à bord. Ils avaient reçu l'interdiction de débarquer. Sharon fut prise d'une crise d'hystérie. « Mes enfants, cria-t-elle, je veux voir mes enfants, laissez-moi passer ! » Ghamzeh et Samana tentèrent de la raisonner, mais elle les repoussa. Il fallut la présence d'esprit du marin qui la retenait par le bras pour l'empêcher de sauter par-dessus bord.

Un 10 février, un mois après la catastrophe

Un mois s'était écoulé depuis les terribles événements du 9 janvier. L'élan de solidarité avait été extraordinaire. Tous les pays arabes s'étaient mobilisés et avec eux l'Iran bien sûr, mais aussi l'Inde et le Pakistan. De source non officielle, on racontait même qu'Israël avait apporté son aide à

Dubaï par l'entremise de la Jordanie. L'argent ne manquait pas aux Émirats. C'était le soutien logistique qui faisait défaut. Pour secourir les victimes, il fallait plus de bateaux et d'hélicoptères. Ils affluèrent en nombre, en un temps record. L'opinion occidentale s'étonna de la générosité des pays du Golfe. Elle comprit l'importance de l'ancien port de pêche dans l'économie de la région.

Le tsunami qui s'était abattu sur Dubaï avait fait cinq mille morts au total. Sans le remarquable sang-froid des autorités, le bilan aurait pu être encore plus lourd. À l'énoncé des statistiques, la communauté internationale prit soudain conscience que Dubaï était une ville incroyablement cosmopolite. Partout dans le monde, on pleurait la mort d'un proche. Aux quatre coins de la planète, les télévisions diffusaient les images de la ville assiégée par les eaux. Les journalistes traquaient le sensationnel dans les vies des habitants disparus ou de ceux qui avaient survécu par miracle. Ironiquement, c'est le tsunami qui permit à Dubaï de faire son entrée dans le cercle fermé des plus grandes villes du monde, aux côtés de New York, de Paris, de Londres, de Tokyo ou de Moscou.

Les médias s'intéressèrent à l'Arab cruise et Khalid Al Firas fut, bien malgré lui, sous le feu des projecteurs. La croisière déchaînait les passions. Khalid Al Firas se retrouva au centre des débats. Ses partisans le remerciaient d'avoir sauvé des vies humaines et mettaient en avant son comportement exemplaire après la catastrophe. Khalid Al Firas avait en effet mobilisé tous ses centres commerciaux, du moins ceux qui restaient. Ses employés s'étaient mués en secouristes auprès des habitants sinistrés. Il avait mis ses stocks à la disposition de la ville. Ses plus fermes opposants lui reprochaient son appétit de gloire dont la croisière était un parfait exemple. Bon nombre de ses amis avaient péri. Lui était toujours là. Plus grave encore, on avait révélé l'identité de Saeed et les attentats qu'il avait projetés depuis son éviction de la banque Medrar. Il était impensable que Khalid Al Firas ait pu cautionner de telles actions. On ne mit pas en doute son intégrité, mais on questionna son manque de discernement. Comment avait-il pu se lier d'amitié avec un individu pareil? La presse occidentale questionna l'origine des financements qui lui avaient permis de bâtir son empire. Khalid en souffrit, mais il avait le soutien inconditionnel du gouvernement. Le feu des critiques s'éteignit progressivement.

Une fois passé l'orage médiatique, comme je le lui avais prédit, Khalid Al Firas acquit une forte notoriété. Il devint une personnalité arabe écoutée et reconnue.

Les passagers du *Safineh* furent aussi exposés. Pour Ghamzeh, ce ne fut pas une nouveauté. Elle était habituée à cette lumière. Elle tenta de lui échapper, de rester dans l'ombre. Son amie Nima était morte dans l'atelier de couture qu'elle n'avait pas voulu abandonner. Arya, son amant des beaux jours, avait disparu. On le suspectait d'avoir pris la fuite en profitant du désordre qui avait suivi le drame. Il n'était pas le seul. Beaucoup d'hommes d'affaires peu scrupuleux s'étaient faits passer pour morts. Ils avaient recommencé une nouvelle vie sous une autre identité grâce aux fonds qu'ils avaient placés dans les paradis fiscaux.

Christophe ne savait que faire. Il songeait à rentrer en France. Que représentait Dubaï, au fond? Une opportunité, un port de passage, beaucoup trop de mauvais souvenirs. Et pourtant, il resta. Pour des raisons qu'il avait du mal à définir, il se sentait attaché à ce bout de terre aride qui avait su entretenir le rêve de tant d'hommes et de femmes.

Yasmina ne le rappela pas. Il en fut soulagé. Il n'était pas tombé amoureux d'une imbécile ou d'une femme légère. Son histoire, comme celle des autres passagers, s'était retrouvée dans les plus grands journaux. Il était impossible de la manquer. Elle avait dû le voir. Elle aurait pu le contacter. Elle n'en fit rien. Tant mieux. Il avait souffert pour quelqu'un de bien.

Le mari de Samana n'avait pas été prévenu à temps. Il n'avait pas entendu les mises en garde de la police qui conseillait aux automobilistes de ne pas prendre la route d'Abu Dhabi, celle qui longe la mer. Une vague avait poussé sa voiture contre le rail de sécurité. Un 4X4 l'avait percuté. Il était mort sur le coup. Son enfant était resté avec la maid, dans leur vieux logement de Karama. L'eau ne les avait pas rejoints. Son père, lui aussi, était indemne. Après la catastrophe, Samana s'était rapprochée de sa famille. Les personnes sinistrées, quand elles sont passées tout près de la mort, reviennent souvent à l'essentiel, à leur famille, à leur subsistance, à la sécurité des êtres qui leur sont le plus proches. Tout autre considération devient futile, secondaire.

Sharon avait très mal supporté le décès de sa fille. Elle en voulait à la terre entière, aux autorités iraniennes qui n'avaient pas, selon elle, donné l'alerte assez tôt, à l'école et aux accompagnateurs qui n'avaient pas réagi assez vite. Le bus qui transportait les enfants avait eu un accident à la sortie de l'autoroute. Le chauffeur n'avait pas vu un camion qui tentait de forcer le passage à l'arrivée de la première vague. Elle en voulait aussi à Dieu qu'elle tenait responsable de son malheur. Les explications de son mari la révoltaient. Non, ce n'était pas le destin, non, Dieu n'avait pas voulu cela, non, elle ne reposerait pas en paix. Omar souffrait autant qu'elle mais il s'était incliné, il s'en était remis à la providence. Sharon ne pouvait s'y résoudre et elle n'avait désormais plus qu'une obsession : retrouver le corps de sa fille.

Toni n'avait pas mis longtemps à retrouver ses esprits. Il avait aidé un de ses clients à monter une campagne de soutien aux sinistrés. Il débordait d'activité. Sawsan l'avait appelé. Elle avait vu son portrait dans une gazette people. Il l'avait ignorée. Le principal donateur du fond de solidarité qu'il avait contribué à mettre en place était la jeune veuve d'un richissime businessman des Émirats. Elle était connue pour son élégance et sa beauté. Toni était devenu son confident et son principal collaborateur dans la conduite des nombreuses affaires que son mari lui avait léguées. Toni tenterait sa chance avec elle le moment venu.

Saeed fut emprisonné dans les geôles de Dubaï. Sans la discrète intervention de Khalid Al Firas, il eût été condamné à mort. Personne n'avait intérêt à fouiller le passé de Saeed. L'enquête de police révéla sa jeunesse tourmentée, elle se garda bien de fouiner dans les comptes de la banque Medrar.

Quant à moi, je m'attelais à la tâche que m'avais confiée Khalid Al Firas : recueillir le témoignage des passagers. J'avais pris de nombreuses photos, avant et après la catastrophe. Khalid m'avait demandé de les conserver. Elles pourraient illustrer notre témoignage, dans quelques mois peut-être, quand l'opinion y serait préparée.

Khalid Al Firas m'avait donné rendez-vous, ce 10 février, dans les jardins de Safa Park. Il adorait cet endroit.

Le soleil et les efforts remarquables de la municipalité étaient venus à bout de l'eau stagnante. Les séquelles du désastre demeuraient. Elles s'affichaient sur la façade décrépie des villas. Les rues étaient nues, les palmiers avaient été déracinés.

Je fus surpris par le nombre des personnes qui déambulaient dans le parc. S'il n'y avait pas, ici et là, des plaies évidentes de la catastrophe, on ne pouvait imaginer qu'un tsunami avait recouvert le parc.

Khalid avait le sourire. Je ne l'avais pas vu sourire depuis si longtemps. Il avait sans doute été réconforté par les cris des enfants sur son passage.

— Comment vas-tu, mon ami ? me demanda-t-il en me serrant la main.

— Ça peut aller.

— As-tu fini les interviews ? s'empressa-t-il de me demander.

— Oui.

— Qu'as-tu appris ?

— Je vais vous décevoir, Khalid, rien de particulier. Ce sont des hommes et des femmes venus à Dubaï dans l'espoir d'y trouver une vie meilleure. L'argent, l'amour, la spiritualité... Ils ont cherché sur ces rivages leur propre définition du bonheur.

— Tu sembles déçu...

— C'est vrai. En les interrogeant, je croyais percer un mystère, découvrir un indice extraordinaire qui donnerait un sens à tout ceci...

— Et tu ne l'as pas trouvé ?

— Non. Ce sont des passagers de la vie, comme nous tous. Ils se démènent, ils se débattent, ils s'agitent, ils tentent de forcer leur destin, sans y parvenir. Ils ne contrôlent rien.

— Tu parles comme un musulman, me dit Khalid, amusé.

— Peut-être... Et vous, qu'en pensez-vous, Khalid ?

— Je ne crois pas au hasard. Je pense que Dieu nous éprouve, qu'il nous défie sans cesse. Il nous jugera à nos actions, au plus profond de nos cœurs. Il nous envoie des signes de sa présence, quelquefois des avertissements, pour qu'on se souvienne de sa parole.

— Êtes-vous en train de dire que le tsunami était une punition divine ? lui demandai-je.

— Je n'ai pas dit cela. Le peuple hébreu n'a pas été chassé de nos terres. Le tsunami n'est pas l'une des dix plaies d'Égypte... s'amusa Khalid.

— Ne croyez-vous pas que Dubaï est en train de vivre une forme de rédemption ?

— Pourquoi ? Parce qu'elle a été presque détruite ? Parce qu'elle soigne ses blessures et n'a jamais autant prié ?

— Je me le demande.

— Comme je te l'ai dit, rien n'arrive par hasard. Mais n'en déplaise aux mauvais augures, Dubaï a un grand avenir devant elle. Regarde autour de toi !

Safa Park s'était rempli des nombreuses familles qui se regroupaient à l'ombre des arbres rescapés pour y partager le repas. Il y avait des Soudanais, des Éthiopiens, des Anglais, des Indiens, des Libanais, des Pakistanais, des Philippins. Ils avaient tous revêtu leurs habits traditionnels. Les groupes ethniques se parlaient entre eux. Leurs enfants partageaient les mêmes jeux. Khalid les regardait. Il pleurait.

— Tu comprends, Safa, Safineh, c'est la même chose, c'est le symbole de Dubaï. Il se passe ici quelque chose d'unique. Une nouvelle génération prend vie. Dans cette ville.

— Une nouvelle génération ?

— Oui. Regarde autour de toi. Regarde ces enfants qui jouent ensemble. Regarde ce couple improbable. C'est incroyable. Cette ville a fait naître un espoir.

— Dieu vous entende, Khalid.

— Inch'Allah, mon ami, Inch'Allah !

Remerciements

Je tiens à remercier ma famille, mon père, mes amis, mademoiselle Z et tous ces héros anonymes qui, par leurs histoires singulières, drôles ou tragiques, ont inspiré les événements de ce roman.

Glossaire

Abaya : sorte de cape noire qui recouvre le corps de la femme à l'exception du visage ; complétée souvent par le port d'un foulard (hijab).

Abra : nom de l'embarcation qui fait la navette entre les deux rives de la crique.

Achrafieh : quartier chrétien de Beyrouth.

Alborz : chaîne de montagnes au nord de l'Iran.

Al Warqa : localité située au sud-ouest de la crique de Dubaï.

Al Wasl road : route qui traverse Dubaï du nord au sud ; parallèle à la *Beach road* et à la *cheikh Zayed road.*

Amérati : citoyen d'origine américaine qui a pris la nationalité émiratie.

Argandhad : bourgade de la région de Kandahar, en Afghanistan.

Asadabad : capitale de la province de Kunar, en Afghanistan.

Asar : bonheur.

Asr : la prière de fin d'après-midi.

Assassins : nom d'une secte originaire de Syrie connue pour avoir commis des attentats politiques.

Atrahasis : personnage de la mythologie mésopotamienne qui a survécu au déluge et obtenu l'immortalité.

Azam basti : un des quartiers des environs de Jamshed Town, à Karachi.

Azrak : teinture bleue issue de l'indigo et très utilisée dans la province du Sindh.

Ban : interdiction de sortie du territoire.

Barasti : demeure traditionnelle émiratie dont le toit est fait de palmes.

Basma : sourire.

Bassidjis : force paramilitaire fondée par l'ayatollah Khomeiny au moment de la guerre Iran-Irak. Ce sont aujourd'hui les gardiens de la révolution islamique.

Bastaki : nom des familles de Dubaï issues de l'immigration venant de Perse, au début du XXe siècle.

Bastakia : quartier historique de Dubaï ou vivaient les premiers immigrés perses.

Beach road : route qui traverse Dubaï du nord au sud et qui longe la mer.

Chahid : martyr de la guerre Iran-Irak.

Chaï (ou tchaï) : thé noir auquel on ajoute du lait, des épices et du sucre.

Chapati : type de pain indien.

Cheikh Zayed road : nom de l'autoroute qui traverse Dubaï du nord au sud. Elle porte le nom du fondateur des Émirats arabes unis.

Compound : complexe résidentiel où vivent les expatriés.

Dana : nom d'une perle de taille exceptionnelle.

Dishdasha : vêtement long qui arrive aux chevilles et que portent les hommes de la péninsule arabique (*gandourah* aux Émirats ; *Qamiss* en Arabie saoudite).

Diwan : salon.

Djinn : esprits, créatures qui habitent la nature.

Dhuhr : la prière du début de l'après-midi.

Dhow : navires en bois caractéristiques de la région du Golfe.

Dubai Festival City : nouveau quartier de Dubaï situé au bout de la crique.

Dupatta : grand foulard placé au-dessus de la tête des époux.

Eissa : Jésus en arabe.

Émiratisation : politique volontariste du gouvernement des Émirats visant à augmenter le nombre d'Émiratis travaillant dans les entreprises privées.

Estekhareh : vœu.

Fahrad & Shirine : histoire tragique d'un tailleur de pierres amoureux d'une princesse chrétienne dont l'idylle rendit fou de jalousie un roi sassanide.

Fajr : la prière de l'aube.

Fokol : en Iran, nom de la mèche de cheveux (souvent colorée) qui s'échappe du hijab (foulard).

Gandourah : vêtement long qui arrive aux chevilles et que portent les hommes de la péninsule arabique (*Dishdasha* en Oman et au Qatar ; *Qamiss* en Arabie saoudite).

Gemmayze : quartier branché de Beyrouth qui fait partie du quartier plus vaste d'Achrafieh.

Ghawar : nom du plus grand gisement pétrolier du monde, situé à cent kilomètres de Dhahran (Arabie saoudite).

GongGong : dieu chinois des eaux responsable des inondations.

Gora : nom donné aux Occidentaux par les Indiens et les Pakistanais.

Hadith : parole du prophète.

Hajj : pèlerinage à la Mecque ; un des cinq piliers de l'islam.

Halal : ce qui est permis.

Hammour : espèce de mérou qui pullule dans les eaux chaudes du détroit d'Ormuz.

Hans ji : monsieur Hans.

Haram : ce qui est interdit.

Harba : lance.

Harminchi : piment vert.

Hawwa : Ève en arabe, l'épouse d'Adam.

Hijab : nom du foulard que les femmes musulmanes portent sur leur tête pour dissimuler leurs cheveux.

Houbara : outarde ; oiseau migrateur.

Iftar : repas pris à la tombée du jour, au moment de la rupture du jeûne.

Imam Reza : nom du huitième imam de l'islam chiite ; c'est le seul imam chiite enterré sur le territoire iranien.

Imran Khan : grand joueur de cricket de l'équipe du Pakistan.

Jazzar : carotte.

JBR : acronyme pour Jumeirah Beach Residence, quartier résidentiel côtier à forte densité d'immeubles.

Jumeirah : quartier de Dubaï qui commence près du port et longe la mer jusqu'au Burj Al Arab.

Jumeirah Jane : nom que les habitants de Dubaï ont donné aux femmes au foyer occidentales qui languissent entre les centres commerciaux et les terrasses de cafés.

Kabaer : le grand péché.

Kabsa : spécialité du Golfe préparée à base de riz.

Karahi chicken : poulet cuit à l'étouffée.

Karama : quartier près de la crique où résident en majorité les communautés indiennes et pakistanaises.

Kerala : région située à la pointe sud-ouest de la péninsule indienne.

Khalas : « ça suffit ! »

Khaliji : désigne la culture issue du Golfe.

Khapia : nom des voyageurs de commerce qui font la navette entre Dubaï et Karachi.

Kheb : chien.

Khyber pass : passe de Khaïber ; passage stratégique entre le Pakistan et l'Afghanistan.

Kurta : vêtement traditionnel porté par les hommes au Pakistan et en Afghanistan.

Kuti : salope, putain.

Lengeh : ville portuaire du sud de l'Iran, sur le golfe Persique.

Levant : région du Proche-Orient qui regroupe des pays tels que le Liban, la Jordanie et la Syrie.

Leila & Majnoun : célèbre histoire d'amour entre un poète bédouin et sa cousine.

Madrasa : école coranique ; lieu d'étude consacré à l'enseignement du droit religieux ou de la jurisprudence islamique.

Maghrib : la prière du soir.

Maid : aide domestique.

Maid house : chambre réservée à l'aide domestique.

Majlis : assemblée, conseil réunissant des dignitaires arabes.

Manara : phare.

Marshalltown : petite ville du comté de Marshall sur les rives de la rivière Iowa.

Mascate : capitale du Sultanat d'Oman.

Mashallah : se dit pour s'exclamer devant la beauté d'une chose ou d'un être – tout en signifiant que rien n'est plus beau qu'Allah.

Massoumeh : sœur de l'imam Reza ; sainte de l'islam chiite.

Mayon : rituel qui précède le jour du mariage.

Mazdéen : adepte du mazdéisme, une des plus anciennes formes de monothéisme.

Mendhi : cérémonie du mariage dans le sous-continent indien.

Mezzeh : assortiment de plats servis en entrée (Liban et Levant).

Mossad : nom des services secrets israéliens.

Mouqaddar (al) : destinée.

Mouttawa : la commission pour la promotion de la vertu et la prévention du vice en Arabie saoudite.

Nad Al Shebah : localité de Dubaï, à l'intérieur des terres.

Namous : virginité.

Naswar : tabac brut (et toxique) que l'on chique dans certaines régions du sous-continent indien.

Niqab : vêtement qui recouvre entièrement le corps de la femme musulmane, à l'exception des yeux.

Nokhada : nom du capitaine d'un dhow.

Norouz : fête célébrant le premier jour du printemps en Iran.

Oud : signifie le bois ; instrument à corde proche du luth ; rentre dans la composition de l'encens.

Oued : rivière.

Ourdou : langue officielle au Pakistan et dans le nord de l'Inde.

Oumma (umma) : communauté des croyants.

Pachtoune : nom de la tribu qui vit entre le Pakistan et l'Afghanistan.

Peshawar : ville du nord du Pakistan située à proximité de la passe de Khyber.

Qamar : la lune.

Qamiss : vêtement long qui arrive aux chevilles et que portent les hommes de la péninsule arabique (*gandourah* aux Émirats ; *dishdasha* en Oman et au Qatar).

Qeshm : plus grande île iranienne du golfe Persique.

Qom : ville d'Iran et lieu de pèlerinage de l'islam chiite.

Quibla : nom donné à la direction de la Ka'ba à la Mecque.

Ras-Al-Kaymah : un des sept Émirats des E.A.U. situé à la pointe nord de la péninsule.

Rhamane Ramine : nom donné à celui qui a commis un grand péché et qui a été pardonné.

Saadiq : ami ; sincérité.

Safineh : l'arche.

Shahada : témoignage de foi, premier pilier de l'islam. Il tient en une seule phrase : « Il n'y a de Dieu qu'Allah, et Mahomet est son prophète. »

Sharjah : un des sept Émirats de la confédération des Émirats Arabes Unis.

Shariah compliant : conforme aux préceptes de la charia.

Shemshak : station de ski de la chaîne des Alborz.

Sighe : mariage temporaire.

Silig : plat traditionnel saoudien confectionné à partir de riz et de lait.

Sister-in *(sister in law)* : belle's (de belle-sœur).

Tarneeb : jeu de cartes populaire dans la région du Golfe.

Tchador : modèle de niqab qui découvre entièrement le visage.

Teasing : technique de vente qui consiste à produire un effet d'annonce.

The world : île artificielle qui a la forme du monde, au large des côtes de Dubaï.

U-turn : virage à cent quatre-vingts degrés.

Vishnu : divinité hindoue.

Wahhabisme : courant idéologique de l'islam issu du salafisme.

Warda : rose.

Wasta : influence.

West Bank : enclave palestinienne sous contrôle israélien (depuis 1967) sur la rive ouest du Jourdain.

Zakât : aumône, sorte d'impôt « purifiant » dont le montant est évalué en fonction de la richesse de l'individu.

Zélotes : groupe d'élite qui combattait le pouvoir romain.

Table

Déjà parus aux Éditions Intervalles

LITTÉRATURE

Jan Lars Jensen
Parano
Anthony James Perry
Douze histoires cul sec
Anthony Smith
D'Amour et d'Amazone
Terence Ward
À la recherche d'Hassan
Linda Grant
Le roman que je n'ai pas écrit
Nos années folles
Gavin Menzies
1421, l'année où la Chine a découvert l'Amérique
Patrick Neate
Twelve Bar Blues
Jérusalem
Martin Melkonian
Les Mots pour jouir
Åsne Seierstad
Cent un jours à Bagdad
Bill Carter
Les Ailes de Sarajevo
Boom, Bust, Boom
Theo Hakola
Le Sang des âmes
Rakia
Tiziano Terzani
La fin est mon commencement
Un devin m'a dit
Un autre tour de manège
Lettres contre la guerre
Soname Yangchen
Soname ou la bonne fortune
Idanna Pucci
La demoiselle de Sing Sing
M. Page et T. B. Reverdy (dir.)
Collection irraisonnée de préfaces à des livres fétiches
Martin Millar
Les Petites Fées de New York
Kalix, la loup-garou solitaire

Kalix, la malédiction de la loup-garou
La Déesse des marguerites et des boutons d'or
DAPHNÉ KAUFFMANN
Nos mots croisés
Un personnage en Italie
Le Sens de l'équilibre (avec Clément Leroy)
JAMES S. LEE
Les Tribulations d'un opiomane (1895-1915)
TIRDAD ZOLGHADR
Softcore
RAVI SHANKAR
Raga Mala, Ma vie en musique
JEAN-CLAUDE BOULARD
Voyage au pays des juges
GUILLAUME JAN
Le Cartographe
Traîne-Savane
AXEL LÉOTARD
Marie et les autres
ZACHARY KARABASHLIEV
18 % gris
JEAN SZLAMOWICZ
Détrompez-vous !
Le Sexe et la Langue (avec X.-L. Salvador)
GABRIEL MALIKA
Les Meilleures Intentions du monde
Qatarina
OLIVIER AUROY
Au nom d'Alexandre
L'Amour propre
Le Dicorona
LAURÈNE CHAMPALLE
Christiania ou les enfants de l'utopie
MILLARD KAUFMAN
Comme sur un lit de roses
ROWAN SIMONS
Des bambous dans la surface de réparation
GAZMEND KAPLLANI
Petit journal de bord des frontières
Je m'appelle Europe
La Dernière Page
Le Pays des pas perdus
PHILIPPE COUSSIN-GRUDZINSKI
Voyages sur Chesterfield
GUÉNAËLLE BAILY-DAUJON
Là-Batz, le roman d'une île
D. GUELAR, V. JARACH, B. RUIZ

Les Enfants de l'exil
BEN ELTON
Doris Darling
ANTHONY NEILSON
Les Menteurs
ELIAS JABRE
Absolut Barbarian trip
ARNAUD MODAT
Comic Strip
LUDMILA SHTERN
Bye bye Leningrad
ELIAS JABRE
Un psychopathe et demi
SÉBASTIEN GENDRON
Zeus
DAVID DOMA
La Nuit des secrets
STÉPHANE REYNAUD
Le Monde selon Cheng
MIKAËL HIRSCH
Avec les hommes
Notre-Dame des Vents
Libertalia
Quand nous étions des ombres
GABRIEL ROBINSON
Les Heures pâles
RICHARD GAITET
Découvrez Mykonos hors saison
L'Aimant
JEAN-CLAUDE TAKI
Sotchi inventaire
MENAHEM BEGIN ET ANOUAR EL-SADATE
La Paix à l'œuvre
DIMITRIS SOTAKIS
L'argent a été viré sur votre compte
Comment devenir propriétaire d'un supermarché sur une île déserte
Une famille presque parfaite
DA NGÂN
Une bien modeste famille
MILETA PRODANOVIĆ
Ça pourrait bien être votre jour de chance
MARIANNE GROVES
Baby Baby
YVES BRUNIER
Dans la peau d'un monstre (gentil)
RACHEL VANIER
Hôtel International

Écosystème
GUÉORGUI GOSPODINOV
Physique de la mélancolie
Un roman naturel
Tous nos corps
SONIA RISTIĆ
La Belle Affaire
Des fleurs dans le vent
Saisons en friche
JEAN-LUC MARRET
Pornification
OKSANA ZABOUJKO
Explorations sur le terrain du sexe ukrainien
AI WEIWEI
Weiwei-ismes
ROUJA LAZAROVA
Le Muscle du silence
CAROLE ZALBERG
À la trace
JOHN ROBERTSON
La Bataille de Penang
PARK MIN-KYU
Ping-Pong
TIMOTHÉE GAGET
Les Bonnes Mœurs
SEVGI SOYSAL
Tante Rosa
YOUCEF ZIREM
La Porte de la mer
MICHKA ASSAYAS (DIR.)
Nouvelles nouvelles d'Azerbaïdjan
PATRICIA ALMARCEGUI
Le Peintre et la voyageuse
JULIEN LECLERCQ
L'homme qui ne voulait pas devenir président
ELSA LEVY
Bouddha Boudoir
DIMANA TRANKOVA
Le Sourire du chien
La Caverne vide
ALAIN DELMAS
Dans l'ombre du viaduc
Xéno
URŠUL'A KOVALYK
Femme de seconde main
L'Écuyère
KONRAD LAGHOS

Petits Hommes

CATHERINE BALDISSERRI

La Voix de Cabo

VESNA MARIC

Le Merle bleu

SYLVIA HANSEL

Les adultes n'existent pas

Cannonball

WIOLETTA GREG

Les fruits encore verts

KHOSRAW MANI

Une petite vie

TIIT ALEKSEJEV

Le Pélerinage

HUGUES SERRAF

Deuxième mi-temps

Le Dernier juif de France

CONSTANCE LATOURTE

Avenida Vladimir Lénine

MAÏA ABOUELEZE

Le Ballet des retardataires

ANNE ROBATEL

Dieu, le point médian et moi

La Littérature n'est pas qu'un sport de combat

Contrechants

FABRICE CHÂTELAIN

En haut de l'affiche

STÉPHANE ROSE (DIR.)

Cafard noir

PHOTOGRAPHIE, LIVRES ILLUSTRÉS

JOCELYN BAIN HOGG

Idolâtrisme

ABBAS

Les Enfants d'Abraham

CHRIS STEELE-PERKINS

Tokyo Love Hello

SABINE PIGALLE

Toxi Food

Festins libertins

Protectors

Coronabécédaire

RAGHU RAI ET TIZIANO TERZANI

India notes

Xavier Lambours
Cinéma
Stéphan Gladieu
Roland-Garros, fenêtre sur courts
Fouad Elkoury
De la guerre et de l'amour
Guillaume Reynard et Jean-Claude Taki
Lettres kazakhes
Sotchi pour mémoire
Magnum Photos et Bruno Gibert
Quarante-cinq histoires d'automobiles
Célia Houdart
Georges Aperghis : Avis de tempête
Sophie Prunier-Poulmaire (dir.)
Le Travail révélé
Être(s) au travail
Naomi Harris et Yann Perreau
California Dreaming,
Liz Hingley
Under Gods
Tomas van Houtryve
La lutte continue
Éric Atlan
Mortem
collectif
Le Chant du Monstre, n°1, 2, 3 (revue)
collectif Argos
Gueule d'Hexagone
Héctor Mediavilla
S.A.P.E.
A. Abels Eber, R. de La Bouvrie et T. de La Bouvrie
Terre de foot
Jérôme Cabanel
Les Bâtisseurs
Catherine Viale et Mathias Moreau
It's not only Rock'n'Roll
Piotr Barsony
Papa porte une robe
Julien Nouveau
Éloge des arborinidés
Matthias Heiderich
Spektrum Berlin
Emmanuelle Han
Flying Blues
Geraldine Jacques
Rhizome
Taylor Holland

EuroBus
HUGO JACOMET
Parisian Gentleman
Italian Gentleman
AYMON DE LESTRANGE
Angelo Mariani, le vin de coca et la naissance de la publicité moderne
CÉCILE CAZENAVE (DIR.), TERRA PROJECT
Terres à vendre
ANNE DE VANDIÈRE
Tribus du monde
CAROLINE DARTIAILH ET LAURE DIDRY
La Faune parisienne
ALBAN LÉCUYER
Ici prochainement : Sarajevo
S. BUITEKANT ET J.-L. SOULARUE
Regarde où tu marches
DAMIEN ET MARIA KEMPF
Monstres médiévaux
CARLO BEVILACQUA
Utopia
SOPHIE LE BERRE
Personal Tattoo
MARTHE PEQUINGNOT
Bibliométéo
JULIE ANDRADE ET AUDREY ZEILAS
Les Villes émotionnelles

Achevé d'imprimer en septembre 2021
par Laballery à Clamecy (58)
Imprimé et broché en France
Numéro d'impression : 108590
Dépôt légal : quatrième trimestre 2021

Éditions Intervalles

Direction éditoriale : Armand de Saint Sauveur

2 rue Bleue 75009 Paris France
Tel. : +33 1 53 43 83 30
www.editionsintervalles.com